TE
DARÍA
EL
SOL

TE DARÍA EL SOL

JANDY NELSON

Traducción de **Victoria Simó**

ALFAGUARA

Te daría el sol
Título original: *I'll Give You the Sun*

Primera edición: abril de 2015

D. R. © 2014, Jandy Nelson, texto
D. R. © 2015, Victoria Simó, traducción
D. R. © 2015, de la presente edición en castellano para todo el mundo:
 Penguin Random House Grupo Editorial, S. A. de C. V.
 Blvd. Miguel de Cervantes Saavedra 301, piso 1
 col. Granada, del. Miguel Hidalgo
 C. P. 11520, México, D. F.

www.megustaleer.com.mx

Comentarios sobre la edición y el contenido de este libro a:
megustaleer@penguinrandomhouse.com

ISBN 978-607-11-3721-0

Impreso en México / *Printed in Mexico*

Para mi padre y Carol

En algún un lugar más allá del bien y el mal existe un prado.
Allí nos encontraremos.
RUMI

De nada tengo certeza sino de la santidad de los afectos del corazón
y de la verdad de la imaginación.
JOHN KEATS

Allá donde abunda el amor, siempre se producen milagros.
WILLA CATHER

Se requiere coraje para crecer y llegar a ser uno mismo.
E. E. CUMMINGS

EL MUSEO INVISIBLE

Noah
13 años

Así empieza todo.

Zephyr y Fry, también conocidos como los psicópatas oficiales del vecindario, me persiguen a toda carrera, y el bosque entero tiembla bajo mis pies mientras yo propago un terror ciego a los cuatro vientos, a los árboles en lo alto.

—¡Estás perdido, nenita! —grita Fry.

De sopetón, Zephyr me alcanza, me agarra un brazo y luego el otro por la espalda, momento que Fry aprovecha para arrancarme el cuaderno de las manos. Me doy impulso hacia delante para arrebatárselo, pero no tengo brazos; estoy a su merced. Me retuerzo para romper la llave de Zephyr. Imposible. Trato de convertirlos en polillas por la fuerza del pensamiento. Nada. Siguen siendo ellos: dos tarados de bachillerato, de cuatro metros cada uno, que arrojan a chavos de trece años como yo, vivitos y coleando, de lo alto de precipicios nada más porque sí.

Zephyr me retuerce el brazo y su pecho resuella contra mi espalda, mi espalda contra su pecho. Estamos bañados en sudor. Fry empieza a hojear el cuaderno.

—A ver qué dibujaste, tarugo —trato de imaginar que lo atropella un camión —sostiene el cuaderno en alto, abierto en una página de apuntes—. Zeph, mira cuántos tipos en cueros.

Se me hiela la sangre en las venas.

—No son tipos. Son el *David* —jadeo.

Para mis adentros, estoy rezando para que no me tomen por un baboso, para que no lo sigan hojeando y lleguen a los apuntes que he dibujado hoy, cuando los estaba espiando, en los que aparecen ellos saliendo del agua con las tablas de surf bajo el brazo, sin trajes de neopreno ni nada, con la piel reluciente y, ejem, de la mano. Bueno, puede que me haya tomado alguna que otra licencia artística. Van a pensar... Me van a matar incluso antes de despeñarme, eso es lo que van a hacer. El mundo empieza a girar a lo loco. Le suelto a Fry en plan desesperado:

—¿Sabes siquiera de quién hablo? ¿Miguel Ángel? ¿Alguna vez lo has oído nombrar?

Estoy faroleando. *Hazte el duro y serás duro*, como dice mi padre una y otra y otra vez, como si yo fuera una especie de paraguas destartalado.

—Sí, he oído hablar de él —dice Fry por esos cachetes que le asoman junto con la enorme nariz bajo la frente más estrecha del mundo. Es fácil confundirlo con un hipopótamo. Arranca la página del cuaderno—. Dicen que era gay.

Lo era (mi madre escribió un libro entero acerca del tema), pero Fry no lo sabe. Tiene la costumbre de llamar "gay" a todo el mundo, al igual que "marica" y "nenita". Y a mí, marica, nenita y tarugo.

Zephyr lanza una risotada siniestra que me retumba por todo el cuerpo.

Fry pasa la página. Otro *David*. La parte inferior de su cuerpo. Un estudio profuso en detalles. *Tierra, trágame.*

Ahora se están riendo con ganas. Sus carcajadas resuenan por todo el bosque. Se ríen los pájaros.

Forcejeo otra vez para arrancarle el cuaderno a Fry, pero mi gesto sólo sirve para que Zephyr me agarre con más fuerza. Zephyr, que es el jodido Thor. Uno de sus brazos me rodea el cuello, el otro me sujeta el cuerpo a modo de cinturón de seguridad. Está desnudo de la cintura para arriba, acaba de llegar de la playa y el calor que desprende su cuerpo se filtra hasta mi piel. El aceite bronceador de aroma a coco que lleva me acaricia la nariz, me embriaga... y también el fuerte olor a mar, como si lo llevara consigo. Zephyr arrastrando la marea como un manto a su espalda. Qué imagen más buena, brutal (Retrato: *El chico que salió del agua con el mar a rastras*), pero ahora no, Noah, ni hablar, no es el momento de ponerte a pintar mentalmente a este cretino. Me sacudo, saboreo la sal de mis labios, me recuerdo que estoy al borde de la muerte.

Los mechones mojados de Zephyr me empapan el cuello y los hombros. Respiramos al unísono con jadeos fuertes y pesados. Intento romper el compás. Y luego intento romper la sincronía con la ley de la gravedad para salir flotando. No puedo. No puedo hacer nada. Mis dibujos (casi todos retratos familiares) salen volando en pedazos de las manos de Fry. Los está rompiendo uno a uno. Ahora rasga por la mitad un retrato en el que aparecemos Jude y yo; me quiere borrar de la escena.

Veo cómo me está llevando el viento.

Se acerca cada vez más a los bocetos que serán mi perdición.

La sangre me ruge en las venas.

De repente, Zephyr dice:

—No los rompas, Fry. Su hermana dice que son buenos.

¿Lo habrá dicho porque le gusta Jude? A casi todos los chicos les gusta, porque surfea mejor que cualquiera de ellos, salta de las peñas más altas y no le teme a nada, ni siquiera al gran tiburón blanco ni a mi padre. Y por su melena. Empleo todos los amarillos habidos y por haber para pintarla. Mide cientos de kilómetros de largo y todos los habitantes del norte de California corren peligro de enredarse con ella, sobre todo los niños pequeños, los poodles y ahora los surfistas tarados.

Y también por sus tetas, que aparecieron de la noche a la mañana, lo juro.

Por increíble que parezca, Fry obedece a Zephyr y tira el cuaderno al suelo.

Jude me mira desde el papel, deslumbrante, cómplice. "Gracias", le digo mentalmente. Siempre es ella la que me rescata, lo que suele avergonzarme, pero esta vez no. Ha sido un rescate digno.

(Retrato, autorretrato: *Gemelos. Noah se mira al espejo; Jude le devuelve la mirada.*)

—Sabes lo que te espera, ¿verdad? —me amenaza Zephyr al oído, decidido a seguir adelante con el plan homicida según lo previsto. Su aliento me embriaga. Él me embriaga.

—Oigan, por favor —suplico.

—Oigan, por favor —me imita Fry con una vocecita llorosa.

Se me revuelven las tripas. La peña del Diablo, la segunda más alta de la colina y de la cual se disponen a arrojarme, recibe ese nombre por algo. En el agua hay un montón de rocas punzantes, además de un remolino que arrastra lo que queda de tus pobres huesos al inframundo.

Intento romper la llave de Zephyr otra vez. Y otra.

—¡Agárrale las piernas, Fry!

Un hipopótamo de trescientos kilos me aferra los tobillos. Perdón, pero esto no está pasando. O sea, no. Odio el agua; soy propenso a ahogarme y a flotar a la deriva hasta la costa asiática. Necesito conservar el cráneo de una pieza. Machacarlo sería como demoler un museo secreto antes de saber siquiera lo que contiene.

Así que decido crecer. Crezco y crezco hasta pegarme un coscorrón contra el cielo. Cuento hasta tres y me pongo como loco, no sin antes agradecer mentalmente a mi padre por toda la lucha cuerpo a cuerpo que me ha obligado a practicar en la terraza de nuestra casa, un combate a muerte tras otro en los que yo siempre acabo mordiendo el polvo, aunque él lucha con un brazo y yo con los dos, porque mi padre mide diez metros y su cuerpo no es de carne sino de trozos de camión.

Ah, pero yo soy su hijo, un coloso como él. Soy un remolino viviente, un Goliat demoledor, un tifón envuelto en piel, y ahora forcejeo y me retuerzo cuanto puedo mientras ellos se abalanzan sobre mí riendo y diciendo cosas como "la madre que lo parió". Incluso creo advertir una nota de respeto en la voz de Zephyr cuando se queja:

—No puedo sujetarlo, es como una jodida anguila.

Oír eso me da fuerzas (me encantan las anguilas, son eléctricas), y me imagino que soy un cable de alta tensión cargado al máximo voltaje, y azoto por aquí y por allá mientras sus cuerpos cálidos y resbaladizos se retuercen contra el mío, mientras intentan atraparme una y otra vez sin conseguirlo, porque yo siempre los esquivo. Y ahora estamos entrelazados, la cabeza de Zephyr hundida en mi pecho, el cuerpo de Fry a mi espalda, se diría que agarrándome con cientos de manos, y todo es movimiento y confusión y yo estoy absorto en la lucha, absorto, absorto, absorto, cuando empiezo a sospechar..., cuando advierto... que se me paró, la tengo dura como una piedra, clavada contra la barriga de Zephyr.

Un terror de alto octanaje me recorre el cuerpo. Imagino una masacre *gore* súper asquerosa y sangrienta (mi antídoto más eficaz en estos casos), pero es demasiado tarde. Zephyr se queda un momento petrificado y luego me suelta como si se hubiera quemado.

—Pero ¿qué...?

Fry se desploma de rodillas.

—¿Qué pasó? —jadea en dirección a Zephyr.

Yo me escabullí hasta aterrizar sentado con las rodillas contra el pecho. No puedo levantarme aún por miedo a que se me note el bulto, así que me concentro a tope en no llorar. Una sensación nauseabunda se abre paso por todos los recovecos de mi cuerpo mientras exhalo mis últimos jadeos. Y aunque no me maten aquí y ahora, esta noche toda la colina estará enterada de lo que acaba de pasar. Más me valdría tragarme un cartucho de dinamita encendido y saltar yo mismo de la peña del Diablo. Ojalá hubieran visto mis estúpidos bocetos y ya está. Esto es peor, muchísimo peor.

(Autorretrato: *Funeral en el bosque*.)

Pese a todo, Zephyr no dice nada. Se limita a quedarse plantado, con su pinta de vikingo de siempre, sólo que muy raro y callado. ¿Por qué?

¿Le habré fundido los cables con mis poderes mentales?

No. Señala el mar con un gesto y le dice a Fry:

—Al carajo. Hay que agarrar las tablas y vámonos.

El alivio me inunda de la cabeza a los pies. ¿Será posible que no lo haya notado? No, no es posible. La tenía dura como una piedra y él se apartó horrorizado. Sigue horrorizado. ¿Y por qué no me está gritando *nenitamaricatarugo*? ¿Será porque acaso le gusta Jude?

Fry se atornilla la sien con un dedo mientras le dice a Zephyr:

—A alguien de por aquí se le va la onda, amigo —y a mí—: No creas que te has librado, tarugo.

Su manota imita la trayectoria de mi caída en picada desde la peña del Diablo.

El peligro ha pasado. Se alejan hacia la playa.

Antes de que esos dos neandertales cambien de idea, recojo el cuaderno a toda velocidad, lo sujeto con el brazo y, sin mirar atrás, me interno en la arboleda a paso ligero, como si mi corazón no estuviera a punto de estallar, como si no se me saltaran las lágrimas, como si no supiera que acabo de volver a nacer.

Cuando llego al claro, salgo disparado como un guepardo; los kilómetros pasan de cero a ciento veinte por hora en tres segundos, y yo prácticamente también. Soy el cuarto corredor más rápido de mi clase. Puedo abrir una puerta en el aire y desaparecer por ella, y eso es precisamente lo que hago hasta dejar bien atrás lo que acaba de pasar. Por lo menos no soy una efímera, el insecto alado más antiguo de la Tierra. Las efímeras macho tienen dos pitos por los que sufrir. Yo ya llevo media vida debajo de la regadera por culpa del mío, pensando en cosas que no puedo alejar de mi mente por más que me esfuerce, porque me la paso de miedo pensando en ellas. De veras.

Al llegar al estuario, voy saltando por las piedras hasta encontrar una buena ensenada donde quedarme cien años mirando el sol que nada en la corriente. Debería existir un cuerno, un *gong* o algo así para despertar a Dios. Porque me gustaría decirle unas cuantas cosas. Tres palabras, en realidad: *¿Pero qué carajos?*

Cuando llevo un rato sin obtener respuesta, como viene siendo habitual, me saco los carboncillos del bolsillo trasero del pantalón. De algún modo han sobrevivido intactos a la odisea. Me siento y abro el cuaderno de dibujo. Pinto de negro una página entera, luego otra y otra más. Presiono con tanta fuerza que rompo un palillo tras otro, pero gasto los trozos hasta el final, de modo que si alguien me viese pensaría que la negrura está brotando de mi dedo, de mí. Pinto de negro el resto del bloc. Tardo horas.

(Serie: *Chico dentro de un caparazón de oscuridad.*)

Al día siguiente, a la hora de cenar, mi madre anuncia que esa misma tarde la abuela Sweetwine se subió a su coche para darle un mensaje dirigido a Jude y a mí.

Debo añadir un detalle: mi abuela está muerta.

—¡Por fin! —exclama Jude, retrepándose en la silla—. ¡Me lo prometió!

Lo que la abuela le prometió a Jude, poco antes de morir mientras dormía hace tres meses, fue que si Jude de verdad la necesitaba acudiría en menos que canta un gallo. Jude era su nieta favorita.

Mi madre apoya las manos en la mesa, no sin antes mirar a Jude sonriendo. Yo las apoyo también, pero me percato de que la estoy imitando y escondo las manos en el regazo.

Mi madre es contagiosa.

Y ha caído del cielo. Algunas personas proceden de otro mundo y mi madre es una de ellas. Llevo años reuniendo pruebas. Luego profundizaré en el tema.

Ahora, a lo que íbamos. Su rostro se ilumina cuando nos describe cómo el perfume de la abuela ha invadido el coche.

—¿Se acuerdan de que el efluvio de su perfume llegaba siempre antes que ella? —mi madre aspira el aire con ademán teatral, como si el intenso perfume floral de la abuela acabara de inundar la cocina. Yo aspiro el aire con ademán teatral. Jude aspira el aire con ademán teatral. Todo California, los Estados Unidos, la Tierra entera aspira con ademán teatral.

Salvo mi padre. Él carraspea.

No se lo traga. Porque es un limón. En palabras de su propia madre, la abuela Sweetwine, quien nunca entendió cómo había parido y criado a un hijo tan rancio. Yo tampoco.

Un limón cuyo trabajo consiste en investigar parásitos. Sin comentarios.

Le echo una ojeada, todo musculitos y bronceado de socorrista, con sus dientes fosforescentes, su normalidad fosforescente, y noto un sabor agrio, porque ¿qué pasaría si lo descubriera?

Hasta el momento, Zephyr no ha soltado prenda. Es probable que no lo sepan, porque yo soy la única persona del mundo que está enterada, pero el nombre científico del pito de la ballena en inglés es *dork*, que significa idiota. ¿Y el idiota de una ballena azul? Dos metros y medio. Repito: ¡dos meeeeeeeeetros y medio! Pues así me siento desde ayer, un idiota de más de dos metros:

(Autorretrato: *El idiota de cemento*.)

Sí.

En ocasiones creo que mi padre lo sospecha. En ocasiones creo que la tostadora lo sospecha.

Jude me atiza un puntapié por debajo de la mesa para que le preste atención a ella y no al salero, que me tiene fascinado. Señala a mi madre con un gesto de la barbilla. Ahora tiene los ojos cerrados y las manos cruzadas sobre el corazón. Luego señala a mi padre, que mira a su esposa tan enfurruñado que las cejas le rozan la barbilla. Abrimos los ojos como platos y me muerdo la mejilla por dentro para no echarme a reír. Jude también lo hace; siempre nos entra la risa a la vez. Apretamos los pies por debajo de la mesa.

(Retrato familiar: *Madre comulgando con la muerte durante la cena.*)

—¿Y bien? —la azuza Jude—. ¿Cuál era ese mensaje?

Mi madre abre los ojos, nos hace un guiño, vuelve a cerrarlos y prosigue en un tono de yuyu, como en trance:

—Pues inspiré el efluvio floral que había inundado el aire y noté un fulgor extraño...

Mueve los brazos como cintas de tela para exprimir al máximo el momento. Por eso la nombran Profesora del Año con tanta frecuencia: todo el mundo quiere formar parte de su película. Nos inclinamos hacia delante para no perder palabra de lo que viene a continuación, el mensaje del más allá, pero mi padre rompe la magia con una enorme carretada de aburrimiento.

Él nunca ha ganado el premio al Mejor Profesor del Año. Ni una sola vez. Sin comentarios.

—Deberías aclararles a los chicos que hablas en un sentido metafórico, cariño —dice, irguiéndose tanto que su cabeza atraviesa el techo. En mis retratos, casi siempre lo dibujo enorme. Como no cabe en la página, le dejo fuera la cabeza.

Mi madre pone los ojos en blanco, ahora con una expresión de lo más prosaica en la cara.

—Ya, pero es que no hablo en un sentido metafórico, Benjamin —antes, a mi madre le brillaban los ojos cuando se dirigía a él. Ahora no puede hablarle sin apretar los dientes. No sé por qué—. Lo que digo —afirma/gruñe— es que la maravillosa abuela Sweetwine, que en paz descanse, estaba literalmente en el coche, a mi lado, tan clara como el día —sonríe a Jude—. De hecho, llevaba puesto un vestido vaporoso y estaba despampanante.

Mi abuela poseía su propia línea de ropa, cuya pieza estrella era el vestido vaporoso.

—¿Sí? ¿Cuál? ¿El azul? —Jude parece tan ilusionada que se me encoge el corazón.

—No, el de las florecitas anaranjadas.

—Claro —asiente Jude—. Es ideal para un fantasma. Comentábamos a menudo la cuestión del vestido —de repente, se me pasa por la cabeza que mi madre está inventando todo esto porque Jude echa muchísimo de menos a la abuela. Los últimos días apenas se separó de su lecho. Cuando mi madre las encontró por la mañana, la una dormida, la otra muerta, Jude aún le sostenía la mano. Se me pusieron los pelos de punta cuando me lo contaron, pero cerré el pico—. Y bien... —Jude enarca una ceja—. ¿El mensaje?

—¿Saben lo que me encanta? —interviene mi padre, abriéndose paso a codazos en la conversación. Si esto sigue así, jamás sabremos cuál era el dichoso mensaje—. Me encanta que por fin podamos declarar extinguido el Reino del Absurdo.

Ya estamos. El reino al que se refiere comenzó cuando la abuela se vino a vivir con nosotros. Mi padre, que es "un hombre de ciencia", nos dijo que tomáramos con reservas todas y cada una de las tonteras que salían de los labios de mi abuela. La abuela replicó que ignoráramos al limón de su hijo, que nos dejáramos de reservas y que nos echáramos una cucharada de sal por encima del hombro izquierdo para dejar ciego al diablo.

A continuación sacó su "Biblia" (un ladrillo encuadernado en piel repleto de ideas delirantes, alias "boberas") y se puso a leer los evangelios. A Jude sobre todo.

Mi padre levanta su porción de pizza. El queso se derrama por los bordes. Me mira.

—¿Tú qué dices, Noah? ¿Dime si no es un alivio estar cenando algo que no sea uno de esos guisos de la buena suerte de la abuela?

Yo no digo ni mu. Lo siento, chavo. Me encanta la pizza, tanto que se me antoja una pizza incluso cuando me la estoy comiendo, pero no me subiría al carro de mi padre ni aunque el mismísimo Miguel Ángel viajara a bordo. Mi padre y yo no nos entendemos, algo que él tiende a olvidar. A mí nunca se me olvida. Cuando me llama a gritos para que vaya a ver un partido de los Niners de San Francisco o alguna película de carreras y trompazos, o a escuchar jazz, que me hace sentir como si tuviera el cuerpo al revés, abro la ventana de mi cuarto, salto afuera y echo a correr hacia el bosque.

De vez en cuando, si no hay nadie en casa, entro en su despacho y le rompo los lápices. Una vez, tras una charla particularmente vomitiva sobre Noah, el *Paraguas Destartalado,* durante la que se burló de mí y me dijo que si Jude no fuera mi hermana melliza pensaría que yo había nacido por partenogénesis (según el diccionario, concepción sin padre), me colé en el garaje mientras todos dormían y le rayé el coche con una llave.

Habida cuenta de que a veces veo el alma de las personas cuando las estoy dibujando, estoy al tanto de lo siguiente: el alma de mi madre es un girasol inmenso, tan grande que apenas le caben los órganos en el cuerpo. Jude y yo compartimos una misma alma: un árbol con las ramas ardiendo. La de mi padre es un plato de larvas.

Ahora, Jude le dice:

—¿Crees que la abuela no acaba de oír cómo criticabas su comida?

—La respuesta es un categórico no —replica mi padre antes de morder un bocado de pizza. Los labios le rezuman aceite.

Jude se levanta. Su melena cae en torno a ella como carámbanos de luz. Mira hacia el techo y declara:

—Siempre me han encantado tus guisos, abuela.

Mi madre toma la mano de Jude y se la aprieta. Luego afirma, también mirando al techo:

—A mí también, Cassandra.

Jude sonríe con todo su ser.

Mi padre se dispara con el dedo.

Mi madre frunce el ceño; cuando lo hace, envejece cien años.

—Ríndete al misterio, profesor —dice.

Siempre le está diciendo lo mismo, pero antes empleaba otro tono. Se lo decía como si le abriera una puerta para cederle el paso, no como si se la cerrara en las narices.

—Me casé con el misterio, profesora —replica él como siempre, pero antes sonaba a cumplido.

Seguimos comiendo pizza. Qué situación tan incómoda. Mis padres echan tanto humo que el aire se está oscureciendo. Estoy oyendo el ruido que hago al masticar cuando el pie de Jude vuelve a buscar el mío por debajo de la mesa. Le devuelvo el toque.

—¿Y el mensaje de la abuela? —aprovecha mi hermana entre la tensión.

Mi padre la mira y su expresión se suaviza. También es su hija favorita. Mi madre, en cambio, no tiene un hijo preferido, así que el puesto sigue vacante.

—Como iba diciendo... —esta vez mi madre emplea su tono de voz normal, grave, como si fuera una cueva la que estuviera hablando—. Esta tarde, cuando pasaba por delante de la EAC, la Escuela de Arte de California, la abuela se me apareció para decirme que sería el lugar perfecto para ustedes dos —sacudiéndose, se anima y rejuvenece de golpe—. Y tiene razón. No puedo creer que no se me haya ocurrido a mí. No dejo de pensar en una cita de Picasso: "Todos los niños nacen artistas. El problema es cómo seguir siendo artista cuando creces" —su rostro exhibe esa expresión maniaca que se apodera de ella en los museos, como si de un momento a otro fuera a robar un cuadro—. Piénsenlo bien. Es una oportunidad única en la vida, chicos. No quiero que sus espíritus acaben aplastados como... —deja la frase en suspenso, se pasa los dedos por el cabello (negro y encrespado, como el mío) y se gira hacia mi padre—. Tenemos que hacerlo, Benjamin. Ya sé que es caro, pero piensa en la opor...

—¿Y ya? —la interrumpe Jude—. ¿Eso es todo lo que te dijo la abuela? ¿Ése era el mensaje del más allá? ¿Que nos matricules en la escuela no sé qué? —parece a punto de echarse a llorar.

Yo no. ¿La Escuela de Arte de California? Jamás se me había pasado por la cabeza nada parecido, nunca imaginé que me libraría de ir al Roosevelt, la prepa de los tarados, con los demás. Estoy seguro de que la sangre se me ha iluminado en las venas.

(Autorretrato: *Una ventana se abre de sopetón en mi pecho.*)

Mi madre recupera la expresión de maniaca.

—No es un colegio cualquiera, Jude. Es una escuela que te permitirá gritar tu verdad a los cuatro vientos. ¿No quieres gritar tu verdad a los cuatro vientos?

—¿Qué verdad? —pregunta Jude.

Mi padre suelta una risita a borbotones.

—No sé, Di —interviene—. ¿No es condicionarlos demasiado? Olvidas que para el resto del mundo, el arte sólo es arte, no una religión —mi madre agarra un cuchillo, hace como que se lo clava a su marido en las tripas y lo retuerce. Mi padre sigue hablando sin darse cuenta—. De todas formas sólo están en primero de secundaria. Aún falta mucho para eso.

—¡Yo quiero ir! —exploto—. ¡No quiero que me machaquen el espíritu!

Son las primeras palabras que pronuncio en voz alta en toda la comida. Mi madre sonríe. No dejaré que mi padre le quite la idea de la cabeza. Allí no habrá surflerdos, lo sé. Seguro que sólo asisten alumnos de sangre resplandeciente. Sólo revolucionarios.

Mi madre le dice a mi padre:

—Tardarán un año en prepararse. Es una de las mejores escuelas de Artes Plásticas de todo el país y con un profesorado de primera, así que no hay problema en ese aspecto. ¡Y está a dos pasos de nuestra casa! —su emoción me exalta. Estoy a punto de echar a volar—. Es difícil que te admitan, pero ustedes dos no tendrán problema. Poseen un talento natural y ya saben muchísimo —nos sonríe con tal expresión de orgullo que casi casi veo que amanece en la mesa. Dice la verdad. A otros niños les compraban libros ilustrados. A nosotros nos compraban libros de Arte—. Este fin de semana empezaremos a visitar museos y galerías. Será genial. Organizaremos competencias de dibujo entre los dos.

Jude vomita un potaje azul fosforescente sobre el mantel, pero nadie más se da cuenta. No dibuja mal, pero su caso es distinto. Para mí, la escuela sólo dejó de ser una sesión diaria de cirugía estomacal cuando comprendí que mis compañeros preferían que los dibujase a charlar conmigo o a partirme la cara. A nadie se le pasaría por la cabeza partirle la cara a Jude. Es brillante, divertida y normal (no una revolucionaria) y habla con todo el mundo. Yo hablo conmigo mismo. Y con Jude, claro, aunque casi siempre en silencio porque así es como nos comunicamos. Y con mi madre, porque ella ha caído del cielo. (Ah, sí, las pruebas: de momento, no la he visto atravesar paredes, hacer el quehacer de la casa con sus poderes mentales, detener el tiempo ni nada grandioso, pero he notado cosas. Por ejemplo, hace unos días estaba tomándose un té en la terraza como hace siempre por las mañanas y, cuando me acerqué, advertí que sus pies no tocaban el suelo. Al menos, eso me pareció a mí. Y el argumento irrefutable: no tiene padres. ¡Fue abandonada al nacer! La dejaron en una iglesia de Reno, Nevada, siendo un bebé. ¿Ejem? ¿Quién la dejó, eh?) Ah, y también hablo con Rascal, que vive en la puerta de al lado, y que, lo mires por donde lo mires, es un caballo, pero bueno, cuenta.

De todas esas rarezas deriva lo de tarugo.

Pues sí, la mayor parte del tiempo me siento como un rehén.

Mi padre apoya los codos sobre la mesa.

—Dianna, para tu carro. Me parece que estás proyectando tus sueños sobre ellos. Los viejos sueños mueren...

Mi madre lo hace callar. Le rechinan los dientes como si estuviera poseída. Se diría que se está conteniendo para no soltarle todas las palabrotas del diccionario o una bomba nuclear.

—NoahyJude, tomen sus platos y vayan a comer al estudio. Tengo que hablar con su padre.

No nos movemos.

—NoahyJude, ahora.

—Jude, Noah —dice mi padre.

Cojo mi plato y camino hacia la puerta del comedor pegado a los talones de Jude. Ella me tiende la mano. Le doy la mía. Me fijo en que lleva un vestido de los colores del pez payaso. ¡Vaya! La voz de Profeta, el nuevo loro de nuestros vecinos, se cuela por la ventana abierta.

—¿Dónde demonios está Ralph? —grazna—. ¿Dónde demonios está Ralph?

Es lo único que dice, veinticuatro horas al día, siete días a la semana. Nadie sabe quién es Ralph y mucho menos dónde está.

—¡Maldito loro de mierda! —grita mi padre con tanta furia que el viento nos agita el pelo.

—No habla en serio —tranquilizo mentalmente a Profeta, pero al parecer lo dije en voz alta. A veces las palabras saltan de mi boca como sapos. Me dispongo a explicarle a mi padre que me dirigía al loro, pero me muerdo la lengua porque no le va a hacer ninguna gracia y, en lugar de disculparme, emito una especie de balido. Todo el mundo menos Jude me mira con cara rara. Nos largamos por piernas.

Instantes después, estamos sentados en el sofá. No encendemos la tele para poder oír lo que dicen, pero hablan con susurros rabiosos, imposibles de descifrar. Tras comerse la mitad de mi porción, que compartimos bocado a bocado porque ella olvidó su plato, mi hermana comenta:

—Pensaba que la abuela nos diría algo impresionante, como que en el cielo hay mar, ¿sabes?

Me arrellano en el sofá, aliviado de estar a solas con Jude. Nunca me siento como un rehén cuando estamos los dos solos.

—Pues claro que lo hay, ni lo dudes, pero es de color lila, con la arena azul y el cielo de un verde alucinante.

Sonríe, se queda un momento pensativa y luego dice:

—Y cuando estás cansado, trepas a tu flor y te duermes. Durante el día, todo el mundo habla en colores y no mediante sonidos. El silencio es increíble —cierra los ojos y prosigue, despacio—: Las personas, cuando se enamoran, arden en llamas.

A Jude le encanta este juego; era uno de los favoritos de la abuela. Siempre jugábamos a él de niños.

—¡Sáquenme de aquí! —decía, o a veces—: ¡Sáquenme de aquí cuanto antes, niños!

Cuando Jude abre los ojos, toda la magia se ha esfumado de su rostro. Suspira.

—¿Qué pasa? —le pregunto.

—No pienso ir a esa escuela. Sólo los aliens estudian allí.

—¿Los aliens?

—Sí, los frikis. Escuela de Frikis de California. Así la llama la gente.

Ay, por favor... Ay, por favor, gracias, abuela. Papá tiene que ceder. Quiero estudiar allí. ¡Artistas frikis! Me siento como si estuviera saltando en una cama elástica. Doy brincos y más brincos por dentro. Así de contento estoy.

Jude no salta. Ahora está mustia a más no poder. Para que se sienta mejor, le digo:

—Puede que la abuela haya visto a tus mujeres voladoras. A lo mejor por eso quiere que estudiemos en una Escuela de Arte.

Jude las modela con arena mojada tres playas por debajo de nuestra casa. Son las mismas que crea con puré de papas, crema de afeitar o lo que tenga más a mano cuando piensa que nadie la ve. Desde el acantilado, la he visto moldear esas versiones mayores y sé que lleva un tiempo intentando hablar con la abuela. Siempre adivino lo que Jude tiene en la cabeza. A ella, en cambio, le cuesta más saber lo que yo estoy pensando, porque en mi cabeza hay persianas que bajo cuando es necesario. Como últimamente, por ejemplo.

(Autorretrato: *El chico escondido dentro del chico escondido dentro del chico*.)

—No son obras de arte. Son... —no termina la frase—. Todo esto de la EAC es por ti, Noah. Y deberías dejar de seguirme a la playa. ¿Qué tal que me estuviera besando con alguien?

—¿Con quién? —sólo soy dos horas, treinta y siete minutos y treinta segundos más joven que Jude, pero siempre me hace sentir como si fuera su hermano pequeño. Me da muchísima rabia—. ¿Con quién te estarías besando? ¿Te has besado con alguien?

—Te lo diré a condición de que tú me cuentes lo que te pasó ayer. Sé que sucedió algo y que por eso has insistido en ir al colegio por otro camino esta mañana —es verdad. No quería toparme con Zephyr o con Fry. La preparatoria está pegada a nuestro colegio. No quiero volver a verlos jamás en la vida. Jude me toca el brazo—. Si te han hecho algo o se han metido contigo, dímelo.

Intenta leerme el pensamiento, así que bajo las persianas. Las dejo caer de golpe, ella a un lado y yo al otro. Al lado de esto, las otras historias para no dormir son menudencias. Como la del año pasado, cuando le atizó un puñetazo en la cara a esa mole con patas llamada Michael Stein, durante un partido de futbol, por llamarme retrasado sólo porque me distraje mirando un hormiguero muy bonito. O como aquella vez que me arrastró la resaca del mar y mi padre y ella tuvieron que rescatarme en una playa atestada de surflerdos. Esto es distinto. Este secreto me hace sentir como si llevara ascuas en el interior del pecho. Me levanto del sofá para alejarme de ella, no vaya a ser que mis persianas no basten... Y entonces oímos los gritos.

Chillan a todo pulmón y parece como si la casa fuera a partirse en dos. Algo que se viene repitiendo últimamente.

Me desplomo otra vez en el sofá. Jude me mira con sus ojos, del más pálido azul glaciar. Cuando los pinto, uso el color blanco, principalmente. Por lo general te pierdes en ellos; empiezas a pensar en nubes esponjosas y a oír música de arpa y cosas así, pero ahora sólo parecen asustados. Todo lo demás se esfuma.

(Retrato: *Mamá y papá con sendas teteras silbando en lugar de cabezas*.)

Ahora Jude está hablando y su voz suena igual que cuando era pequeña, como de oropel.

—¿De verdad crees que por eso quiere la abuela que vayamos a la escuela esa? ¿Porque ha visto mis mujeres voladoras?

—Sí —miento. En realidad opino que ella estaba en lo cierto la primera vez. Pienso que es por mi causa.

Se desliza por el sofá hasta pegarse a mí. Nosotros somos así. Es nuestra pose clásica. Unidos. Aparecemos de esta manera incluso en la foto de la ecografía y así estábamos en el dibujo que Fry rompió ayer. A diferencia del resto de la humanidad, o casi, llevamos juntos desde que éramos cuatro células y llegamos al mundo a la vez. Por eso poca gente se da cuenta de que Jude tiende a hablar por los dos. Por eso sólo sabemos tocar el piano a cuatro manos, pero no cada cual por su cuenta, y no podemos jugar a piedra, papel o tijera porque ni una sola vez, en trece años de vida, hemos elegido algo distinto. Siempre nos pasa lo mismo: dos piedras, dos papeles, dos tijeras. Si no hago el dibujo de nosotros así, incluyo media persona.

Con la unión, llega la calma. Ella inspira y yo la sigo. Puede que seamos demasiado mayores para seguir jugando a esto, pero me da igual. La veo sonreír, aunque estoy mirando al frente. Exhalamos juntos, inhalamos juntos, exhalamos, inhalamos, dentro y fuera, fuera y dentro, hasta que ni siquiera los árboles recuerdan lo que sucedió ayer en el bosque, hasta que los gritos de mis padres mudan de cacofonía a música, hasta que no sólo compartimos edad, sino una misma persona, única y completa.

Una semana más tarde, todo cambia.

Hoy es sábado y mi madre, mi hermana y yo estamos en la cafetería de la terraza del museo, en la ciudad, porque mamá ganó la discusión y dentro de un año ambos solicitaremos plaza en la Escuela de Arte de California.

Al otro lado de la mesa, Jude charla con mi mamá al mismo tiempo que me manda silenciosas amenazas de muerte porque estamos compitiendo y cree que mis dibujos superan a los suyos. Mi madre es la juez. Y sí, puede que haya hecho mal intentando arreglar los dibujos de Jude. Ella está segura de que lo que quería era estropearlos. Sin comentarios.

Jude pone los ojos en blanco con aire exasperado. El gesto es un 6.3 en la escala Richter. Con gusto le pegaría un rodillazo en el muslo por debajo de la mesa, pero renuncio a la idea. En cambio, doy un sorbo a mi taza de chocolate caliente y observo a hurtadillas a los chicos mayores que hay a mi izquierda. En relación con mi kilométrico pito de cemento, de momento no se han producido daños colaterales, aparte de los mentales. (Autorretrato: *Chico devorado poco a poco por una masa de hormigas rojas de fuego*.) Puede que Zephyr no se lo haya contado a nadie.

Los chicos de la mesa de al lado llevan dilatadores de goma en las orejas y *piercings* en las cejas, y juguetean entre ellos como nutrias. Seguramente asisten a la EAC, pienso, y la idea me provoca un armónico en el cuerpo. Uno tiene cara de luna, unos ojazos redondos y unos labios rojos y carnosos, al estilo de los de Renoir. Me encanta ese tipo de bocas. Estoy dibujándome un apunte de su cara en los pantalones con el dedo, por debajo de la mesa, cuando me sorprende observándolo. En lugar de fulminarme con la mirada o algo parecido para que lo deje en paz, me guiña el ojo, despacio, de modo que no quepa lugar a duda, y luego devuelve la atención a sus amigos. Yo me quedo patidifuso.

Me ha guiñado el ojo. Como si lo supiera. Y no me siento mal. En absoluto. De hecho... Ojalá pudiera dejar de sonreír, y ahora, guau... mira en dirección a mí y sonríe a su vez. Me hierve la cara.

Intento concentrarme en mi madre y Jude. Están hablando de la delirante Biblia de la abuela. Otra vez. Según mi madre, es una enciclopedia de lo sobrenatural. Dice que la abuela sacaba ideas de todas partes y de todo el mundo, e incluso dejaba su Biblia abierta sobre el mostrador, junto a la caja registradora de la *boutique,* para que los clientes pudieran escribir también sus sandeces delirantes.

—En la última página —le dice mi madre a Jude— escribió que, en caso de muerte repentina, te dejaba la Biblia a ti.

—¿A mí? —mi hermana me mira con su expresión más petulante—. ¿Sólo a mí?

Ahora parece una niña con zapatos nuevos. Como si me importara en lo más mínimo. Para qué iba a querer yo una Biblia de supersticiones.

Mi madre vuelve a la carga:

—Cito textualmente: "Lego este hermoso libro a mi nieta, Jude Sweetwine, la última portadora del 'don Sweetwine'".

Yo empiezo a vomitar un potaje verde fosforescente.

La abuela concluyó que Jude poseía el "don Sweetwine de la intuición" cuando descubrió que podía hacer una flor con la lengua. Teníamos cuatro años. Después de aquello, Jude y yo nos pasamos días y días delante de un espejo. Ella me presionaba la lengua con el dedo una y otra vez para que aprendiera a hacerlo y de ese modo poder compartir con ella el don Sweetwine. No sirvió de nada. Mi lengua gira y se enrolla, pero no florece.

Vuelvo a mirar a la mesa de las nutrias. Se preparan para partir. Guiñitos cara de luna se echa la mochila al hombro y articula con los labios "adiós" en dirección a mí.

Trago saliva, bajo la vista y ardo en llamas.

Luego empiezo a dibujarlo mentalmente, de memoria.

Cuando conecto otra vez con el mundo, varios minutos después, mi madre le está diciendo a Jude que, a diferencia de la abuela Sweetwine, ella se aparecería de manera ostentosa y persistente, nada de apariciones rápidas en el coche.

—Sería de esos fantasmas que andan siempre importunando —se ríe con sus graves carcajadas y gesticula con las manos—. Me gusta tenerlo todo controlado. ¡Nunca se librarían de mí! ¡Nunca! —lanza una risotada siniestra.

Lo raro es que parece haberse desatado un vendaval a su alrededor. Su pelo se agita y su vestido ondea ligeramente. Miro debajo de la mesa para comprobar si hay un ventilador o algo por el estilo ahí escondido, pero no veo nada. ¿Se dan cuenta? Las madres normales no poseen un clima propio. Nos sonríe con cariño, como si fuéramos mascotas, y noto una opresión en el pecho.

Me sacudo a mí mismo mientras ellas siguen hablando sobre qué tipo de fantasma sería mamá. Si se muriera, el sol se apagaría. Punto.

En lugar de prestarles atención, pienso en lo que ha sucedido en el museo.

En cómo fui de cuadro en cuadro, pidiéndole a cada uno que me devorara, y en cómo todos me obedecieron.

En que me sentí a gusto en mi propia piel, todo el tiempo. Ni una vez se me arrugó a la altura de los tobillos ni se me encogió por la zona de la cabeza.

El tamborileo de mi madre en la mesa me trae de vuelta a la realidad.

—Bueno, vamos a ver esos cuadernos —sugiere, emocionada.

Yo pinté cuatro dibujos al pastel inspirados en la colección permanente: un Chagall, un Franz Marc y dos Picassos. Los escogí porque tenía la sensación de que las pinturas me observaban con tanta atención como yo a ellas. Mamá nos dijo que no nos sintiéramos obligados a copiarlos al detalle. Yo no los copié en absoluto: agité los originales mentalmente y luego los plasmé, mezclados con mi propio ser.

—Yo primero —digo al tiempo que empujo mi cuaderno hacia las manos de mi madre.

El gesto de exasperación de Jude es un 7.2 en la escala Richter. Tiembla todo el edificio. Me da igual; no puedo esperar. Hoy, mientras dibujaba, me pasó algo muy raro. Creo que me cambiaron los ojos por otros mejores sin que me diera cuenta. Quiero que mamá se dé cuenta de eso.

La observo pasar las páginas despacio, ponerse las gafas de abuela que lleva colgadas al cuello y volver a empezar, y, cuando termina, empieza de nuevo. En cierto momento alza la vista para mirarme, como si me hubiera convertido en un topo de nariz estrellada, antes de devolver la atención al cuaderno.

Todos los sonidos del café: las voces, el silbido de la cafetera, el repiqueteo de los vasos y los platos enmudecen mientras veo su dedo planear sobre la página. Miro los dibujos a través de sus ojos y advierto lo siguiente: son buenos. Soy un cohete a punto de despegar. ¡Me van a admitir en la EAC, no cabe duda! Y aún me queda un año entero para prepararme. Ya le pedí al señor Grady, el profesor de dibujo, que me enseñe a mezclar óleos después de las clases y aceptó. Cuando creo que mi madre por fin ha terminado, regresa al principio y empieza otra vez. ¡No puede parar de mirarlos! Su rostro irradia felicidad. Ay, todo me da vueltas.

Hasta que me convierto en el blanco de un asedio. Jude me somete a un bombardeo psíquico. (Retrato: *Verde de envidia*.) Piel: color lima. Pelo: verde *chartreuse*. Ojos: verde bosque. Toda ella, de la cabeza a los pies: verde, verde, verde. La veo abrir un sobrecito de azúcar, derramar un poco sobre la mesa, apretar los cristales con el dedo y luego imprimir una huella dactilar de azúcar en la portada de su cuaderno. Ocurrencias de la buena suerte extraídas de la Biblia de la abuela. Algo se me retuerce en la barriga. Debería arrancarle a mi madre el cuaderno de las manos, pero no lo hago. No puedo.

Cada vez que la abuela S. nos leía la mano a Jude y a mí, nos decía que nuestras líneas revelaban celos suficientes para arruinar la vida de ambos diez veces. Sé que tenía razón. Cuando nos dibujo a Jude y a mí con la piel transparente, siempre tenemos serpientes de cascabel en el estómago: yo, tan sólo unas cuantas; Jude, diecisiete la última vez que las conté.

Por fin, mi madre cierra el cuaderno y me lo devuelve.

—Las competencias no sirven para nada —declara—. A lo largo de este año, dedicaremos los sábados a ver cuadros y a aprender técnicas. ¿Les parece bien, chicos?

Lo dice antes de haber abierto siquiera el cuaderno de Jude.

Mi madre levanta su taza de chocolate caliente, pero no bebe.

—Increíble —dice al tiempo que mueve la cabeza despacio, de lado a lado. ¿Acaso ha olvidado los dibujos de mi hermana?—. Se aprecia la sensibilidad de Chagall con la paleta de Gauguin, pero el punto de vista es tuyo y sólo tuyo. Y eres jovencísimo. Es extraordinario, Noah. Sencillamente extraordinario.

(Autorretrato: *Chico zambulléndose en un lago de luz.*)

—¿En serio? —susurro.

—En serio —responde de todo corazón—. Estoy anonadada.

Algo ha cambiado en su rostro, como si se le hubiera abierto un telón en el centro. Miro a Jude de reojo. Advierto que está acurrucada en un rincón de sí misma, igual que hago yo en caso de emergencia. Cuento con un escondrijo interior al que nadie puede acceder, en ningún caso. No tenía ni idea de que ella también tuviera el suyo.

Mamá no se da cuenta. Por lo general, está al tanto de todo. Ahora, sin embargo, se ha quedado ahí sentada, ajena a cuanto la rodea, como perdida en un sueño en nuestras mismísimas narices.

Por fin, se sacude, pero es demasiado tarde.

—Jude, cariño, echemos un vistazo a ese cuaderno. Estoy deseando ver tus dibujos.

—No te preocupes —responde Jude con su voz de oropel. Ya guardó el cuaderno en las profundidades de su mochila.

Jude y yo compartimos muchos juegos privados. Sus favoritos son: ¿Cómo preferirías morir? (Jude, congelada; yo, quemado) y el Juego del Ahogado. El Juego del Ahogado funciona así: si mamá y papá se estuvieran ahogando, ¿a quién salvarías primero? (Yo: a mamá, vaya pregunta. Jude: depende de qué humor esté.) Y hemos creado otra variante: si nosotros dos nos estuviéramos ahogando, ¿a quién salvaría papá? (A Jude.) Durante trece años, mi madre nos ha tenido en Babia. Ignorábamos completamente a quién rescataría en primer lugar.

Hasta ahora.

Sin necesidad de mirarnos, ambos lo sabemos.

HISTORIA DE LA SUERTE

Jude
16 años

3 años después

Aquí estoy.

En un taller de la EAC, delante de mi escultura, con un trébol de cuatro hojas en el bolsillo. Me he pasado toda la mañana rebuscando entre los macizos de los jardines de la escuela, todo para nada; no había ni uno. Y entonces, ¡eureka! He pegado una cuarta hoja con *superglue* a un trébol común y corriente, lo he envuelto en celofán y me lo he guardado en el bolsillo de la sudadera junto con la cebolla.

Soy una especie de fundamentalista conversa. Otras personas recurren a Gedeón, yo recurro a la abuela Sweetwine. Algunos pasajes de muestra:

> *Aquel que posea un trébol de cuatro hojas, ahuyentará*
> *cualquier influencia siniestra.*

(En la Escuela de Arte abundan las influencias siniestras. Sobre todo hoy; no sólo se va a comentar mi trabajo en voz alta, sino que tengo una reunión con mi tutor y podrían expulsarme.)

*Para protegerte de las enfermedades graves, lleva siempre
una cebolla en el bolsillo.*
(La llevo. Toda precaución es poca.)

Si un chico le regala una naranja a una chica, su amor por él se multiplicará.
(No viene al caso. Ningún chico me ha regalado jamás una
naranja.)

Los pies de los fantasmas nunca rozan el suelo.
(Ya hablaremos del tema. Enseguida.)

Suena el timbre.

Y allí están. Toda la clase completa de segundo de Escultura. Todos, del primero al último, preparados para ahogarme con una almohada. Perdón: contemplando mi escultura boquiabiertos. La
propuesta consistía en hacer un autorretrato. Otro más. Yo he op-
tado por el estilo abstracto, lo que significa: una plasta. Degas pintaba bailarinas, yo modelo plastas. Plastas rotas y recompuestas.
Ésta es la octava que hago.

—¿Qué tenemos aquí? —pregunta Sandy Ellis, maestro ce-
ramista, instructor de modelado y mi tutor. Son las palabras que
siempre pronuncia para iniciar la ronda de comentarios.

Nadie dice ni pío. Las clásicas sesiones de crítica de la Escuela de Aliens de California suceden como si fueran un bocadillo:
empiezan y terminan con elogios; en el intervalo, la gente escupe
las cosas horribles que piensa en realidad.

Echo un vistazo a mi alrededor sin mover la cabeza ni un milímetro. El grupo de Escultura de segundo constituye una muestra excelente del grueso del alumnado de la EAC: frikis de toda
ralea y condición que exhiben sus marcas con orgullo y ostenta-

ción. La gente común y corriente como yo (dejando al margen alguna que otra rareza de nada, claro, ¿quién no tiene manías?) es la excepción.

Ya sé lo que están pensando. Es Noah el que debería estar en esta clase, no yo.

Sandy estudia a los alumnos a través de sus redondos lentes entintados.

Por lo general, la gente está deseando intervenir, pero ahora mismo en el taller sólo se oye el zumbido eléctrico de los fluorescentes. Miro la hora en el viejo reloj de mamá (lo llevaba puesto cuando murió instantáneamente el día que su coche se despeñó por un precipicio, hace dos años), que cuenta los segundos en mi muñeca.

La lluvia en diciembre augura un funeral inesperado.
(Llovió a lo largo de todo el mes de diciembre
antes de que muriera.)

—Vamos, chicos, ¿algún comentario positivo sobre *Plasta-Menda Rota Número 8?* —Sandy se revuelve despacio la desgreñada barba. Todos nos hemos transformado en nuestros animales totémicos (un juego en el que Noah me obligaba a participar constantemente cuando éramos niños). El de Sandy sería un macho cabrío—. Hemos hablado de puntos de vista —dice—. Vamos a comentar el de CJ, ¿les parece?

CJ, abreviatura de Calamity Jane/Jude. Así me llama todo el mundo en la escuela a causa de mi "mala suerte". Y no sólo porque todas mis piezas se rompan en el horno. El año pasado, en el taller de Alfarería, algunos de mis cuencos salieron volando de los estantes en plena noche. No había nadie allí, las ventanas estaban cerradas y el terremoto más próximo tuvo lugar en Indonesia. El guardia nocturno se quedó de una pieza.

Todo el mundo se quedó de una pieza menos yo.

Caleb Cartwright levanta ambas manos con un gesto que acentúa aún más si cabe su aire de mimo: suéter negro de cuello alto, jeans entubados del mismo color, lápiz de ojos y bombín. En realidad, está bastante bueno si te va el estilo cabaret bohemio, y que conste que yo no me fijo. El boicot sigue en pie. Acudo a clase pertrechada con una venda contra chicos y uniforme de invisibilidad por si las moscas:

Receta para hacerte invisible: córtate un metro de melena rubia y rizada y esconde la cabellera restante bajo un gorro negro de punto. Mantén el tatuaje oculto a la vista. No te vistas con nada que no sean sudaderas enormes, jeans gigantes y tenis. No digas ni pío.

(De vez en cuando, añado mis propios pasajes a la Biblia.)

Caleb mira a su alrededor.

—Voy a hablar en general, ¿va? —guarda silencio un momento para elegir cuidadosamente las palabras con las que va a hundirme en la miseria—. Es imposible criticar la obra de CJ porque ¿qué se puede decir de una masa amorfa? O sea, ¿se acuerdan de Humpty Dumpty, de *Alicia en el País de las Maravillas*, el huevo que se cae y ya no se puede recomponer? Pues a mí me recuerda a eso.

Me imagino que estoy en un prado, tal como me sugirió que hiciera la psicóloga del centro cada vez que me rayara o, como decía la abuela, cuando se me aflojaran los tornillos.

Y por si alguien aún albergaba dudas a estas alturas: los tréboles de cuatro hojas caseros no surten efecto.

—Bueno, ¿y cómo aplicaríamos la idea a esta obra en concreto? —pregunta Sandy a la clase.

Randall *no te ofendas, pero...*, Brown empieza a balbucear. Es el clásico tarado integral que se cree con derecho a soltarte cualquier barbaridad siempre y cuando anteponga un *no te ofendas, pero...* Con gusto le dispararía un dardo sedante.

—Tendría mucho más valor, Sandy, si fuera intencionado —me mira. Allá va—. O sea, CJ, *no te ofendas, pero* yo lo único que veo ahí es una manifiesta desidia. ¿Cómo es posible que todas tus piezas se rompan en el horno? La única explicación lógica que se me ocurre es que no estés trabajando la arcilla lo suficiente como para que se seque de manera uniforme.

Bravo. Has dado en el clavo. Premio para el caballero.

Las explicaciones no siempre son lógicas.

Pasan cosas. Cosas raras. Y si nos dejaran defendernos mientras el resto de la clase machaca nuestro trabajo, si alguien con mucho poder, como por ejemplo Dios, me firmara una declaración jurada de que no me iban a encerrar en un manicomio durante el resto de mi vida, alegaría: "A ver, ¿alguno de ustedes tiene una madre muerta tan furiosa como para levantarse de la tumba y romperle todas las piezas?"

Entonces entenderían a lo que me enfrento.

—Randall ha mencionado algo importante —interviene Sandy—. ¿La intención del artista influye en nuestra experiencia y disfrute del arte? Si la escultura de CJ está hecha trizas, ¿importa acaso que en un principio la hubiese concebido como una totalidad? ¿Qué es más importante, el viaje o el destino, por así decirlo?

La clase entera zumba como un enjambre feliz y Sandy los enzarza en una discusión teórica sobre si el artista importa siquiera una vez que la obra está acabada.

Yo prefiero pensar en pepinillos.

—Yo también... Pepinillos *kosher* al eneldo, grandes y jugosos. Mmm... —me susurra la abuela Sweetwine mentalmente. Es un fantasma, igual que mi madre, pero a diferencia de esta última, que se limita a romper cosas, la abuela habla y a menudo se me aparece. Es el poli bueno de la patrulla de mi mundo fantasmal; mi madre, el malo. Intento poner cara de póquer mientras ella vuelve a la carga—. *La, la, la,* tremendo rollo. Y, seamos sinceros, esa obra tuya no hay por dónde cogerla. ¿A qué vienen tantos rodeos? ¿Por qué no te desean más suerte la próxima vez y pasan a la siguiente víctima, como el tipo ese que lleva un racimo de plátanos en la cabeza?

—Son rastas rubias, abuela —replico mentalmente, haciendo grandes esfuerzos por no mover los labios.

—Lo que yo digo es que pases de ese rollo, cariño.

—Bien dicho.

¿Alguna que otra rareza de nada? Va, lo reconozco, mis manías son considerables.

Ahora bien, para que conste: el veintidós por ciento de la población mundial ve fantasmas, lo que suma más de mil quinientos millones de personas en todo el mundo. (Gajes de que tus padres sean profesores. Yo soy una *crack* de la investigación.)

Mientras la clase sigue con sus teorías marcianas, yo me entretengo jugando a ¿Cómo preferirías morir? Actualmente ostento el récord de ese juego. No es tan sencillo como parece, porque hace falta mucha habilidad para conseguir un grado de atrocidad equiparable en las dos muertes de la ecuación. Por ejemplo, comerte un puñado tras otro de cristales rotos o...

Me interrumpo cuando, para mi sorpresa y la de todos los presentes, Fish (no tiene apellido) levanta la mano. Fish, al igual que yo, es una chica que ha hecho voto de silencio, así que su intervención supone todo un acontecimiento.

—A CJ no le falla la técnica —dice, y el *piercing* de su lengua brilla como una estrella—. Yo creo que un fantasma le está rompiendo las obras.

El *juajuajuá* es generalizado. Incluso Sandy se une a la fiesta. Yo estoy alucinando. Lo ha dicho en serio. Lo sé. Busca mis ojos, levanta la muñeca y la sacude una pizca. Lleva una pulsera punki de la suerte que hace juego con el resto de su indumentaria: pelo lila, brazos tatuados, talante hosco. De repente, reconozco los amuletos: tres vidrios marinos de color rojo rubí, dos tréboles de cuatro hojas de plástico y un puñado de pajarillos tallados de galletas de mar, todos ensartados en un raído cordón de cuero. Guau. No era consciente de haberle metido tal cantidad de suerte en el bolso y en los bolsillos de la bata. Es que siempre parece tan triste bajo ese maquillaje tétrico... Pero ¿cómo supo que era cosa mía? ¿Están al tanto los demás también? ¿Lo sabe ese chico nuevo tan tímido? Definitivamente, me falta un tornillo. Llevo varios días escondiéndole pajarillos de la suerte por todas partes.

Sin embargo, la opinión de Fish y su pulsera punki no prospera. Durante el resto de la sesión, la clase entera, un alumno detrás de otro, se dedica a arponear la *Plasta-Menda Rota Número 8*, mientras yo empiezo a preocuparme por mis manos, ahora dos puños cerrados que aprieto con fuerza para no estallar. Me pican. Me pican mucho. Por fin, las abro para examinarlas con disimulo. No veo picaduras ni eccemas. Busco alguna mancha roja que pueda indicar la presencia de una fascitis necrotizante, más conocida como gangrena, de la cual me lo leí todo, pero absolutamente todo en una de las revistas médicas de mi padre.

Bien, ya lo tengo: ¿cómo preferirías morir? ¿Tragándote un puñado tras otro de cristales machacados o como consecuencia de una espantosa fascitis necrotizante?

La voz de Felicity Stiles (¡el final está al caer!) me arranca del endiablado dilema en el que estoy sumida, aunque empezaba a decantarme por comerme el cristal.

—¿Puedo cerrar yo, Sandy? —pregunta, como hace siempre. Tiene un precioso acento cantarín de niña bien de California, que exagera cuando pronuncia su sermón al final de cada sesión. Es como una flor parlante; un narciso evangélico. Fish se clava una daga invisible en el pecho. Yo le sonrío y me preparo para lo que viene a continuación—. A mí me parece triste —deja caer Felicity, y guarda silencio hasta apoderarse de toda la clase, lo que le lleva únicamente un segundo porque no sólo habla como narciso, sino que parece un narciso y actúa como tal. En un instante, todos nos deshacemos en suspiros. Tiende la mano hacia mi plasta—. Percibo el dolor de la totalidad del planeta en esa obra —la totalidad del planeta gira una vez antes de que haya acabado de pronunciar todas esas eles—. Porque todos somos piezas rotas y reparadas. O sea, ¿no es así como nos sentimos? Yo sí. El mundo entero se siente así. Nos esforzamos al máximo, y éste es el resultado, una y otra vez. Eso es lo que me sugiere la obra de CJ y me entristece, me entristece muchísimo —me clava la mirada—. Comprendo lo desgraciada que te sientes, CJ, de verdad que sí —sus ojos son enormes, irresistibles. Ay, qué rabia me da la Escuela de Arte. Levanta el puño y se lo lleva al pecho, luego se lo golpea tres veces, diciendo—: Yo. Te. Comprendo.

No puedo evitarlo. Empiezo a cabecear yo también como una flor al viento cuando la tabla que sostiene la *Plasta-Menda Rota*

Número 8 cede y mi autorretrato se hace añicos contra el suelo. Otra vez.

—Qué fuerte —le digo a mi madre para mis adentros.

—¿Qué les decía? —exclama Fish—. Es un fantasma.

Esta vez no se oyen *juajuajuás*. Caleb niega con la cabeza.

—No es posible.

—Pero ¿qué diablos? —exclama Randall.

Díganmelo a mí, chamacones. A diferencia de Casper y de la abuela S., mi madre no es un fantasma amistoso.

Sandy mira por debajo de la mesa.

—Se ha zafado un tornillo —musita con incredulidad.

Saco la escoba que guardo en mi casillero para tales casos y barro la *Plasta-Menda Rota Número 8* mientras todos los demás me compadecen por lo bajo. Tiro los pedazos a la papelera. Junto con los restos de mi autorretrato, me deshago de este trébol casero que tan mal resultado me ha dado.

Estoy pensando que a lo mejor Sandy se apiada de mí y pospone la reunión hasta después de las vacaciones de Navidad, que empiezan mañana, pero entonces lo veo mirarme y articular con los labios las palabras *a mi despacho* a la vez que señala la puerta con un gesto. Cruzo el taller hacia la entrada.

Asegúrate de empezar a caminar siempre con el pie derecho para evitar la calamidad, que se presenta siempre por la izquierda.

Estoy hundida en un gigantesco sillón de piel enfrente de Sandy. Él se disculpa por la zafada de tornillo y bromea diciendo que a lo mejor Fish tenía razón con lo del fantasma, ¿eh, CJ?

A lo que le sigue una risilla educada ante lo absurdo de la idea.

Tamborilea con los dedos sobre la superficie del escritorio. Ambos guardamos silencio. Por mí, mejor.

A su izquierda se yergue un grabado del *David* de Miguel Ángel en tamaño natural, tan vívido a la delicada luz de la tarde que tengo la sensación de que en cualquier momento va a exhalar su primer aliento. Siguiendo la dirección de mis ojos, Sandy se vuelve a mirar el imponente hombre de piedra.

—Vaya biografía la que escribió tu madre sobre él —dice, rompiendo el silencio—. Nada tímida en relación con su sexualidad. Merecía sobradamente todos los elogios que recibió, del primero al último —se quita las gafas y las deja sobre el escritorio—. Háblame, CJ.

Mirando por la ventana, echo un vistazo al largo tramo de playa oculto por la bruma.

—Pronto caerá la niebla —digo—. Una de las cosas que han dado fama a Lost Cove es la frecuencia con que desaparece envuelto en ella. ¿Sabías que algunas culturas indígenas creen que la niebla alberga a los espíritus de los muertos que no descansan en paz?

Lo dice la Biblia de la abuela.

—¿Ah, sí? —se acaricia la barba y, al hacerlo, se le quedan pegados trocitos de arcilla a los pelos—. Qué interesante, pero ahora tenemos que hablar de ti. La situación es muy grave.

Ah... Yo estaba hablando de mí.

Vuelve a reinar el silencio..., y entonces me decido por el cristal machacado. Lo tengo claro.

Sandy suspira. ¿Se siente incómodo en mi presencia? He notado que le pasa a mucha gente. Antes no era así.

—Mira, sé que has pasado una temporada durísima, CJ —estudia mi rostro con sus amables ojos de chivo. Odio que me miren de ese modo—. Y el curso pasado prácticamente te dimos carta blanca a causa de las trágicas circunstancias —me lanza otra vez esa mirada de "pobre huerfanita" que todos los adultos adoptan antes o después al hablar conmigo, como si estuviera condenada, como si me hubieran empujado de un avión sin paracaídas, porque las madres son los paracaídas. Bajo la vista, advierto que tiene un melanoma fatal en el brazo, veo pasar su vida ante mis ojos y entonces me doy cuenta, aliviada, de que sólo es una mancha de arcilla—. Pero las reglas de la EAC son muy estrictas —añade con gravedad—. Suspender un taller es motivo de expulsión, así que hemos decidido concederte un periodo de prueba —se inclina hacia la mesa—. El problema no es que se te rompan las piezas al hornearlas. Esas cosas pasan. Es verdad que siempre te pasan a ti, lo que induce a preguntarse si tu técnica y tu concentración son las más adecuadas, pero no es eso. Nos preocupan, sobre todo, tu tendencia a aislarte y tu falta de compromiso. Debes saber que hay jóvenes artistas por todo el país muriéndose por conseguir una plaza. Tu plaza.

Pienso en lo mucho que Noah se la merece. ¿No es eso lo que pretende decirme mi mamá al rompérmelo todo?

Estoy segura de que sí.

Inspiro hondo y respondo:

—Pues que se la queden. De verdad. Ellos se la merecen. Yo no —levanto la cabeza y lo miro a los ojos, que me observan estupefactos—. Yo no debería estar aquí, Sandy.

—Ya veo —dice—. Bueno, puede que tú pienses eso, pero el decano de la EAC no está de acuerdo. Y yo tampoco —coge las gafas y empieza a limpiárselas con los pringosos faldones de la camisa hasta dejarlas aún más sucias—. Aquellas mujeres que modelaste con arena, las que incluiste en tu dosier de admisión, poseían algo muy especial.

¿Perdón?

Cierra los ojos un momento, como si estuviera oyendo una música lejana.

—Eran tan alegres, tan caprichosas. Rebosantes de movimiento, de emoción.

¿De qué está hablando?

—Sandy, presenté diseños de ropa y unos cuantos vestidos de muestra confeccionados por mí. Hablé de las esculturas de arena en el ensayo.

—Sí, recuerdo el ensayo. Y recuerdo los vestidos. Preciosos. Lástima que esta escuela no esté especializada en moda. Sin embargo, la razón de que ahora estés aquí sentada son las fotografías de aquellas maravillosas esculturas.

No existen fotografías de aquellas esculturas.

De acuerdo, es lógico que tenga cierta sensación de irrealidad, puesto que me encuentro en un episodio de *La dimensión desconocida*.

Nadie llegó a verlas nunca. Me aseguré de ello. Buscaba siempre playas aisladas, donde la marea las borrase a las pocas horas. Sólo Noah me dijo una vez, no, dos, que me había seguido y me había visto modelarlas. ¿Hizo fotos? ¿Y las envió a la EAC? Lo dudo muchísimo.

Cuando descubrió que yo había sido aceptada y él no, destruyó todos sus dibujos. No queda ni un garabato. Desde entonces no ha vuelto a agarrar un lápiz, pintura pastel, carboncillo o pincel. Nada.

Levanto la vista hacia Sandy, que rasca la mesa con los nudillos. Espera, ¿acaba de decir que mis esculturas eran maravillosas? Me parece que sí. Cuando advierte que vuelve a tener mi atención, deja de borrar la mesa con la mano y prosigue:

—Sé que te hemos abrumado con un montón de teoría en los dos años que llevas aquí, pero volvamos al comienzo. Te voy a hacer una pregunta muy sencilla, CJ. ¿Ya no tienes deseos de crear nada? Has vivido experiencias terribles para alguien de tu edad. ¿No sientes la necesidad de decir algo? ¿De expresar algo? —ahora se ha puesto en plan trascendental e intenso—. Porque ahí radica la clave. No hay más. Deseamos con las manos, eso es lo que hacemos los artistas.

Sus palabras están despertando algo en mi interior. No me gusta.

—Piensa en ello —insiste, ahora con un tono más amable—. Te lo volveré a preguntar. ¿No hay nada que desees con toda tu alma y que sólo tus dos manos puedan crear?

Noto un dolor lacerante en el pecho.

—¿Lo hay, CJ? —insiste.

Lo hay. Pero está fuera de mi alcance. Vuelvo a imaginar el prado.

—No —digo.

Hace una mueca.

—No te creo.

—No hay nada —insisto, a la vez que entrelazo las manos con fuerza en el regazo—. Nada. Cero.

Menea la cabeza, decepcionado.

—Muy bien, pues.

Levanto los ojos hacia el *David*.

—CJ, ¿dónde estás?

—Aquí. Estoy aquí. Perdona.

Le devuelvo la atención. Salta a la vista que está disgustado. ¿Por qué? ¿Por qué le afecta tanto? Como bien ha dicho, hay jóvenes artistas por todo el país que se mueren por conseguir una plaza en la escuela.

—Tendremos que hablar con tu padre —suspira—. Estás renunciando a la oportunidad de tu vida. ¿Estás segura de que eso es lo que quieres?

El *David* vuelve a captar mi mirada. Parece como si estuviera tallado en luz. ¿Qué quiero? Sólo deseo una cosa...

De repente, me siento como si el *David* hubiera abandonado la pared, me hubiera rodeado con sus enormes brazos de piedra y me estuviera susurrando al oído.

Me recuerda que Miguel Ángel lo creó hace nada menos que quinientos años.

—¿De verdad quieres que pidamos tu traslado a otro centro?

—¡No! —la vehemencia de mi exclamación nos sorprende a ambos—. Quiero trabajar con piedra —una idea acaba de estallar dentro de mí—. Hay una cosa que necesito hacer —le digo. Estoy desesperada, como si hubiera salido a tomar aire después de bucear mucho rato—. Con toda mi alma.

Llevo queriendo hacerla desde que llegué, pero no podía soportar la idea de que mi madre la rompiera. No podía, sencillamente.

—No sabes cuánto me alegra oír eso —se entusiasma Sandy, aplaudiendo con suavidad.

—Pero no puedo modelarla con barro. Nada de hornos —declaro—. Tiene que ser en piedra.

—La piedra es mucho más resistente —sonríe. Lo ha captado. Bueno, en parte.

—Exacto —asiento. ¡Así no me podrá romper la pieza! Y, lo que es más importante, no querrá hacerlo. La voy a deslumbrar. Voy a comunicarme con ella. Acabo de dar con la manera.

—Lo siento mucho, Jude —me susurrará al oído—. No tenía ni idea de que llevaras eso dentro.

Y, a lo mejor, entonces, me perdona.

No me he dado cuenta de que Sandy sigue hablando, completamente ajeno a la música *in crescendo,* a la reconciliación madre-hija que acaba de producirse en mi imaginación. Intento concentrarme en lo que dice.

—El problema es que, como Iván se fue un año a Italia, no hay nadie en el departamento que te pueda ayudar. Si quisieras hacer los moldes de barro y luego usar bronce, yo podría...

—No, tiene que ser en piedra, cuanto más dura, mejor. Granito, de ser posible.

Qué idea tan genial.

Se ríe, ahora con su aire habitual de chivo pastando en un prado.

—Puede que, mmm, a lo mejor... Si no te importara trabajar con alguien de fuera de la escuela...

—Claro que no.

¿Va en serio? Mucho mejor.

Frotándose la barba, Sandy cavila.

Y sigue cavilando.

—¿Qué pasa? —pregunto.

—Bueno, verás, hay una persona —enarca las cejas—. Un maestro escultor. Uno de los últimos que quedan, quizá. Pero no, no creo que sea posible —desecha la idea con un gesto de la mano—. Ya no acepta alumnos. Ni expone. Tuvo algún problema. Nadie sabe qué fue exactamente, y ni siquiera antes de aquello era la persona más..., mmm, ¿cómo decirlo? —alza la vista al techo, como si buscara allí la palabra—. Humana del mundo —se ríe y empieza a rebuscar entre el montón de revistas que se apilan sobre su escritorio—. Eso sí, es un escultor extraordinario y un magnífico orador. Asistí a una conferencia suya una vez, cuando iba a la universidad. Fue increíble, él...

—¿Y si no es humano, qué es? —lo interrumpo, intrigada.

—En realidad... —me sonríe—. Creo que tu madre lo expresó mejor.

—¿Mi madre?

Aunque no poseyera el don Sweetwine, lo habría interpretado como una señal.

—Sí, tu madre publicó un artículo sobre él en *Art Tomorrow*. Qué raro. Justo el otro día estuve releyendo la entrevista —busca entre unos cuantos ejemplares de la revista en la que colaboraba mi madre, pero no la encuentra—. Da igual —renuncia. Se arrellana contra el respaldo—. Déjame pensar... ¿Qué dijo exactamente? Ah, sí, sí, dijo: "Es de esos hombres cuya sola presencia basta para echar abajo una sala".

¿Un hombre capaz de echar abajo una sala con su sola presencia?

—¿Cómo se llama? —pregunto, casi sin aliento.

Apretando los labios, me evalúa antes de tomar una decisión.

—Lo llamaré. Si hay alguna posibilidad, puedes visitarlo después de las vacaciones de Navidad.

Me tiende una hoja de papel, no sin antes escribir un nombre y una dirección.

Sonriendo, dice:

—Que conste que te avisé.

La abuela Sweetwine y yo estamos perdidas en la nada. La niebla lo cubre todo cuando nos abrimos paso a través de una nube hasta Day Street, la calle de la zona industrial de Lost Cove donde se encuentra el taller de Guillermo García. Así se llama el escultor cuyo nombre ha escrito Sandy en la hoja de papel. No quiero esperar a saber si hay alguna posibilidad. Quiero trabajar con él y ya está.

Antes de salir de la escuela, consulté al oráculo: Google. Las búsquedas en Internet son más fiables que las hojas de té o las cartas del tarot. Escribes tu pregunta: ¿soy una mala persona?, ¿este dolor de cabeza que tengo es síntoma de un cáncer cerebral incurable?, ¿por qué el fantasma de mi madre no me habla?, ¿qué debería hacer respecto a Noah?, y luego echas un vistazo a los resultados y encuentras la predicción.

Al formular la pregunta ¿debería pedirle a Guillermo García que sea mi mentor?, apareció un enlace a la portada de la revista *Interview*. Hice clic sobre él. En la fotografía se veía a un hombre moreno e imponente con los ojos de un verde radiactivo que blandía un bate de beisbol contra *El beso*, la preciosa escultura romántica de Rodin. El pie de foto rezaba: "Guillermo García, la estrella del rock del mundillo de la escultura". ¡En la portada de *Interview*! No seguí buscando por miedo a sufrir un ataque al corazón.

—Pareces un caco con esa ropa —me dice la abuela Sweetwine, que se desliza a mi lado a un palmo del suelo haciendo piruetas con una sombrilla color magenta. Le tiene sin cuidado que haga un tiempo horrible. Como de costumbre, va vestida de punta en blanco, esta vez con un vestido vaporoso en tonos pastel con el que parece un ocaso ondulante y unas gafas de sol de carey al estilo de las estrellas de cine. Va descalza. Para qué llevar zapatos si tus pies no tocan el suelo. Y ha tenido suerte en el tema de los pies.

Algunos visitantes del Más Allá se manifiestan con los pies al revés. (Espeluznante. Gracias a Dios, los suyos miran hacia delante.)

Prosigue.

—Te pareces a ese tipo, ya sabes, Emanem o cómo se llame.

—¿Eminem? —pregunto con una sonrisa. La niebla es tan densa que tengo que estirar los brazos ante mí para no chocar con buzones, cabinas telefónicas y troncos de árbol.

—Sí —golpea el suelo con la sombrilla—. Ya sabía yo que tenía nombre de un dulce. Ése —me señala con la sombrilla—. Y, mientras, todos esos vestidos tan bonitos que confeccionaste guardados en el armario. Qué vergüenza —lanza uno de sus suspiros interminables—. ¿Qué me dices de tus pretendientes, Jude?

—No tengo pretendientes, abuela.

—A eso me refiero, cariño —replica, y se ríe entre dientes, encantada con su propio chiste.

Nos cruzamos con una mujer que lleva a dos niños sujetos con esos arneses antiniebla, también conocidos como correas, que con tanta frecuencia se ven en Lost Cove cuando cae la niebla.

Echo un vistazo a mi uniforme de invisibilidad. La abuela sigue sin entenderlo. Alego en mi defensa:

—Los chicos representan un gran peligro en mi caso, tanto como matar un grillo o que se cuele un pájaro en casa —dos presagios de muerte segura—. Ya lo sabes.

—Tonterías. Yo lo que sé es que tu línea del amor es envidiable, igual que la de tu hermano, pero hasta el destino necesita que le den un empujoncito de vez en cuando. Será mejor que dejes de vestirte como un nabo. Y déjate crecer el pelo de una vez, por amor del cielo.

—Eres muy superficial, abuela —carraspea. Yo carraspeo también y luego me tomo la revancha—: No quiero asustarte, pero me parece que los pies se te están empezando a torcer. Ya sabes lo que dicen. Nada estropea tanto un conjunto como unos pies mirando al trasero.

Se mira los pies, dando un respingo.

—¿Acaso quieres provocarle un infarto a esta pobre anciana muerta?

Cuando por fin llegamos a Day Street, estoy empapada y tiritando de frío. Me fijo en la pequeña iglesia que se yergue al final de la manzana, un lugar perfecto para secarme, entrar en calor y tramar cómo convencer a ese tal Guillermo García de que me acepte como alumna.

—Esperaré afuera —me dice la abuela—. Pero, por favor, ni te apures. No te preocupes por mí. Estaré perfectamente aquí sola, a la intemperie, con esta niebla tan húmeda y fría —mueve los dedos de ambos pies—. Descalza, arruinada, muerta.

—Muy sutil —replico antes de enfilar por el caminito que conduce a la puerta de la iglesia.

—Saludos a Clark Gable —me grita desde lejos cuando tiro de la anilla para abrir la puerta.

Clark Gable es el nombre cariñoso con el que se refiere a Dios. Una explosión de luz y calor me recibe en cuanto piso el interior de la nave. Mi madre solía visitar iglesias y siempre nos llevaba a Noah y a mí, excepto cuando se estaba celebrando una misa. Decía que, sencillamente, le gustaba sentarse a descansar en un lugar sagrado. A mí, desde hace un tiempo, también me gusta.

Si necesitas ayuda divina, abre un frasco en el interior
de un templo y vuelve a cerrarlo antes de marcharte.
(Mi madre nos dijo que a veces se escondía de sus "situaciones"
en hogares adoptivos en iglesias cercanas. Sospecho que un
simple frasco no le habría servido de mucho, pero nunca,
por más que insistieras, le sacabas gran cosa sobre
esa parte de su vida.)

Ésta en concreto es una hermosa nave de madera oscura y brillantes vitrales, cuyas imágenes muestran algo que parece, sí, Noé construyendo el Arca. Noé recibiendo a los animales que embarcan. Noé. Noah. Suspiro.

En todo par de gemelos hay un ángel y un diablo.

Me siento en la segunda fila. Mientras me froto los brazos con brío para entrar en calor, medito lo que le voy a decir a Guillermo García. ¿Qué puede decirle la Plasta-Menda Rota a la estrella del rock del mundillo de la escultura? ¿Un hombre capaz de echar abajo una sala con su sola presencia? ¿Cómo voy a convencerlo de que es absolutamente imprescindible que me acepte como alumna? Que tengo que tallar esa escultura porque si no...

Un súbito estrépito me arranca de mis pensamientos, del asiento y de mí misma, todo al mismo tiempo.

—¡Maldición, me asustaste! —la voz grave con acento británico que acaba de maldecir en susurros pertenece a un chico que, agachado junto al altar, está recogiendo el candelabro que acaba de derribar—. ¡Oh, Dios! No puedo creer que acabe de blasfemar en una iglesia. ¡Maldición, y acabo de decir *Dios*! ¡La Virgen! —se levanta, deposita el candelabro sobre el altar y esboza la sonrisa más difícil que he visto en toda mi vida, como pintada por Picasso—. Supongo que estoy condenado —una gran cicatriz le recorre la mejilla izquierda en zigzag y otra se extiende en línea recta desde la base de su nariz hasta el labio—. Bueno, qué más da —susurra en pleno soliloquio—. Siempre he pensado que el cielo debe de ser una mierda en cualquier caso. Con todas esas ridículas nubecillas. Y ese blanco deslumbrante. Y lleno de santurrones que te miran por encima del hombro —la sonrisa y el subsiguiente caos en sus facciones invaden toda su cara. Es una sonrisa vehemente y mellada que parece decir *al diablo con todo* en una cara asimétrica y desordenada. Tiene una pinta salvaje, de tipo bueno con mucho peligro, y que conste que yo no me fijo.

Cualquier peculiaridad en el rostro indica un
temperamento igualmente peculiar.
(Mmm...)

¿Y de dónde salió? De Inglaterra, por lo que parece, pero ¿acaso se teletransportó hasta aquí en mitad de su soliloquio?

—Lo lamento —susurra, reconociendo mi presencia por fin. Advierto que sigo paralizada, con la mano pegada al pecho y boquiabierta de la sorpresa. Recupero la compostura a toda prisa—. No quería asustarte —continúa—. Creía que estaba solo. Nadie viene nunca —¿acude él a menudo a esta iglesia? Para confesarse, seguramente. Parece de esas personas que cometen pecados gordos y jugosos. Señala con un gesto la puerta que hay detrás del altar—. Sólo estaba curioseando un poco, sacando unas fotos —se interrumpe, ladea la cabeza, me observa con curiosidad. Reparo en el tatuaje azul que le asoma del cuello de la camisa—. Pero qué parlanchina eres. No hay forma de meterse a la plática.

Noto que una sonrisa se abre paso hacia mi cara, pero opongo resistencia porque el boicot así lo exige. Es encantador, aunque tampoco me fijo en eso. El encanto trae mala suerte. Como tampoco me percato de que parece listo por más pecador que sea, ni en su altura, ni en los mechones castaños que le tapan un ojo, ni en su chamarra de cuero para moto, súper bonita y muy gastada. Lleva colgado al hombro un raído morral lleno de libros. ¿Libros de la universidad? Es posible, y, si acaso sigue en la preparatoria, debe de estar a punto de terminar. Y del cuello le cuelga una cámara con la que ahora me enfoca.

—¡No! —grito con tanta violencia como para volar el techo en pedazos al tiempo que me refugio detrás del primer banco que encuentro. Debo de estar más fea que una rata mojada. No quiero que me fotografíe con esta facha. Y, dejando aparte la vanidad:

Cada foto que te hacen menoscaba tu espíritu y te acorta la vida.

—Mmm, ya —susurra—. Eres de esas personas que temen que la cámara les robe un trozo de alma o algo parecido —lo observo atentamente. ¿Entiende de esas cosas?—. Sea como sea, por favor no levantes la voz. Al fin y al cabo, estamos en una iglesia.

Esboza su caótica sonrisa, desvía la cámara hacia el techo, dispara. Hay otra cosa en la que no me fijo: su rostro me resulta muy familiar, como si lo conociera de algo, pero no tengo la menor idea de dónde y cuándo pude haberlo visto.

Me arranco el gorro para peinarme con los dedos la maraña de rizos encrespados... ¡Como si no llevara puesta la venda contra chicos! ¿En qué estoy pensando? Me recuerdo a mí misma que el tipo bueno que tengo delante se está descomponiendo como cualquier otro ser vivo. Me recuerdo que soy una plasta rota en pedazos, conversa y con tendencias hipocondriacas, cuya única amiga probablemente sea producto de su imaginación. Perdona, abuela. Me recuerdo que este desconocido me traerá peor suerte incluso que todos los gatos negros y los espejos rotos del mundo. Me recuerdo que algunas chicas merecen estar solas.

Me dispongo a volver a ponerme el gorro en su sitio cuando le oigo decir en un tono normal, con una voz profunda y aterciopelada en la que no me fijo:

—¿Cambiaste de idea? Di que sí, te lo ruego. En caso contrario, voy a tener que insistir.

Vuelve a apuntarme con la cámara.

Sacudo la cabeza para informarle de que ni en sueños voy a cambiar de idea. Me calo el gorro cuanto puedo, casi hasta taparme los ojos, pero luego me llevo el dedo índice a los labios como diciendo ¡shhh!, lo que un testigo casual podría interpretar como coqueteo, pero no hay ningún testigo casual presente, gracias a Dios. Por lo que parece, no puedo evitarlo. Además, nunca volveré a verlo, ¿verdad?

—Tienes razón, por un momento olvidé dónde estábamos —se disculpa sonriendo, otra vez en susurros. Me contempla durante un instante largo e incómodo. Me siento como en un escenario. En realidad, no estoy segura de que sea legal mirar así a otra persona. Noto un zumbido en el pecho—. Es una lástima lo de la foto —insiste—. Espero que no te moleste que te lo diga, pero pareces un ángel ahí sentada —aprieta los labios como si reconsiderara la idea—. Pero disfrazado, como si acabaras de llegar y le hubieras pedido a un tipo la ropa prestada.

¿Qué puedo responder? En particular ahora que el zumbido se ha tornado en martilleo.

—En cualquier caso, no puedo culparte por querer escapar de los coros angélicos —sonríe de nuevo y a mí todo me da vueltas—. Seguro que, como te decía antes, es mucho más interesante vivir entre nosotros, los pobres mortales.

No cabe duda de que tiene labia. Yo también la tenía en mis tiempos, aunque ahora nadie lo diría. Debe de pensar que me han engrapado la mandíbula.

Vaya. Ya me está mirando otra vez de ese modo, como si quisiera atravesarme la piel.

—Permíteme —dice mientras ajusta el objetivo. Es más una orden que un ruego—. Sólo una.

Hay algo en su tono de voz, en su mirada, en todo su ser, algo ávido e insistente que está derribando mis defensas.

Asiento. No lo puedo creer, pero asiento. Al diablo con la vanidad, con mi espíritu, con la edad.

—Va —acepto con una voz ronca y rara—. Sólo una.

Puede que me haya hipnotizado. Esas cosas pasan. Hay personas con dotes mesméricas. Lo dice la Biblia.

Se acuclilla detrás de un banco de la primera fila y ajusta el objetivo unas cuantas veces para enfocarme.

—Oh, Dios —exclama—. Sí. Perfecto. Alucinante.

Sé que me está tomando cientos de fotos, pero me da igual. Cálidos estremecimientos me recorren el cuerpo mientras él dispara una y otra vez, diciendo al mismo tiempo:

—Sí, gracias, brutal, buenísimo, sí, sí, demonios, por Dios, mírate —me siento como si nos estuviéramos besando o algo más fuerte. No quiero ni imaginar la expresión que muestra mi cara.

—Eres tú —afirma por fin mientras tapa el objetivo—. Estoy seguro.

—¿Quién? —pregunto.

No me responde. Se limita a avanzar por el pasillo hacia mí con unos andares lánguidos y desgarbados que me recuerdan al verano. Ahora está totalmente relajado, como si hubiera pasado de quinta velocidad a punto muerto al instante de tapar el objetivo. Cuando se acerca, advierto que tiene un ojo de cada color, uno verde y otro marrón, como si fueran dos personas en una, dos tipos muy intensos en un mismo cuerpo.

—Bien, pues... —dice cuando llega a mi altura. Guarda silencio, como si se dispusiera a seguir hablando, a revelarme quizá a qué se refería al decir *Eres tú*; ojalá fuera eso, pero se limita a añadir—: Te dejo con tus cosas —señala hacia arriba, a Clark Gable.

Mirándolo de cerca, me invade la certeza de que no es la primera vez que veo a este chico tan distinto a cualquier otro.

Está bien, me fijé en él, maldita sea.

Creo que me va a estrechar la mano, a tocarme el hombro o algo por el estilo, pero sigue avanzando por el pasillo. Me doy media vuelta y lo veo caminar con el talante de quien mordisquea una brizna de heno. Recoge un trípode en el que no he reparado al entrar y se lo echa al hombro. Cuando llega a la puerta, no se da media vuelta para despedirse, pero levanta la mano y me hace un gesto de adiós como si supiera que lo estoy mirando.

Y así es.

Al cabo de un rato, salgo de la iglesia. He entrado en calor, mi ropa está seca y tengo la sensación de haber escapado de un gran peligro por un pelito. No veo a la abuela Sweetwine por ninguna parte.

Echo a andar calle abajo buscando la dirección del taller.

Digámoslo claro: en mi caso, los chicos como él son pura kryptonita, y que conste que nunca había conocido a nadie parecido, a ningún chico que me hiciera sentir como si me estuviera besando, no, *violando*, desde la otra punta de una iglesia. Tampoco parece que se haya dado cuenta de que soy zona acordonada. Bueno, pues lo soy, y pienso seguir siéndolo. No puedo bajar la guardia. Mi madre tenía razón. No quiero ser una de "esas chicas". No me lo puedo permitir.

Lo que alguien te diga en su lecho de muerte se hará realidad.
(Yo me dirigía a una fiesta y me dijo: ¿De verdad quieres
ser una de esas chicas? Y señaló mi reflejo en el espejo.
Sucedió la víspera de su muerte.)

Y no era la primera vez. ¿De verdad quieres ser una de esas chicas, Jude?

Pues sí, quería serlo, porque esa chica captaba la atención de mi madre. Esa chica captaba la atención de todo el mundo.

Sobre todo la atención de los chicos mayores de la colina, como Michael Ravens, alias "Zephyr", que me quitaba el sentido cada vez que me hablaba, cada vez que me cedía una ola, cada vez que me enviaba un mensaje en plena noche o me rozaba sin querer mientras charlábamos; sobre todo, cuando me enganchó el dedo en la cinta del calzón del bikini para atraerme hacia sí y susurrarme al oído: *Ven conmigo.*

Fui.

Si no quieres, dílo, susurró.

Jadeaba con fuerza, sus gigantescas manos estaban en todas partes, sus dedos dentro de mí, la arena ardía a mi espalda, el querubín de mi nuevo tatuaje ardía en mi ombligo. El sol ardía en el cielo. *Si no quieres, dílo, en serio, Jude.* Eso me dijo, pero yo habría jurado que decía todo lo contrario. Habría jurado que su cuerpo pesaba más que el mar entero, que ya tenía el calzón del bikini hecho una bola en la mano, que una de esas olas con las que jamás quieres toparte, esas que te absorben y no te dejan respirar, que te desorientan por completo y te hunden en el fondo del mar, ya me había arrastrado. *Si no quieres, dílo.* Las palabras retumbaban entre los dos. ¿Por qué no dije nada? Me sentía como si tuviera la boca llena de arena. Y luego el mundo entero se llenó de arena. No dije nada. Al menos, no en voz alta.

Todo sucedió muy deprisa. Recorrimos unas cuantas playas para alejarnos de los demás y nos escondimos detrás de las rocas. Hacía unos minutos hablábamos de surf, del amigo de Zephyr que me había tatuado, de la fiesta a la que habíamos ido la noche anterior, en la que yo me había sentado en su regazo y había bebido la primera cerveza de mi vida. Acababa de cumplir catorce años. Él me llevaba casi cuatro.

Entonces, dejamos de hablar y me besó. Nuestro primer beso.

Yo lo besé también. Sus labios sabían a sal. Olía a aceite bronceador de coco. Entre un beso y otro, empezó a pronunciar mi nombre como si le quemara en la lengua. Luego deslizó las copas de mi bikini amarillo hacia los lados y tragó saliva con dificultad sin dejar de observarme. Yo devolví la tela a su lugar, no porque no quisiera ser mirada de ese modo, sino porque sí quería y me avergonzaba de ello. Era la primera vez que un chico me veía así, sin sujetador o algo encima, y me ardían las mejillas. Sonrió. Tenía las pupilas dilatadas, muy negras, los ojos insondables cuando me empujó para que me tendiera sobre la arena y, despacio, volvió a desplazar la tela del bikini hacia los lados. Esa vez lo dejé hacer. Dejé que me mirara. Dejé que se me prendieran las mejillas. Oía su respiración en mi propio cuerpo. Empezó a besarme los pechos. Yo no sabía si me gustaba o no. Luego su boca descendió sobre la mía con tanto ímpetu que yo apenas podía respirar. Entonces sus ojos se velaron y sus manos y sus manos y sus manos estaban en todas partes al mismo tiempo. Empezó a decirme que no tenía que hacer nada si no quería, pero guardé silencio. Su enorme cuerpo me empujaba contra la ardiente arena, me enterraba en ella. Yo no dejaba de pensar: "No pasa nada, sé lo que hago. Sé lo que hago. No pasa nada, nada, nada". Pero no lo sabía y sí pasaba.

No sabía que se podía acabar enterrada en el silencio propio.

Y, de repente, terminó.

Y, con eso, todo lo demás.

Hay más, pero no voy a entrar en detalles ahora. El caso es que me corté un metro de melena rubia y juré no volver a acercarme a ningún chico porque tras lo sucedido con Zephyr mi madre murió. Inmediatamente después. Fue culpa mía. Yo llevé la mala suerte a mi casa.

Este boicot mío no es un capricho pasajero. Para mí, los chicos ya no huelen a champú ni a jabón, a hierba segada ni al sudor de un buen partido, no huelen a aceite de coco ni al aroma del mar después de horas cabalgando el rizo verde de una ola. Desprenden el olor de la muerte.

Suspiro, expulso esos recuerdos cerrando de un puntapié la puerta de mi mente, aspiro una buena bocanada de este aire húmedo y vibrante y me pongo a buscar el taller de Guillermo García. Debo pensar en mi madre, en la escultura a la que necesito dar vida. Voy a desear con las manos. Voy a desear con todas mis fuerzas.

Instantes después, estoy plantada ante un enorme almacén de ladrillo aparente: Day Street 225.

La niebla apenas se ha levantado y el volumen del mundo se encuentra al mínimo: sólo estoy yo en un mar de silencio.

No hay timbre junto a la puerta. Lo hubo en su día pero, o bien lo han desmontado, o bien lo ha masticado algún animal salvaje. Sólo queda una maraña de cables. Qué detalle. Sandy no bromeaba. Cruzo los dedos de la mano izquierda y llamo a la puerta con la derecha.

Nada.

Busco a la abuela con la mirada (ojalá imprimiera su horario semanal y me lo entregara) y vuelvo a intentarlo.

Llamo una tercera vez, ahora con menos convicción, porque puede que esto no sea buena idea. Sandy me ha dicho que el maestro no es humano. Mmm... ¿Y eso qué significa? ¿Y qué dijo mi madre que era capaz de hacer con las salas? Todos esos comentarios no inspiran mucha, bueno, seguridad que digamos, ¿verdad? Bien pensado, ¿a quién se le ocurre presentarse así? ¿Antes de que Sandy se haya puesto en contacto con él para comprobar si está en su sano juicio? Y con esta niebla, que es fría, tétrica y da mal rollo. Me doy media vuelta y bajo las escaleras de la entrada de un salto, lista para esfumarme en la niebla, cuando la puerta se abre con un chirrido.

El típico chirrido de película de terror.

Me recibe un hombre que debe de llevar varios siglos durmiendo. Igor, creo; si acaso tiene nombre, seguro que se llama Igor. La maraña de pelo que le cubre la cabeza culmina en una barba negra y rizada que apunta a todas partes.

La abundancia de vello facial en un hombre delata un carácter ingobernable.
(Salta a la vista.)

Tiene las palmas casi azules de tan encallecidas, como si llevara toda la vida caminando sobre las manos. Es imposible que este tipo sea el de la fotografía. No me creo que sea Guillermo García, la estrella del rock del mundillo de la escultura.

—Perdón —me apresuro a decir—. No quería molestarlo.

Tengo que salir de aquí. Sea quien sea este tipo, *no te ofendas, pero* se come a sus crías.

Se retira el pelo de los ojos y el color estalla en su rostro: un verde claro, casi fosforescente, como el de la foto. Es él. Todo me grita que gire sobre mis talones y eche a correr, pero soy incapaz de apartar la vista y supongo que, como en el caso del inglés, a Igor nadie le ha enseñado que mirar fijamente es de mala educación porque ninguno de los dos desvía los ojos (nuestras miradas se han pegado) hasta que tropieza con el aire y se agarra al marco de la puerta para no caer. ¿Está borracho? Aspiro con fuerza y, sí, noto la peste agridulce del alcohol.

Tuvo algún problema, había dicho Sandy. *Nadie sabe qué fue exactamente*.

—¿Se encuentra bien? —pregunto con un hilo de voz. Se diría que ha perdido el contacto con la realidad.

—No —responde con firmeza—. No me siento bien —un claro acento hispano asoma entre las palabras.

Su contestación me agarra desprevenida y me sorprendo a mí misma pensando: "Ah, pues yo tampoco, no estoy nada bien y nunca lo he estado", y no sé por qué pero se me antoja decírselo en voz alta a este pirado. A lo mejor yo también he perdido el contacto con la realidad.

Me observa como si estuviera pasando revista a todo mi ser. Sandy y mi mamá tenían razón. Este hombre no es normal. Su mirada vuelve a posarse en mis ojos; me produce un *electroshock*, un calambrazo en la médula.

—Váyase —me ordena con una voz tan grandiosa como toda la manzana—. Sea quien sea, busque lo que busque, no vuelva por aquí.

Se da media vuelta con movimientos inseguros, se agarra a la perilla para conservar el equilibrio y cierra la puerta.

Yo me quedo allí plantada un buen rato, dejando que la niebla me borre trocito a trocito.

Luego vuelvo a llamar. Con fuerza. No pienso marcharme. No puedo. Necesito hacer esa escultura.

—Claro que sí —es la abuela, en mi cabeza—. Ésa es mi chica.

Y esta vez no es Igor quien abre la puerta, sino el inglés de la iglesia.

Ay, maldición.

La sorpresa asoma a sus ojos disparejos cuando me reconoce. Yo oigo golpes, porrazos y trompazos en el interior del taller, como si un montón de superhombres celebraran un concurso de lanzamiento de muebles.

—No es buen momento —dice. Tras él, Igor vocifera en español mientras arroja un coche a la otra punta de la estancia, o eso parece, a juzgar por el estrépito. El inglés echa un vistazo por encima del hombro, luego vuelve a mirarme a mí, y en su peligroso semblante sólo veo preocupación. Toda su arrogante confianza, su jovialidad, su aire de seductor, han desaparecido—. Lo lamento —se disculpa muy educado, como el clásico mayordomo inglés de las películas y, luego, sin una palabra de despedida, me cierra la puerta en las narices.

Media hora después, la abuela y yo estamos escondidas entre la maleza de la playa, preparadas para salvar, de ser necesario, la vida de Noah. De camino a casa, después de visitar al borracho Igor y mientras urdía el próximo intento, recibí un mensaje de emergencia de Heather, mi informadora: "Noah n la pña dl Diablo n 15 min".

En lo que respecta a Noah y el mar, no corro riesgos.

La última vez que me mojé los pies fue para rescatarlo. Hace dos años, un par de semanas después de que mi madre muriera, saltó de la peña del Diablo, lo arrastró la resaca y estuvo a punto de ahogarse. Cuando por fin saqué su cuerpo (el doble de grande que el mío, el pecho inmóvil como una piedra, los ojos en blanco) a rastras del agua para reanimarlo, estaba tan furiosa con él que casi lo vuelvo a tirar al mar.

Cuando dos gemelos se separan, sus espíritus vuelan en busca del otro.

La niebla se ha disipado casi por completo aquí abajo. Rodeado de agua por tres costados y de bosque por el cuarto, Lost Cove es la estación de término, el punto más occidental al que puedes llegar sin caerte del mundo. Observo el risco, buscando nuestra casita roja, una de las muchas cabañas que se yerguen allí arriba, encaramadas al borde del continente. Me encantaba vivir en los acantilados; surfeaba y nadaba tan a menudo que incluso estando fuera del agua la tierra se mecía bajo mis pies como un barco amarrado.

Vuelvo a mirar la cornisa. Aún no hay rastro de Noah.

La abuela me observa por encima de las gafas de sol.

—Vaya par, esos dos extranjeros. El mayor ha perdido todos los tornillos.

—Ya te digo —respondo al tiempo que hundo los dedos en la arena fría. ¿Cómo voy a convencer a ese Igor peludo, borracho, mostrenco y terrorífico de que me acepte como alumna? Y, si lo consigo, ¿cómo voy a mantenerme apartada de ese inglés vulgar, feúcho y desabrido que ha derretido a la mujer dura que soy en cuestión de minutos? ¡Y en una iglesia, además!

Una bandada de gaviotas planea hacia los malecones con las alas extendidas, chillando.

Y no sé por qué, pero lamento no haberle dicho al borracho Igor que yo tampoco me siento bien.

La abuela suelta la sombrilla al viento. Alzo la vista y veo cómo el disco rosa hace piruetas contra el cielo plomizo. Qué bonito. Me recuerda a las pinturas que hacía Noah cuando aún dibujaba.

—Tienes que hacer algo respecto a Noah —señala—. Lo sabes. Se suponía que iba a ser el próximo Chagall, no la próxima maceta del corredor. Eres la guardiana de tu hermano, querida.

Esta última frase es una de sus citas favoritas. La abuela es algo así como mi conciencia. Eso me dijo la psicoterapeuta del colegio refiriéndose a los fantasmas de mi abuela y de mi madre, lo cual fue muy inteligente de su parte, habida cuenta de que apenas le conté nada.

Una vez me propuso que me visualizase a mí misma caminando por un bosque y le dijera lo que veía. Veía bosque. Entonces apareció una casa, pero no había manera humana de entrar en ella. No tenía puertas ni ventanas. Ataque de nervios. Me dijo que la casa era yo. *La culpa es una cárcel,* sentenció. Tras eso, dejé de ir a verla.

Sin darme cuenta, empiezo a mirarme las palmas de las manos buscando unas horribles erupciones llamadas larva migrans cutáneo, hasta que la abuela, exasperada, pone los ojos en blanco. Una se marea sólo de mirarla. Estoy segura de que heredé de ella esa manía.

—Anquilostomas —digo, avergonzada.

—Haznos a todos un favor, morbosilla —me regaña—. Mantente alejada de las revistas médicas de tu padre.

Aunque lleva muerta tres años, la abuela no empezó a visitarme hasta hace dos. Pocos días después de que falleciera mamá, saqué del armario su vieja máquina de coser marca Singer y, en cuanto la enchufé, el rápido traqueteo del aparato invadió mi habitación como el latido del corazón de un colibrí. Allí estaba, sentada en una silla, con los alfileres en la boca igual que siempre, diciendo:

—La costura en zigzag es lo máximo. Los dobladillos son puro glamour. Espera y verás.

Éramos compañeras de costura. Y compañeras de cacería de talismanes: tréboles de cuatro hojas, galletas de mar de la suerte, cristales marinos rojos, nubes en forma de corazón, los primeros narcisos de la primavera, catarinas, mujeres con sombreros grandes. *Es mejor apostar a todos los caballos, cariño,* decía. *Pide un deseo, deprisa,* decía. Yo apostaba. Yo deseaba. Era su discípula. Lo sigo siendo.

—Aquí están —observo, y el corazón se me acelera ante la inminencia del salto.

Noah y Heather contemplan las olas desde el saliente. Él va en traje de baño, ella lleva un abrigo largo de color azul. Heather es una magnífica informadora porque nunca anda muy lejos de mi hermano. La considero su animal totémico, un ser mágico, amable, extraño, que debe de tener un almacén lleno de polvo de hadas en alguna parte. Llevamos un tiempo compartiendo un pacto secreto: evitar que Noah se ahogue. Por desgracia, Heather no tiene madera de socorrista. Nunca se baña en el mar.

Instantes después, Noah surca el aire con los brazos en cruz. Noto el subidón de la adrenalina.

Y, entonces, sucede lo que pasa siempre: cae muy despacio. No me explico por qué, pero mi hermano tarda una eternidad en alcanzar la superficie del agua. Pestañeo unas cuantas veces al verlo suspendido en el aire, como si estuviera en una cuerda floja. He llegado a pensar que no le afecta la ley de la gravedad, o será que a mí me faltan unos cuantos tornillos. Leí en cierta ocasión que la ansiedad puede alterar significativamente la percepción espacio-temporal.

Noah casi siempre salta en dirección al horizonte y no al mar, de modo que nunca obtengo una visión frontal completa de mi hermano en el aire, de la cabeza a los pies, mientras surca el vacío. Veo su cuello arqueado, el pecho impulsado hacia delante y advierto, pese a la distancia, que su rostro está totalmente relajado, como antes, y ahora levanta los brazos como si quisiera sostener la totalidad del triste cielo con la punta de los dedos.

—Mira eso —dice la abuela, transida de admiración—. Allí está. Nuestro chico volvió. Está en el cielo.

—Parece uno de sus dibujos —susurro.

¿Será por eso por lo que salta una y otra vez? ¿Para volver a ser el que era, aunque sólo sea por un instante? Sí, aquello que Noah más temía se ha hecho realidad: se ha vuelto normal. Tiene todos los tornillos en su sitio.

Con una excepción. Esa manía suya de saltar desde la peña del Diablo.

Por fin, Noah se zambulle sin salpicar apenas, como si no hubiera ganado velocidad por el camino, como si un gigante hubiera tenido la amabilidad de depositarlo en la superficie con cuidado. Y se sumerge. Le digo mentalmente: *Sal*, pero hace mucho que perdimos nuestros poderes telepáticos. Cuando mi madre murió, Noah cortó la comunicación conmigo. Y, ahora, después de todo lo que ha pasado, nos evitamos mutuamente. Aún peor: nos repelemos.

Veo que su brazo asoma. ¿Está pidiendo socorro? El agua debe de estar helada. Y el traje de baño que se ha puesto no lleva cosidas hierbas protectoras. Okey, ahora nada con fuerza entre el caos de corrientes que rodea los riscos... Está fuera de peligro. Expulso el aliento que estaba conteniendo sin darme ni cuenta.

Lo veo trepar por la playa medio a rastras, luego por las rocas, con la cabeza gacha, los hombros hundidos, pensando en sabrá Clark Gable qué. No queda ni rastro en su semblante, en todo su ser, de lo que acabo de ver. Su alma se ha atrincherado otra vez.

¿Saben lo que quiero? Quiero tomar a mi hermano de la mano y echar a correr hacia atrás en el tiempo, dejando que el aire nos arranque los años como un abrigo que se suelta despreocupadamente.

Las cosas nunca salen como uno espera.

Para invertir el curso del destino, plántate en medio de un campo
con un cuchillo y empúñalo a favor del viento.

EL MUSEO INVISIBLE

Noah
13 años y medio

El nivel de terror que me inspira el vecindario desciende varios puntos cuando, usando los binoculares de mi papá, compruebo que en la calle delante de mi casa, desde el bosque hasta las rocas de la playa, no hay señales de peligro. Desde el tejado, mi puesto de vigilancia favorito, veo que Fry y Zephyr reman entre la rompiente sentados en sus tablas de surf. Sé que son ellos porque sobre sus cabezas brilla un cartel de neón que reza: tarados descerebrados maniacos gusanos asesinos. Bien. Tengo que estar en la EAC dentro de una hora y, por una vez, podré ir por la calle como una persona normal en lugar de dar un rodeo por el bosque para darle esquinazo a Fry. Zephyr, por alguna razón que no entiendo (¿le gusta Jude?, ¿el idiota de cemento?), me deja en paz últimamente, pero Fry me sigue allá donde voy como un perro sediento de sangre. Tirarme de la peña del Diablo es su obsesión de este verano.

Con mis poderes mentales, envío un banco de tiburones blancos hambrientos en su dirección. Entonces veo a Jude en la playa y amplío la imagen. Está rodeada del mismo grupo de chicas con las que lleva saliendo toda la primavera y parte del verano en lugar de hacerlo conmigo. Guapas chicas-avispón que lucen brillantes bikinis sobre bronceados que se detectan a kilómetros de distancia. Lo sé todo sobre los avispones: una señal de malestar por parte de un sólo miembro del grupo puede desencadenar el ataque de todo el enjambre. Lo cual entraña un peligro mortal para personas como yo.

Mamá dice que Jude se comporta así a causa de las hormonas, pero yo creo que la culpa la tiene el odio que siente hacia mí. Hace siglos que dejó de acompañarnos a los museos y seguramente es mejor así, porque cuando acudía, su sombra estaba todo el rato intentando estrangular a la mía. Lo he visto con mis propios ojos, en las paredes y en el suelo. Últimamente, he cachado a su sombra merodeando junto a mi cama en plena noche para robarme los sueños. Además, sé a qué se dedica cuando no viene a los museos. Le he visto chupetones en el cuello, tres veces. Dice que son picaduras de insectos. Ajá. Espiándola, he oído que Courtney Barret y ella, los fines de semana, van en bici al malecón, donde hacen un concurso para ver quién besa a más chicos.

(Retrato: *Jude trenzándose a un chico tras otro en el cabello.*)

La verdad es que Jude podría machacarme sin necesidad de recurrir a su sombra. Le bastaría con llevar a mi mamá a la playa y enseñarle cualquiera de sus mujeres voladoras antes de que las borrase la marea. Eso lo cambiaría todo. Y que conste que no pretendo darle ideas.

Ni en broma.

El otro día, la espié entre las rocas mientras modelaba una escultura de arena. Acudió al lugar de costumbre, tres entrantes de la playa más abajo. Era una señora grande, de formas redondeadas, modelada en bajorrelieve, como siempre, sólo que ésta en concreto se estaba transformando en pájaro; me entusiasmó tanto que noté un zumbido en la cabeza. Le tomé una foto con la cámara de mi padre, pero luego algo horrible y totalmente agusanado se apoderó de mí. En cuanto Jude se alejó y se perdió de vista, me faltó tiempo para descender por los riscos hasta la playa, correr entre la arena y, gritando como un mono aullador (su rugido pone los pelos de punta), destrozar la increíble mujer pájaro con todo el cuerpo; me tiré encima y le aticé patadas hasta que no quedó nada. Esta vez no podía esperar a que la borrara la marea. Me entró arena por todas partes, por los ojos, las orejas y la garganta. Días después, todavía encontraba arena en la cama, en la ropa, debajo de las uñas. No obstante, tuve que hacerlo. Era demasiado buena.

¿Y si mi madre hubiera salido a dar una vuelta y la hubiera visto?

Porque, a ver, ¿y si fuera Jude la que tiene un don? ¿Por qué no? Cabalga olas grandes como casas y salta desde cualquier peña. Se siente bien en su propia piel, tiene amigos y a nuestro padre le cae bien, ha heredado el don Sweetwine y tiene aletas y branquias, además de los clásicos pies y pulmones.

Irradia luz. Yo irradio oscuridad.

(Retrato, autorretrato: *Gemelos: el rayo de luz y el rayo de oscuridad.*)

Ay, el cuerpo se me encoge como una toalla húmeda cuando pienso en esas cosas.

Y el color se escapa del mundo.

(Autorretrato: *Noah gris comiendo una manzana gris sobre la hierba gris.*)

Como alma en pena, remonto con los binoculares la incolora cuesta hasta llegar al incoloro camión de mudanzas que acaba de estacionarse delante de una incolora casa a dos puertas de la mía.

—¿Dónde demonios está Ralph? ¿Dónde demonios está Ralph? —grazna el loro Profeta en la puerta de al lado.

—No lo sé, colega. Me parece que nadie lo sabe —mascullo mientras observo a los cargadores, que reconozco de ayer. Y no son incoloros, ni mucho menos. Son un par de caballos, ya lo he decidido, uno castaño, el otro blanco. Introducen como pueden un gran piano en la casa. Amplío tanto la imagen que alcanzo a ver el sudor de sus frentes enrojecidas. La humedad les gotea por el cuello hasta tornar transparentes sus camisetas blancas, que se les pegan al cuerpo como si fueran su propia piel... Estos binoculares son alucinantes. Cada vez que el castaño levanta los brazos, queda a la vista un trozo de su abdomen liso y bronceado. Está más macizo que el mismísimo *David*. Me siento con las rodillas dobladas, apoyo los codos en ellas y miro y sigo mirando mientras la sed y el calor se apoderan de mí. Ahora transportan un sofá por las escaleras de la parte delantera de la vivienda.

Y de sopetón escondo los binoculares, porque en el tejado de la casa que estoy vigilando acabo de ver a un chico con un telescopio que apunta directamente a mí. ¿Cuánto tiempo lleva ahí? Le echo un vistazo desde detrás del flequillo. Lleva un extraño sombrero, ese que lucen los gánsteres en las películas antiguas, bajo el cual asoman los mechones requemados de un surfista, cada uno por un lado. Genial, otro surflerdo. Aun sin los binoculares, advierto que está sonriendo. ¿Se está riendo de mí? ¿Tan pronto? ¿Sabe que estoy espiando a los cargadores? ¿No pensará que...? Sí, seguro que sí. Me invade un sudor frío al tiempo que el terror trepa por mi garganta. Aunque... puede que no. Es posible que sólo me esté sonriendo a modo de saludo. A lo mejor piensa que me interesan los pianos. Y los tarados no acostumbran a tener telescopios, ¿verdad? ¿Y qué me dicen del sombrero?

Me levanto y lo veo sacar algo del bolsillo. Luego echa el brazo hacia atrás y lanza lo que sea que tiene en la mano por encima de la casa que nos separa. Vaya. Extiendo la mía y, cuando lo hago, algo me aterriza en el centro de la palma. Creo que me ha hecho un agujero y me ha roto la muñeca, pero hago como si nada.

—¡Buenos reflejos! —me grita.

¡Ja! Es la primera vez en toda mi vida que alguien pronuncia esa frase dirigida a mí. Ojalá mi padre la hubiera oído. Ojalá un periodista de *La gaceta de Lost Cove* la hubiera oído. Los actos de atrapar al vuelo, lanzar, patear y golpear me producen alergia en todas sus versiones. *A Noah no le van los juegos de equipo.* No me digas. A los revolucionarios no les van los juegos de equipo.

Examino la piedra negra y plana que sostengo en la mano. Es del tamaño de una moneda pequeña y está muy agrietada. ¿Qué se supone que debo hacer con ella? Vuelvo a mirar a mi vecino. Ahora dirige el telescopio hacia el cielo. No sé qué animal es. ¿Un tigre de Bengala tal vez, con esa pelambrera? ¿Y qué está observando? Nunca había pensado en que las estrellas siguieran ahí arriba durante el día, aunque no podamos verlas. Él ya no me mira. Me guardo la piedra en el bolsillo.

—¿Dónde diablos está Ralph? —oigo graznar al loro mientras bajo a toda prisa por la escalera de mano que descansa contra la casa. A lo mejor el nuevo vecino es Ralph, pienso. Por fin. Sería la bomba.

Cruzo la calle deprisa y corriendo para bajar a la EAC a través del bosque, pese a todo, porque me da vergüenza pasar por delante del chico nuevo. Además, ahora que todo ha recuperado el color, caminar entre los árboles es súper alucinante.

La gente cree que lo controla todo, pero se equivoca. Son los árboles los que poseen el control.

Echo a correr, me transformo en aire y el azul se apuntala en el cielo, se afianza detrás de mí, mientras yo me hundo en el verde, en tonos y más tonos que se entremezclan y viran hacia el amarillo, un amarillo brutal, y luego se dan de bruces con la cresta morada punki de los altramuces que hay por doquier. Yo lo aspiro todo, adentro, adentro (Autorretrato: *Chico detonando una granada de alucine*), cada vez más feliz, presa de esa felicidad que te roba el aliento y te hace sentir como si tuvieras mil vidas apretujadas dentro de tu mísera existencia y, de pronto, sin siquiera darme cuenta, ya estoy en la EAC.

Cuando acabaron las clases hace dos semanas, empecé a merodear por aquí para asomarme a las ventanas del taller desierto. Quería ver los trabajos de los alumnos, averiguar si son mejores que los míos, saber si de verdad tengo alguna oportunidad. Durante los últimos seis meses, me he quedado en el colegio después de clase para trabajar con el señor Grady. Creo que tiene casi tantas ganas como mi madre y yo de que me admitan en la EAC.

Las obras, sin embargo, deben de estar guardadas, porque en todas mis incursiones no he visto ni un sólo cuadro. En cambio, un día me topé con la clase de Dibujo al Natural que se estaba impartiendo en uno de los edificios del campus; un barracón con una pared entera al abrigo de frondosos árboles. Un jodido milagro. Porque... ¿qué me impide asistir a esa clase? O sea, a hurtadillas, a través de la ventana abierta.

Y aquí estoy. Las dos clases que he presenciado hasta el momento consistían en pintar a una modelo desnuda con tetas como misiles sentada en un estrado. Practicamos el boceto rápido, uno cada tres minutos. Súper cool, aunque tenga que ponerme de puntitas para mirar y luego agacharme para dibujar, pero qué más da. Lo más importante es que alcanzo a oír al profesor y que ya he aprendido una manera nueva de sostener el carboncillo que se parece a dibujar a motor.

Hoy he sido el primero en llegar, así que espero a que empiece la clase recostado de espaldas contra el cálido edificio, achicharrado por el sol que se cuela entre las ramas. Me saco la piedra negra del bolsillo. ¿Por qué me la habrá lanzado el chico del tejado? ¿Y por qué me sonreía como si me conociera? No parecía mal tipo, ni mucho menos, parecía... Un ruido se cuela en mis pensamientos, un sonido muy humano de ramillas que se rompen: pasos.

Estoy a punto de salir disparado hacia el bosque cuando, de reojo, capto movimiento al otro lado del edificio y vuelvo a oír crujidos de ramas secas en el momento en que los pasos se alejan. Y allí, donde hace un instante no había nada, veo una bolsa marrón tirada en el suelo. Qué raro. Aguardo un instante antes de asomarme por la esquina para echar un vistazo. No hay nadie. Vuelvo adonde está la bolsa y lamento no tener rayos X en los ojos. Luego me agacho y, con una mano, la agito para abrirla. Dentro de la bolsa hay una botella. La saco: ginebra Sapphire, medio llena. La provisión de alguien. Vuelvo a guardar la botella en la bolsa, la dejo en el suelo y regreso a mi lado del edificio. ¿Ejem? Sólo me faltaba que me pescaran con alcohol y me pusieran en la lista negra de la EAC.

Espiando por la ventana, veo que ya han entrado todos. El profesor, un tipo de barba blanca que se sujeta el barrigón con las manos cuando habla, charla con un alumno junto a la puerta. El resto de la clase está colocando los cuadernos en los caballetes. Yo tenía razón. En esa aula no hace falta encender las luces del techo. La sangre de estos alumnos resplandece. Son todos revolucionarios. Una sala repleta de tarugos como yo. No hay ni un descerebrado, ni sólo un surflerdo ni un avispón entre ellos.

La cortina que rodea el vestidor del modelo se abre y un chico vestido con una bata azul sale del interior. *Un chico*. Se desata el cinturón de la bata, la cuelga de un gancho, camina desnudo hacia el estrado, sube el peldaño, tropieza y hace un chiste que arranca risas a todo el mundo. Yo no lo oigo porque la tormenta de fuego que ruge en mi interior me lo impide. Está desnudo a más no poder, mucho más que la modelo. Y, a diferencia de la chica, que se sentaba tapándose parcialmente con sus escuálidos brazos, el modelo se planta en el estrado con una mano en la cintura y aire desafiante. Ay, Dios. No puedo ni respirar. Ahora alguien dice algo que no capto, pero el comentario hace sonreír al modelo y, cuando lo hace, sus facciones cambian de sitio y se embrollan hasta mudar en la cara más caótica que he visto en mi vida. El reflejo de una cara en un espejo roto. ¡Guau!

Apoyo el cuaderno contra la pared, sujetándolo con la mano derecha y la rodilla para que no se mueva. Cuando la izquierda me deja de temblar por fin, empiezo a dibujar. Mantengo los ojos pegados al chico, sin mirar lo que estoy haciendo. Empiezo por el cuerpo, trazando por instinto las líneas y las curvas, los músculos y los huesos, sintiendo cómo todos y cada uno de sus rasgos me atraviesan los ojos y viajan hacia mis dedos. La voz del profesor es un susurro de olas a la orilla del mar. No oigo nada... hasta que el modelo habla. No sé si han pasado diez minutos o una hora.

—¿Qué tal si tomamos un descanso? —propone.

Habla con acento inglés. Sacude los brazos, luego las piernas. Yo hago lo mismo, súbitamente consciente de lo agarrotado que estaba, de que el brazo derecho se me ha dormido, de que llevo un montón de rato en equilibrio sobre una pierna, de que me duele la rodilla de tanto empujarla contra la pared. Lo veo encaminarse al vestidor con paso vacilante, y, en ese momento, deduzco que la bolsa marrón debe de ser suya.

Un minuto después, ahora enfundado en la bata, recorre la sala con parsimonia camino a la puerta; sus movimientos me recuerdan al pegamento. Me pregunto si estudiará en la universidad, como explicó el profesor cuando presentó a la modelo. Parece más joven que ella. Estoy seguro de que va en busca de la bolsa antes incluso de oler el humo del cigarrillo y oír pasos. Debería salir pitando hacia el bosque, pero estoy paralizado.

Rodea la esquina y se desploma en el suelo, deslizando la espalda contra la pared, sin darse cuenta de que yo estoy a pocos metros de allí, observándolo. La bata azul destella al sol como el manto de un rey. Apaga el cigarrillo contra la tierra y hunde la cabeza entre las manos. Espera un momento, ¿qué? Y, entonces, me percato. Ésta es su auténtica pose, la cabeza entre las manos, rezumando una tristeza que me moja los pies.

(Retrato: *Chico estalla en polvo.*)

Recoge la bolsa, saca la botella, la abre y empieza a beber con los ojos cerrados. Hasta yo sé que no se debe beber alcohol así, como si fuera jugo de naranja. Soy consciente de que está mal que lo espíe, de que me he colado a hurtadillas en una zona acordonada. No me atrevo ni a parpadear, aterrado de que note mi presencia y comprenda que hay testigos. Durante varios segundos, permanece con la botella pegada a la cara como si fuera una compresa fría, sin abrir los ojos, bañado por una lluvia de sol, como si fuera un elegido. Da otro trago, abre los ojos y gira la cabeza en dirección a mí.

Me llevo las manos a la cara para protegerme de su mirada al tiempo que él se echa hacia atrás, sobresaltado.

—¡Por Dios! —exclama—. ¿De dónde demonios saliste?

No encuentro palabras por ninguna parte.

Recupera la compostura deprisa y corriendo.

—Me diste un susto de muerte, colega —dice.

Luego se ríe e hipa al mismo tiempo. Desplaza la mirada a mi cuaderno, que está apoyado contra la pared, abierto con su propio retrato. Recupera la botella.

—¿Te comió la lengua el ratón? Oh, espera... ¿Los yanquis usan esa expresión?

Asiento.

—Bien. Me alegro de saberlo. Sólo llevo aquí unos meses —se levanta, ayudándose con la pared—. Vamos a echar un vistazo, pues —dice mientras camina hacia mí a trompicones. Saca un cigarrillo del paquete que lleva en el bolsillo de la bata. La tristeza que lo inundaba hace un momento parece haberse evaporado. De repente, advierto algo curiosísimo.

—Tienes un ojo de cada color —le espeto. ¡Como un *husky* siberiano!

—Fantástico. ¡Sabes hablar! —dice con una sonrisa que desata otra revuelta en su cara. Enciende un cigarrillo, da una gran calada y echa humo por la nariz como un dragón. Señalándose los ojos, explica—: Heterocromía iridium. En otra época me habría garantizado una plaza en la hoguera de las brujas, me temo —quiero decirle lo hermosísima que me parece su mirada, pero no lo hago, claro. Sólo atino a pensar que lo vi desnudo, lo vi. Rezo para que mis mejillas no estén tan rojas como calientes. Señala mi cuaderno—. ¿Puedo?

Titubeo. No tengo ganas de que se ponga a mirar mis dibujos.

—Vamos —insiste, indicándome por gestos que se lo pase. Habla en un tono cantarín. Recojo el cuaderno y se lo tiendo. Quiero explicarle que lo dibujé sentado de cualquier modo, como un pulpo, porque no tenía ningún punto de apoyo, que apenas miré el papel mientras dibujaba, que soy malísimo. Que mi sangre no resplandece ni una pizca. Me muerdo la lengua y guardo silencio—. Buen trabajo —comenta con entusiasmo—. Muy buen trabajo —me parece que lo dice en serio—. ¿No te podías permitir un curso de verano, entonces? —pregunta.

—No estoy matriculado.

—Deberías —afirma, y mis ardientes mejillas arden aún más. Apaga el cigarrillo contra la pared del edificio, lo que provoca una lluvia de chispas rojas. Está claro que es forastero. Estamos en plena alerta de incendios. Todo está seco y listo para arder.

—A ver si te puedo sacar un caballete durante el próximo descanso —esconde la bolsa junto a un peñasco. Levantando la mano, me señala con el dedo índice—. Yo te guardo tu secreto y tú me guardas el mío —dice, como si fuéramos compinches.

Yo asiento, sonriendo. ¡Los ingleses no son unos descerebrados! Tendré que irme a vivir a Inglaterra. William Blake era inglés. Y el jodido Francis Bacon, el pintor más alucinante de la historia, también. Lo miro mientras se aleja, una situación que se prolonga durante siglos como consecuencia de ese andar cansino, y quiero decirle algo más, pero no sé qué. Antes de que doble la esquina, se me ocurre algo.

—¿Eres artista?

—Un desastre, eso es lo que soy —replica a la vez que se apoya en el edificio—. Un maldito desastre. Tú eres el artista, colega.

Y se marcha.

Recojo el cuaderno y miro el boceto que acabo de dibujar, los anchos hombros, la exigua cintura, las largas piernas, el rastro de vello que le recorre el vientre desde el ombligo hacia abajo, más abajo.

—Soy un maldito desastre —digo en voz alta, imitando su acento efervescente, y me siento en las nubes—. Soy un maldito artista, colega. Un maldito desastre.

Lo repito unas cuantas veces más, en voz alta y con un entusiasmo creciente, hasta que me doy cuenta de que le estoy hablando a un grupo de árboles con acento inglés y regreso a mi sitio.

Durante la sesión siguiente, me mira directamente en un par de ocasiones e incluso me hace un guiño, porque ahora somos una pareja de conspiradores. Y cuando llega el descanso, me trae un caballete y también un escabel para que pueda ver bien. Monto el equipo (perfecto) y me apoyo contra la pared a su lado mientras él se echa unos tragos y se fuma un cigarrillo. Me siento como un tipo con estilo, como si llevara puestas unas gafas de sol, aunque no sea así. Somos amigos, somos colegas, sólo que esta vez no me dice nada y tiene la mirada opaca y como velada. Se está derritiendo en un charco de sí mismo.

—¿Te encuentras bien? —le pregunto.

—No —responde—. Nada bien.

Tira la colilla a un macizo de hierba seca antes de levantarse y empezar a alejarse a trompicones, sin despedirse siquiera. Apago el fuego a pisotones sintiéndome tan decaído como antes eufórico.

Con mi nuevo escabel, alcanzo a ver hasta los pies de los presentes, de modo que presencio lo que sucede a continuación con toda profusión de detalles. El profesor recibe al modelo en la puerta y le indica por gestos que lo siga al pasillo. Cuando el inglés vuelve a entrar, camina con la cabeza gacha. Cruza el estudio hasta el vestidor y, al volver a salir, parece aún más confundido y fuera de lugar que durante el último descanso. Se marcha sin mirar a nadie, ni a los alumnos ni hacia mí.

El profesor explica a la clase que el modelo se encontraba bajo los efectos del alcohol y que no volvería a posar en la EAC, que la política de la escuela es de tolerancia cero y blablablá. Nos pide que acabemos los bocetos de memoria. Me quedo un rato esperando por si al inglés se le ocurre volver, aunque sólo sea para recoger la botella. Cuando compruebo que no es así, escondo el caballete y el escabel entre los arbustos para la próxima vez y me pongo rumbo a casa por el bosque.

Apenas inicio la caminata, veo al chico del tejado recostado contra un árbol, la misma sonrisa, el mismo sombrero verde oscuro ahora girando sobre su mano. Su cabello es una hoguera de luz blanca.

Parpadeo, porque a veces veo cosas.

Sigo parpadeando. Entonces, como para confirmar su existencia, habla.

—¿Qué tal la clase? —me pregunta como si su presencia allí fuera lo más normal del mundo, y también el hecho de que yo asista a clases de dibujo en el exterior y no en el interior del aula; como si no tuviera nada de particular que no nos conozcamos, aunque él me sonría como si fuera mi amigo y, sobre todo, como si no fuera rarísimo que me haya seguido, porque ¿cómo se explica si no que ahora esté aquí, delante de mí? Debe de haberme leído el pensamiento, porque aclara—: Sí, amigo, te seguí. Quería echar un vistazo al bosque, pero me distraje con mis cosas —señala una maleta abierta llena de piedras. ¿Colecciona piedras? ¿Y las transporta de un lado a otro en una maleta?—. Mi estuche de aerolitos sigue empaquetado —me explica, y yo asiento como si entendiese algo. Pensaba que los aerolitos estaban en el cielo, no en la Tierra. Me fijo mejor en él. Es algo mayor que yo, al menos más alto y cuadrado. Advierto que no tengo ni idea de qué color emplearía para pintar sus ojos. Ninguno. Obviamente hoy es el día de la gente con ojos súper alucinantes. Los suyos son de un marrón tan claro que parecen amarillos, o cobrizos tal vez, salpicados de verde. Sin embargo, sólo puedo atisbar el tono fugazmente, porque bizquea una pizca, aunque a él le sienta bien. A lo mejor no es un tigre de Bengala, para nada...

—¿Tengo monos en la cara? —pregunta.

Bajo la mirada, avergonzado, como un completo *dork* de ballena, con el cuello ardiendo y lleno de hormigas. Empiezo a hacer una pirámide de agujas de pino con la punta del zapato.

—No te preocupes —me dice—, seguramente te has acostumbrado después de mirar tanto rato al borracho ese —alzo la vista. ¿Me ha estado espiando todo el tiempo? Observa mi cuaderno con curiosidad—. ¿Estaba desnudo?

Parece algo agitado al decirlo y el estómago me da un vuelco brutal. Intento permanecer impasible. Pienso en lo que implica que me haya observado mientras espiaba a los cargadores de la mudanza, que me haya seguido hasta aquí. Vuelve a echar una ojeada a mi cuaderno. ¿Quiere que le enseñe los desnudos del inglés? Creo que sí. Y a mí también me dan ganas de enseñárselos. Muchísimo. Una tormenta de fuego, mucho más intensa que la anterior, me azota por dentro. Estoy seguro de que me han abducido, porque ya no controlo los mandos de mi cerebro. Sus extraños ojos estrábicos y cobrizos tienen la culpa. Me están hipnotizando. Ahora sonríe, pero sólo con la mitad de la boca, y advierto que tiene un hueco entre los dientes frontales, lo que también le sienta bien. Dice en un tono de guasa:

—Mira, amigo, no tengo ni idea de cómo volver a casa. Lo he intentado y he acabado aquí. Te estaba esperando para que me mostraras el camino.

Se pone el sombrero.

Yo le indico el rumbo con la mano y obligo a mi cuerpo abducido a echar a andar. Él cierra la maleta de las piedras (¿perdón?), la agarra por el asa y me sigue. Intento no mirarlo mientras caminamos. Quiero librarme de él. Creo. Clavo la mirada en los árboles. Los árboles son seguros.

Y no hablan.

¡Y no quieren que les enseñe los desnudos de mi cuaderno!

El camino es largo, casi todo cuesta arriba, y la luz del sol se escabulle poco a poco del bosque. A mi lado, incluso con la maleta llena de piedras, que debe de pesar lo suyo porque no para de cambiársela de mano, el chico camina a saltitos debajo de su sombrero, como si llevara muelles en las piernas.

Al cabo de un rato, los árboles me devuelven a la normalidad.

O puede que sea él.

Debe de rodearlo una especie de campo de paz (a lo mejor le mana de un dedo) porque, sí, ahora me siento relajado, o sea, invadido por una calma sobrenatural, como si fuera un resto de mantequilla. Es rarísimo.

De vez en cuando, se detiene para coger una piedra y examinarla. Algunas las vuelve a tirar, otras se las guarda en el bolsillo de la sudadera, que le hace bolsas de tanto peso. Cada vez que se detiene, yo lo espero, ardiendo en deseos de preguntarle qué busca. Ardiendo en deseos de saber por qué me ha seguido. Ardiendo en deseos de preguntarle por el telescopio, y si las estrellas también se ven a la luz de día. Ardiendo en deseos de averiguar de dónde es, cómo se llama, si hace surf, cuántos años tiene y a qué colegio irá en otoño. Trato unas cuantas veces de formular una pregunta que suene casual y normal, pero las palabras se me atragantan y no lo consigo. Cuando desisto por fin, saco mis pinceles invisibles y me pongo a pintar mentalmente. Y se me ocurre que quizá las piedras sean su lastre para evitar salir volando...

Caminamos y caminamos por el ceniciento ocaso mientras el bosque se adormece. Los árboles se extienden en fila, el arroyo enmudece, las plantas se hunden en la tierra, los animales ceden el sitio a sus sombras y, al final, nosotros también.

Cuando dejamos atrás el bosque y salimos a la carretera, se da media vuelta.

—¡La madre que me parió! ¡Nunca había pasado tanto rato seguido en silencio! ¡O sea, en toda mi vida! ¡Ha sido como un concurso de aguantar la respiración! Estaba compitiendo contra mí mismo. ¿Eres siempre así?

—¿Cómo? —pregunto con voz ronca.

—¡Oye! —exclama—. ¿Sabes que son las primeras palabras que pronuncias en todo este rato? —no me había dado cuenta—. ¡Caray! Has de ser Buda o algo parecido. Mi madre es budista. Acude a retiros de silencio. Le saldría más rentable quedar contigo. Bueno, sin contar eso de: *Soy un maldito artista, un maldito desastre, colega.*

Pronuncia esta última frase con un fuerte acento inglés y se ríe con ganas.

¡Me oyó! ¡Me oyó hablar con los árboles! La sangre me hierve en la cabeza con tanta violencia que me va a estallar el cuello en cualquier momento. Ahora expulsa a borbotones todo el silencio de nuestra caminata y me doy cuenta, por el modo en que la risa se apodera de él y lo prende entero, de que es un chico de risa fácil, y aunque se está riendo de mí, me hace sentir bien, aceptado, un poco mareado cuando la risa burbujea en mi interior también. O sea, fue para morirse de risa eso de que me haya puesto a hablar solo con acento inglés, y entonces vuelve a decirlo, marcando el acento a tope:

—Soy un maldito artista.

Y yo añado:

—Un maldito desastre, colega.

Algo cede en mi interior y me río a carcajadas, y él vuelve a decirlo y luego yo otra vez, estamos muertos de risa y tardamos siglos en tranquilizarnos porque cada vez que uno de los dos se calma, el otro dice *Soy un maldito desastre, colega,* y todo vuelve a empezar.

Cuando por fin recuperamos la compostura, me percato de que no tengo ni idea de lo que acaba de pasar. Jamás en la vida me había sucedido nada parecido. Siento como si fuera a salir flotando o algo así.

Señala mi cuaderno.

—Supongo que es así como te comunicas, ¿no?

—Más o menos —reconozco. Estamos debajo de un farol y procuro no mirarlo fijamente, pero me cuesta mucho. Ojalá pudiera parar el mundo como un reloj para poder contemplarlo a mi antojo. Ahora mismo, algo sucede en su rostro, como si un objeto muy brillante tratara de esconderse en él: una presa que contiene una corriente de luz. Su alma debe de ser un sol. Nunca había conocido a nadie cuya alma fuera el sol.

Quiero decirle algo más para que no se vaya. Me siento de maravilla, de un maldito verde hoja. Así de bien me siento.

—Pinto mentalmente —le confieso—. Lo hacía mientras caminábamos.

Nunca se lo había confesado a nadie, ni siquiera a Jude, y no tengo ni idea de por qué acabo de confesarlo ante él. Jamás había dejado entrar a nadie en el museo invisible, hasta ahora.

—¿Y qué pintabas?

—A ti.

Agranda los ojos, sorprendido. No debería haber dicho eso. No lo pretendía; me ha salido así. Ahora el aire chisporrotea y su sonrisa se ha esfumado. A pocos metros de allí, mi casa brilla como un faro en la noche. Antes de ser consciente siquiera de lo que estoy haciendo, cruzo la calle como una flecha, con las náuseas de saber que acabo de estropearlo todo, de haber dado esa última pincelada que ha arruinado la pintura. Mañana mismo se aliará con Fry para arrojarme de la peña del Diablo. Tomará esas piedras y...

Cuando llego a la entrada de mi casa, oigo:

—¿Y cómo me pintaste?

Su voz sólo revela curiosidad; ni una pizca de sociopatía.

Me doy media vuelta. Se ha apartado del farol. Sólo veo una sombra en la calle. He aquí cómo lo dibujé: flotando en el aire sobre el bosque dormido, con el sombrero verde a unos palmos de su cabeza. Lleva en la mano una maleta abierta de cuyo interior cae todo un firmamento de estrellas.

No se lo puedo decir (¿cómo se lo voy a decir?), así que me doy media vuelta, subo los peldaños de entrada, abro la puerta y me meto en casa sin mirar atrás.

Al día siguiente, Jude grita mi nombre desde el pasillo, lo que significa que está a punto de entrar en mi cuarto. Abro el cuaderno por otra página porque no quiero que vea en qué estoy trabajando: la tercera versión de ojitos-de-cobre recoge-piedras risa-fácil chico-cometa con su sombrero verde y su maleta rebosante de estrellas. He logrado un color tan perfecto, un punto de estrabismo tan exacto, que me siento atrapado por los ojos de mi propia pintura. Cuando por fin consigo clavarlo, me entra tal emoción que doy cincuenta vueltas alrededor de la silla para tranquilizarme.

Cojo una pintura pastel y finjo trabajar en el desnudo del inglés que terminé ayer por la noche. Lo dibujé al estilo cubista, así que su cara recuerda aún más a un espejo roto que al natural. Jude entra haciendo equilibrios sobre sus tacones, que ha combinado con un minivestido azul. Últimamente, mamá y ella siempre están discutiendo sobre lo que Jude se pone encima, o sea, muy poca cosa. Luce una melena sinuosa y obscena. Cuando la lleva mojada suele perder ese aire de hada para adquirir un aspecto más normal, más como el resto de nosotros, pero hoy no.

Va muy maquillada. Se pelean por eso también. Y porque no respeta la hora de llegar a casa, contesta, da portazos, intercambia mensajes con chicos que no son compañeros del colegio, surfea con los surflerdos mayores, se tira desde el salto del Hombre Muerto, el más alto y aterrador de la colina, quiere quedarse a dormir en casa de un avispón diferente casi cada noche, se gasta su domingo en un lápiz labial que se llama Al Rojo Vivo y se escapa de casa por la ventana de su cuarto. O sea, discuten por todo. A mí nadie me pregunta, pero creo que se ha convertido en BelceJude y quiere que todos y cada uno de los chicos de Lost Cove la besen porque mi madre se olvidó de echar un vistazo a su cuaderno aquel día en el museo.

Y porque un día la dejamos botada. Sucedió en la exposición de Jackson Pollock. Mamá y yo estuvimos siglos mirando el cuadro *Uno: número 31* —porque ¡qué bruto!— y, cuando salimos del museo, la brillante telaraña de Pollock seguía allí, envolviendo a la gente que caminaba por la acera, cubriendo los edificios y nuestra inacabable conversación en el coche acerca de su técnica, y sólo nos dimos cuenta de que Jude no estaba cuando ya habíamos cruzado la mitad del puente.

Mamá se pasó todo el trayecto de vuelta diciendo:

—AyDios, ayDios, ayDios.

Yo estaba a punto de vomitar todos los órganos del cuerpo. Cuando mi madre pegó un frenazo delante del museo, vimos a Jude sentada en la acera con la cabeza hundida entre las rodillas. Parecía una hoja de papel hecha una bola.

¿La verdad? Mi mamá y yo nos habíamos acostumbrado a no notar su presencia cuando estábamos los tres juntos.

Deja sobre la cama la caja que lleva en las manos, se acerca al escritorio por detrás, donde estoy dibujando, y se asoma por en-

Jandy Nelson

cima de mi hombro. Un mechón de pelo mojado me cae sobre la cara. Lo aparto de un manotazo.

El rostro del inglés desnudo nos mira desde el cuaderno. He querido captar la impresión esquizoide que me causó antes de que se hundiera en su propia desgracia, así que me puse más abstracto que de costumbre. Es poco probable que él se hubiera reconocido, pero el dibujo no me quedó mal del todo.

—¿Quién es? —me pregunta Jude.

—Nadie.

—En serio, ¿quién es? —insiste.

—Una persona inventada —le digo a la vez que me aparto del cuello otra húmeda cola de ardilla.

—No, no. Existe. Sé que mientes. Lo noto.

—Que no, Jude. Te lo juro.

No quiero contarle la verdad. No quiero darle ideas. ¿Y si empieza ella también a frecuentar la EAC para asistir a las clases a escondidas?

Se planta a mi lado y se inclina para ver mejor.

—Ojalá existiera —dice—. Se ve tan guapo... Es tan... No sé... Tiene algo que... —qué raro. Hace mucho que no reacciona así ante mi obra. Casi siempre se comporta como si hubiera comido mierda cuando ve uno de mis dibujos. Ahora se cruza de brazos y dos titanes chocan en su pecho, de tanto que se le abultan las tetas—. ¿Me lo regalas?

Alucino. Es la primera vez que me pide un dibujo. No se me da nada bien regalarlos.

—A cambio del sol, las estrellas, los mares y todos los árboles de la Tierra, me lo pensaría —replico, convencido de que jamás accederá. Sabe lo mucho que deseo el sol y las estrellas. Llevamos dividiéndonos el mundo desde que teníamos cinco años.

Voy por todas; la dominación del universo está a mi alcance por primera vez.

—¿Bromeas? —replica a la vez que se incorpora. Me pone de nervios lo mucho que está creciendo últimamente. Yo creo que la estiran por las noches—. Sólo me quedarían las flores, Noah.

Genial, pienso. Jamás consentirá. Todo resuelto, pero no lo está. Se reclina otra vez hacia mí, levanta el cuaderno y se queda mirando el retrato, como esperando a que el inglés rompa a hablar.

—Va —accede—. Los árboles, las estrellas y los mares. De acuerdo.

—Y el sol, Jude.

—Sale, está bien —asiente, y yo no lo puedo creer—. Te doy el sol.

—¡Pero no te queda casi nada! —le reprocho—. ¿Te has vuelto loca?

—Pues sí, pero tengo lo que quería —arranca con cuidado al inglés desnudo de mi cuaderno, sin reparar, gracias a Dios, en el dibujo que hay debajo. Ahora se sienta en la cama con la hoja en la mano.

—¿Has visto al chico nuevo? Es *tan* friki —me comenta, y yo echo un vistazo a mi cuaderno, donde el friki inunda de color la habitación—. Lleva un sombrero verde con una pluma. Qué tal —se ríe con esa horrible risa zumbona que ha adoptado últimamente—. Sí. Es incluso más raro que tú —guarda silencio un momento. Yo aguardo, con la esperanza de que vuelva a ser la hermana que siempre ha sido, no esta nueva versión avispón—. Bueno, quizá no tan raro como tú —me doy media vuelta. Las antenas se agitan en su frente. Ha venido a inyectarme su picadura mortal—. Nadie es más raro que tú.

Vi un documental en la tele sobre unas hormigas malasias que matan por combustión interna. Esperan hasta que sus enemigos (por ejemplo, los avispones) estén casi encima de ellas y entonces detonan como una bomba de veneno.

—No sé, Noah. Zum. Zum. Zum.

Está inspirada. Yo comienzo la cuenta atrás. Diez segundos para la explosión. Nueve, ocho, siete...

—¿Tienes que ser tan zum, zum, zum, tan tú todo el tiempo? Es... —deja la frase en suspenso.

—¿Es qué? —pregunto, y parto la pintura pastel que tengo en la mano como si fuera un cuello.

Levanta las manos en señal de rendición.

—Es penoso, ¿okey?

—Al menos sigo siendo yo.

—¿Y eso qué significa? —luego, más a la defensiva, añade—: A mí no me pasa nada. ¿Qué tiene de malo que haya hecho otros amigos? ¿Aparte de ti?

—Yo también tengo otros amigos —digo, mirando el cuaderno.

—Ah, sí, claro. ¿Qué amigos, si se puede saber? ¿Qué amigos tienes? Los imaginarios no cuentan. Ni tampoco los dibujados.

Seis, cinco, cuatro... Lo que no sé es si las hormigas asesinas malasias también mueren cuando aniquilan a sus enemigos.

—Bueno, pues el chico nuevo, por ejemplo —le espeto. Meto la mano en el bolsillo y busco la piedra que me regaló—. Y no es raro.

Aunque sí lo es. ¡Lleva consigo una maleta llena de piedras!

—¿Es amigo tuyo? Claro, cómo no —replica—. ¿Y cómo se llama? Si son tan amigos, lo has de saber, ¿no?

Uy, ahí me pescó.

—Me lo imaginaba —me corta antes de que pueda hablar. No la soporto. Soy alérgico a ella. Miro la litografía de Chagall que decora la pared de enfrente e intento sumergirme en el etéreo sueño que representa. La vida real se hace añicos. También soy alérgico a la vida real. Cuando me reía con el chico nuevo no tenía la sensación de que eso fuera la vida real. Para nada. Y, antes, cuando estaba con Jude, tampoco. Ahora, en cambio, su compañía se ha convertido en la peor versión de la realidad que me pueda imaginar, asfixiante y vomitiva. Cuando Jude vuelve a hablar, lo hace con una voz tensa y dura.

—¿Y qué esperabas? He tenido que hacer nuevos amigos. Tú sólo sabes hacer dibujos chafas aislado en ti mismo y compartes la obsesión de mamá con esa estúpida escuela.

¿Chafas? ¿Dibujos chafas?

Allá voy. Tres, dos, uno: exploto con lo único que tengo.

—Estás celosa, Jude —le digo—. Estás muerta de celos, todo el tiempo.

Hojeo el cuaderno hasta encontrar una página en blanco, cojo un lápiz y me pongo a dibujar (Retrato: *Mi hermana avispón*), no (Retrato: *Mi hermana araña*), sí, señor, una araña que destila veneno y corretea en la oscuridad con sus ocho patas peludas.

Cuando el silencio me rompe los tímpanos, me vuelvo a mirarla. Sus ojos azules me deslumbran. El avispón se ha extinguido. Y no lleva una araña dentro, para nada.

Dejo el lápiz.

Con una voz tan queda que apenas distingo las palabras, dice:

—También es mi madre. ¿Por qué no la compartes?

El azote de la culpa me golpea las entrañas. Me vuelvo hacia el Chagall para suplicarle que me absorba, por favor, cuando la sombra de mi padre se cierne en el umbral. Lleva una toalla alrededor del cuello, sobre el bronceado pecho desnudo. También acaba de ducharse; Jude y él deben de haber ido a nadar juntos. Últimamente, lo hacen todo juntos.

Ladea la cabeza con ademán inquisitivo, como si viera las patas y las vísceras de insecto esparcidas por el suelo.

—¿Va todo bien por aquí, chicos?

Ambos asentimos. Mi padre apoya una mano a cada lado del marco y abarca el umbral entero, el continente norteamericano entero. ¿Cómo puedo odiarlo y, al mismo tiempo, desear parecerme más a él?

No siempre he soñado con que se le desplomara un edificio encima. De niños, Jude y yo nos sentábamos en la playa como dos patitos, sus patitos, mientras esperábamos horas y horas a que terminara de nadar y surgiera de la espuma blanca como Poseidón. Se plantaba delante de nosotros, tan colosal que eclipsaba el sol, y agitaba la cabeza para que las gotitas de agua nos salpicasen como lluvia salada. Primero me levantaba a mí en vuelo, me sentaba en uno de sus hombros, luego alzaba a Jude y la encaramaba al otro.

Nos llevaba hasta las rocas de esa manera mientras todos los niños de la playa, muertos de envidia, volvían la vista hacia sus raquíticos padres.

Todo eso sucedía antes de que mi padre descubriera que yo era yo. Antes de que un día girara en redondo y, en lugar de encaminarse a las rocas, nos llevara a los dos al agua, uno en cada hombro. El mar estaba revuelto y las olas nos azotaban con ganas mientras nos internábamos más y más en el agua. Yo me agarré a su brazo, que me sujetaba el cuerpo como un cinturón de seguridad, y me sentía a salvo porque mi padre lo tenía todo controlado y porque era su mano la que empujaba el sol cada mañana y lo hundía al caer la noche.

Nos ordenó que saltáramos.

Pensé que mis oídos me engañaban hasta que, con un gritito de emoción, Jude salió volando de la repisa de su hombro. Sonreía de oreja a oreja cuando el océano se la tragó y seguía sonriendo cuando emergió y empezó a chapotear como un mono feliz, pataleando para mantenerse a flote y recordando cuanto habíamos aprendido en las clases de natación. Mientras tanto, al notar cómo el brazo de mi padre aflojaba la presión, yo intentaba asirme a su cabeza, a su pelo, a su oreja, a la escurridiza pendiente de su espalda sin conseguirlo.

En este mundo, o nadas o te hundes, Noah, me dijo muy serio, y el cinturón de seguridad mudó en una honda que me tiró al agua.

Me hundí.

Hasta.

El.

Fondo.

(Autorretrato: *Noah y los pepinos de mar.*)

El primer "sermón del paraguas destartalado" tuvo lugar aquella misma noche. *Debes ser valiente aunque estés asustado, eso es lo que significa ser un hombre.* Y a éste siguieron muchos más: tienes que ser duro, sentarte erguido, caminar tieso, hacerte valer, jugar al futbol, mirarme a los ojos, pensar antes de hablar. De no ser porque Jude y tú son mellizos, pensaría que has nacido por parteno... lo que sea. De no ser por Jude, te habrían machacado en aquel campo de futbol. De no ser por Jude. De no ser por Jude. ¿No te preocupa que una chica tenga que salir en tu defensa? ¿No te preocupa que siempre te elijan el último en los juegos de equipo? ¿No te preocupa estar siempre solo? ¿No te preocupa, Noah? ¿No? ¿No?

De acuerdo, ya. ¡Cállate! Claro que me preocupa.

¿Tienes que ser tan tú todo el tiempo?

Ahora ellos forman un equipo, como antes Jude y yo. Así que te fastidias. ¿Por qué iba yo a compartir a mi mamá?

—Esta tarde, claro —le está diciendo Jude a mi padre.

Él le sonríe como si mi hermana fuera un arcoíris y luego, tarambí, tarambana aquí huelo a carne humana, cruza la habitación en cuatro zancadas y me palmea la cabeza con afecto, lo que me provoca una conmoción cerebral.

En el exterior, Profeta grazna:

—¿Dónde demonios está Ralph? ¿Dónde demonios está Ralph?

Mi padre finge que estrangula a Profeta con las manos y me dice:

—¿Cuándo piensas cortarte el pelo? Tienes una pinta de lo más prerrafaelista con esos rizos negros.

Como mamá es tan contagiosa, incluso mi padre, por muchas cualidades que comparta con los tarados, sabe un montón de arte, al menos lo suficiente para usarlo como insulto.

—Me encantan las pinturas prerrafaelistas —mascullo.

—Una cosa es que te gusten y otra que parezcas sacado de una, ¿no crees, jefe?

Otro manotazo en la cabeza, otra conmoción cerebral.

Cuando se marcha, Jude dice:

—Me gustas con el pelo largo.

Y esa frase, no sé por qué, aspira toda la aversión y el repelús que habían proliferado entre nosotros y también todos mis pensamientos mezquinos y cucarachiles. Forzando un tono alegre, propone:

—¿Quieres jugar?

Me doy media vuelta, recordando una vez más que fuimos creados juntos, célula a célula. Ya nos hacíamos compañía cuando no teníamos ojos ni manos. Antes de que nos fueran entregadas las almas.

Jude está sacando una especie de tablero de la caja que ha traído consigo.

—¿Qué es? —le pregunto.

—¿Dónde demonios está Ralph? Pero ¿dónde demonios está Ralph? —vuelve a preguntar Profeta, tan desorientado como siempre.

Jude se asoma por la ventana que hay junto a mi cama y vocifera:

—¡Lo siento, Profeta, ve a saber!

No sabía que ella también hablara con Profeta. Sonrío.

—Una güija —me explica—. La encontré en el cuarto de la abuela. La fabricamos juntas hace tiempo. Le haces preguntas y te contesta.

—¿Quién te contesta? —pregunto, aunque creo que ya sé de qué trata por las películas.

—Ya sabes. Los espíritus.

Sonríe y enarca las cejas arriba y abajo en plan payaso. Noto que una sonrisa me baila en la comisura de los labios. ¡Quiero volver a formar equipo con Jude! Quiero que nuestra relación vuelva a ser como antes.

—Va —acepto—. Claro.

Su semblante se ilumina.

—Bien.

Y, sin más, me siento como si la nauseabunda conversación de antes no hubiera tenido lugar, como si no acabáramos de machacarnos mutuamente. ¿Cómo puede cambiar todo en cosa de nada?

Me enseña cómo funciona, cómo tengo que colocar las manos sobre la tablilla sin apoyarlas para que los espíritus puedan desplazarla hacia las letras del alfabeto o, en su caso, hacia el "sí" o el "no" que aparecen en el tablero.

—Ahora voy a formular una pregunta —anuncia, cerrando los ojos y abriendo los brazos en cruz.

Me echo a reír.

—Y luego dices que yo soy un bicho raro.

Jude abre un ojo.

—Se hace así, te lo juro. La abuela me enseñó —lo cierra—. Bien, espíritus. He aquí mi pregunta: ¿Me quiere M.?

—¿Quién es M.? —pregunto.

—Nadie.

—¿Michael Stein?

—¡Puf, ni en sueños!

—¡No será Max Fracker!

—Ay, no, por Dios.

—¿Pues quién?

—Noah, los espíritus no van a venir si no paras de interrumpir. No te voy a decir quién es.

—Muy bien.

Extiende los brazos de nuevo y vuelve a formular su pregunta antes de posar las manos en la tablilla.

Yo coloco las mías también. Avanza directamente hacia el "no". Estoy seguro de que la he empujado yo.

—¡Estás haciendo trampa! —exclama.

La siguiente vez no hago trampa y se dirige igualmente hacia el "no".

Jude está súper agobiada.

—Probemos otra vez.

En esta ocasión es ella la que empuja la tablilla hacia el "sí".

—Ahora eres tú la que hace trampa —la acuso.

—Último intento —dice.

Señala el "no".

Jude suspira.

—Va, te toca preguntar.

Cierro los ojos y pregunto para mis adentros: ¿entraré en la EAC el año que viene?

—En voz alta —me ordena, exasperada.

—¿Por qué?

—Porque los espíritus no leen el pensamiento.

—¿Cómo lo sabes?

—Lo sé y punto. Ahora canta. Y no te olvides de los brazos.

—Bien —abro los brazos en cruz y pregunto—: ¿Entraré en la EAC el año que viene?

—Eso es malgastar una pregunta. Pues claro que entrarás.

—Es que quiero estar seguro.

La obligo a repetirlo diez veces. En cada ocasión se dirige al "no". Por fin, Jude le da la vuelta al tablero.

—Este juego es una bobada —afirma, pero sé que en realidad no lo piensa. M. no la quiere y yo no voy a entrar en la EAC.

—Preguntémosle si te admitirán a ti —propongo.

—Qué tontería. No me van a admitir. Ni en broma. Ni siquiera sé si voy a solicitar plaza. Quiero ir al Roosevelt con los demás. Hay un equipo de natación.

—Vamos —insisto.

Señala el "sí".

Una vez.

Y otra más.

Y otra.

Y otra.

No puedo seguir tumbado en la cama ni un minuto más, así que me visto y subo al tejado para comprobar si el chico nuevo se encuentra en el suyo. No está, lo cual no debería extrañarme porque no son ni las seis de la mañana y apenas hay luz, pero yo, mientras daba vueltas y más vueltas en la cama como un pez atrapado en una red, no paraba de decirme que él ya se había levantado, que estaba en el tejado de su casa enviándome rayos con los dedos y que por eso no podía dormir. Por lo visto, me equivocaba. Aquí arriba sólo estoy yo, acompañado de una estúpida luna en declive y todas las gaviotas del mundo, que han acudido a Lost Cove para el concierto del alba. Nunca había salido tan temprano, no sabía que reinara tal escándalo. Ni que el paisaje fuera tan inquietante, pienso, cuando reparo en un montón de viejos encorvados disfrazados de árboles.

Me siento, busco una página en blanco en mi cuaderno e intento dibujar, pero no me puedo concentrar, ni siquiera trazar una línea como Dios manda. La güija tiene la culpa. ¿Y si es cierto que Jude va a entrar en la EAC y yo no? ¿Y si al final me toca ir al Roosevelt con tres mil clones de Franklyn Fry, todos igual de vomitivos? ¿Y si resulta que dibujo fatal? ¿Y si mi madre y el señor Grady se comportan como lo hacen por lástima? *Porque soy penoso,* como dice Jude. Y como piensa papá. Entierro la cabeza entre las manos y noto el ardor de las mejillas en los dedos mientras revivo lo sucedido en los bosques con Fry y Zephyr el invierno pasado.

(Autorretrato, serie: *Paraguas destartalado* n° 88.)

Levanto la cabeza y devuelvo la vista al tejado del chico nuevo. ¿Y si se da cuenta de que yo soy yo? Una corriente fría me recorre por dentro, como si yo fuera una estancia desierta, y de repente sé que todo va a ir mal y que estoy condenado; no sólo yo, sino este mundo miserable y completamente gris.

Me tiendo de espaldas, extiendo los brazos al máximo y susurro:

—Socorro.

Al cabo de un rato, el sonido de la puerta de un garaje me despierta. Me incorporo sobre los codos. Ahora el cielo es azul: celeste, más azul que el mismo mar, cerúleo, y los árboles dibujan remolinos con todos los jodidos verdes de la Tierra mientras un amarillo espeso y cremoso, como de yema de huevo, se derrama sobre el paisaje. Alucinante. El Apocalipsis ha sido cancelado.

(Paisaje: *Cuando Dios pinta fuera de las líneas.*)

Me siento y descubro qué garaje en concreto acaba de abrirse: el suyo.

Varios segundos más tarde, largos como años, enfila por el acceso del coche. Lleva una especie de morral negro cruzado al pecho. ¿El estuche de los aerolitos? Tiene una bolsa para guardar aerolitos, nada menos. Lleva trocitos de la galaxia de un lado a otro. ¡Vaya! Intento pinchar el globo que me está alzando en el aire, diciéndome que no debería emocionarme tanto. Después de todo, acabo de conocer a ese chico. Aunque sea tan especial como para transportar la galaxia de un lado a otro.

(Autorretrato: *Último avistamiento de un chico en su globo sobrevolando el Pacífico rumbo oeste.*)

Cruza la calle hacia el camino, se detiene en el punto exacto donde sufrimos el ataque de risa y titubea un momento antes de girarse y mirarme directamente, como si supiera que llevo esperándolo desde el alba. Nuestros ojos se encuentran y una descarga eléctrica me recorre la columna. Estoy seguro de que me está pidiendo telepáticamente que lo siga. Tras un minuto compartiendo la clase de fusión mental que sólo había experimentado con Jude, se da media vuelta y se interna en la arboleda.

Me gustaría seguirlo. Mucho, muchísimo, horrores, pero no puedo, porque tengo los pies pegados al tejado. ¿Por qué? ¿A qué viene tanto agobio? Al fin y al cabo, él me siguió a la EAC ayer mismo. La gente hace amigos. Todo el mundo hace amigos. Yo también puedo hacerlos. O sea, ya lo somos. Ayer nos reímos como hienas. Pues bien. Allá voy. Guardo el cuaderno en la mochila, bajo por la escalera de mano y me encamino a la pista de tierra.

No lo veo por ninguna parte. Aguzo los oídos, pero no oigo nada salvo mi pulso desbocado. Enfilo por el sendero, doblo el primer recodo y lo encuentro arrodillado, encorvado en el suelo. Lleva algo en la mano y lo está examinando con una lupa. Vaya idea mierdosa acabo de tener. No sabré qué decirle. No sabré qué hacer con las manos. Tengo que volver a casa. De inmediato. Estoy empezando a retroceder cuando gira la cabeza y me mira.

—Ah, hola —dice con naturalidad mientras se levanta y deja caer al suelo lo que sea que tuviera en la mano. Por lo general, cuando vuelves a ver a alguien, descubres que no se parece a la imagen que habías recreado en tu pensamiento. Él sí. Resplandece exactamente igual que en mi retrato mental. Es un espectáculo de luces. Echa a andar hacia mí—. Aún no conozco el bosque. Me preguntaba si... —deja la frase en suspenso, sonríe a medias. Este chico no es un tarado y punto—. ¿Cómo te llamas, por cierto? —está tan cerca que podría tocarlo, tan cerca como para contarle las pecas. Experimento dificultades con dónde poner las manos. ¿Cómo es posible que todo el mundo sepa siempre qué hacer con ellas? Bolsillos, recuerdo aliviado, bolsillos. ¡Adoro los bolsillos! Guardo las manos muy bien, evitando sus ojos. Tienen algo que me desconcierta. Si tengo que mirar a alguna parte, le miraré los labios.

Me está observando. Lo sé, aunque no presto atención a nada que no sea su boca. ¿Me preguntó algo? Creo que sí. Mi coeficiente intelectual ha caído en picada.

—Seguro que lo adivino —está diciendo—. Diría que Van, no, ya lo tengo, Miles, sí, tienes cara de Miles.

—Noah —le suelto como si se me acabara de ocurrir—. Me llamo Noah. Noah Sweetwine.

Ay, Dios. Por favor. Si serás torpe...

—¿Seguro?

—Sí, cien por ciento —digo en un tono alegre y raro. Tengo las manos atadas, atrapadas, condenadas. Los bolsillos son la cárcel de las manos. Las saco, pero no se me ocurre otra cosa que dar una palmada, como si fueran platillos. Qué bestia—. Ah, ¿y tú cómo te llamas? —le pregunto a su boca cuando recuerdo, a pesar de que mi coeficiente intelectual empieza a ser el de un vegetal, que él también debe de tener un nombre.

—Brian —responde, y no añade nada más porque a él sí le funciona la cabeza.

Mirarle la boca tampoco es buena idea, sobre todo cuando habla. Una y otra vez, apoya la lengua en ese hueco que tiene entre los dientes frontales. Será mejor que mire a este árbol.

—¿Cuántos años tienes? —le pregunto al árbol.

—Catorce. ¿Y tú?

—Igual —digo. Ejem.

Asiente, dando por supuesto que digo la verdad, claro que sí, porque ¿qué sentido tendría mentirle? ¡Ni idea!

—Voy a un internado de la costa este —me explica—. El próximo curso terminaré la secundaria —debe de advertir que miro al árbol con cara de desconcierto, porque añade—. Me salté un curso de kínder.

—Yo voy a la Escuela de Bellas Artes de California —mi boca vocifera las palabras sin mi consentimiento.

Lo miro de reojo. Está enarcando las cejas y, entonces, lo recuerdo. En cada puto muro de la puta escuela están escritas las palabras: Escuela de Bellas Artes de California. Me vio fuera del edificio, no dentro. Y seguro que me oyó decirle al inglés desnudo que no estoy matriculado.

Tengo dos opciones: largarme corriendo a casa y encerrarme allí dos meses hasta que él regrese al internado o...

—Bueno, en realidad no asisto a esa escuela —le confieso al árbol. Ahora sí que no me atrevo a mirar a Brian—. Aún no, por lo menos. Es que estoy deseando matricularme. O sea, lo deseo con toda mi alma. No puedo pensar en otra cosa. Y sólo tengo trece años. Casi catorce. Bueno, los cumpliré dentro de cinco meses. El 21 de noviembre. Nací el· mismo día que Magritte, el pintor. El que pintó el cuadro ese del hombre con una manzana en la cara. Seguro que lo has visto. Y también el de ese otro tipo que en lugar de cuerpo tiene una jaula. Es brutal, muy retorcido. Ah, y también ése en el que aparece un pájaro volando, pero las nubes están dentro del pájaro, no fuera. Alucinante...

Cierro la boca porque, caray, podría seguir hablando toda la vida. De repente, no se me ocurre ni una sola pintura de la que no se me antoje tirarle un rollo al roble.

Me vuelvo a mirar a Brian, despacio, que me contempla con sus ojos estrábicos sin decir ni pío. ¿Por qué guarda silencio? ¿Habré agotado yo todas las palabras? Puede que esté alucinando conmigo, y no me extraña: le mentí, luego desmentí mis palabras y por último me embarqué en una lección psicótica de Historia del Arte. ¿Por qué no me habré quedado en el tejado? Necesito sentarme. Hacer amigos es súper estresante. Trago saliva unas cien veces.

Por fin, se encoge de hombros.

—Guau—sonríe de medio lado—. Eres un maldito desastre, colega —dice, recuperando el acento inglés.

—Ya te digo.

Nuestros ojos se encuentran y nos echamos a reír como si ambos estuviéramos hechos del mismo aire.

Tras eso, el bosque, que hasta ahora se había mantenido al margen, se une a nosotros. Inspiro una profunda bocanada de pino y eucalipto, oigo los ruiseñores y las gaviotas y el murmullo de las olas a lo lejos. Veo tres ciervos mascando hojas a pocos metros de donde Brian rebusca con ambas manos en el interior de su estuche de aerolitos.

—Hay pumas en este bosque —le suelto—. Duermen en los árboles.

—¿En serio? —responde, sin dejar de rebuscar—. ¿Has visto alguno?

—No, pero he visto linces. Dos.

—Yo vi un oso —murmura dentro de la bolsa. ¿Qué está buscando?

—Un oso. Guau. Me encantan los osos. ¿Pardo o negro?

—Negro —contesta—. Una osa con dos oseznos. En Yosemite. Quiero saberlo todo al respecto y estoy a punto de freírlo a preguntas mientras pienso entusiasmado que a lo mejor le gustan los documentales de animales como a mí, pero en ese momento encuentra lo que estaba buscando. Saca una piedra común y corriente. Por la expresión de su cara, se diría que me está enseñando un lagarto de gorguera o un dragón de mar foliáceo, no un fragmento de... nada.

—Mira —dice, y me la planta en la palma de la mano. Pesa tanto que se me dobla la muñeca y debo recurrir a la otra mano también para no dejarla caer—. Estoy seguro de que esto es níquel magnetizado..., una estrella colapsada —señala el cuaderno que sobresale de mi mochila—. Puedes dibujarlo.

Miro el pedrusco negro que acaba de darme (¿esto es una estrella?) y pienso que ningún objeto del mundo podría inspirarme menos, pero respondo:

—Sí, claro.

—Genial —se alegra, y gira sobre sus pies. Yo me quedo allí con la estrella en la mano, sin saber muy bien qué hacer hasta que se vuelve a mirarme y me dice—: ¿Vienes o qué? Traje una lupa de gran aumento especial para ti.

La tierra tiembla ante esa frase. Sabía que iba a acudir incluso antes de salir de casa. Lo sabía. Y yo también. Ambos lo sabíamos.

(Autorretrato: *¡Yo de cabeza, andando sobre mis manos!*)

Se extrae la lupa del bolsillo trasero y me la tiende.

—Guau —digo, y corro hacia él para cogerla por el mango.

—Puedes clasificarlas en tu libreta —sugiere—. O dibujar lo que encontremos. Eso sería brutal.

—¿Qué buscamos? —pregunto.

—Basura espacial —responde como si fuera obvio—. Siempre están cayendo cosas del cielo. Siempre. Ya verás. La gente no tiene ni idea.

No, la gente no tiene ni idea, porque no son revolucionarios como nosotros.

Horas más tarde, sin embargo, no hemos encontrado ni un solo aerolito, ni un pedacito de basura celeste, pero a mí me da igual. En lugar de clasificarla, lo que sea que eso signifique, me he pasado casi toda la mañana de bruces, mirando por la lupa babosas y escarabajos, con la cabeza atestada del galimatías intergaláctico de Brian, que deambula en torno a mí inspeccionando el suelo forestal con un rastrillo magnético fabricado por él mismo. Es la persona más buena onda del mundo entero.

Y también ha caído del cielo, salta a la vista. No procede de otro reino como mi madre, sino de algún exoplaneta (acabo de aprender esta palabra) con seis soles. Eso lo explica todo: el telescopio, su obsesiva búsqueda de trozos de su mundo natal, el rollo

Einstein sobre gigantes rojas y enanas blancas y amarillas (¡¡¡!!!), que me pongo a dibujar al momento, por no mencionar los ojos hipnóticos y su facilidad para hacer que me parta de risa como si fuera alguien que se siente a gusto en su propia piel, que tiene montones de amigos y sabe en qué lugar de la frase colocar "amigo" o "hermano". Además, lo del campo de paz va en serio. Los colibríes lo siguen allá donde va. Los frutos le caen directamente en las manos. Por no mencionar cómo se inclinan las ramas de las secuoyas a su paso, pienso, alzando la vista. Y yo. Jamás en toda mi vida me he sentido tan relajado. Me olvido del cuerpo una y otra vez, y luego tengo que volver atrás a buscarlo.

(Retrato, autorretrato: *El chico que mira al chico que hipnotiza al mundo*.)

Le cuento la teoría de los caídos del cielo mientras estamos sentados en la roca de pizarra que hace pendiente hacia el arroyo. El agua fluye a nuestro lado como si flotáramos en un barco.

—Los que te enseñaron a hacerte pasar por terrícola hicieron un buen trabajo —bromeo.

Esboza una sonrisa incipiente. Me fijo en el hoyuelo que le brota en el pómulo.

—Ya te digo —asiente—. Me entrenaron a tope. Incluso juego al beisbol —lanza una piedra al agua—. A ti, en cambio...

Recojo un guijarro y apunto hacia las ondas del suyo.

—Ajá, a mí no me enseñaron nada de nada. Me dejaron caer sin más. Por eso ando tan perdido.

Pretendía hacer una broma, pero sonó como si hablara en serio. Como si fuera verdad. Porque lo es. Yo falté a clase el día que repartieron la información requerida. Brian se humedece el labio inferior y no responde.

El ambiente se ha enrarecido y no sé por qué.

Miro a Brian por debajo del flequillo. A base de hacer retratos, he descubierto que tienes que observar mucho rato a alguien para descubrir qué esconde, para atisbar su cara oculta. Y, entonces, cuando la descubres y la trasladas al papel, la gente alucina con el parecido.

La cara oculta de Brian refleja preocupación.

—Y, ese retrato... —titubea. Se interrumpe y vuelve a humedecerse el labio inferior. ¿Está nervioso? Eso parece, aunque hasta este mismo instante no lo hubiera creído posible. Me pone histérico pensar que está nervioso. Vuelve a hacerlo, se moja el labio inferior. ¿Es un tic? Trago saliva. Ahora estoy esperando a que vuelva a hacerlo, se lo pido con el pensamiento. ¿Me está mirando la boca él también? No puedo evitarlo. Me humedezco el labio.

Desvía la vista, lanza unos cuantos guijarros supersónicos con una especie de giro de muñeca biónica que los hace rebotar en el agua con suma facilidad. Le noto el pulso en la vena del cuello. Lo veo convertir el oxígeno en dióxido de carbono. Lo veo existir y existir y seguir existiendo. ¿Acabará la frase? ¿Alguna vez? Transcurren varios siglos de silencio, durante los cuales el aire se electrifica, se aviva, como si las moléculas que acaba de dejar en reposo se despabilasen. En ese momento, me asalta la idea de que debe de hablar de los desnudos de ayer. ¿Se refiere a eso? La idea sale disparada de mis labios.

—¿Del inglés? —grazno. Puaj, mi voz suena como la de un enano. Ojalá mi voz parara de cambiar y de hacer gallos.

Traga saliva y se vuelve a mirarme.

—No, me preguntaba si alguna vez pasas al papel los retratos que haces mentalmente.

—De vez en cuando —respondo.

—¿Y lo hiciste? —sus ojos me capturan por entero en una especie de red, agarrándome desprevenido. Quiero pronunciar su nombre.

—¿Si hice qué? —pregunto, haciéndome el loco. El corazón me bailotea en el pecho. Ahora sé a qué dibujo se refiere.

—Mi... —se humedece el labio inferior— retrato.

Busco el cuaderno y paso las páginas como un poseso hasta encontrarlo, la versión final. Se lo planto en las manos, veo sus ojos saltar arriba y abajo, abajo y arriba. Me estoy poniendo frenético mientras intento adivinar si le gusta o no. No lo sé. Y como no lo sé, intento mirar el dibujo a través de sus ojos. Y entonces un sentimiento de ay, no, tierra, trágame se apodera de mí. El Brian que yo he creado es él colisionando a toda velocidad contra un muro de magia. No tiene nada que ver con los retratos que les hago a mis compañeros. Comprendo horrorizado que el dibujo que tengo ante los ojos no representa a un amigo. Me estoy mareando. Cada línea, cada ángulo, cada elección de color grita a los cuatro vientos lo mucho que me gusta. Me siento como si me hubieran envuelto en plástico. Y él sigue sin decir nada. Ni pío.

Ahora mismo, me gustaría ser un caballo.

—Si no te gusta, no pasa nada —digo por fin a la vez que intento arrancarle el cuaderno. Me va a explotar la cabeza—. No tiene importancia. Dibujo a todo el mundo —soy incapaz de cerrar el pico—. Siempre estoy dibujando. A veces pinto escarabajos peloteros, papas, maderas de la playa, montículos de tierra y tocones de secuoya y...

—¿Bromeas? —me interrumpe, sujetando el cuaderno con fuerza. Ahora le toca a él sonrojarse—. Me encanta —guarda silencio. Me fijo en su respiración. Respira con rapidez—. Parezco la maldita aurora boreal.

No sé qué es eso, pero a juzgar por su tono de voz debe de ser algo muy bonito. Un circuito se activa en mi pecho. Uno cuya existencia desconocía.

—¡Cuánto me alegro de no ser un caballo!

No me percato de que lo he dicho en voz alta hasta que Brian me pregunta:

—¿Qué?

—Nada —digo—. Nada.

Procuro tranquilizarme, dejar de sonreír. ¿El cielo siempre ha sido de ese tono magenta?

Se está riendo con ganas, como ayer.

—Viejo, eres la persona más rara que he conocido en mi vida. ¿De verdad acabas de decir que te alegras de no ser un caballo?

—No —respondo, haciendo vanos esfuerzos por no echarme a reír—. Dije...

Antes de que pueda pronunciar una palabra más, una voz irrumpe en la perfección de la escena.

—Oh, qué romántico —me quedo helado al comprender a quién pertenece la cabeza de hipopótamo que acaba de soltar esa burla. Juro que ese hombre me ha instalado un dispositivo localizador.

Va acompañado de un gorila. Big Foot. Por lo menos no es Zephyr.

—Hora del baño, tarugo —dice Fry.

Es la señal que indica que debemos salir pitando hacia la otra punta del mundo.

Hay que echar a correr, le digo a Brian por telepatía.

No obstante, cuando lo miro, veo que acaba de levantar un muro. Deduzco que salir corriendo no forma parte de su *modus operandi.* Lo cual es un asco. Trago saliva.

Y vocifero: *Que los jodan, sociópatas mierdosos,* pero no se oye nada. Así que les tiro encima una cordillera. Ni se inmutan.

Todo mi ser está concentrado en un único deseo: *Por favor, que no me humillen delante de Brian.*

Fry ya no me presta atención. Está pendiente de Brian. Sonríe con sorna.

—Bonito sombrero.

—Gracias —replica el otro con frialdad, como si fuera el dueño de todo el aire del hemisferio norte. Él no es un paraguas destartalado, salta a la vista. Esos imbéciles comemierda no le inspiran ningún temor.

Fry enarca una ceja, un gesto que convierte su grasienta frente en un mapa en relieve. Brian ha suscitado el interés de su mente de sociópata. Genial. Evalúo a Big Foot. Es un bloque de cemento coronado por una gorra de beisbol. Lleva las manos hundidas en los bolsillos de la sudadera. Vistas a través de la tela, podrías tomarlas por granadas. Reparo en el diámetro de su muñeca derecha, calculo que su puño debe de ser del tamaño de su cabeza. Nunca me han atizado un puñetazo de verdad, sólo me han propinado empujones. Me lo imagino y visualizo todos mis dibujos explotando en mi cabeza con el impacto.

(Autorretrato: *Pum.*)

—¿Así que los dos maricas han salido a merendar? —provoca Fry a Brian. Mis músculos se crispan.

Brian se levanta despacio.

—Te concedo la oportunidad de que te disculpes —replica. Su voz es gélida y tranquila; sus ojos, el polo opuesto. El barco de piedra le presta unos palmos más de altura, así que nos mira a todos desde arriba. El estuche lleno de aerolitos le cuelga a un costado. Tengo que levantarme, pero no siento las piernas.

—¿Disculparme por qué? —pregunta Fry—. ¿Por llamarlos maricas, maricas?

Big Foot se ríe. La tierra se agita. En Taipéi.

Advierto que Fry está pletórico; nadie de por aquí lo desafía. Sobre todo ninguno de los fracasados a los que aventaja en edad y que llevamos oyendo lo de maricas y nenitas desde que tenemos oídos.

—¿Te parece divertido? —replica Brian—. Porque a mí no.

Da un paso hacia atrás, ganando aún más altura. Se ha convertido en otra persona. En Darth Vader, creo. Su dedo índice reabsorbe el campo de paz y ahora se diría que come hígados humanos. Salteados con ojos y dedos de pies.

Proyecta oleadas de odio.

Quiero largarme por patas, pero inspiro hondo, me levanto y cruzo los brazos, que han enflaquecido en el transcurso de los últimos minutos, frente a un pecho cada vez más hundido. Pensando en cocodrilos, tiburones y pirañas negras para reunir valor, adopto el aire más amenazador que puedo evocar. No me da resultado. Entonces recuerdo al tejón de la miel, la criatura más poderosa de la Tierra en relación con su tamaño. Un singular asesino peludo. Entorno los ojos, aprieto la boca.

En ese momento, el peor de mis temores se hace realidad. Fry y Big Foot empiezan a burlarse de mí.

—Aaaaaay, qué miedo, tarugo —se mofa Fry.

Big Foot se cruza de brazos con un ademán idéntico al mío y a Fry le hace tanta gracia que imita el gesto también.

Contengo el aliento para no caer desmayado.

—Será mejor que se disculpen y se larguen por donde han venido, en serio —oigo decir a mi espalda—. En caso contrario, no respondo de las consecuencias.

Me giro de golpe. ¿Se ha vuelto loco? ¿No se da cuenta de que Fry lo dobla en tamaño y de que Big Foot lo triplica? ¿Y de que yo soy yo? ¿Lleva una metralleta en la bolsa?

Sin embargo, él está tan tranquilo allá arriba, plantado en la roca. Se pasa una piedra de una mano a otra, una muy parecida a la que aún llevo en el bolsillo. Todos observamos cómo el canto salta entre sus palmas sin que él intervenga apenas, como si lo desplazara mediante el poder del pensamiento.

—Supongo que no van a marcharse —dice, mirándose las manos. De sopetón, clava los ojos en Fry y en Big Foot, sin quebrar el ritmo de la piedra que salta. Es increíble—. En ese caso, quiero saber una cosa —Brian esboza una sonrisa lenta y cautelosa, pero la vena del cuello le late con furia y me parece que los próximos acontecimientos nos van a condenar a una muerte segura.

Fry echa una ojeada a Big Foot y ambos parecen alcanzar un pacto rápido y silencioso sobre lo que van a hacer con nuestros pobres despojos.

Yo vuelvo a contener el aliento. Todos aguardamos las palabras de Brian, miramos la piedra que baila, hipnotizados por el movimiento, mientras la violencia inminente chisporrotea en el aire. Una violencia real. De las que te conducen a una cama de hospital con la cabeza vendada y un popote en la boca. El tipo de violencia nauseabunda que me obliga a quitarle el volumen al televisor para poder mitigarla, a menos que mi padre ande cerca y tenga que soportarla. Espero que el señor Grady le entregue a mi madre los cuadros que dejé en el aula de dibujo. Podrán exhibir mi obra en mi funeral. Mi primera y última exposición.

(Retrato, autorretrato: *Brian y Noah enterrados juntos*.)

Cierro la mano, pero no recuerdo si para atizar un puñetazo hay que tener el pulgar dentro o fuera del puño. ¿Por qué mi padre me enseñó a luchar cuerpo a cuerpo? Nadie pelea así, por Dios. Debería haberme enseñado a asestar un buen guantazo. ¿Y qué pasa con mis dedos? ¿Podré seguir dibujando cuando esto termine? Seguro que Picasso protagonizó más de una pelea. Y Van Gogh y Gauguin se pegaron una vez. Todo irá bien. Claro que sí. Y los ojos morados imponen, están llenos de matices.

De repente, Brian agarra la piedra saltarina con una mano y el tiempo se detiene.

—Lo que quiero saber —prosigue, arrastrando las palabras—, es quién diablos los ha dejado salir de las jaulas.

—¿De qué habla este tipo? —le pregunta Fry a Big Foot, que masculla algo incomprensible en lengua *bigfootense*. Se abalanzan sobre nosotros...

Le estoy diciendo a la abuela Sweetwine que me reuniré con ella muy pronto cuando capto el latigazo del brazo de Brian justo antes de oír el grito de Fry, que se lleva los dedos a la oreja.

—¿Pero qué diablos?

Ahora Big Foot grita y se protege la cabeza con los brazos. Me giro al instante y veo la mano de Brian en la bolsa. Fry está agachado y también Big Foot, porque una lluvia de aerolitos se precipita sobre ellos, un aguacero que pasa zumbando junto a sus cráneos a la velocidad del sonido, más deprisa, a la velocidad de la luz, que roza sus cueros cabelludos a un milímetro de acabar para siempre con su actividad cerebral.

—¡Basta! —chilla Big Foot.

Ambos se retuercen, saltan, se protegen las cabezas con los brazos mientras más y más trozos de cielo surcan el aire a un ritmo endiablado. Brian es una máquina, una ametralladora, dos, tres, cuatro, por arriba, por abajo, con las dos manos. Su mano se desdibuja, él se desdibuja... Todas y cada una de las piedras (de las estrellas) fallan por un pelo, pasan rozando a Fry y a Big Foot hasta que ambos están acurrucados en el suelo, suplicando:

—Amigo, para, por favor.

—Lo siento, no he oído esa disculpa —dice Brian mientras un proyectil pasa rozando la cabeza de Fry, tan cerca que me encojo, asustado. Añade otro puñado por si las moscas—. Las dos disculpas, en realidad. Una a Noah y otra a mí. Y que suenen sinceras.

—Perdón —grita Fry, totalmente anonadado. Puede que alguna piedra lo haya descalabrado—. Ahora para.

—No me basta.

Una nueva lluvia de aerolitos vuela hacia sus cráneos a mil millones de kilómetros por hora.

—Perdón, Noah —aúlla Fry—. Perdón... No sé cómo te llamas.

—Brian.

—¡Perdón, Brian!

—¿Aceptas sus disculpas, Noah?

Asiento. Dios y su hijo acaban de ser degradados en la jerarquía divina.

—Ahora, lárguense de aquí —ordena Brian—. La próxima vez no fallaré a propósito. Les acertaré en toda la cabezota.

Y echan a correr entre una nueva tormenta. Protegiéndose la coronilla con los brazos, huyen de nosotros. Sí, de nosotros.

—¿Eres pítcher de beisbol? —le pregunto a la vez que recojo el cuaderno.

Asiente. Atisbo la media sonrisa que empieza a atravesar la muralla de su cara. De un salto, baja de la roca tobogán y empieza a recuperar los aerolitos para devolverlos a la bolsa. Yo recojo el rastrillo magnético, que yace allí en medio como una espada. Este chico es un prodigio con patas, más que Picasso, Pollock o mi mamá. Saltamos el arroyo y echamos a correr juntos en dirección contraria a nuestras casas. Brian es tan rápido como yo, tan veloz que podríamos adelantar a un *jumbo,* a un cometa.

—Sabes que acabamos de firmar nuestra sentencia de muerte, ¿verdad? —grito, pensando en la venganza que se avecina.

—Ni lo sueñes —me grita en respuesta.

"Sí", pienso, "somos invencibles".

Y, mientras corremos a la velocidad de la luz, el suelo se esfuma y nos elevamos en el aire como cometas.

Renuncio a seguir dibujando, cierro los ojos, me arrellano en la silla. Mentalmente, puedo usar rayos para dibujar a Brian.

—¿Qué? —oigo—. ¿Ahora meditas? Swami Sweetwine. No suena mal.

No pienso abrir los ojos.

—Lárgate, Jude.

—¿Dónde te has metido toda la semana?

—En ninguna parte.

—¿Qué has estado haciendo?

—Nada.

Cada mañana, desde que Brian roció a Fry y Big Foot con su lluvia de aerolitos, cinco para ser exactos, he aguardado histérico en el tejado, estirando el cuello como una jirafa, a que la puerta de su garaje se abriese para que pudiéramos internarnos en el bosque otra vez y nos tornásemos imaginarios (no se me ocurre otra forma de describirlo).

(Retrato, autorretrato: *Dos chicos saltan y se quedan en el aire.*)

—¿Y ese tal Brian es simpático?

Abro los ojos. Sabe cómo se llama. ¿Ya no es "el friki ese"? Está apoyada en el marco de la puerta, vestida con un pantalón de piyama verde lima y un top rosa. Recuerda a esas paletas de dos colores que venden en el malecón.

Jude extiende la mano frente a sí y examina cinco uñas brillantes de color morado.

—Todo el mundo habla de él como si fuera un dios del beisbol, la futura estrella de la liga profesional. El primo de Fry, que está pasando aquí las vacaciones, dice que su hermano pequeño va al colegio con él en la costa este. Lo llaman El Hacha o algo así.

Me río con ganas. El Hacha. ¿Llaman a Brian "El Hacha"? Paso la página y empiezo a dibujarlo.

¿Será por eso por lo que no hemos sufrido represalias? ¿Por eso Fry pasó el otro día por mi lado mientras yo conversaba con Rascal, el caballo, y antes de que pensara siquiera en salir por patas rumbo a Oregón me señaló y dijo: "Hermano", y nada más.

—¿Y qué? ¿Lo es?

Su melena parece hoy más sedienta de sangre que nunca. Serpentea de acá para allá, pulula entre los muebles, se enrosca a las patas de las sillas, se extiende por las paredes. Yo soy el siguiente.

—¿Que si es qué?

—Simpático, tarugo. ¿Tu nuevo amigo, ese tal Brian, es simpático?

—Es buena gente —digo, haciendo caso omiso del "tarugo"—. Como todo el mundo.

—Pero a ti nadie te cae bien —ahora noto que está celosa—. ¿Qué animal es?

Se enrosca un rizo al dedo índice con tanta fuerza que la punta se le hincha como si fuera a estallar.

—Un hámster —respondo.

Se ríe.

—Ándale pues. El Hacha es un hámster.

Tengo que mantenerla alejada de Brian. Nada de persianas. Si pudiera erigir la Gran Muralla China a su alrededor, lo haría.

—¿Y quién es M.? —pregunto para despistar, recordando las tonterías de la güija.

—Nadie.

Bien. Devuelvo la atención al dibujo de Brian, *El Hacha*.

—¿Cómo preferirías morir? —oigo— ¿Bebiendo gasolina y encendiéndote un cerillo en la boca o enterrado vivo?

—La explosión —contesto, e intento disimular la sonrisa de mis labios porque, después de tantos meses ignorándome, me está haciendo la barba—. Obviamente. Qué pregunta.

—Claro, claro. Sólo era para entrar en materia. Hace mucho que no jugamos. ¿Y qué me dices de ...?

Alguien llama a la ventana.

—¿Es él? ¿En la ventana?

Me horroriza la emoción que proyecta su voz.

Va, pero ¿es él? ¿En serio? ¿En plena noche? ¿Le mencioné acaso cuál es mi cuarto (con ventana a la calle, de fácil acceso) como una docena de veces porque, bueno, tengo mis razones? Me levanto de la silla del escritorio y me acerco a la ventana para alzar la pantalla. Es él. En carne y hueso y así. A veces me pregunto si no me lo habré inventado todo; si quienquiera que haya allí arriba no me estará viendo a solas todo el día, riendo y hablando conmigo mismo en mitad del bosque.

Está ahí, recortado contra la luz de la habitación, con aspecto de haber metido el dedo gordo del pie en un enchufe. No lleva el sombrero y tiene todo el pelo de punta. Los ojos le chisporrotean también. Abro la ventana.

—Me muero por conocerlo —oigo decir a Jude a mi espalda.

No me hace ni pizca de gracia. Ni pizca. Quiero que se caiga a un pozo.

Me agacho y saco la cabeza y los hombros por la ventana, ocupando tanto espacio como puedo para impedir que Jude vea el exterior y Brian el interior. El aire sopla frío y a rachas en mi cara.

—Eh —lo saludo como si cada noche llamara a mi ventana y el corazón no me latiera a velocidad supersónica.

—Tienes que subir —me dice—. En serio. El cielo está despejado por fin. Y no hay luna. Es un festival intergaláctico.

Lo juro, si alguien me diera a elegir entre ir al estudio de Miguel Ángel mientras pintaba *La Mona Lisa* o subir con Brian a su tejado en plena noche..., escogería el tejado. El otro día me propuso que fuéramos a ver no sé qué película de una invasión alienígena y estuve a punto de desmayarme sólo de pensarlo. Prefiero sentarme junto a Brian durante dos horas en un cine a oscuras que pintar un mural a medias con Jackson Pollock. El problema de pasar todo el día con él en el bosque es que allí sobra espacio. Daría lo que fuera por compartir con él la cajuela de un coche, o un dedal.

Pese a mis esfuerzos por acaparar la ventana, tengo que echarme a un lado cuando Jude se embute en ella para sacar la cabeza y luego los hombros hasta que acabamos convertidos en una hidra bicéfala. Observo cómo el semblante de Brian se ilumina al verla y me entran náuseas.

(Retrato: *Jude ahogada y descuartizada*.)

—Hola, Brian Connelly —dice con un tono alegre y coqueto que hace descender varios grados mi temperatura corporal. ¿Desde cuándo sabe hablar así?

—Guau, no se parecen en nada —exclama Brian—. Pensaba que serías idéntica a Noah salvo por...

—¿Las tetas? —interviene Jude. ¡Ha dicho "tetas"!

¿Y quién le manda a él preguntarse qué aspecto tiene mi hermana, ahora que lo pienso?

Brian esboza su media sonrisa. Tengo que taparle la cabeza con una bolsa de papel antes de que Jude sucumba al hechizo de sus extraños ojos estrábicos. ¿Existe el burka masculino? Menos mal que no se ha humedecido los labios, pienso.

—Bueno, sí, exacto —responde él, y se humedece el labio—. Aunque seguro que yo lo habría expresado de otro modo.

Se acabó. Está bizqueando. Mi hermana es una paleta de caramelo; a todo el mundo le gustan las paletas. Y me han cambiado la cabeza por una calabaza.

—¿Por qué no vienes tú también? —le dice a Jude—. Iba a enseñarle a tu hermano la constelación de Géminis... Los gemelos, ¿sabes?, así que, más apropiado, imposible.

¿Tu hermano? ¿Así que ahora soy el hermano de Jude?

(Retrato: *Jude en su nueva casa en Tombuctú.*)

Está a punto de decir "¡Súper!" o "¡Genial!" o "¡Te amo!", así que le clavo el codo en las costillas. Es la solución más práctica. Ella me devuelve el codazo con creces. Antes, librábamos guerras de codazos por debajo de la mesa de los restaurantes o de casa, así que mantener a Brian en la inopia de esta batalla en particular nos resulta pan comido hasta que le suelto:

—No puede. Tiene que ir a *empanosasinde* para *talquemesinar*...

Estoy inventando sonidos, soltando las primeras sílabas que me vienen a la cabeza para que choquen en la mente de Brian y encuentren significado. Al mismo tiempo, con un espectacular movimiento reflejo, me encaramo al alféizar y, saltando por la ventana, aterrizo de pie, aunque por un pelito caigo de cabeza sobre Brian. Me recompongo, me aparto el pelo de la sudorosa frente y, raudo, me doy media vuelta para bajar la hoja de la ventana. En el último instante, decido no decapitar a mi hermana, aunque no me faltan ganas. En cambio, le doy un buen empujón para devolverla a ella, a las redes amarillas de su pelo, a sus uñas moradas, a sus chispeantes ojos azules y a esos alegres pompones que tiene por tetas al interior del cuarto...

—Caray, Noah. Ya capté la indirecta. Encantada de conocerte —consigue decir antes de que yo cierre la ventana de golpe.

—Lo mismo digo —contesta él, dando unos golpecitos en el cristal con los nudillos. Ella responde con otros dos toques seguros y cómplices, idénticos a la sonrisa segura que exhibe su rostro. Al verlos, cualquiera pensaría que llevan intercambiando golpecitos toda la vida y que poseen su propio código morse. Tigre de Bengala llamando a paleta.

Brian y yo enfilamos por la carretera en silencio. Me suda todo el cuerpo. Me siento exactamente igual que cuando despierto de un sueño en el que estoy desnudo en la cafetería del colegio y sólo tengo esas ridículas servilletas de bar para taparme.

Hace un breve comentario sobre lo que acaba de pasar.

—Hermano —dice—, se te va la onda.

Suspiro y musito:

—Gracias, Einstein.

Y, entonces, para mi alivio y sorpresa, se echa a reír. Como el chorro de una fuente, como el desprendimiento de una montaña.

—Se te va un buen —corta el aire con un golpe de karate—. O sea, pensaba que la ibas a partir en dos.

Eso le provoca un alegre ataque de histeria al que me uno sin poder evitarlo. Una juerga que se multiplica cuando interviene Profeta con su:

—¿Dónde demonios está Ralph? ¿Dónde demonios está Ralph?

—Ay, Dios. Ese condenado pájaro —Brian se sujeta la cabeza con ambas manos—. Tenemos que encontrar a Ralph, viejo. Hay que encontrarlo. Es una emergencia nacional.

No parece que le importe en lo más mínimo que Jude no esté con nosotros. ¿Me lo habré imaginado todo? ¿Es posible que su cara no se haya iluminado al verla? ¿Que no se haya sonrojado al oír sus palabras? ¿Que no le gusten siquiera las paletas?

—¿El Hacha? —me burlo, sintiéndome infinitamente mejor.

—Ay, viejo —gime—. Qué rápido se ha extendido —hay bochorno y orgullo en su voz a partes iguales. Levanta el brazo derecho—. Nadie se pasa ni un pelo con El Hacha.

El Hacha cae sobre mi hombro derecho y me propina un empujón. La luz de un faro nos ilumina y yo rezo para que mi cara no revele lo que ese contacto acaba de provocar en mi interior. Es la primera vez que me toca.

Lo sigo por la escalerilla que conduce al tejado, aún con hormigas en el hombro, lamentando que este ascenso no dure horas y horas. (Retrato, autorretrato: *Dos chicos escapando de dos chicos*.) Mientras subimos, oigo las plantas que crecen en la oscuridad, noto la sangre que ruge en mis venas.

Y, entonces, el aroma del jazmín nos engulle.

La abuela Sweetwine siempre nos decía que contuviéramos el aliento en la proximidad del jazmín en flor si no queríamos revelar nuestros secretos. Decía que la policía obtendría mejores resultados si ofreciera a los sospechosos ramos de esas acampanadas flores blancas que sometiéndolos a un detector de mentiras. Espero que esta estupidez en particular sea cierta. Quiero conocer los secretos de Brian.

Una vez arriba, extrae una linterna del bolsillo de la sudadera e ilumina nuestro camino hacia el telescopio. Emite una luz roja, no blanca, me explica, para que no perdamos la visión nocturna. ¡La visión nocturna!

Mientras se agacha sobre la bolsa que descansa a los pies del telescopio, escucho el rumor del mar e imagino a todos los peces nadando por la interminable y gélida oscuridad.

—No podría ser un pez —declaro.

—Yo tampoco —dice entre el mango de la linterna, que sujeta con la boca para poder rebuscar por la bolsa con ambas manos.

—A lo mejor una anguila —añado, sorprendido de estar expresando en voz alta las cosas que me suelo guardar—. Estaría de lujo tener electricidad en algunas partes del cuerpo, ¿no? En el pelo, por ejemplo.

Me llega su risa ahogada desde el otro lado de la linterna y caigo muerto allí mismo de pura felicidad. Empiezo a pensar que si he guardado silencio durante todos estos años ha sido porque Brian aún no había aparecido para escucharme. Saca un libro de la bolsa y, poniéndose en pie, lo hojea hasta encontrar lo que busca. Me pasa el volumen abierto y se coloca muy cerca de mí para poder iluminar la página con la linterna, que ha regresado a su mano.

—Mira —dice—. Géminis.

Su pelo me roza la mejilla, el cuello.

Me invade la misma sensación que noto justo antes de echarme a llorar.

—Esa estrella —prosigue al tiempo que la señala— es Cástor, esa otra, Pólux. Son las cabezas de los gemelos —se saca un rotulador del bolsillo y empieza a dibujar. Es un marcador fosforescente. Cool. Traza líneas entre las estrellas hasta que aparecen dos figuras hechas con palitos. Huelo su champú, su sudor. Aspiro profundamente, en silencio—. Son dos individuos —dice—. Cástor era mortal. Pólux, inmortal.

¿Es normal que un chico se acerque tanto a otro? Ojalá hubiera prestado más atención a ese tipo de cosas. Advierto que me tiemblan los dedos y no estoy completamente seguro de que no vaya a extenderlos para tocarle la muñeca o el cuello, así que los deslizo a las cárceles de manos para asegurarme de no hacerlo. Aprieto la piedra que me regaló.

—Cuando Cástor murió —continúa—, Pólux lo añoraba tanto que accedió a compartir con él su inmortalidad, y fue así como ambos acabaron en el cielo.

—Yo también lo haría —afirmo—. Sin dudarlo.

—¿Sí? Debe de ser algo normal entre gemelos —observa, malinterpretando mis palabras—. Aunque nadie lo diría a juzgar por tu intento de asesinato.

Me arde la cara porque en realidad me refería a él, claro, compartiría con él mi inmortalidad. *Me refiero a ti*, quiero gritar.

Brian se reclina sobre el telescopio para ajustar algo.

—Se considera a Géminis responsable de los naufragios. Se dice que los gemelos se aparecen a los marinos como fuegos de San Telmo. ¿Sabes qué son? —no aguarda respuesta. Su modo Einstein se ha activado—. Es un fenómeno climático de naturaleza eléctrica por el cual se crea un plasma luminiscente a causa de la ionización del aire, que crea campos eléctricos que a su vez originan una descarga de efecto corona...

—¡Uf! —lo interrumpo.

Se ríe, pero prosigue con su incomprensible perorata. Yo he captado lo esencial: Géminis hace que las cosas ardan en llamas. Se gira hacia mí, me enfoca la cara con la linterna.

—Es increíble que pasen esas cosas —dice—. Pero suceden, constantemente.

Es como un cajón de identidades. El Einstein. El intrépido dios lanzador de aerolitos. El chico que se ríe como un loco. ¡El Hacha! Y hay más personalidades en su interior, lo sé. Escondidas. Más auténticas. Porque, de no ser así, ¿por qué su cara oculta refleja tanta preocupación?

Le arrebato la linterna y lo enfoco con ella. El viento le empuja la camiseta contra el pecho. Siento un impulso de alisarle las ondas con la mano, tan intenso que se me seca la boca.

—El olor del jazmín induce a la gente a revelar sus secretos —le suelto con voz queda.

—¿Eso es jazmín? —pregunta, agitando la mano en el aire.

Asiento. El haz de la linterna brilla en su rostro. Es un interrogatorio.

—¿Por qué piensas que tengo secretos? —se cruza de brazos.

—¿Y quién no los tiene?

—Cuéntame uno tuyo entonces.

Confieso uno de lo más de inocente, pero lo bastante jugoso como para empujarlo a desembuchar uno mejor.

—Espío a la gente.

—¿A quién?

—Básicamente, a todo el mundo. Por lo general cuando dibujo, pero a veces no. Me escondo detrás de los árboles, entre la maleza, en el tejado, en cualquier parte y miro a las personas con los binoculares.

—¿Alguna vez te han descubierto?

—Sí, dos veces. Las dos tú.

Suelta una risa.

—Entonces... ¿me espías?

La pregunta me quita el aliento. La verdad es que, tras una exhaustiva investigación, he acabado concluyendo que duerme en un cuarto a prueba de espionaje.

—No. Te toca.

—Okey —señala el mar con un gesto—. No sé nadar.

—¿En serio?

—Sí. Odio el agua. Ni siquiera me gusta el sonido de las olas. La idea de bañarme en el mar me pone los pelos de punta. Los tiburones me aterran. Vivir aquí me aterra. Te toca.

—Odio los deportes.

—Pero si corres muy deprisa...

Me encojo de hombros.

—Te toca.

—Okey —se humedece el labio, luego exhala despacio—. Sufro de claustrofobia —frunce el ceño—. Por culpa de eso, no podré ser astronauta. Es un asco.

—¿No siempre ha sido así?

—No —desvía la vista y, durante una milésima de segundo, vuelvo a ver su cara oculta—. Tu turno.

Apago la linterna.

Mi turno. Mi turno. Mi turno. *Quiero apoyarte las manos en el pecho. Quiero que estemos juntos en un dedal.*

—Una vez rayé el coche de mi padre con una llave —confieso.

—Robé un telescopio del colegio.

Es más fácil con la linterna apagada. Las palabras caen a plomo en la oscuridad, como manzanas de los árboles.

—Rascal, el caballo de enfrente, me habla.

Noto que sonríe, luego no.

—Mi padre se fue.

Dejo pasar unos segundos.

—A mí me gustaría que el mío lo hiciera.

—No, no te gustaría —replica en tono grave—. Es horrible. Mi mamá se pasa todo el día conectada a la web ContactosPerdidos escribiéndole notas que jamás leerá. Es patético —se hace un silencio—. Ah, ¿me toca a mí otra vez? Resuelvo problemas matemáticos mentalmente, o sea, todo el tiempo. Incluso en el montículo del pítcher antes de lanzar.

—¿Ahora mismo?

—Ahora mismo.

—Igual que yo cuando pinto mentalmente.

—Sí, más o menos.

—Me da miedo ser de plano inocente.

Se ríe.

—A mí también.

—Quiero decir, un auténtico inocente.

—A mí también —insiste.

Guardamos silencio durante un segundo. El mar ruge al fondo. Cierro los ojos, inspiro hondo.

—Nunca he besado a nadie.

—¿A nadie? —pregunta—. ¿Pero a nadie, nadie?

¿Eso significa algo?

—A nadie.

El momento se alarga y se alarga y se alarga...

Hasta que se rompe. Dice:

—Una amistad de mi madre se propasó conmigo.

Uf. Le enfoco la cara con la linterna otra vez. Parpadea. Parece incómodo, avergonzado. Se le mueve la nuez cuando traga una vez, luego otra.

—¿Cuántos años tenías? ¿Hasta qué punto? —pregunto en lugar de lo que en verdad quiero saber, porque ha omitido el género. ¿Fue un amigo?

—No muy mayor. Lo suficiente. Sólo una vez. No es para tanto.

Me arrebata la linterna y vuelve al telescopio, dando por terminada la conversación. Obviamente, sí es para tanto. Tengo un gúgolplex de preguntas en relación con ese "lo suficiente" que me guardo para mí.

Aguardo en el gélido vacío que ocupaba su cuerpo hace un momento.

—Muy bien —anuncia al cabo de un rato—. Todo listo.

Me coloco detrás del telescopio, miro por el objetivo y todas las estrellas se desploman sobre mi cabeza. Es como bañarse en el cosmos. Contengo un grito.

—Sabía que te gustaría —dice.

—Ay, Pobre Van Gogh —asiento—. Su *Noche estrellada* podría haber sido muchísimo mejor.

—¡Estaba seguro! —exclama—. Si yo fuera artista, me volvería loco.

Necesito sujetarme a algo que no sea él. Me agarro a una de las patas del telescopio. Nadie había mostrado nunca tanto entusiasmo al enseñarme algo, ni siquiera mi mamá. Y me acaba de llamar "artista", más o menos.

(Autorretrato: *Lanzando brazadas de aire al aire.*)

Se me acerca por detrás.

—Bien, ahora mira esto. Te vas a volver loco —se reclina por encima de mi hombro y baja una palanca. Las estrellas se aproximan aún más y tiene razón, enloquezco, pero no a causa de los astros esta vez—. ¿Ves a Géminis? —pregunta—. Está en el cuadrante superior derecho.

No veo nada porque tengo los ojos cerrados. Lo único que me importa de todo el cosmos está aquí, en este tejado. Me pregunto qué debo responder para que no aparte la mano de esa palanca, para que se quede pegado a mí, tan cerca que noto su aliento en la nuca. Si digo que sí, seguro que retrocede un paso. Si digo que no, puede que vuelva a ajustar el telescopio y seguiremos en esta postura un minuto más.

—Creo que no lo veo —titubeo con voz ronca.

He acertado, porque responde:

—A ver, pues.

Hace algo que no sólo acerca una pizca las estrellas sino también su cuerpo.

Se me para el corazón.

Tengo la espalda pegada a su pecho y si me muevo un centímetro hacia atrás chocaré con él y, si esto fuera una película, aunque nunca he visto ninguna parecida, la verdad, me rodearía con los brazos, sé que lo haría, y yo me daría media vuelta y nos fundiríamos el uno en el otro como cera caliente. Lo veo todo en mi cabeza. No me muevo.

—¿Y bien?

Suspira la palabra más que decirla, y es entonces cuando comprendo que él también lo nota. Pienso en esos dos chicos que provocan naufragios desde el cielo, que hacen arder las cosas en llamas sin previo aviso. *Es increíble que pasen esas cosas*, ha dicho, refiriéndose a ellos. *Pero suceden.*

Suceden.

Nos están sucediendo a nosotros.

—Tengo que irme —anuncio con impotencia.

¿Qué te lleva a decir justo lo contrario de lo que todas las células de tu cuerpo te piden a gritos?

—Sí —responde—. De acuerdo.

Las chicas avispón, Courtney Barrett, Clementine Cohen, Lulu Mendes y Heather No-Sé-Qué, están sentadas en la peña que se yergue junto al camino de tierra cuando Brian y yo salimos del bosque al día siguiente por la tarde. Al vernos, Courtney abandona la roca de un salto, aterriza con las manos en las caderas y se planta con su bikini rosa como una barricada humana que nos impide el paso, lo que interrumpe mi perorata sobre el talento del pez borrón, cuya inutilidad siempre ha sido infravalorada a favor del perezoso. Fue después de que Brian me revelara en primicia la historia que leyó en la red sobre un joven croata que, por lo visto, es magnético. Cuando su familia y amigos le tiran monedas, se le quedan pegadas. Y también las sartenes. Dice que es posible por una complicadísima razón que no entendí.

—Eh —nos saluda Courtney. Les lleva un año al resto de avispones y el curso que viene empezará bachillerato, así que es de la misma edad que Brian. Su sonrisa está compuesta de labios escarlatas, deslumbrantes dientes blancos, y amenaza. Las antenas de su cabeza apuntan directamente hacia él—. Guau —exclama—. ¿Quién iba a decir que detrás de ese ridículo sombrero se escondían esos ojazos?

El sostén de su bikini, dos tiras rosas y una cuerda, apenas le tapa nada. Pellizca la tira, mostrando una línea secreta de piel blanca alrededor del cuello. La tañe como una cuerda de guitarra.

Observo cómo Brian repara en el gesto. Luego la veo a ella mirar a Brian y sé que se ha fijado en el modo en que su camiseta se derrama como agua sobre su ancho pecho, en sus fuertes y bronceados brazos de jugador de beisbol, en el alucinante hueco entre sus dientes, en el bizqueo, en las pecas, se ha percatado de que su cerebro de avispón no conoce ninguna palabra para describir el color de sus ojos.

—No tolero que se insulte a mi sombrero de la suerte —replica Brian con un tono lánguido y chistosón que me perfora el tímpano. Otro Brian está saliendo a la luz. Lo sé. Y estoy seguro de que no me va a gustar nada.

Jude también lo hace. Cambia de personalidad en función de la compañía. Son como sapos que alteran el color de su piel. ¿Cómo es posible que yo siempre sea yo?

Courtney hace una mueca.

—No pretendía insultar —suelta la tira del bikini y propina un manotazo al ala del sombrero. Lleva las uñas del mismo tono morado que Jude—. ¿Y por qué es de la suerte? —pregunta ladeando la cabeza, ladeando el mundo entero para que todo fluya en su dirección. Sin duda, ésta es la chica que le ha estado dando clases de coqueteo a Jude. Eh, y ¿dónde está Jude? ¿Cómo es posible que se haya perdido esta emboscada?

—Es mi sombrero de la suerte —explica él— porque cuando lo llevo puesto siempre me pasan cosas buenas.

Es posible que, al decirlo, Brian haya desviado la vista en mi dirección durante un nanosegundo, pero hay un montón de cosas posibles aunque altamente improbables, como la paz mundial, las tormentas de nieve estivales, los dientes de león azules y lo que creo que pasó en el tejado ayer por la noche. ¿Me lo imaginé? Cada vez que lo recuerdo, cada diez segundos más o menos, me derrito por dentro.

Clementine, que está apoyada en la roca como una modelo de la EAC (tres triángulos, un cuerpo) comenta, también en el dialecto de los avispones:

—El primo de Los Ángeles de Fry dice que Fry lamenta que no acertaras cuando le lanzaste todas aquellas piedras, porque así podría cobrar a la gente por ver las cicatrices cuando te fichen para la liga profesional.

Se dirige a sus propias uñas pintadas de morado. Por Dios. Salta a la vista que el brazo biónico de Brian se ha metido a Fry y a Big Foot en el bolsillo, si son capaces de admitir su derrota con toda tranquilidad ante un puñado de avispones.

—Me alegro de saberlo —replica Brian—. La próxima vez que se comporte como un tarado, procuraré desfigurarlo.

Una ola de respeto se propaga de chica en chica ante el comentario de Brian. Vaya, vaya, vaya. Una idea inquietante se apodera de mi mente, aún más inquietante que el hecho de que Jude se haya unido a la secta del esmalte morado. Brian es un tipo simpático. Sus congéneres alienígenas no sólo lo han preparado para pasar la inspección sino para arrasar. Seguro que es megapopular en el internado ese. ¡Deportista y popular! ¿Cómo no me he dado cuenta? Deben de haberme ofuscado sus interminables peroratas frikis sobre cúmulos globulares que orbitan núcleos galácticos, peroratas que, por lo que veo, se guarda muy bien dependiendo de la compañía. ¿No sabe que la gente popular posee una capa natural de antiinflamable? ¿No sabe que la gente popular no es revolucionaria?

Quiero agarrarlo de la muñeca y llevármelo de vuelta al bosque, decirles: Chicas, lo siento, pero yo lo vi primero. Luego pienso, no, no es verdad. Él me vio a mí. Me acechó como un tigre de Bengala. Ojalá hubiera escogido esa identidad y la hubiera conservado.

Clementine pregunta, de nuevo a sus uñas:

—¿Quieres que te llamemos El Hacha? ¿O sólo Hacha? *Iiiíh* —chilla exactamente igual que los jabalíes verrugosos—. Me encanta.

—Prefiero Brian —responde—. Hasta que empiece la temporada.

—Bueno, Brian —asiente Courtney como si ella hubiera acuñado el nombre—. Tendría que pasar por el Quiosco, en serio —me mira—. Jude va mucho por allí.

Me choca que se dirija a mí. Mi cabeza de calabaza asiente sin mi consentimiento.

Ella me sonríe como si me frunciera el ceño.

—Tu hermana dice que eres una especie de genio —tañe la tira del bikini—. A lo mejor te dejo que me dibujes alguna vez.

Brian se cruza de brazos.

—Ah, no. Tú serías la afortunada si Noah te dejara posar para él.

Crezco veinte mil metros.

Courtney se golpea su propia muñeca al tiempo que le maúlla a Brian.

—Chica mala. Ya capto.

Bien, ha llegado la hora de prender fuego al vecindario. Y lo peor de todo es que lo lamentable de Courtney le arranca a Brian una de sus sonrisas de medio lado, que ella le devuelve radiante.

(Autorretrato: *Chico envuelto en plástico se torna azul.*)

Unas cuantas aves planean calle abajo rumbo al establo de Rascal. Ojalá yo fuera un caballo.

Transcurre un largo instante. Lulu se deja caer por la roca y se planta junto a Courtney. Clementine la sigue y se coloca junto Lulu. Los avispones se desplazan. Sólo Heather sigue sentada.

—¿Haces surf? —le pregunta Lulu a Brian.

—No me late mucho la playa —replica él.

—¿No te late mucho la playa? —corean Lulu y Courtney, pero Clementine eclipsa al instante la explosión de incredulidad diciendo:

—¿Me puedo probar tu sombrero?

—No, déjamelo a mí —suplica Courtney.

—¡No, a mí! —exclama Lulu.

Pongo los ojos en blanco con aire exasperado y oigo una risa que no se parece en nada a un zumbido. Miro a Heather, que me observa con expresión compasiva, como si fuera la única capaz de ver la calabaza sobre mi cuello. Apenas me había dado cuenta de que estaba ahí. Ni ahora ni nunca. Aunque es la única de las avispas que va a la escuela pública como nosotros. Una maraña de rizos negros muy parecidos a los míos le rodea el pequeño rostro. No tiene antenas. Y recuerda más a una rana que a una paleta, a una rana arborícola estupenda. Si tuviera que escoger a una la dibujaría a ella encaramada a un roble, escondida. Echo un vistazo a sus uñas. Las lleva pintadas de azul claro.

Brian se ha quitado el sombrero.

—Mmm...

—Tú eliges —dice Courtney, convencida de que ella será la elegida.

—No sabría a quién elegir —se escabulle Brian. Empieza a darle vueltas al sombrero con el dedo—. A menos que...

Con un rápido golpe de muñeca, lanza el sombrero directo a mi cabeza. Estoy flotando. Lo retiro. Sí es un revolucionario.

Hasta que me doy cuenta de que todos se están partiendo de risa, incluido él, como si fuera lo más divertido que han visto en su vida.

—Eso no vale —se queja Courtney. Coge el sombrero de mi cabeza como si yo fuera un perchero y se lo devuelve a Brian—. Ahora escoge.

Brian sonríe a Courtney sin reservas, con el hueco entre los dientes bien a la vista, y le coloca el sombrero ladeado sobre la frente, tal como ella esperaba. La expresión de ella dice a las claras: misión cumplida.

Él se inclina hacia delante para mirarla.

—Te queda bien.

Con gusto le patearía la cabeza a Brian.

En cambio, dejo que el viento me eleve por los aires y me arroje por el precipicio al mar.

—Me piro —anuncio, recordando que oí decir eso mismo a alguien en alguna parte, no sé cuándo, en el colegio o quizá en la tele, o en el cine, puede que la década pasada, pero da igual, lo único que sé es que tengo que largarme de aquí antes de que me evapore o me eche a llorar.

Durante un instante, albergo la esperanza de que Brian cruce la calle conmigo, pero se limita a decir:

—Nos vemos.

Mi corazón se larga con viento fresco. Pide aventón para salir de mi cuerpo, pone rumbo al norte, coge un transbordador para cruzar el estrecho de Bering y se queda en Siberia, rodeado de osos polares, íbices y machos cabríos hasta convertirse en un miniglaciar.

Porque me lo imaginé. He aquí lo que pasó ayer por la noche: manipuló una palanca del telescopio, eso es todo. Casualmente, yo estaba en medio. *Noah tiene una imaginación desbordante.* Lo han escrito en todos y cada uno de mis informes escolares. Ante lo cual, mi madre se ríe con ganas y dice:

—Por ser hijo de tigre, tenía que ser rayado.

Cuando entro en casa, me encamino de inmediato a la ventana que da a la calle para mirar a Brian y los avispones. Nubes anaranjadas inundan el cielo, y cada vez que una de ellas cae flotando, Brian la empuja hacia arriba como si fuera un globo. Lo veo hipnotizar a las chicas igual que hace con los frutos de los árboles, igual que hace conmigo. Sólo Heather parece inmune a su encanto. Sigue tendida en la roca, contemplando el paraíso naranja del cielo en lugar de mirarlo a él.

No me ha buscado, no me ha seguido, me digo a mí mismo. No es un tigre de Bengala. Sólo es un recién llegado que conoció a alguien de su edad y trabó amistad con él por error hasta que el grupo de los divinos acudió en su rescate.

La realidad es demoledora. El mundo es un zapato que me queda pequeño. ¿Cómo puede soportarlo alguien?

(Autorretrato: *Prohibido el paso*.)

Oigo los pasos de mamá instantes antes de notar la cálida presión de sus manos en mis hombros.

—Precioso cielo, ¿eh?

Aspiro su perfume. Ha cambiado de marca. Éste huele a bosque, a madera y a tierra mezcladas con su propio aroma. Cierro los ojos. Un sollozo asciende por mi garganta como si sus manos lo atrajeran. Lo contengo, diciendo:

—Ya sólo faltan seis meses para presentar la solicitud de ingreso.

Me aprieta los hombros.

—Estoy muy orgullosa de ti —habla en un tono tranquilo, profundo y seguro—. No sabes lo orgullosa que estoy —sí que lo sé, aunque es mi única certeza. Asiento y ella me rodea con los brazos—. Tú eres mi inspiración —declara, y salimos flotando por el aire.

Ella se ha convertido en mis verdaderos ojos. Nada de lo que pinto o dibujo existe en tanto que ella no lo ha visto, todo es invisible hasta que ella adopta su expresión más cálida y dice:

—Estás rehaciendo el mundo, Noah. Dibujo a dibujo.

Me muero por enseñarle las pinturas en las que aparece Brian, pero no puedo. Como si me oyera pensar en él, Brian se vuelve a mirar hacia mi casa, una silueta recortada contra la luz del fuego, un cuadro perfecto, tan bueno que mis dedos se agitan solos. Sin embargo, no pienso volver a dibujarlo.

—Está bien ser adicto a la belleza —me asegura mi madre con aire soñador—. Emerson dijo: "La belleza es la escritura de

Dios" —cuando habla de lo que entraña el arte, me siento como si albergara el cielo entero en el pecho—. Yo también soy adicta a ella —musita—. Casi todos los artistas lo son.

—Pero tú no eres artista —le susurro.

No me responde y su cuerpo se crispa una pizca. No sé por qué.

—¿Dónde demonios está Ralph? ¿Dónde demonios está Ralph?

Eso la relaja y se echa a reír.

—Tengo el presentimiento de que Ralph está de camino —dice—. El Segundo Advenimiento se encuentra a la vuelta de la esquina —me planta un beso en la coronilla—. Todo irá bien, cielo —promete, porque es experta en reparar personas y, cuando funciono mal, siempre se da cuenta. Al menos creo que lo dijo por eso, hasta que añade—: Para todos nosotros, te lo prometo.

Antes de que aterricemos en la alfombra siquiera, se ha ido. Yo me quedo donde estoy, mirando por la ventana hasta que la oscuridad reina en la habitación, hasta que los cinco echan a andar en dirección al Quiosco. El sombrero de la suerte de Brian sigue en la afortunada cabeza de Courtney.

A varios pasos de los demás, Heather avanza con parsimonia, sin dejar de mirar al cielo. La veo levantar los brazos como si fuera un cisne y volverlos a bajar. Un pájaro, pienso. Por supuesto. No es una rana, en absoluto. Estaba equivocado.

Acerca de todo.

Al día siguiente, no subo al tejado al alba porque no pienso salir de mi cuarto hasta que Brian haya regresado al internado y se encuentre a cinco mil kilómetros de aquí. Sólo quedan siete semanas. Me beberé el agua de las plantas si tengo sed. Estoy tendido en la cama, mirando un póster de *El grito* de Munch, un cuadro brutal que ojalá hubiera pintado yo de un tipo con los cables megacruzados.

Como yo.

Jude y mi madre están discutiendo al otro lado de la pared. Los gritos aumentan de volumen por momentos. Creo que ahora mismo mi hermana odia a mi madre aún más que a mí.

Mi madre: Ya tendrás tiempo de comportarte como si tuvieras veinticinco años cuando tengas veinticinco años, Jude.

Jude: Sólo es lápiz labial.

Mi madre: Pues olvídate de llevarlo y, ya que estamos, esa falda es demasiado corta.

Jude: ¿Te gusta? La hice yo.

Mi madre: Pues deberías haber usado más tela. Mírate en el espejo. ¿De verdad quieres ser una de esas chicas?

Jude: ¿Y quién voy a ser si no? Por cierto, esa chica del espejo soy yo.

Mi madre: Me da miedo cómo te comportas. No te reconozco.

Jude: Bueno, yo tampoco te reconozco a ti, madre.

Es verdad que mamá se comporta de un modo extraño últimamente. Yo también he notado cosas. Por ejemplo, se queda como lobotomizada delante de los semáforos en rojo mucho después de que hayan cambiado a verde y no arranca hasta que todo el mundo empieza a tocar el claxon. O dice que está trabajando en su despacho, pero el espionaje revela que en realidad está rebuscando en viejas cajas de fotografías que ha sacado del desván.

Y ahora hay caballos galopando dentro de ella. Los oigo.

Hoy, Jude y ella han quedado para ir juntas al centro, una salida en plan madre-hija pensada para que se reconcilien. No empieza bien. En esas ocasiones, mi padre solía llevarme a algún evento deportivo, pero ya no se molesta, no desde que me pasé todo un partido de futbol americano mirando a la multitud y no al campo, dibujando apuntes de las caras en servilletas. ¿O era de beisbol?

Beisbol. El Hacha. El muy canalla.

Jude llama con fuerza y, sin esperar mi respuesta, abre la puerta de golpe. Supongo que mi madre ha ganado, porque no lleva lápiz labial y luce un alegre vestido de verano que le llega por las rodillas, uno de los diseños de la abuela. Parece la cola de un pavo real. Su pelo está en paz, un plácido lago amarillo en torno a ella.

—Vaya, por una vez estás en casa —su alegría parece sincera. Se apoya contra el marco de la puerta—. Si Brian y yo nos estuviéramos ahogando, ¿a quién salvarías primero?

—A ti —respondo. Menos mal que no me lo preguntó ayer.

—¿A papá o a mí?

—Por favor. A ti.

—¿A mamá o a mí?

Me lo pienso y luego digo:

—A ti.

—Te lo has pensado.

—No me lo he pensado.

—Lo has hecho, pero no pasa nada. Lo merezco. Pregúntame.

—¿A mamá o a mí?

—A ti, Noah. Siempre te salvaría a ti primero —sus ojos son dos cielos azul claro—. Aunque la otra noche estuvieras a punto de decapitarme —sonríe—. No pasa nada. Lo reconozco. Me porté fatal, ¿eh?

—Como un perro rabioso.

Abriendo unos ojos como platos, hace esa mueca que me arranca la risa aunque esté de mal humor, como ahora.

—¿Sabes? —dice—. Esas chicas están bien, pero son terriblemente normales. Me aburro como una ostra —cruza la habitación con un ridículo salto de bailarina, aterriza en la cama y se tiende a mi lado, hombro con hombro. Cierro los ojos—. Hace mucho tiempo —susurra.

Respiramos, respiramos y respiramos juntos. Me toma la mano y pienso en las nutrias, que duermen flotando de espaldas, con las manos unidas exactamente de esta forma, para no separarse durante la noche.

Al cabo de un rato, levanta el puño. La imito.

—Un, dos, tres, piedra papel o tijera, un, dos tres, ya —decimos al unísono.

Piedra/piedra.

Tijera/tijera.

Piedra/piedra.

Papel/papel.

Tijera/tijera.

—¡Sí! —exclama—. ¡Aún funciona, ya lo creo que sí! —se levanta de un salto—. Esta noche podemos ver algún documental de animales. ¿O una película? Tú eliges.

—Va.

—Quiero...

—Yo también —la interrumpo, porque sé lo que va a decir. Yo también quiero que volvamos a ser los de antes.

(Retrato, autorretrato: *Hermano y hermana en un sube y baja con los ojos vendados.*)

Sonríe, me toca el brazo.

—No estés triste —lo dice con tanto cariño que el aire cambia de color—. Te oí a través de la pared ayer por la noche.

De niños, era todavía peor. Si uno lloraba, el otro se echaba a llorar también, aunque estuviera en la otra punta de Lost Cove. Pensaba que lo habíamos superado.

—Estoy bien —le aseguro.

Asiente.

—Te veo esta noche, si mamá y yo no nos hemos asesinado mutuamente.

Me saluda al estilo militar y se marcha.

No sé cómo es posible pero lo es: una pintura exactamente igual pero del todo distinta cada vez que la miras. Así son las cosas ahora entre Jude y yo.

Al cabo de un rato, recuerdo que es jueves, el día que toca clase de Retrato al Natural en la EAC, lo que significa que mi arresto domiciliario ha llegado a su fin. Al cuerno. ¿Por qué iba a quedarme encerrado sólo porque Brian sea un deportista hacha y popular cubierto de pirorretardante que se alucina por avispones tan vomitivos como Courtney Barrett?

El caballete y el escabel siguen donde los dejé la semana pasada. Los instalo mientras me digo que nada importa salvo ingresar en la EAC, y que puedo pasar el resto del verano en compañía de Jude. Y de Rascal. E ir al museo con mi madre. No necesito a Brian.

El profesor comienza la clase (hoy la modelo es distinta) ofreciendo una charla sobre espacio positivo y negativo, sobre cómo dibujar el espacio que rodea una forma para revelar la misma. Nunca he probado nada parecido y me sumerjo en el ejercicio, concentrado en descubrir a la modelo dibujando lo que está fuera.

Sin embargo, durante la segunda parte de la clase, me siento de espaldas a la pared y empiezo a dibujar a Brian mediante esa misma técnica de fuera-adentro, aunque había jurado no volver a hacerlo jamás. No puedo evitarlo. Está dentro de mí y necesita salir. Hago un apunte tras otro.

Estoy tan concentrado que no me doy cuenta de que alguien se aproxima hasta que me tapa la luz. Doy un brinco de la sorpresa y un embarazoso balbuceo brota por sí solo de mi garganta mientras mi cerebro asimila el hecho de que es él en persona, de que Brian está plantado delante de mí. No lleva estuches de aerolitos ni rastrillos magnéticos, lo que significa que ha acudido hasta aquí para verme a mí. Otra vez. Intento esconder la alegría detrás de mi rostro para que no la vea.

—Esta mañana te estuve esperando —dice, y se humedece el labio inferior con un gesto tan nervioso, tan perfecto, que se me encoge el corazón. Echa un vistazo a mi cuaderno. Yo paso unas páginas para impedir que se vea a sí mismo. Me levanto y le indico por gestos que me siga al bosque, donde nadie puede oírnos. Mientras escondo el caballete y el escabel, rezo para que las rodillas no me fallen o todo lo contrario, para que no se pongan a bailotear.

Me espera junto al mismo árbol que la última vez.

—Y el inglés ese... —empieza a decir mientras echamos a andar—. ¿Estaba allí hoy?

Si hay algo que sé distinguir en un tono de voz, gracias a Jude, son los celos. Doy un gran respiro de lo más feliz.

—Lo despidieron la semana pasada.

—¿Por culpa de la farra?

—Sí.

Reina el silencio en el bosque salvo por nuestras pisadas crujientes y el cenzontle que canta en las ramas.

—¿Noah?

Contengo el aliento. ¿Cómo puede alguien hacerte sentir así por el mero hecho de pronunciar tu nombre?

—¿Sí?

Su rostro rebosa emoción, pero no sé de qué tipo. Me concentro en mis tenis.

Oigo pasar un silencioso minuto tras otro.

—Esto funciona así —se explica por fin. Se ha detenido y ahora arranca corteza del tronco de un roble—. Hay planetas que son expulsados del sistema al que pertenecían en un principio y se quedan vagando en el espacio sideral, surcando el universo en solitario sin la referencia de un sol, ¿sabes?, por toda la eternidad... —sus ojos me suplican que sea comprensivo. Medito lo que acaba de decir. Ya se ha referido a eso otras veces, a esos tristes planetas sin sol que vagan a la deriva. ¿Y qué? ¿Me está diciendo que no quiere ser un marginado como yo? Me doy media vuelta para irme.

—No —me agarra de la manga. Me tiene agarrado de la manga.

La Tierra deja de girar.

—Ay, joder —se humedece el labio, me mira con desesperación—. Es que... —dice—. Es que...

¿Está balbuceando?

—¿Qué? —lo animo.

—Tú no te preocupes, ¿va?

Las palabras salen volando de su boca, se atan a mi corazón y me lo arrancan del pecho. Entiendo lo que intenta decirme.

—¿Que no me preocupe de qué? —se lo pregunto para alentarlo.

Esboza su media sonrisa.

—De que algún asteroide te vaya a caer sobre la cabeza. Es altamente improbable.

—Perfecto —respondo—. No lo haré.

Así pues, dejo de preocuparme.

No me preocupo cuando, unos segundos después, me suelta con una sonrisa completa:

—Y, por cierto, he visto lo que estabas dibujando, colega.

No me preocupa darle plantón a Jude esa noche y todas las que vienen después. No me preocupa que Jude llegue a casa y nos encuentre a Brian, a todos los avispones y a mí en el porche, ni que ellas estén posando para mí como las modelos de no sé qué foto que han visto en una revista. No me preocupa que esa misma noche me diga:

—¿Así que no tenías bastante con mamá? ¿Tenías que robarme a mis amigas también?

No me preocupa que ésas sean las últimas palabras que me dirija en todo el verano.

No me preocupa haberme convertido en un hombre popular por asociación, ¡yo!, ni dejarme caer con frecuencia por el Quiosco junto con Brian y los incontables surflerdos, tarados y avispones que abarca su campo de paz, sin sentirme casi nunca como un rehén y moviendo las manos como una persona normal. No me preocupa que nadie intente tirarme de lo alto de un precipicio ni me llame nada salvo Picasso, el apodo que inventó Franklyn Fry, precisamente él de entre todos los descerebrados.

No me preocupa que no me cueste tanto como pensaba fingir que soy uno más, camuflarme como un sapo. Llevar un poco de pirorretardante encima.

No me preocupa que cuando Brian y yo nos encontramos a solas en el bosque, en su tejado o en el salón de su casa viendo beisbol en la tele (qué más da), él instale entre los dos una cerca electrificada y yo me guarde de acercarme demasiado a riesgo de morir electrocutado, pero que cuando estamos en público, en el Quiosco, por ejemplo, la cerca desaparezca y nos convirtamos en dos torpes imanes que chocan y se tropiezan constantemente, que se rozan las manos, los brazos, las piernas, los hombros, se dan palmaditas en la espalda, a veces incluso en la pierna, por nada en concreto excepto porque es como tragarse un rayo.

No me preocupa que durante la película de la invasión alienígena nuestras piernas se desplacen microscópicamente: la suya a la derecha, derecha, derecha; la mía a la izquierda, izquierda, izquierda, hasta encontrarse a mitad de camino y pegarse con tanta fuerza durante uno, dos, tres, cuatro, cinco, seis, siete, ocho deliciosos segundos que al final tenga que levantarme a toda prisa para ir al baño porque estoy a punto de explotar. No me preocupa que al volver a mi asiento todo comience otra vez, ni que en esta ocasión nuestras piernas se encuentren de inmediato, ni que me tome la mano por debajo del reposabrazos, me la apriete y los dos nos electrocutemos y muramos.

No me preocupa que, mientras todo eso sucede, Heather esté a mi otro lado y Courtney al de Brian.

No me preocupa que Courtney aún no le haya devuelto su sombrero ni que Heather nunca aparte sus ancestrales ojos grises de mí.

No me preocupa que Brian y yo no nos besemos, ni una sola vez, por más que se lo ordene con mis poderes mentales, por más que se lo suplique a Dios, a los árboles, a cada una de las moléculas que se cruzan conmigo.

Y, lo que es más importante, no me preocupa llegar a casa un día y encontrar una nota en la mesa de la cocina escrita por Jude en la que le pide a mi mamá que baje a la playa para ver la escultura que está modelando con arena. No me preocupa coger la nota y enterrarla en el fondo del cubo de la basura, aunque me duelan las tripas mientras lo hago, no, las tripas no, aunque me duela el alma de pensar que soy capaz de hacer algo así, que ya lo he hecho.

Debería haberme preocupado.

Debería haberme preocupado, y mucho.

Mañana por la mañana, Brian regresará al internado para cursar el semestre de otoño, y esta noche lo ando buscando por el mismísimo inframundo. Es la primera vez que asisto a una fiesta y no sabía que se celebraran a kilómetros y kilómetros de profundidad, allá donde pululan demonios con el pelo en llamas. Estoy seguro de que nadie me ve. Debe de ser porque soy muy joven o muy delgado o algo así. Los padres de Courtney están fuera un par de días y a ella se le ha ocurrido que podríamos aprovechar la fiesta de su hermana mayor para despedirnos de Brian. Yo estoy deseando largarme de aquí con él y tomar un avión con destino al Serengueti para presenciar la migración del ñu azul.

Entro en un vestíbulo atestado de gente y de humo, donde todo el mundo se pega a la pared formando racimos como esculturas humanas. Nadie tiene los rasgos en su sitio. En la habitación contigua, están sus cuerpos. Todos bailan, y yo, tras asegurarme de que Brian aún no ha llegado, me recuesto contra el muro para observar esa masa de sudorosos cuerpos con *piercings,* crestas y brazos sinuosos que saltan, se contonean, giran y flotan en el aire. Miro y sigo mirando, devorado por la música. Y cuando mis ojos se están transformando otra vez... noto que me clavan algo en el hombro, una mano o quizá la garra de un pájaro. Me giro y veo a una chica mayor con una gran mata de pelo rojo y rizado. Lleva un vestidito marrón y es mucho más alta que yo. El tatuaje más increíble del mundo, un dragón que escupe fuego en tonos rojos y anaranjados, le recorre todo el brazo.

—¿Te perdiste? —grita para hacerse oír por encima de la música, como si hablara con un niño de cinco años.

Supongo que no soy invisible, al fin y al cabo. Todo su rostro resplandece, sobre todo las alas verde esmeralda que se despliegan alrededor de unos ojos azul hielo. Sus pupilas parecen enormes cuevas negras habitadas por murciélagos.

—Eres muy guapo —me chilla al oído. Habla con un acento muy raro, como de vampiro, y parece sacada de una pintura de Klimt—. Tu pelo —me estira un rizo hasta alisarlo. No puedo apartar los ojos de ella; es lo que pasa al mirar a un demonio—. Qué ojos tan bonitos... Grandes, oscuros y profundos —dice despacio con su acento jugoso, como si paladease cada palabra. El volumen de la música ha descendido ahora y, gracias a Dios, también el de su voz—. Seguro que todas las niñas van detrás de ti —niego con la cabeza—. Pues lo harán, créeme —sonríe, y veo una marca roja en uno de sus colmillos—. ¿Alguna vez has besado a una chica? —vuelvo a negar con la cabeza.

Por lo visto, soy incapaz de mentir o de romper de algún modo su demoniaco hechizo. Y, de repente, sin previo aviso, pega sus agrietados labios a los míos, los introduce en mi boca, y noto su sabor, a humo y a ese regusto nauseabundo y dulzón de las naranjas que llevan todo el día al sol. No he dejado de mirarla, así que veo sus pestañas oscuras como patitas de araña reposando en sus mejillas. ¿De verdad me está besando? ¿Por qué? Se retira, abre los ojos y se ríe cuando ve la expresión de mi cara. Clavándome otra vez las garras en el hombro, se inclina hacia mí y me susurra al oído:

—Te veo dentro de unos años.

Se da media vuelta y se aleja sobre unas largas piernas desnudas, agitando el diabólico rabo de lado a lado. El tatuaje del dragón repta hasta su hombro y se acomoda alrededor de su cuello.

¿Habrá sucedido realmente? ¿Me lo habré imaginado? Mmm, no creo, porque mi imaginación jamás la habría escogido a ella.

Me llevo la mano a la boca y me restriego los labios. Cuando retiro los dedos, los veo manchados de rojo. Sí sucedió. ¿Sabrá todo el mundo por dentro a naranjas podridas? ¿Y yo? ¿Y Brian?

Brian.

Me encamino a la puerta principal. Lo esperaré fuera y lo convenceré de que, en lugar de pasar su última noche en esta fiesta, subamos al tejado como yo quería hacer en un principio para que todas las estrellas caigan sobre nuestras cabezas una última vez y quizá lo que no ha sucedido a lo largo de todo el verano ocurra por fin. Sin embargo, cuando entro en el recibidor, lo atisbo siguiendo a Courtney por la escalera, lo veo apretujarse entre la multitud, saludando a los chicos con la cabeza y sonriendo a las chicas, como si se sintiera a sus anchas. ¿Cómo es posible que siempre se sienta a sus anchas?

(Retrato: *El chico que poseía las llaves de todos los candados del mundo.*)

Cuando llega a lo alto, se da media vuelta. Se apoya en la barandilla y se inclina hacia fuera para inspeccionar el vestíbulo. ¿Me estará buscando? Sí, estoy seguro de que sí, y, al comprenderlo, me transformo en una catarata. ¿Se puede morir a causa de una sensación? Me parece que sí. Ya ni siquiera soy capaz de convertir el sentimiento en un autorretrato. Cuando me asalta, y ahora me sucede constantemente, sólo puedo tenderme de espaldas y dejar que me arrase.

Courtney jala a Brian y él echa a andar tras ella sin haber llegado a avistarme, así que vuelvo a transformarme en persona.

Me abro paso escalera arriba con la cabeza gacha. No quiero establecer contacto visual, no deseo que nadie me hable... ¡o me bese! ¿La gente se besa en las fiestas así por las buenas? No me entero de nada. Cuando estoy a punto de llegar al final, noto una mano en el brazo. Otra vez no. Una chica bajita que me recuerda a una ardilla listada transformada en gótica me tiende un vaso de plástico lleno de cerveza.

—Toma —dice, sonriendo—. Tienes cara de necesitar una.

Le doy las gracias y sigo subiendo. Puede que sí la necesite. La oigo decir:

—¿Has visto qué bueno está ese novato?

Alguien le responde:

—Asaltacunas.

Dios. Tantas sesiones secretas con las pesas de mi padre en el garaje para esto. Aquí todos me toman por un bebé. Aunque ¿será verdad que estoy bueno? No es posible, ¿o sí? Siempre he dado por supuesto que las chicas me miraban porque me tomaban por un bicho raro, no porque me considerasen atractivo. Mi madre siempre me dice que soy *guapísimoadorablemaravilloso*, pero son cosas que dicen las mamás. ¿Cómo se sabe si uno es guapo? El demonio besucón pelirrojo piensa que mis ojos son profundos.

¿Pensará Brian que estoy bueno?

La idea viaja directamente a mi entrepierna y me espabila de golpe. *Me tomó la mano por debajo del reposabrazos en el cine.* Me espabilo aún más. Me detengo, respiro, intento controlar la situación, tomo un sorbo de cerveza, bueno, un trago gigante más bien. No es horrible. Sigo subiendo.

El segundo piso es el polo opuesto a la planta baja. Debe de ser el cielo. Estoy sobre la alfombra blanca y alargada de un pasillo de paredes inmaculadas con un montón de puertas cerradas a cada lado.

¿En qué habitación se habrán metido Courtney y Brian? ¿Y si están solos? ¿Y si se están besando? ¿O algo peor? Puede que ella ya se haya quitado la camiseta. Bebo otro trago de cerveza. ¿Y si él le está chupeteando las tetas? A los chicos les encanta hacerlo. *Me dijo que no me preocupara. Me dijo que no me preocupara. Me dijo que no me preocupara.* Lo cual era una frase en clave, ¿no? Traducción: *No le chupetearé las tetas a Courtney Barrett, ¿verdad?* Tomo un enorme trago de cerveza, cada vez más preocupado.

En las películas, siempre suceden cosas horribles en las fiestas de despedida.

Enfilo por la parte izquierda del pasillo, donde parece haber algunas puertas entornadas. En un nicho de la pared hay dos personas montándoselo como si fuera su última noche en la Tierra. Retrocedo un poco para mirar. El chico tiene unas espaldas anchísimas que se le estrechan justo a la altura de los jeans y la chica está encajada contra la pared, oculta por el cuerpo masculino. Él mueve la cabeza como si se la quisiera comer. Me dispongo a seguir andando cuando algo capta mi atención. Las manos que asoman por detrás de la espalda no son de chica, ni mucho menos. No, esas manos no pueden pertenecer a nadie que no sea un chico. El pecho me empieza a vibrar. Me desplazo hacia la izquierda y veo *flashes* de ambas caras, angulosos rostros masculinos, ojos cerrados como lunas, narices aplastadas, bocas estrujadas la una contra la otra, dos cuerpos que se levantan y se abalanzan contra el otro al mismo tiempo. Ahora me tiemblan las piernas, todo el cuerpo. (Autorretrato: *Terremoto.*) Nunca he visto a dos chicos besarse así, como si fuera el fin del mundo, salvo en mi mente, y allí no era ni la mitad de alucinante. Ni de lejos. Parecen tan hambrientos...

Retrocedo un paso y me apoyo contra la pared, donde no puedan verme.

No estoy triste, ni mucho menos, así que no sé por qué se me saltan las lágrimas.

Entonces oigo el chirrido de una puerta que se abre al otro lado del pasillo. Me enjugo las lágrimas con el dorso de la mano y me giro en dirección al ruido. Heather sale de una habitación; dentro de mí todo se paraliza. Encontrarla allí me produce una sensación horrible, como cuando acabas de ver la mejor película del mundo y sales a la misma tarde aburrida.

—¡Ah! —exclama, y una sonrisa le ilumina el rostro—. Iba a buscarte.

Sacudo la cabeza para que el pelo me tape la cara. Ella camina hacia mí y, al hacerlo, se acerca también a la pareja. Salgo disparado con el fin de interceptarla. Su sonrisa se agranda, se vuelve más cálida, y comprendo que ha confundido mis prisas con un gesto de emoción al verla, cuando yo sólo quería proteger del resto del mundo a los chicos que se besan.

(Retrato: *Adán y Adán en el jardín del Edén*.)

Cuando llego a su altura, intento esbozar una sonrisa. Me cuesta mucho. Oigo una risa ahogada, ronca, a mi espalda, palabras sofocadas. Heather se asoma por encima de mi hombro.

—¿Dónde están todos? —le digo para recuperar su atención. Todavía estoy temblando. Escondo la mano libre en el bolsillo.

—¿Te encuentras bien? —me pregunta, ladeando la cabeza—. Te noto raro —sus ojos grises me escudriñan con fijeza—. Bueno, más que de costumbre.

Sonríe con cariño y yo me relajo una pizca. Heather y yo compartimos un secreto, aunque no tengo ni idea de cuál es.

Ojalá pudiera contarle lo que me acaba de suceder, porque si bien, en teoría, no he participado del beso, me siento como si me hubiera pasado a mí, a diferencia del beso diabólico de la planta baja, en el que supuestamente tomé parte pero que no tuvo nada que ver conmigo. Aunque, ¿qué le iba a decir? Cuando plasme en el papel lo ocurrido, me dibujaré con la piel transparente y un montón de fieras del zoológico pululando por mi interior, fuera de sus jaulas.

—Puede que me esté afectando la cerveza —alego.

Suelta una risita tonta, levanta un vaso de plástico rojo y brinda conmigo.

—A mí también.

Su risa me deja de una pieza. Por lo general, no es de las que se ríen por nada. Todo lo contrario, cuando estás con ella te sientes como si descansaras en una iglesia desierta. Por eso me cae bien. Es callada y seria, tiene más de mil años y al verla se diría que sabe hablar con el viento. Siempre la dibujo con los brazos levantados, como si se dispusiera a echar a volar, o con las manos unidas, como si estuviera rezando. Nunca suelta risitas tontas.

—Vamos —insiste—. Ya llegaron todos —señala hacia la puerta—. Te estábamos esperando. Bueno, por lo menos yo.

Vuelve a reírse y se sonroja como si en su interior un géiser hubiera hecho erupción. Me asalta un horrible presentimiento.

Entramos en una especie de estudio. Brian charla con Courtney al fondo de la habitación. Yo lo único que deseo es que nos transformemos en los chicos del rincón por la fuerza de mi pensamiento. Lo intento, por si las moscas. Luego me pregunto cuántos dedos sacrificaría por compartir un solo minuto parecido a ése con él y decido que siete. O incluso ocho. Podría dibujar sin problemas con dos dedos, siempre y cuando uno fuera el pulgar.

Miro a mi alrededor. Veo al mismo grupo de avispones y surflerdos que frecuentan el Bar, excepto a los chicos mayores, como Fry, Zephyr y Big Foot, que seguramente están abajo. A estas alturas, estoy acostumbrado a esta gente y ellos a mí. Veo también a un grupo de chicos que no conozco y que deben de asistir a la escuela privada de Courtney. La gente se reúne en grupitos que se revuelven incómodos, como si todo el mundo estuviera esperando algo. La sala está saturada de respiración. Y de Jude. Enfundada en el ajustado vestido rojo con una falda de volantes fruncidos que se confeccionó ella misma y con el que mi mamá le prohibió salir a la calle, está apoyada en la repisa de una ventana charlando con unos quinientos chicos al mismo tiempo. Me he quedado estupefacto al verla. Me pregunto qué le habrá contado a mi madre. Yo sólo le dije que iba a despedirme de Brian. Sabemos perfectamente que jamás nos darían permiso para asistir a una fiesta como ésta.

Nuestros ojos se encuentran cuando cruzo la habitación. Me lanza una mirada que significa: *Nada, ni siquiera un mundo donde lloviera luz, donde la nieve fuera lila, donde las ranas hablasen, donde los ocasos durasen un año entero... me compensaría por el hecho de que seas el peor hermano mellizo robamadres y saquea-amigos que pueda existir sobre la faz de la Tierra*, y luego reanuda la conversación con su harén.

Mi mal presentimiento se multiplica.

Le devuelvo la atención a Brian, que sigue charlando con Courtney apoyado en una estantería. ¿De qué? Intento distinguir lo que dicen cuando nos acercamos, pero entonces me doy cuenta de que Heather me está hablando.

—Es una completa estupidez. No hemos jugado desde que íbamos en quinto, pero da igual. Nos lo tomaremos a guasa, ¿no?

¿Lleva todo el rato hablando de eso?

—¿A qué juego te refieres? —le pregunto.

Courtney se da media vuelta al oír nuestras voces.

—Ah, bien —le propina un codazo a Heather, que suelta otra risilla. Courtney se vuelve a mirarme—. Es tu noche de suerte, Picasso. ¿Te gustan los juegos?

—No mucho —respondo—. Nada de nada, la verdad.

—Éste te gustará. Te lo prometo. Será como volver a la infancia. Heather, Jude y yo lo recordamos el otro día cuando charlábamos de las fiestas que celebrábamos en aquel entonces. La premisa es muy sencilla. Dos personas del sexo opuesto se encierran en un armario durante siete minutos. A ver qué pasa —Brian no me mira a los ojos—. No te preocupes, Picasso —prosigue ella—. Está amañado, claro —las orejas de Heather enrojecen ante esta última frase. Enlazan los brazos y se echan a reír. Se me reblandece el estómago—. Afróntalo, colega —me dice Courtney—. Necesitas un poco de ayuda.

Ya lo creo que sí.

Ya lo creo que sí, porque de repente bucles y bucles de la cabellera de Jude reptan hacia mí como un ejército de serpientes. Mi hermana estaba ahí. Eso ha dicho Courtney. ¿Esto es idea de Jude, pues? ¿Porque sabe que tiré a la basura la nota que le dejó a mamá? ¿Porque sabe lo que siento por Brian?

(Retrato, autorretrato: *Gemelos: Jude con cabellera de serpientes de cascabel; Noah con brazos de serpientes de cascabel.*)

Empiezo a notar un regusto metálico. Brian lee los títulos del lomo de los libros que se alinean en los estantes como si se los tuviera que aprender para un examen.

—Te quiero —le digo, aunque suena como "Eh".

—Con locura —me responde, pero suena como "Tipo".

Sigue sin mirarme a los ojos.

Courtney toma el sombrero de Brian, que descansaba en una mesita auxiliar. Hay papelitos en el interior.

—Todos los nombres de los chicos ya están dentro, incluido el tuyo —me informa—. Las chicas eligen.

Heather y ella se alejan. En cuanto advierto que no pueden oírnos, le digo a Brian:

—Vámonos —no me responde, así que lo repito—: Salgamos de aquí. Podemos saltar por esta ventana —me asomo a la que tenemos más cerca y veo un rellano que da a un árbol súper fácil de escalar. Está tirado—. Vamos —insisto—. Brian.

—No quiero irme, ¿okey? —replica en un tono irritado—. Sólo es un estúpido juego. Me da igual. No es para tanto.

Lo observo. ¿Quiere jugar? Sí. Se siente obligado.

Quiere estar con Courtney porque el juego está amañado y será ella la que lo amañe, eso es lo que va a pasar. Por eso no me mira a los ojos. Cuando lo comprendo, se me hiela la sangre en las venas. ¿Por qué me dijo que no me preocupara? ¿Por qué me tomó la mano? ¿Por qué... todo?

Las jaulas vacías empiezan a traquetear en mi interior.

Me tambaleo hasta una fea butaca gris que se yergue en el centro de esta fea sala gris. Me desplomo en ella, pero está dura como una piedra y la columna vertebral se me parte en dos. Me quedo allí sentado, partido por la mitad, tragándome el resto de la cerveza como si fuera jugo de naranja, igual que el inglés se bebió la ginebra aquel día. Luego agarro otro vaso de cerveza que alguien ha dejado por ahí y me lo bebo también. El purgatorio, pienso. Si el infierno está abajo y el cielo en el pasillo, esto debe de ser el purgatorio. ¿Y qué pasaba en el purgatorio? He visto cuadros donde aparece, pero no los recuerdo. Estoy mareado. ¿Me habré emborrachado?

Las luces se encienden y se apagan. Courtney se encuentra junto al interruptor; Heather, a su lado.

—Damas y caballeros, ha llegado el momento que todos estábamos esperando.

Clementine es la primera en escoger. Le ha tocado con un chico llamado Dexter. Un chavo altote que no conozco de nada con un corte de pelo muy padre y una ropa que le queda diez tallas grande. Todo el mundo se mofa, los anima mientras ellos se levantan y se dirigen al vestidor con cara de estar muy por encima de estas cosas. Courtney programa un nuevo temporizador haciendo muchos aspavientos. Yo sólo puedo pensar en lo mucho que la odio, en lo mucho que deseo que una estampida de tortugas caimán furiosas le pase por encima antes de que se pueda meter en ese armario con Brian.

Me levanto, apoyándome en el reposabrazos, y me abro camino entre el impenetrable bosque de cabello rubio de Jude para ir al baño, donde me lavo la cara con agua fría. La cerveza es un asco. Levanto la cabeza. Sigo siendo yo al otro lado del espejo. Sigo siendo yo por dentro, ¿no? No estoy seguro. Y salta a la vista que no estoy bueno, me doy perfecta cuenta. Sólo soy un cobardica patético y delgaducho que está demasiado asustado como para saltar del hombro de su padre al agua. *En este mundo, o nadas o te hundes, Noah.*

En el instante en que vuelvo a entrar en la sala, me recibe un coro de *Has salido elegido, colega, Heather te ha escogido* y *Es tu turno, Pícasso.*

Trago saliva. Brian sigue mirando los lomos de los libros, de espaldas a mí, cuando Heather me toma de la mano para guiarme hacia el armario, tirando con fuerza de mi brazo como si arrastrara a un perro rebelde con una correa.

Lo primero que advierto al entrar en el vestidor es que hay montones de trajes oscuros colgando por todas partes, como filas de hombres en un funeral.

Heather apaga la luz. Luego dice con timidez, en voz baja:

—Ayúdame a encontrarte, ¿va?

Me planteo si esconderme entre los trajes colgados, si unirme a esos hombres de luto hasta que suene el timbre del huevo temporizador, pero en ese momento Heather choca conmigo y se ríe. Sus manos buscan rápidamente mis brazos. Su contacto es infinitamente liviano, como dos hojas que caen.

—No tenemos que hacerlo —susurra. Acto seguido, añade—: ¿Tú quieres?

Noto su aliento en el rostro. El cabello le huele a flores tristes.

—Okey —asiento, pero no muevo ni un dedo.

Oigo pasar el tiempo. Montañas y montañas de tiempo, tanto que cuando salgamos de este armario habrá llegado el momento de ir a la universidad o tal vez morir. Si no fuera porque, como estoy contando mentalmente, sé que no han transcurrido ni siete segundos de los siete minutos. Estoy calculando cuántos segundos hay en siete minutos cuando noto que sus pequeñas manos frías se despegan de mis brazos y se posan en mis mejillas, que sus labios rozan los míos, una vez, otra, y ahora se quedan allí. Su beso parece una pluma, no, más suave, un pétalo. Infinitamente sutil. Demasiado. Somos personas pétalo. Pienso en el beso terremoto del rincón y se me saltan las lágrimas otra vez. Ahora de tristeza. Y de miedo. Y porque jamás me he sentido tan incómodo en mi propia piel.

(Autorretrato: *Chico en licuadora.*)

Advierto que los brazos me cuelgan lánguidos a los costados. Debería hacer algo con ellos, ¿no? La tomo por la cintura, lo cual me resulta incomodísimo, así que desplazo la mano a su espalda, lo que me incomoda aún más, pero antes de que pueda recolocarla, Heather abre los labios y yo abro los míos también. No me parece asqueroso. Ella no sabe a naranjas rancias, sino a algo así como menta, como si se hubiera comido un caramelo justo antes de entrar. Me estoy preguntando a qué sabré yo cuando su lengua se desliza al interior de mi boca. Me sorprende lo húmeda que está. Y caliente. Y lo mucho que recuerda a una lengua. La mía no hace nada. Le digo que se mueva y entre en su boca, pero no me obedece. Ya lo tengo: en siete minutos hay 420 segundos.

Puede que hayan pasado unos veinte, lo que significa que aún nos quedan 400. Hay que joderse.

Y, entonces, todo cambia. Brian emerge de las profundidades de mi mente, me toma la mano como hizo en el cine y me atrae hacia sí. Huelo su sudor, oigo su voz. *Noah*, dice con ese tono que me derrite los huesos, y ahora mis manos agarran el cabello de Heather, me estrujo contra ella, la atraigo hacia mí, empujo la lengua al interior de su boca...

No debemos de haber oído el timbre del temporizador, porque de repente la luz se enciende y los hombres de luto aparecen a nuestro alrededor, por no mencionar a Courtney, que golpetea un reloj invisible en su muñeca.

—Vamos, tortolitos. Se acabó el tiempo.

Parpadeo unos cientos de veces ante esa invasión de luz. Ante esa invasión de realidad. Heather parece mareada, embelesada. Parece Heather completamente. Me he portado mal. Con ella, conmigo. Con Brian. Aunque a él le dé igual, yo lo siento así. Puede que la chica de la planta baja, al besarme, me haya transformado también en demonio.

—Guau —susurra Heather—. Yo nunca... Nadie había... Guau. Fue increíble.

Apenas puede caminar. Bajo la vista para asegurarme de que no llevo un bulto en los pantalones cuando ella me toma la mano y salimos del vestidor como dos vacilantes cachorros que abandonan la madriguera donde acaban de hibernar. Todo el mundo empieza a silbar y a gritar frases aburridas como:

—El dormitorio está al otro lado del pasillo.

Miro a mi alrededor, buscando a Brian con la mirada, dando por supuesto que seguirá examinando los lomos de los libros, pero no. Su rostro muestra una expresión que sólo he visto en otra ocasión, furibunda a más no poder, como si quisiera tirarme un aerolito a la cabeza y acertar de pleno.

¿Pero...?

Heather corre a reunirse con los avispones. La melena de Jude ha engullido toda la sala. Todo el universo. Me desplomo en un sillón abatible. Todo esto es absurdo. *Sólo es un estúpido juego*, ha dicho. *No es para tanto*. Sin embargo, dijo lo mismo cuando me contó que una amistad de su madre (¿un amigo?) se propasó con él y, por lo que parece, sí fue para tanto. Puede que *no es para tanto* signifique *vaya putada* en clave. *Perdona*, le digo mentalmente. *Eras tú*, le digo. *Te he besado a ti*.

Entierro la cabeza entre las manos y empiezo a oír sin querer al grupo de chicos que tengo detrás, que deben de estar concursando a ver quién dice más veces "qué gay" es esto o lo otro en una sola conversación cuando alguien me toca el hombro. Es Heather.

La saludo con un movimiento de cabeza e intento esconderme detrás del pelo mientras le ordeno mentalmente que se largue, al Amazonas de ser posible... Noto su crispación. Seguramente no entiende por qué la envío a una selva situada a diez mil kilómetros de distancia después del beso que acabamos de compartir. Detesto lastimarla, pero qué le voy a hacer. Cuando miro entre mi pelo un momento después, se ha ido. No me había dado cuenta de que estaba conteniendo el aliento. Estoy en mitad de la exhalación cuando veo que Brian se dirige al armario, no en compañía de Courtney sino de mi hermana.

Mi hermana.

¿Qué está pasando? No es posible. Parpadeo una vez, dos, pero nada cambia. Miro a Courtney, que tiene la mano metida en el sombrero de Brian. Está abriendo papelitos, preguntándose qué salió mal. Jude, eso es lo que salió mal. No puedo creer que haya llegado tan lejos.

Tengo que hacer algo.

—¡No! —grito, y me levanto de un salto—. ¡No!

Sólo que no lo hago.

Corro hacia el temporizador, hago sonar, sonar y sonar el timbre.

Pero tampoco lo hago.

No hago nada.

No puedo hacer nada.

Me han aniquilado.

(Autorretrato: *Pescado destripado*.)

Brian y Jude se van a besar.

Seguro que se están besando en este mismo instante.

Sin saber cómo, me las arreglo para levantarme del sillón, cruzar la puerta, bajar las escaleras y salir de la casa. Doy tumbos por el porche, me fallan los pies a cada paso. Veo gente borrosa que pulula por el borroso jardín. A tropezones, me abro paso entre ellos, entre el aire nocturno que me apuñala la espalda, hasta la carretera. En medio del aturdimiento, advierto que estoy buscando con la mirada a la pareja de enamorados que se fajaban en el nicho del primer piso, pero no los veo por ninguna parte entre la multitud. Me juego algo a que me los he imaginado.

Me juego algo a que no existen.

Miro hacia el bosque, veo los árboles desplomándose.

(Retrato de grupo: *Todos los chicos de cristal se rompen*.)

A mi espalda, alguien farfulla con acento inglés:

—Vaya, pero si es el artista clandestino.

Me doy media vuelta y veo al inglés desnudo, salvo que ahora va vestido con una chamarra de cuero, jeans y botas. Exhibe la misma sonrisa maniaca en su semblante lunático. Los mismos ojos desparejados. Recuerdo que Jude me cedió el sol, las estrellas y los mares a cambio de su retrato. Se lo voy a robar. Se lo voy a quitar todo.

Si se estuviera ahogando, le hundiría la cabeza en el agua.

—Yo te conozco, colega —me dice. Avanza hacia mí a trompicones mientras me señala con una botella de alguna bebida alcohólica.

—No, no me conoces —replico—. Ni tú ni nadie.

Su mirada se despeja durante un segundo.

—En eso llevas la razón.

Nos miramos a los ojos unos instantes sin decir nada. Recuerdo el aspecto que tenía cuando lo vi con el trasero al aire y ni siquiera me afecta porque estoy muerto. Me voy a mudar al subsuelo con los topos y a respirar tierra.

—¿Y cómo te llaman, por cierto? —pregunta.

¿Que cómo me llaman? Qué pregunta más rara. Tarugo, creo. Soy un perfecto tarugo.

—Picasso —digo.

Enarca las cejas.

—¿Es en serio?

¿Y eso qué significa?

Sigue farfullando, soltando palabras a nuestro alrededor.

—Vaya, a eso lo llamo yo poner bajo el listón, ningún problema para dar la talla, como llamar a tu hijo Shakespeare. ¿En qué pensaban tus papás?

Toma un trago.

Rezo al bosque de los árboles caídos que Brian mire por la ventana y me vea aquí con el inglés desnudo. Y Jude también.

—Pareces sacado de una película —pienso y digo al mismo tiempo.

Se ríe, y su cara muda en un caleidoscopio.

—De una película mala, será. Llevo semanas durmiendo en el parque. Salvo por una noche que dormí entre rejas.

¿Entre rejas? ¿Es un delincuente? Lo parece.

—¿Por qué? —pregunto.

—Embriaguez y escándalo público. Por perturbar la paz. ¿En qué cabeza cabe que te detengan por ser escandaloso? —tengo que hacer esfuerzos para descifrar su jerga de borracho—. ¿Tú eres pacífico, Picasso? ¿Alguien lo es? —niego con la cabeza y él asiente—. Eso digo yo. No hay paz que perturbar. Se lo repetí a la policía una y otra vez. No. Hay. Paz. Que. Perturbar. Colega —tras llevarse dos cigarrillos a la boca, enciende uno, luego el otro, y aspira ambos. Nunca había visto a nadie fumar dos cigarrillos a la vez. Penachos de humo gris le brotan de la nariz y la boca al mismo tiempo. Cuando me tiende uno, lo acepto porque ¿qué remedio? —. Me despidieron de esa Escuela de Arte fresa en la que no estás matriculado —me apoya una mano en el hombro para mantener el equilibrio—. Da igual, me habrían despedido de todos modos cuando hubieran descubierto que aún no he cumplido los dieciocho —se tambalea tanto que me veo obligado a clavar los pies en el suelo con fuerza. De repente, recuerdo el cigarrillo que tengo en la mano y me lo llevo a los labios. Cuando aspiro el humo, empiezo a toser de inmediato. Él no se da cuenta. Debe de estar tan borracho como los tipos esos que hablan con los faroles de las calles, y yo soy el farol. Con gusto le quitaría la botella y derramaría el líquido en el suelo.

—Tengo que irme —me disculpo, porque he empezado a imaginarme a Brian y a Jude palpándose en la oscuridad. Por todas partes. No puedo dejar de pensar en ello.

—Bien —asiente sin mirarme—. Bien.

—Tú también deberías irte a casa —le sugiero, y entonces me acuerdo del parque, de la cárcel.

- Asiente, con la desesperación grabada en cada facción de su rostro.

Echo a andar, no sin antes aplastar el cigarrillo. Apenas he dado unos pasos cuando oigo:

—Picasso.

Volteo a verlo.

Me apunta con la botella.

—Posé un par de veces para ese escultor pirado llamado Guillermo García. Tiene un montón de alumnos. Seguro que no se da ni cuenta si te presentas alguna tarde en su estudio. Por una vez, estarías dentro del taller con el modelo, como aquel otro Picasso.

—¿Dónde? —le pregunto y, cuando me lo dice, repito la dirección mentalmente unas cuantas veces para no olvidarla. Aunque no creo que llegue a ir, porque muy pronto daré con los huesos en la cárcel por asesinar a mi hermana melliza.

Jude lo ha planeado todo. Estoy seguro. Sé que ella tuvo la idea. Está furiosa conmigo desde hace siglos por lo de nuestra madre. Por lo de los avispones. Y debió de encontrar la nota que le escribió a mi mamá enterrada en la basura. Esto ha sido su venganza. Seguro que se escondió en la mano un papelito con el nombre de Brian.

Sin que el resto de los avispones se dieran cuenta, ha desencadenado el ataque de todo el enjambre.

Mientras desciendo por la colina camino a casa, sufro un bombardeo masivo de imágenes en las que Brian y Jude aparecen juntos, él enredado en su pelo, en su luz, en su normalidad. Es eso lo que él busca. Por eso instaló la cerca entre los dos. Y la electrificó para protegerse aún más de mí, del estúpido friki que soy.

Pienso en el apasionado beso que he compartido con Heather. Ay, Dios mío. ¿Estará Brian besando a Jude con la misma pasión? ¿Y ella a él? Un ruido horrible, como de monstruo moribundo, surge de mi garganta y luego la asquerosa noche entera intenta salir de mí. Corro a un lado de la carretera y vomito cada grano de cebada de la cerveza que me bebí, la repugnante calada del cigarrillo, todos y cada uno de los besos falsos y nauseabundos, hasta acabar reducido a un tembloroso saco de huesos.

Cuando llego a casa, veo luz en el salón, así que entro por la ventana de mi cuarto que siempre dejo entreabierta por si Brian decidiera colarse una noche cualquiera, tal y como llevo imaginando todo el verano, antes de quedarme dormido. Me avergüenzo... de mis fantasías.

(Paisaje: *El mundo se ha venido abajo*.)

Enciendo la lámpara de mi habitación antes de buscar la cámara de mi padre, pero no está donde suelo dejarla, debajo de la cama. Lo inspecciono todo con la mirada y suspiro de alivio cuando por fin la veo sobre mi escritorio, reposando allí como una granada cargada. ¿Quién la habrá cambiado de sitio? ¿Quién carajos la ha movido? ¿La habré dejado yo ahí? Puede que sí. No lo sé. Corro hacia ella y busco las fotos. La primera que aparece la tomé el año pasado cuando la abuela murió. Una dama de arena, oronda y risueña, con los brazos abiertos como si quisiera salir volando. Es alucinante. Pulso la tecla de borrado con fuerza, con instinto asesino. Las voy revisando todas, cada cual más impresionante, rara y divina que la anterior, y las borro una a una, hasta que todo rastro del talento de mi hermana desaparece del mapa y sólo resta el mío.

Después, tras cruzar el salón a hurtadillas (mis padres se durmieron viendo una película de guerra) entro en el cuarto de

Jude, descuelgo el retrato del inglés desnudo de la pared, lo rompo en pedazos y los esparzo por el suelo como confeti usado. Luego vuelvo a mi cuarto y la emprendo con los retratos de Brian; tardo siglos en hacerlos todos trizas, de tantos que hay. Cuando termino, introduzco los restos en tres bolsas de basura y los escondo debajo de la cama. Mañana tiraré a Brian, hecho papilla, desde la peña del Diablo.

Porque no sabe nadar.

Y aunque he tardado un buen rato en hacer todo eso, Jude aún no ha llegado a casa. Ya se saltó una hora el toque de queda estival. Me imagino lo que estará haciendo. Tengo que dejar de imaginar.

Tengo que dejar de palpar esta piedra y de rogar que Brian acuda a mi ventana.

No lo hace.

HISTORIA DE LA SUERTE

Jude
16 años

Voy a desear con las manos, como me sugirió Sandy.

Voy a preguntarle al oráculo.

Voy a sentarme aquí en mi escritorio y recurrir a él (de la manera tradicional) para averiguar cuanto pueda sobre Guillermo García, alias "el borracho Igor", alias "la estrella del rock del mundillo de la escultura". Tengo que crear la escultura que me ronda la mente, debo tallarla en piedra y él es el único que puede ayudarme. Sólo así podré contactar con mi mamá. Lo presiento.

Sin embargo, antes de hacer todo eso, voy a exprimir a tope este limón; el enemigo mortal de la afrodisiaca naranja:

Nada agría tanto el amor como un limón en la lengua.

Porque esto tiene que acabar. Debo cortarlo de raíz.

La abuela interviene.

—Ah, ya, te refieres a Él, con mayúscula, y no hablo del señor Gable, sino de cierto lobo... feroz... inglés.

Le saca jugo a la última parte de la frase.

"No sé qué tiene", arguyo mentalmente.

—Uy. Sí que lo sé —añado de viva voz.

Y, entonces, no puedo evitarlo. Con mi mejor acento británico, digo:

—Pero qué parlanchina eres. No hay forma de interrumpir.

La sonrisa que reprimí en la iglesia se extiende por mi rostro hasta que acabo sonriéndole de oreja a oreja a la pared.

Por Clark Gable, basta.

Me meto el gajo de limón en la boca, ahuyento a la abuela, me digo que el inglés padece mononucleosis, herpes labial y caries, el triplete antibesos, como todos los tipos buenos de Lost Cove. Piojos. Está infestado. De piojos ingleses.

Haciendo muecas de puro ácido, más calmada ya al saber que el boicot va viento en popa otra vez, despliego la laptop y tecleo en el oráculo: Guillermo García y *Art Tomorrow* con la esperanza de encontrar la entrevista que le hizo mi madre. No tengo suerte. La revista no está archivada en Internet. Introduzco el nombre otra vez y hago una búsqueda de imágenes.

Y desencadeno la invasión de los gigantes de piedra.

Enormes seres de roca. Montañas andantes. Explosiones de expresividad. Me conquistan al instante. Igor me dijo que no se sentía bien. Bueno, pues sus obras de arte tampoco son la alegría de la huerta. Empiezo a marcar reseñas y piezas, escojo como salvapantallas una obra que me encoge el corazón y me lo expande al mismo tiempo y por fin retiro del estante el libro de texto de Escultura, segura de encontrar alguna mención a Guillermo. La obra de ese escultor es demasiado alucinante como para que no aparezca.

El libro lo menciona. Estoy leyendo por segunda vez la biografía oficial de un chiflado, más propia de la Biblia de la abuela que de un libro de texto, tan delirante que arranco la página donde aparece y la incluyo en el atiborrado volumen de piel, cuando oigo abrirse la puerta principal, a lo que sigue una cacofonía de voces y una estampida de pasos que se acercan por el pasillo.

Noah.

Ojalá hubiera cerrado la puerta de mi cuarto. ¿Me escondo debajo de la cama? Sin darme tiempo a ello, los recién llegados pasan junto a mi puerta a todo vapor. Al pasar, me echan un vistazo como si yo fuera la mujer barbuda. Y en algún lugar de ese alegre enjambre de adolescentes atléticos y normales a morir está mi hermano.

Será mejor que se sienten: Noah se inscribió en un equipo deportivo de la preparatoria Roosevelt.

Bien, se apuntó en el equipo de campo traviesa, no al de futbol americano, y Heather también forma parte de él, pero aun así, pertenece a un club.

Para mi sorpresa, instantes después, da media vuelta y entra en mi cuarto, y tengo la sensación de estar viendo a mi madre plantada delante de mí. Siempre ha sido así: yo soy rubia como mi padre, él es moreno como mi madre, pero su parecido con ella alcanza ahora extremos espeluznantes y, en consecuencia, desgarradores. Habida cuenta de que no hay ni rastro de mi madre en mí y nunca lo ha habido. Estoy segura de que, cuando íbamos solas por ahí, la gente daba por supuesto que yo era adoptada.

Es todo un acontecimiento esto de que Noah haya entrado en mi habitación, y se me hace un nudo en el estómago. Detesto que el mero hecho de tenerlo cerca me ponga nerviosa últimamente. Y, además..., tengo muy presente lo que Sandy me reveló hoy. La noticia de que, sin que yo me diera cuenta, alguien fotografió a mis mujeres voladoras de arena y envió las instantáneas a la EAC. Tuvo que ser Noah, lo que implica que contribuyó a mi admisión sólo para acabar de patitas en el Roosevelt.

Noto el sabor de la culpa a través del cítrico.

—Este..., oye —dice, restregando adelante y atrás sus tenis encostrados de lodo para emplastar la tierra en las profundidades de mi afelpada alfombra blanca. No protesto. Podría cortarme la oreja y yo no diría ni pío. Su semblante es el polo opuesto de la expresión que mostraba hoy en el cielo. Echó el cerrojo—. Sabes que papá pasará una semana fuera, ¿no? Los colegas y yo —con un gesto de la barbilla señala su propio dormitorio, donde truenan la música, las risas y la uniformidad— hemos pensado que estaría padre celebrar una fiesta en casa. ¿Te parece bien?

Lo miro fijamente, suplicando a los alienígenas, a Clark Gable o a quienquiera que sea responsable de las abducciones de almas que me devuelva a mi hermano. Porque, además de unirse a bandas peligrosas y de celebrar fiestas, este Noah también sale con chicas, lleva el pelo corto y aseado, frecuenta el Quiosco y ve los deportes en la tele con mi padre. Si estuviéramos hablando de cualquier otro chico de dieciséis años, genial. En el caso de Noah, sólo significa una cosa: muerte espiritual. Un libro con las tapas cambiadas. Mi hermano, el bicho raro radical, se ha bañado en pirorretardante, por emplear sus propias palabras. Mi padre está encantado, claro que sí; piensa que Noah y Heather están juntos; no es verdad. Soy la única que parece comprender la gravedad de la situación.

—Este..., Jude, ¿sabes que llevas una corteza de limón en los dientes?

—Pues claro que lo sé —replico, aunque él sólo oye un galimatías por razones obvias. ¡Ah, tengo una idea! Lo miro a los ojos y añado—: ¿Qué hiciste con mi hermano? Si lo ves por ahí, dile que lo echo de menos. Dile que yo...

—¿Cómo? No entiendo ni una palabra de lo que dices con ese limón de vudú que llevas en la boca —sacude la cabeza como hace mi padre cuando nos da por casos perdidos y advierto que está a punto de meterse conmigo. Mis intereses lo perturban; supongo que ya somos dos—. ¿Sabes? El otro día te tomé prestada la laptop para hacer un trabajo, porque Heather estaba usando la mía. Leí tu historial de búsquedas —ay, ay, ay...—. Por Dios, Jude. ¿De verdad te da miedo haber contraído todas esas enfermedades? ¿En una sola noche? Y todas esas necrológicas que lees..., o sea, de todos y cada uno de los condados de California —es el momento ideal para imaginarme que estoy en un prado. Noah señala la Biblia, que reposa abierta en mi regazo—. Y podrías olvidarte un poco de ese libro tan aburrido y, no sé, salir por ahí. Platicar con alguien que no sea tu difunta abuela. Pensar en cosas que no guarden relación con la muerte. Es tan...

Me extraigo el limón de la boca.

—¿Qué? ¿Penoso?

Recuerdo haberle dicho eso mismo en cierta ocasión (lo penoso que era) y me encojo, avergonzada de mi antiguo yo. ¿Y si nuestras personalidades hubieran intercambiado los cuerpos? La señora Michaels, la profesora de Dibujo, nos pidió en cierta ocasión que hiciéramos un autorretrato. Noah y yo estábamos en extremos opuestos del aula y, sin nada más que intercambiar una mirada, yo lo dibujé a él y mi hermano a mí. Ahora, de vez en cuando, me asalta esa sensación.

—No iba a decir "penoso" —replica mientras se peina con los dedos su tonelada de pelo sólo para descubrir que ha desaparecido. Opta por tocarse la nuca.

—Sí, ibas a decirlo.

—Okey, iba a decirlo, porque es penoso. Hoy, cuando iba a pagar la comida, encontré esto en el bolsillo —se mete la mano en el bolsillo y me enseña una colección de poderosísimas habas y semillas de la suerte que le dejé ahí.

—Sólo intento cuidar de ti, Noah, aunque te hayas afiliado al club de los limones.

—Estás loca como una cabra, Jude.

—¿Sabes lo que me parece a mí de locos? Dar una fiesta el día que se cumplen dos años de la muerte de tu madre.

Su semblante se descompone durante un segundo; luego, con la misma rapidez, vuelve a echar el cerrojo. *Sé que estás ahí dentro,* me gustaría gritarle. Es verdad; lo sé. He aquí por qué:

1) Su extraña obsesión por saltar de la peña del Diablo y la expresión sublime que mostraba hoy en el cielo.

2) De tanto en tanto, cuando está apoltronado en un sillón, tendido en la cama, acurrucado en el sofá, le paso la mano por delante de la cara y ni siquiera parpadea. Como si se hubiera quedado ciego. ¿Adónde va en esas ocasiones? ¿Y qué hace allí? Si me preguntan, sospecho que está pintando. Sospecho que, tras la impenetrable fortaleza de convencionalidad en que se ha refugiado, esconde un museo alucinante.

Y, lo que es más significativo: 3) He descubierto (no es el único que husmea en el historial de búsquedas) que Noah, la única persona del mundo que casi nunca se conecta, el único adolescente de Estados Unidos que ignora la realidad virtual y las redes sociales, publica con regularidad un mensaje en una página llamada ContactosPerdidos.com, siempre el mismo y prácticamente cada semana.

Nunca le han contestado; lo he comprobado. Estoy segura de que el mensaje va dirigido a Brian, al que no he vuelto a ver desde el funeral de mi madre y quien, por lo que yo sé, no ha regresado a Lost Cove desde que la suya se mudó.

Por cierto, yo sabía lo que Brian y Noah se traían entre manos, aunque nadie más se hubiera dado cuenta. A lo largo de aquel verano, cuando Noah volvía a casa después de pasar el día con él, dibujaba retratos de NoahyBrian hasta acabar con los dedos pelados y tan hinchados que tenía que hacer excursiones de su habitación al refrigerador para meter la mano en el congelador. Él nunca se percató de que yo lo espiaba, de que lo veía reclinarse contra el refrigerador con la frente apoyada en la fría puerta, los ojos cerrados, los sueños flotando fuera de su cuerpo.

Nunca supo que, en cuanto se iba por la mañana, yo hojeaba los apuntes secretos que escondía bajo la cama. Al verlos, podría jurarse que había encontrado un espectro de color totalmente nuevo, que había descubierto la imaginería de una nueva galaxia. Podría jurarse que me había remplazado.

Hablando claro: si fuera posible, daría cualquier cosa por no haber entrado a aquel vestidor con Brian. La historia de esos dos, sin embargo, no terminó aquella noche.

Ojalá no hubiera hecho muchas de las cosas que hice en aquel entonces.

Ojalá entrar en aquel armario con Brian hubiera sido la peor de todas ellas.

El gemelo diestro dice la verdad, el zurdo miente.
(Tanto Noah como yo somos zurdos.)

Noah se mira los pies. Fijamente. No sé qué está pensando y noto como si se me adormecieran los huesos. Levanta la cabeza.

—No vamos a celebrar la fiesta el día del aniversario, sino el día antes —arguye con voz queda, y sus ojos oscuros se suavizan, igual que los de mi madre.

Y si bien preferiría morirme a tener a un montón de surfistas de la preparatoria Hideaway Hill, como Zephyr Ravens, rondando por aquí, accedo.

—Está bien.

Si aún llevara el limón de vudú en la boca, no habría dicho eso, sino: *Perdóname. Por todo.*

—¿Te apuntas de una vez? —señala la pared con un gesto de la cabeza—. Podrías ponerte un vestido.

A diferencia de mi persona, mi cuarto emana feminidad por los cuatro costados, gracias al montón de vestidos confeccionados por mí, vaporosos y no vaporosos, que decoran las paredes. Es como tener amigos.

Me encojo de hombros.

—No me van las reuniones. No llevo vestidos.

—Antes sí.

No le digo: *Y tú antes pintabas cuadros, te gustaban los chicos y hablabas con los caballos, y atrapabas la luna por la ventana para regalármela por mi cumpleaños.*

Si mi madre se levantara de la tumba, no sería capaz de identificarnos a ninguno de los dos en una rueda de reconocimiento.

Ni tampoco mi padre, de hecho, que acaba de materializarse en el umbral. La piel de *Benjamin Sweetwine: la secuela* posee el color y la textura de la loza gris. Los pantalones le hacen bolsas por todas partes y con ese cinturón tan apretado parece un espantapájaros. Seguro que si alguien le desabrochara la hebilla se convertiría en un montón de paja. Puede que yo tenga la culpa. La abuela y yo nos hemos apoderado de la cocina y usamos la Biblia como recetario:

Para devolver la alegría a una familia de luto, espolvorea tres cucharadas de cáscara de huevo machacada sobre cada comida.

Mi padre siempre aparece así últimamente, como ahora, sin que lo preceda, qué sé yo, ¿un ruido de pasos? Desplazo los ojos a sus zapatos. Están en sus pies, como debe ser, y éstos apuntan en la dirección correcta. Bueno, una acaba dudando de quién es en realidad el fantasma de la familia. Una empieza a preguntarse por qué su difunta madre está más presente y ubicada que su padre vivo. Por lo general, sólo sé que mi padre se encuentra en casa porque lo oigo salir del baño o encender la tele. Ya nunca escucha jazz ni sale a nadar. La mayor parte del tiempo se queda con la mirada perdida y una expresión de perplejidad en el rostro, como si tratara de resolver una ecuación matemática indescifrable.

Y sale a pasear.

Esa costumbre de andar comenzó al día siguiente del funeral, cuando todos los amigos y colegas de mi madre seguían en casa. *Voy a dar un paseo,* me dijo antes de salir por la puerta trasera con la cabeza gacha. Me dejó allí colgada (Noah había desaparecido del mapa) y no volvió hasta que todo el mundo se hubo marchado. Al día siguiente, más de lo mismo: *Voy a dar un paseo,* y así durante los días, semanas, meses y años siguientes. Entretanto, la gente siempre me decía que habían visto a mi padre en la carretera de la Vieja Mina, que está a veinticinco kilómetros de casa, o en la playa del Bandido, que se encuentra aún más lejos. Yo me imagino que lo atropella un coche, que lo arrastra el fuerte oleaje, que lo ataca un puma. Me imagino que no vuelve. Antes, lo interceptaba cuando salía para preguntarle si podía acompañarlo, a lo que él respondía:

—Es que necesito pensar un poco, cariño.

Mientras él piensa, yo espero a que suene el teléfono con la noticia de que se ha producido un accidente.

Eso es lo que te dicen: *Se produjo un accidente.*

Mamá iba de camino a ver a papá cuando sucedió. Llevaban cosa de un mes separados y él se alojaba en un hotel. Aquella tarde, antes de marcharse, le dijo a Noah que se proponía pedirle a mi padre que regresara a casa para que volviéramos a ser una familia.

Pero, en vez de eso, murió.

Para aligerar un poco el ambiente que reina en mi cabeza, le pregunto:

—Papá, ¿existe alguna enfermedad que provoque la calcificación de la carne hasta que el pobre enfermo se quede atrapado en su propio cuerpo como en una cárcel de piedra? Estoy segura de que leí algo parecido en una de tus revistas.

Noah y él intercambian una de esas "miradas" que a menudo comparten a mis expensas. *Ay, Clark Gable*, gimen.

Mi padre responde:

—Se llama fibrodisplasia osificante progresiva y es una enfermedad muy rara. Muy pero muy rara.

—No, si no creo que la padezca ni nada.

Cuando menos, no literalmente. No les digo que creo que los tres la padecemos en un sentido metafórico: nuestros verdaderos yoes están enterrados en lo más profundo de estos impostores. A veces, las revistas médicas de mi padre me inspiran tanto como la Biblia de la abuela.

—¿Dónde demonios está Ralph? ¿Dónde demonios está Ralph?

Y, durante un momento, reina la armonía familiar. Todos torcemos los ojos y a la vez adoptamos el aire dramático de la abuela Sweetwine. En ese momento, mi padre frunce el ceño.

—Cariño, ¿por qué llevas una cebolla enorme en el bolsillo?

Bajo la vista hacia el repelente de enfermedades que asoma del bolsillo de la sudadera. Lo había olvidado. ¿Lo vería también el inglés? ¡Ay, no!

—Jude, de verdad que... —dice papá.

Y, cuando me resigno a soportar otro sermón rancio sobre mis tendencias fundamentalistas o mi relación a larga distancia con la abuela (no está al tanto de la que mantengo con mamá), se interrumpe en seco porque acaba de recibir un disparo.

—¿Papá? —está blanco como el papel. Bueno, más que de costumbre—. ¿Papá? —repito, siguiendo su desconsolada mirada hasta la pantalla de la computadora.

¿Esto es por *Familia doliente*? De las obras que he visto de Guillermo García, es mi favorita, aunque reconozco que te parte el alma: tres desconsolados gigantes de piedra que me recuerdan a nosotros, al aspecto que debíamos de tener mi padre, Noah y yo ante la tumba de mi madre, como a punto de saltar al hoyo con ella. Seguro que mi papá ha pensado lo mismo.

Miro a Noah y lo encuentro igual de anonadado, con los ojos fijos en la pantalla. El cerrojo ha desaparecido. Su cara, su cuello e incluso sus manos resplandecen de la emoción. Esto promete. Ha reaccionado ante una obra de arte.

—Ya lo sé —les digo—. Es una pieza increíble, ¿verdad?

Ninguno de los dos responde. No sé si me han oído siquiera.

De sopetón, mi padre anuncia:

—Me voy a dar un paseo.

Y Noah, con la misma precipitación, se excusa:

—Mis amigos.

Los dos se largan.

¿Y se supone que soy la única cabra de este monte?

Verán: estoy segura de que he enloquecido. Voy perdiendo tuercas y tornillos por todas partes. Lo que me preocupa de mi padre y de Noah es que, por lo visto, creen estar bien.

Me encamino a la ventana, la abro y, al instante, me llegan los lúgubres gemidos de los somorgujos, el rugido de la olas invernales, olas estelares, por lo que veo. Durante un momento vuelvo a cabalgar la tabla de surf, cruzo la rompiente, aspiro el salitre de la brisa del mar... Y, de repente, estoy arrastrando el cuerpo de Noah a la orilla y revivo aquel día de hace dos años, cuando estuvo a punto de ahogarse y su peso nos hundía a los dos con cada brazada. No.

No.

Cierro la ventana, bajo la persiana.

Si un gemelo se corta, el otro sangrará.

Esa misma noche, algo más tarde, cuando me conecto para averiguar algo más sobre Guillermo García, descubro que me han borrado los marcadores.

Me sustituyeron el salvapantallas de la *Familia doliente* por un gran tulipán morado.

Cuando le pregunto a Noah si fue él, me dice que no sabe de qué hablo, pero no me lo creo.

La fiesta de Noah está en pleno apogeo. Mi padre se fue toda la semana para asistir a un congreso sobre parásitos. La Navidad fue un fiasco. Acabo de fijarme un propósito de Año Nuevo, no, una revolución de Año Nuevo, que es la siguiente: volver al taller de Guillermo García esta misma noche y pedirle que sea mi tutor. Hasta ahora, desde que empezaron las vacaciones de invierno, me ha vencido la aprehensión. ¿Y si me dice que no? ¿Y si me dice que sí? ¿Y si me ataca con un cincel? ¿Y si el inglés está allí? ¿Y si no está? ¿Y si el inglés me ataca con un cincel? ¿Y si mi madre rompe la piedra con tanta facilidad como la arcilla? ¿Y si el arañazo que tengo en el brazo es lepra?

Etcétera.

Tecleé esas preguntas y otras parecidas en el oráculo, y las respuestas fueron rotundas. No dejes para mañana lo que puedas hacer hoy es la conclusión, refrendada por el hecho de que los invitados a la fiesta de Noah (Zephyr incluido) no paran de llamar a mi puerta, que he bloqueado con una cómoda. Así que salí por la ventana, no sin antes guardarme en el bolsillo los doce pajarillos de la suerte que había dejado en el alféizar. No son tan eficaces como los tréboles de cuatro hojas, ni siquiera como los cristales marinos rojos, pero tendré que conformarme.

Siguiendo los reflectores amarillos que brillan en el centro de la carretera, desciendo la pendiente, atenta a los coches y a los asesinos en serie. La niebla vuelve a ser extrema. El paisaje resulta espeluznante. Y esto, una pésima idea. Sin embargo, estoy decidida, así que echo a correr a través de esta nada fría y húmeda, rezando a Clark Gable para que Guillermo García sea un maniaco común y corriente y no un psicópata asesino de chicas, y hago esfuerzos por no preguntarme si el inglés estará ahí. Intento no pensar en sus ojos de color disparejo, ni en la intensa energía que emana, ni en lo mucho que me suena su cara, ni en el hecho de que me comparó con un ángel y luego dijo: *Eres tú.* Al cabo de un ratito de no pensar en nada de eso, advierto que he llegado a la puerta del taller y que la luz se filtra por la rendija inferior.

El borracho Igor debe de estar en casa. Su imagen, con ese pelo pringoso, la hirsuta barba negra y los dedos encallecidos y amoratados, invade mi mente. Me pica todo sólo de pensar en él. Seguro que tiene piojos. O sea, si yo fuera liendre, buscaría a alguien como él para infestarlo. Con mucho pelo. *No te ofendas, pero* puf.

Retrocedo unos pasos, veo una serie de ventanas alineadas a un lado del edificio, todas con luz al otro lado; el taller debe de estar ahí detrás. Una idea empieza a perfilarse en mi mente. Una idea magnífica. Porque puede que haya un modo de espiarlo mientras trabaja sin que se dé cuenta... "Sí, a lo mejor desde la escalerilla de incendios...", pienso al avistarla. Quiero ver a los gigantes. También quiero ver al borracho Igor, y hacerlo tras la protección de un cristal sería perfecto. Genial, en realidad. Sin pensármelo dos veces, salto la reja y me enfilo a toda prisa por un callejón oscuro como la boca del lobo, el típico callejón donde asesinan a chicas con un cincel.

Caer de bruces trae muy mala suerte.
(Esta entrada es una verdad como un templo. La sabiduría
de la Biblia de la abuela no conoce límites.)

Llego a la escalerilla (viva) y empiezo a trepar, silenciosa como un ratón, hacia la estridente luz de la planta en cuestión.

¿Qué estoy haciendo?

Bueno, lo estoy haciendo. Cuando llego al final, me agacho y me cuelo como un cangrejo por debajo de las ventanas. En cuanto las dejo atrás, vuelvo a levantarme, abrazándome al muro, mientras atisbo un enorme espacio profusamente iluminado al otro lado del cristal.

Y allí están. Gigantes. Gigantescos gigantes. Aunque algo distintos a los que he visto en las fotografías. Éstos van en parejas. Por toda la sala, enormes seres de piedra se abrazan como en una pista de baile, como si los hubieran paralizado en pleno movimiento. No, en realidad no se abrazan. Aún no. Se diría que cada "hombre" y cada "mujer" se abalanzaron uno hacia el otro con un ademán apasionado, desesperado, y que, justo antes de que se fundieran en un abrazo, el tiempo se detuvo.

La adrenalina se me dispara. No me extraña que *Interview* lo retratara blandiendo un bate de beisbol contra *El beso* de Rodin. Esta última obra resulta tan correcta y, bueno, tan aburrida en comparación...

El hilo de mis pensamientos se corta cuando el borracho Igor irrumpe dando brincos en el vasto espacio, como si su piel no pudiera contener la sangre que ruge en su interior. Sin embargo, parece otro. Se ha afeitado y lavado el pelo, y ahora lleva una blusón manchado de barro, tan marrón como la botella de agua que sostiene contra los labios. Su biografía no mencionaba que trabajara con barro. Tragando como si acabara de recorrer el desierto con Moisés, apura el agua y tira la botella a un cubo de basura.

Se ha puesto las pilas.

De un reactor nuclear.

Damas y caballeros, con todos ustedes, la estrella del rock del mundillo de la escultura.

Avanza hacia una incipiente escultura de barro que se yergue en el centro de la sala y, cuando apenas lo separan unos pocos pasos de ella, procede a rodearla despacio, como un depredador que acecha a su presa, al tiempo que profiere un murmullo ronco que alcanzo a oír a través de la ventana. Miro la puerta, dando por supuesto que alguien está a punto de entrar, alguien enzarzado en conversación con él, *como el inglés,* pienso con mariposas en el estómago, pero nadie cruza el umbral. No entiendo ni una palabra de lo que dice. Me parece que está hablando en español.

A lo mejor él también habla con fantasmas. Bien. Ya tenemos algo en común.

De pronto, agarra la escultura con un gesto tan inesperado que me roba el aliento. Se mueve como un cable de alta tensión. Un instante y la corriente se corta, y él hunde la frente en el vientre de la pieza. *No te ofendas* (otra vez), *pero* vaya friki. Posa una manaza abierta a cada lado de la obra y se queda así, inmóvil, como si rezara o le buscara el pulso o se le hubiera ido la onda del todo. Entonces, veo que sus manos se desplazan despacio, arriba, abajo y a través de la superficie de barro mientras arranca un trozo de arcilla tras otro que tira al suelo a puñados, sin levantar la cabeza ni una vez para mirar lo que está haciendo. Esculpe a ciegas. Guau.

Ojalá Noah pudiera ver esto. Y mamá.

Por fin, retrocede un paso con aire aturdido, como si acabara de salir de un trance, se saca un paquete de cigarrillos del bolsillo de la bata, enciende uno y, apoyado contra una mesa cercana, fuma mientras estudia la escultura, ladeando la cabeza de izquierda a derecha. Recuerdo su alucinante biografía. Dice que procede de una larga dinastía de talladores de lápidas colombianos y que empezó a tallar a la edad de cinco años. Que nadie había visto jamás unos ángeles tan maravillosos como los suyos, y que los vecinos de los cementerios donde sus estatuas vigilaban el descanso de los muertos juraban que las oían cantar por las noches, juraban que sus voces celestiales se colaban en sus casas, en su descanso, en sus sueños. Que se rumoreaba que el joven tallador estaba encantado, o quizá poseído.

Yo me inclino por la segunda explicación.

Es de esos hombres cuya sola presencia basta para echar abajo una sala.

Totalmente de acuerdo, mamá, lo que me lleva de vuelta a la primera casilla. ¿Cómo le voy a pedir que me acepte como aprendiz? Esta versión me asusta muchísimo más que Igor.

Tira el cigarrillo al suelo, toma un buen trago de agua del vaso que descansa sobre la mesa, la escupe sobre la arcilla (ay, qué asco) y, con ademanes furibundos, se pone a trabajar con los dedos la zona humedecida, ahora con los ojos fijos en lo que está haciendo. Absorto en su obra, bebe, escupe y moldea, bebe, escupe y moldea, esculpiendo como si buscara algo oculto en el interior del barro, algo que necesitara encontrar con toda su alma. Conforme transcurre el tiempo, empiezo a ver cómo un hombre y una mujer van cobrando forma; dos cuerpos enmarañados como ramas.

He aquí lo que significa desear con las manos.

No sé ni cuánto tiempo pasa mientras los gigantes de piedra y yo lo observamos trabajar, lo vemos mesarse el cabello con las manos empapadas de arcilla húmeda, una y otra vez, hasta que ya no sabría decir si está haciendo una escultura o la escultura lo está haciendo a él.

El alba empieza a despuntar y yo vuelvo a subir a hurtadillas por la escalera de incendios de Guillermo García.

Una vez en el rellano, me deslizo por debajo del alféizar hasta llegar al lugar con vistas privilegiadas que elegí hace unas horas, me incorporo lo suficiente para atisbar el taller... Sigue ahí. No sé por qué, pero sabía que lo encontraría en el mismo sitio. Está sentado en el estrado, de espaldas a mí, con la cabeza gacha, el cuerpo lánguido. No se ha cambiado de ropa. ¿Habrá dormido? La escultura de barro que se yergue junto a él parece estar acabada (debe de haber trabajado toda la noche) pero no se parece en nada a la de ayer. Los dos enamorados ya no se enredan el uno en los brazos del otro. Ahora, la figura masculina está tendida de espaldas y se diría que la mujer se incorpora en su mismo pecho para escapar de él.

Es horrible.

Advierto entonces que Guillermo García sacude los hombros. ¿Está llorando? Como por ósmosis, una oscura marea de emoción me engulle. Trago saliva con dificultad, pliego los hombros con fuerza. Y que conste que yo nunca lloro.

Para curar el alma, recoge las lágrimas derramadas durante el duelo y luego ingiérelas.

(Yo no lloré por mamá. Tuve que fingir durante el funeral. Me escapaba al servicio una y otra vez a pellizcarme las mejillas y frotarme los ojos para no llamar la atención. Sabía que, si lloraba, si derramaba una sola lágrima... Judemagedón. Noah sí lloró. Durante meses fue como vivir con un monzón.)

Oigo al escultor a través de la ventana, un llanto hondo, oscuro, que absorbe el aire del mismo aire. Tengo que salir de aquí. Al agacharme para irme, recuerdo los pajarillos de galleta de mar que me guardé en el bolsillo ayer por la noche. Los necesita. Los estoy alineando en el alféizar cuando, de reojo, atisbo un movimiento rápido. Tomando impulso con el brazo, se dispone a golpear...

—¡No! —grito sin pensar, al tiempo que estampo la mano contra la ventana para impedir que la suya impacte contra los enamorados y acabe para siempre con sus desdichas.

Antes de bajar como una exhalación la escalerilla de incendios, lo veo mirarme fijamente con una expresión de sorpresa que muda en rabia al instante.

Estoy trepando la reja cuando oigo que una puerta se abre con un chirrido de película de terror, igual que el otro día, y veo, de reojo, cómo su inmenso semblante asoma al umbral. Tengo dos opciones. Retroceder al callejón a riesgo de sufrir una emboscada o saltar a la acera y echar a correr. "No hay dilema que valga", pienso mientras aterrizo de pie (uf), pero me tambaleo hacia delante y estoy a punto de sufrir una de esas nefastas caídas que menciona la Biblia cuando una manaza dura como un torno de hierro me agarra por el brazo para devolverme el equilibrio.

—Gracias —me oigo decir. ¿Gracias?—. Si llego a caer, me habría hecho mucho daño —les explico a sus pies, y me apresuro a añadir—: No se puede ni imaginar la cantidad de lesiones cerebrales que se puede sufrir por culpa de una mala caída, y si el lóbulo frontal queda afectado, bueno, despídete, ya le puedes decir adiós a tu personalidad, lo que te lleva a preguntarte qué es una persona en realidad, puesto que te puedes convertir en otra por culpa de un simple trompazo, ¿sabe? —buf... Todo de un tirón, directa hacia la meta, como si mi única misión en el mundo fuera soltarles un soliloquio a estos zapatones cubiertos de arcilla—. Si dependiera de mí —prosigo sin detenerme, como si me hubieran metido una velocidad hasta ahora desconocida—, que por supuesto no es el caso, y si ello no pusiera en entredicho el concepto de moda mismo, todos iríamos siempre con un casco de titanio en la cabeza, de la cuna a la tumba. O sea, en cualquier momento te puede caer algo en la cabeza. ¿Nunca lo ha pensado? Un aparato de aire acondicionado, por ejemplo, podría soltarse de la ventana de un segundo piso y machacarte mientras vas tan tranquilo a comprar pan a la avenida principal —me interrumpo para tomar aire—. O un ladrillo. Hay que tener cuidado con el típico ladrillo volador.

—¿El típico ladrillo volador? —el timbre de su voz recuerda muchísimo a un trueno.

—Sí, el típico ladrillo volador.

—¿Un ladrillo volador?

¿Qué pasa, es un poco duro de seso?

—Claro. O un coco, supongo, si vives en el trópico.

—Chifloreta perdida.

—Querrá decir chiflada —lo corrijo con voz queda. Sigo mirándole los pies. Creo que así es mejor.

Ahora suelta una retahíla en español. Reconozco la palabra "loca" unas cuantas veces. Si tuviera que puntuar sus niveles de furia en una escala del uno al diez, le daría un diez. Desprende un olor muy fuerte. *No te ofendas, pero* hablo de la peste de un mono sudoroso. Aunque no noto el tufillo a alcohol esta vez. Igor se quedó en casa. Este maniaco es la estrella de rock a secas.

Sigo fiel a mi estrategia de mantener los ojos pegados a sus zapatos, así que no puedo afirmarlo con seguridad, pero creo que me soltó el brazo para poder enfatizar la perorata en español con gestos vehementes. O eso, o hay pájaros planeando sobre mi cabeza. Cuando el movimiento cesa y la iracunda diatriba se apaga, hago de tripas corazón y alzo los ojos para echar un vistazo a lo que me enfrento. Esto tiene mala pinta. Es un rascacielos, imponente a más no poder, y tiene los brazos cruzados en ademán de batalla mientras me estudia atentamente como si yo fuera un espécimen desconocido. Y se juntan el hambre con las ganas de comer, porque, guau, de cerca parece recién surgido de un charco de arenas movedizas, el monstruo del pantano en persona. Va cubierto de lodo de la cabeza a los pies salvo por las huellas de las lágrimas en las mejillas y esos ojos que me prometen el fuego eterno.

—¿Qué? —dice con impaciencia, como si hubiera formulado una pregunta a la que no he respondido.

Trago saliva.

—Lo siento —digo—. No quería...

Mmm... ¿Qué le digo ahora? No quería saltar una reja, trepar por la escalerilla de incendios y presenciar su colapso nervioso.

Vuelvo a probar.

—Vine ayer por la noche y...

—¿Lleva aquí toda la noche? —ruge—. ¿Vuelve después de que yo le dije que se fuera, se cuela en mi casa y me espía toda la noche?

¿Que se comía a sus crías? Este hombre se alimenta de bebés sonrosados.

—No. Toda la noche, no —alego en mi defensa y, sin pararme a pensar, agarro vuelo otra vez—. Quería pedirle que fuera mi tutor, ¿sabe? Trabajaría como aprendiz, haría cualquier cosa, limpiar, lo que sea, porque tengo que hacer una escultura —lo miro a los ojos—. Tengo que hacerla, a toda costa, y tiene que ser en piedra por muchas razones, algunas de las cuales usted no creería, y Sandy, mi profesor, me dijo que es usted el único que sigue tallando tradicionalmente y así —¿acaba de sonreír, siquiera una pizca? —, pero cuando acudí el otro día parecía tan... no sé cómo decirlo. Y, claro que sí, me dijo que me fuera, y yo lo hice, pero luego volví ayer por la noche pensando en pedírselo otra vez, pero me entró el resquemor porque, vea, da usted un poco de miedo, o sea, siendo sincera, bueno..., provoca escalofríos... —enarca las cejas al oír esta última frase y, cuando lo hace, el barro de su frente se agrieta—. Pero ayer por la noche, cuando lo vi esculpiendo una obra a ciegas, fue... —intento pensar cómo fue, pero no se me ocurre nada que esté a la altura de lo que experimenté—. No me lo podía creer, no sé, fue mágico o algo así, porque mi libro de texto de Escultura hablaba de esos ángeles que esculpía de niño y por lo visto se rumoreaba que estaba usted encantado o quizá incluso poseído, no se ofenda, y esa escultura, la que tengo que hacer, bueno, necesito ayuda, su ayuda, porque estoy segura de que puedo conseguirlo y que, si la hiciera, puede que alguien entendiera algo por fin, y eso es muy importante para mí, muy pero muy importante, porque ella, en el fondo, nunca me comprendió y está furiosa por un error que cometí... —me interrumpo para respirar y añado—: Y yo también estoy triste —suspiro—. Yo también me siento mal. Fatal. Quería decírselo el otro día. Sandy incluso me obligó a visitar a la psicoterapeuta del centro, pero ella me salió con que imaginara un prado...

Comprendo que se me ha ido la onda, así que cierro la boca y me quedo allí esperando a los paramédicos o a quienquiera que acuda en estos casos con la camisa de fuerza.

Llevaba dos años enteros sin hablar tanto.

Se lleva la mano a la boca y empieza a observarme, ya no tanto como si yo fuera un alienígena espacial y más como estudiaba la escultura de ayer por la noche. Cuando habla por fin, para mi infinita sorpresa y alivio, no dice *Voy a llamar a la policía*, sino:

—¿Qué tal si tomamos un cafecito? ¿Gusta? Me vendrá bien un descansito.

Sigo a Guillermo García por un pasillo flanqueado por varias puertas cerradas que conducen a salas donde otras estudiantes de dieciséis años languidecen encadenadas. Caigo en la cuenta de que nadie sabe que estoy aquí. De repente, toda esa historia del tallador de tumbas ya no me gusta tanto.

Cuando quieras reunir valor, pronuncia tu nombre
tres veces contra tu mano cerrada.
(¿Y no sería mejor un buen aerosol de pimienta, abuela?)

Pronuncio mi nombre tres veces contra mi mano cerrada. Seis veces. Nueve veces y sigo contando...

Se da media vuelta, sonríe, levanta un dedo.

—Nadie hace mejor café que Guillermo García.

Le devuelvo la sonrisa. La frase no me pareció demasiado homicida, pero puede que esté intentando hacer que yo me confíe, que quiera atraerme a su guarida, como la bruja de Hansel y Gretel.

Alerta de salud: pónganse las máscaras antigás. Civilizaciones enteras de polillas se apiñan en los gruesos haces de luz que se cuelan por los ventanales. Miro el suelo. Dios mío, cuánto polvo. Dejo mis huellas estampadas. Ojalá pudiera flotar como la abuela S. para no levantarlo. Y la humedad..., seguro que hay esporas tóxicas de moho negro reptando por los muros de cemento.

Entramos en una zona más amplia.

—La oficina de correos —anuncia Guillermo.

No bromea. Hay mesas, sillas, sofás, corrimientos de tierra con meses, quizá años de correo sin abrir, amontonado de cualquier manera. A mi derecha asoma una cocina diáfana donde el botulismo manda a sus anchas; otra puerta cerrada tras la cual deben de estar los rehenes atados y amordazados, una escalera que conduce a un altillo —atisbo una cama sin hacer— y, a mi izquierda, ay, Clark Gable mío, sí, allí está, para mi infinita felicidad: un ángel de piedra de tamaño natural que parece haber vivido largo tiempo a la intemperie antes de trasladarse a su taller.

Es uno de sus famosos ángeles. Seguro. ¡Lotería! Su biografía afirma que, aun hoy en día, los habitantes de Colombia acuden de todo el país para susurrar sus deseos a los fríos oídos de piedra de los ángeles de Guillermo García. Éste en concreto resulta espectacular. Es tan alto como yo y su larga melena de rizos dorados parece de seda y no de piedra. Agacha su rostro ovalado como si observara a un niño con ternura, y las alas se le despliegan a la espalda como la mismísima libertad. Me recuerda al *David* del despacho de Sandy, también a un soplo de vida. Quiero abrazarlo o ponerme a chillar, pero me reprimo y pregunto con voz tranquila:

—¿Canta para usted por las noches?

—Ay, me temo que a mí no me cantan los ángeles —dice.

—Ajá, a mí tampoco —respondo, y, por alguna razón, mi respuesta lo induce a mirarme otra vez con una sonrisa.

Cuando vuelve a darme la espalda, tuerzo a la izquierda y cruzo la sala de puntitas. Tengo que susurrarle mi deseo a este ángel ahora mismo.

Guillermo agita un brazo en el aire.

—Sí, sí, todos lo hacen. Ojalá funcionara.

Haciendo caso omiso de su escepticismo, cuchicheo el anhelo de mi corazón a la perfecta orejita del ángel *(es mejor apostar a todos los caballos, cariño)*. Cuando termino, me fijo en los apuntes que atestan la pared de detrás, casi todos de cuerpos. Son amantes, hombres y mujeres sin cara que se abrazan, o, más bien, estallan en brazos del otro. ¿Bocetos, quizá, de los gigantes de la otra habitación? Me fijo en la oficina de correos, advierto que casi todas las paredes están decoradas de manera similar. La única nota discordante entre todo este arte rupestre es un gran cuadro sin enmarcar colgado en la pared. Representa a un hombre y una mujer besándose en un acantilado, junto al mar, mientras el mundo entero gira a su alrededor en un torbellino de color. La paleta es pura y brillante, como la de Kandinsky o la de Franz Marc, el favorito de mi madre.

No sabía que Guillermo García también pintara.

Me acerco al lienzo, o puede que él se acerque a mí. Normalmente los cuadros permanecen quietos en la pared; éste no. Los colores desbordan las dos dimensiones, hasta el punto de precipitarme de bruces a la escena, de empujarme de narices contra un beso que induciría a una chica, una que no hubiera declarado ningún boicot, a preguntarse dónde se habrá metido cierto inglés...

—Así se ahorra papel —me explica Guillermo García. No me había dado cuenta de que estaba acariciando los apuntes que enmarcan la pintura. Apoyado de espaldas contra un gran fregadero industrial, me mira—. Amo los árboles.

—Los árboles son estupendos —respondo distraída, un pelito abrumada por todos esos cuerpos desnudos, el amor, la lujuria que me rodea—, pero son de mi hermano, no míos —añado sin pensar.

Echo un vistazo a su mano para comprobar si lleva anillo. No. Y tengo la sensación de que han pasado siglos desde la última vez que una mujer pisó este lugar. Sin embargo, ¿qué pasa con la pareja de gigantes? ¿Y con la dama que surgía de la figura masculina en la escultura que modeló ayer? ¿Y este cuadro del beso? ¿Y todas esas pinturas rupestres tan lascivas? ¿Y con el borracho Igor? ¿Y con el llanto que presencié? Sandy me dijo que le había pasado algo. ¿Qué fue? ¿Qué es? Todo parece indicar que ha sufrido un golpe terrible.

El gesto de confusión de Guillermo ha agrietado la arcilla de su frente. Me percato de lo que acabo de decirle sobre los árboles.

—Ah, es que mi hermano y yo nos dividíamos el mundo cuando éramos pequeños —le explico—. Tuve que entregarle los árboles, el sol y muchas otras cosas a cambio de un retrato cubista alucinante que había pintado.

Los restos del retrato siguen guardados en una bolsa de plástico, debajo de mi cama. Cuando llegué a casa después de la fiesta de despedida de Brian, descubrí que Noah lo había roto en pedazos que yacían esparcidos por mi habitación. "Es justo", pensé. No merezco una historia de amor. Ya no. Las historias de amor no son para chicas como yo, capaces de gastar jugarretas como la que acabo de hacerle a mi hermano, para chicas con el corazón negro.

Sin embargo, recogí hasta el último pedazo de papel. He intentado recomponerlo en varias ocasiones, pero no he podido. Ni siquiera recuerdo ya qué aspecto tenía el chico, pero nunca olvidaré cómo reaccioné cuando lo vi en el cuaderno de Noah. Lo quería a toda costa. Le habría entregado el sol de verdad a cambio, así que no me costó nada cederle uno imaginario.

—Entiendo —dice Guillermo García—. ¿Y cuánto duraron las negociaciones? ¿El reparto del mundo?

—Siguen en curso.

Se cruza de brazos, otra vez en pose de batalla. Por lo que parece, es su postura favorita.

—Son muy poderosos ustedes dos. Como dos dioses —comenta—. Aunque, para ser sincero, me parece que usted salió perdiendo —menea la cabeza—. Quizá por eso está tan triste. Se quedó sin sol. Sin árboles.

—También perdí las estrellas y los mares —le confieso.

—Terrible —dice, y sus ojos se agrandan en la máscara de barro de su rostro—. Las negociaciones no son lo suyo. Para la próxima, contrate un abogado.

Un dejo risueño asoma a su voz.

Le sonrío.

—Conservé las flores.

—Gracias a Dios —responde.

Algo muy raro está sucediendo, algo tan extraño que no me lo acabo de creer. Me siento cómoda. Precisamente aquí, de entre todos los lugares del mundo, con él.

Por desgracia, justo cuando estoy pensando eso reparo en el gato, el gato negro. Guillermo se inclina y toma en brazos ese negro montoncillo de mala suerte. Le hunde la cabeza en el cuello mientras lo arrulla en español. Casi todos los asesinos múltiples adoran a los animales, lo leí una vez.

—Le presento a Frida Kahlo —se vuelve a mirarme—. ¿Conoce a Kahlo?

—Claro.

El libro que escribió mi madre sobre la pintora y Diego Rivera se titula *Déjame que te diga*. Lo leí de cabo a rabo.

—Una artista maravillosa... muy atormentada —levanta a la gata para mirarla a la cara—. Como usted —le dice antes de dejarla caer al suelo. El animal corretea directamente hacia él y se restriega contra sus piernas, ajena a los años de suerte pésima que está atrayendo a nuestras vidas.

—¿Sabe que la toxoplasmosis y la campilobacteriosis se transmiten a los humanos a través de la materia fecal de los gatos? —le pregunto a Guillermo.

Frunce el ceño, lo que provoca nuevas fisuras en el barro de su frente.

—No, no sabía. Y no quiero saber —con las manos, hace girar en el aire un cuenco invisible—. Ya lo borré de mi mente. Desapareció. Puf. Y usted debería hacer lo mismo. Ladrillos volantes y ahora esto. Nunca oí una onda así.

—Te puedes quedar ciego o algo peor. Esas cosas pasan. La gente no tiene ni idea del peligro que entraña tener mascotas.

—¿Eso cree? ¿Que cuidar a un pobre gatito es peligroso?

—Ya lo creo que sí. Sobre todo si es negro, pero eso es harina de otro costal.

—Está bien, pues —dice—. Ya dijo lo que pensaba. ¿Pues sabe lo que yo creo? Creo que está loca —echa la cabeza hacia atrás y lanza una carcajada. El mundo entero se enciende—. Completamente *loca*.

Se da media vuelta y empieza a hablar en español, diciendo Dios sabe qué mientras se quita el blusón y lo cuelga de un gancho. Debajo lleva jeans y una camiseta negra como un tipo común y corriente. Extrae un bloc de notas del bolsillo delantero de la bata y se lo guarda en el de atrás de los jeans. Me pregunto si será un cuaderno de ideas. En la EAC nos animan a llevar siempre uno encima. Yo nunca he escrito nada en el mío. Guillermo abre los dos grifos al máximo, coloca un brazo debajo del chorro y luego el otro para frotárselos con jabón industrial. El agua resbala de color marrón por su piel como una corriente de barro. A continuación, mete toda la cabeza debajo del grifo. Tiene para rato.

Me inclino para trabar amistad con la funesta Frida, que sigue pegada a los pies de Guillermo. *Mantén cerca a tus enemigos,* como se suele decir. Lo raro es que, aun en compañía de Frida, la toxoplasmosis y ese hombre que lo tiene todo para infundirme terror, me siento más a gusto aquí de lo que me he sentido en ninguna parte desde hace siglos. Rasco el suelo para captar la atención de la gata.

—Frida —la llamo con voz queda.

El título del libro de mi madre sobre Kahlo y Rivera, *Déjame que te diga*, es un verso de su poema favorito de Elizabeth Barrett Browning.

—¿Te lo sabes de memoria? —le pregunté una vez mientras paseábamos por el bosque las dos solas, todo un acontecimiento.

—Pues claro —me atrajo hacia sí con un alegre brinco y hasta el último centímetro de mi cuerpo dio saltitos de alegría—.

"¿Preguntas cómo te amo?" —dijo con los ojos oscuros empapados de luz, su melena y la mía al viento, revueltas y enredadas entre sí. Yo sabía que el poema era romántico, pero aquel día tuve la sensación de que hablaba de nosotras, de nuestra relación privada madre e hija—. "Déjame que te diga", recitó.

Un momento, ¡está recitando!

—"Te amo con la hondura, altura y amplitud que mi espíritu alcanza..." —es ella, aquí, ahora... ¡su voz grave y sonora me está recitando el poema!—. "Te amo con la risa, el aliento y el llanto de mi vida. Y si Dios lo permite, aún mejor te amaré más allá de la muerte".

—¿Mamá? —susurro—. Te oigo.

Cada noche, antes de meterme en la cama, leo el poema en voz alta con la esperanza de que suceda exactamente esto.

—¿Todo bien por allá?

Alzo la vista hacia el desenmascarado rostro de Guillermo García que, con el pelo lamido por el agua y una toalla colgada al hombro, parece recién salido del mar.

—Todo bien —le digo, pero no es verdad, ni mucho menos. El fantasma de mi madre me acaba de hablar. Me ha recitado el poema. Me ha dicho que me quería. Que me quiere.

Me pongo de pie. ¿Cómo me veré? Ahí agachada en el suelo, sin gatos a la vista, totalmente ida, susurrándole a mi madre muerta.

El rostro de Guillermo recuerda al de las fotos que vi en Internet. Cualquiera de sus rasgos por separado resultaría espectacular, pero todos juntos conforman una lucha territorial, nariz contra boca contra deslumbrantes ojos. No sé decir si es grotesco o guapísimo.

Él también me está observando.

—Los huesos de su cara... —se toca su propia mejilla— son muy delicados. Como de pajarito.

Baja los ojos, que pasan de largo por mis pechos y aterrizan confusos en alguna parte del centro de mi cuerpo. Me miro, pensando que la cebolla o algún otro amuleto de la suerte quizá asomen entre mi ropa, pero no se trata de eso. La camiseta se me ha subido por debajo de la chamarra abierta y me está mirando la barriga expuesta, el tatuaje. Da un paso hacia mí y, sin pedir permiso, me levanta la camiseta para ver la imagen por completo. Ay, mamá. Aymamá, aymamá. Sujeta la tela. Noto el calor de sus dedos en la barriga. Se me acelera el corazón. No debería hacer eso, ¿verdad? O sea, es muy mayor. De la edad de mi padre. Aunque no tiene aspecto de papá.

Advierto por su expresión que mi panza le interesa en la misma medida que un lienzo. Es mi tatuaje lo que lo ha hipnotizado, no yo. No estoy segura de si sentirme aliviada u ofendida.

Me mira a los ojos, asiente satisfecho.

—Rafael en la panza —dice—. Qué bien.

Se me escapa una sonrisa. Él me la devuelve. La semana anterior a la muerte de mamá, me gasté hasta el último céntimo que tenía ahorrado en el tatuaje. Zephyr conoce a un tipo que tatúa a menores de edad. Escogí los querubines de Rafael porque me recuerdan a NoahyJude, más unidad que pareja. Además, vuelan. Ahora creo que lo hice sobre todo para fastidiar a mamá, pero nunca llegué a enseñárselo... ¿A quién se le ocurre morirse a mitad de una pelea? ¿Cuando el odio que te inspira esa persona está en pleno apogeo? ¿Cuando absolutamente todo está por resolverse?

*Para reconciliarte con un miembro de tu familia, sujeta un cuenco
bajo la lluvia hasta que se haya llenado y luego bebe el agua de lluvia
en el preciso instante en que el sol vuelva a brillar.*

(Unos meses antes de su muerte, mi madre y yo hicimos una excursión a la ciudad en plan madre e hija con el fin de mejorar nuestra relación. Mientras comíamos, me dijo que tenía la sensación de que, en su fuero interno, siempre andaba buscando a la madre que la había abandonado. Tuve ganas de decirle:

Sí, yo también.)

Guillermo me indica por gestos que lo siga y se detiene a la entrada del espacio que hace las veces de taller. A diferencia del resto de la estancia, en esta zona brilla el sol y reina cierto orden. Señala con la mano la sala de los gigantes.

—Mis rocas, aunque supongo que ya se conocen.

Supongo que sí, aunque no los he visto antes así, no erguidos ante nosotros como titanes.

—Me siento minúscula —digo.

—Yo también —conviene—. Como hormiga.

—Pero usted los ha creado.

—Quizá —responde—. No sé. Quién sabe...

Murmura algo que no alcanzo a distinguir y dirige una sinfonía con las manos mientras se aleja de mi camino de una barra en la que hay una tetera calentándose sobre una plancha.

—¡Eh, es posible que padezca el síndrome de Alicia en el País de las Maravillas! —le grito cuando la idea me asalta. Se vuelve a mirarme—. Se trata de un problema neurológico alucinante por el cual la mente distorsiona la escala a la que percibe las cosas. Normalmente, la gente que la padece lo ve todo minúsculo; gente en miniatura que viaja en coches de juguete, ese tipo de cosas. Pero también puede producir el efecto contrario.

Extiendo las manos hacia la habitación como para demostrar mi diagnóstico.

Por lo que parece, él no cree que sufra el síndrome de Alicia en el País de las Maravillas. Lo sé porque ha vuelto a enzarzarse en su diatriba en español, salpicada de alguno que otro "loca" mientras abre y cierra los armarios, armando un gran escándalo. Mientras prepara café y despotrica en buena onda, creo —diría que hasta le hago gracia— rodeo a la pareja de amantes que tengo más cerca mientras acaricio su carne arenosa y granulada. Luego me coloco entre ambos y alzo las manos, como si quisiera escalar sus gigantescos cuerpos dolientes.

Puede que Guillermo sufra un síndrome distinto, al fin y al cabo. Mal de amores, diría yo, a juzgar por el motivo que se repite a lo largo y ancho de este lugar.

Me reservo mi diagnóstico esta vez cuando me reúno con él junto a la barra de la cocina. Está vertiendo agua del hervidor en dos filtros colocados sobre sendas tazas y ha empezado a canturrear para sí en español. Me percato de cuál es el extraño sentimiento que se está apoderando de mí: bienestar. La sensación de comodidad ha evolucionado hasta convertirse en el más puro bienestar. Y puede que él también lo esté experimentando, a juzgar por el canturreo y todo lo demás.

A lo mejor podría mudarme a su estudio... Me traería la máquina de coser. No necesitaría nada más. Sólo tendría que esquivar al inglés... que tal vez sea el hijo de Guillermo. Un retoño, fruto del amor del que no sabía nada hasta hace poco y que se crio en Inglaterra. ¡Sí!

Y... busco un limón con la mirada.

—Como le prometí, el néctar de los dioses —dice mientras deposita dos taza humeantes sobre una mesa. Me siento en el sofá rojo que hay detrás—. ¿Le parece si charlamos un poquito? ¿De acuerdo?

Se reúne conmigo en el sofá, al igual que su olor a primate. Me da igual. Me tiene sin cuidado incluso que el sol se vaya a apagar en cuestión de unos años y que al hacerlo acabe con cualquier forma de vida en la Tierra, bueno, dentro de cinco mil millones de años, pero sea como sea, ¿saben qué? No me importa. Sentirse bien es maravilloso.

Toma una caja de azúcar que hay sobre la mesa y vierte una tonelada en su taza al tiempo que derrama otro tanto.

—Eso trae buena suerte —le digo.

—¿Qué?

—Derramar azúcar. Derramar sal trae mala suerte, pero el azúcar...

—Ese frase sí que la oí —sonríe y le da una manotazo a la caja, que al volcarse vierte su contenido en el suelo—. ¿Qué tal ahora?

Estoy pletórica.

—No sé si vale hacerlo a propósito.

—Claro que sí —dice a la vez que extrae un cigarrillo de la maltrecha cajetilla que yace sobre la mesa, junto a otro bloc de notas. Se inclina hacia delante, lo enciende e inhala hondo. El humo se arremolina entre los dos. Otra vez me está estudiando—. Quiero que sepa que escuché lo que dijo ahí fuera. Sobre esto —se lleva la mano al pecho—. Fue sincera conmigo, así que yo seré sincero con usted —me está mirando a los ojos. Su mirada me provoca vértigo—. El otro día, cuando vino, no andaba bien. A veces, estoy en la olla... Por eso le pedí que se fuera. Y no sé qué más le dije. No recuerdo gran cosa... de aquella semana —agita el cigarrillo en el aire—. Pero, mire, tengo mis motivos para no aceptar alumnos. No le puedo dar lo que usted necesita. Es así, no puedo —da una calada, exhala una gran bocanada de humo y hace un gesto en dirección a los gigantes—. ¿Los ve? Pues yo soy como ellos. Cada día me digo a mí mismo: *Ya pasó. Al final te convertiste en una de tus piedras.*

—Yo también —le suelto—. Yo también soy de piedra. Pensé eso mismo el otro día. Creo que toda mi familia lo es. Existe una enfermedad llamada FOP...

—No, no, no, usted no es de piedra —me interrumpe—. No sufre ninguna enfermedad llamada FOP. Ninguna enfermedad llamada nada —sus dedos encallecidos me acarician la mejilla con ternura y se quedan ahí—. Confíe en mí —dice—. Si alguien entiende de esas cosas, soy yo.

Sus ojos se han ablandado. Estoy nadando en ellos.

De repente, reina el silencio en mi interior.

Asiento. Él sonríe y aparta la mano. Coloco la mía donde estaba la suya hace un momento, sin comprender lo que está pasando. Por qué quiero que vuelva a posarla en mi cara. Sólo deseo que me vuelva a acariciar y me diga que a mí no me pasa nada una y otra vez hasta que sea verdad.

Apaga el cigarrillo.

—Pero de mí no se puede decir lo mismo, por desgracia. Llevo años sin enseñar. Y seguramente no lo haré nunca más. Así que...

Oh. Me abrazo a mí misma. Terrible chasco. Pensaba que su gesto de invitarme a un café equivalía a un sí. Pensaba que iba a ayudarme. Noto que me falta el aire.

—Ahorita sólo quiero trabajar —una sombra ha oscurecido su rostro—. Es lo único que tengo. Es lo único que puedo hacer para... —deja la frase en suspenso, con la mirada perdida en los gigantes—. Mire, quiero pensar en ellos no más. Preocuparme sólo por ellos, ¿oyó? Y ya está.

Su voz se ha tornado solemne, perentoria.

Me quedo mirándome las manos mientras me invade la decepción, negra, espesa y desesperanzada.

—Bien, pues —prosigue—, deduzco que estudia en la EAC porque mencionó a Sandy, ¿cierto? —asiento—. Creo que hay alguien allá, ¿verdad? Un tal Iván no sé qué, del departamento. Seguro que él la va a ayudar.

—Está en Italia —respondo con la voz quebrada. Oh, no. ¿Cómo es posible? ¿Ahora? No, ahora no, por favor. Pero va a ser que sí. Por primera vez en dos años, las lágrimas resbalan por mis mejillas. Me las enjugo a toda prisa, una y otra vez—. Lo entiendo —digo a la vez que me levanto—. De verdad. No pasa nada. Ha sido una idea estúpida. Gracias por el café.

Tengo que salir de aquí. Tengo que dejar de llorar. Un sollozo crece en mi interior, tan inmenso y poderoso que va a romper mis huesos de pájaro. Es el Judemagedón. Me tomo las costillas aún con más fuerza mientras obligo a mis temblorosas piernas a cruzar la parte iluminada del estudio en dirección a la oficina de correos y luego la penumbra del húmedo recibidor, cegada por el contraste, cuando su voz de barítono me detiene sobre mis pasos.

—¿Es esa escultura suya la que le hace llorar así? ¿Tanto necesita ver la luz?

—Sí —asiento con un hilo de voz, y luego con más firmeza—: Sí.

¿Ha cambiado de idea? El sollozo empieza a ceder.

Se acaricia la barbilla. Su expresión se suaviza.

—¿Tan desesperada está por crear esa escultura que se arriesgaría a pasar el día encerrada con un gato portador de horribles enfermedades?

—Sí. Desde luego que sí. Por favor.

—¿Seguro que quiere cambiar el cálido vaho de la arcilla por la inmisericorde eternidad de la piedra?

—Estoy segura.

Aunque no tenga ni idea de lo que está diciendo.

—Vuelva mañana por la tarde. Traiga su dosier y su cuaderno de dibujo. Y dígale a su hermano que le devuelva el sol, los árboles, las estrellas, todo. Cuanto antes. Los va a necesitar.

—¿Me está diciendo que sí?

—Sí, señora. No sé por qué, pero sí.

Estoy a punto de cruzar la habitación de un salto para abrazarlo.

—Ah, no —me hace una señal de advertencia con un dedo—. No se alegre tanto. Se lo advierto: todos mis alumnos me detestan.

Cierro la puerta principal de Guillermo y me apoyo contra la hoja, sin saber muy bien qué acaba de pasar ahí dentro. Me siento desorientada, como si acabara de salir del cine o hubiera despertado de un sueño. Doy mil gracias al hermoso ángel de piedra que me ha concedido mi deseo. Mi dosier, con sus plastas y sus cuencos rotos, supone un problema. Como también su sugerencia de que traiga mi cuaderno de apuntes, porque no sé dibujar. El curso pasado saqué un aprobado justito en Dibujo al Natural. El de los dibujos es Noah.

Da igual. Ha dicho que sí.

Miro a mi alrededor y enfilo por Day Street, una calle diáfana con una fila de árboles a cada lado. Consiste en una combinación de destartaladas casas victorianas, hogar de jóvenes universitarios, almacenes, alguna que otra tienda y la iglesia. Me dispongo a dejar que el primer sol de este invierno me cale hasta los huesos cuando oigo el chirrido de una moto. Miro cómo el hiperactivo conductor, que se debe de creer un piloto de las 500 millas de Indianápolis, toma una curva en un ángulo tan cerrado que roza el asfalto. Por Dios. *No te ofendas, pero* vaya cretino.

Evel Knievel, el motociclista acróbata, vuelve a derrapar, esta vez para detenerse a cinco metros de donde yo estoy, y se quita el casco.

Ay.

Cómo no.

Y con gafas de sol. Que alguien llame a una ambulancia.

—Hola, guapa —dice—. El ángel caído ha vuelto.

No habla, declama, y sus palabras trepan a las corrientes como pájaros. ¿Por qué los ingleses parecen más inteligentes que el resto del mundo cuando hablan? ¿Como si merecieran el premio Nobel por un saludo de nada?

Subo el cierre de la sudadera hasta el cuello.

Sin embargo, no consigo ponerme la venda contra chicos.

Sigue siendo un cretino integral, sí, pero maldita sea, tiene un aspecto increíble ahí sentado en la moto en este soleado día de invierno. A los chicos como él se les debería prohibir ir en moto. Deberían ir botando por ahí en zancos saltarines, no, mejor en bolas *skippy*. Y a ningún tipo bueno se le debería permitir tener acento inglés y, además, conducir una moto.

Y menos aún si le añades una chamarra de cuero y unas increíbles gafas de sol. Los tipos buenos deberían ir por ley en pijamas de cuerpo entero.

Sí, sí, el boicot, el boicot.

A pesar de todo, me gustaría decir algo esta vez, para que no vaya a pensar que soy muda.

—Hola, guapo —le suelto, copiando sus palabras exactas ¡con acento inglés y todo! Oh, no. Noto un cosquilleo en la cara. Ahora sin acento, añado a toda prisa—. Vaya forma de tomar la curva.

—Ah, eso —dice al tiempo que se baja de la moto—. Sufro un trastorno de control de impulsos. O eso me dicen a menudo.

Genial. Metro ochenta de mala suerte y un trastorno de control de impulsos. Me cruzo de brazos igual que Guillermo.

—Seguro que tienes subdesarrollado el lóbulo frontal. Ahí reside el control de impulsos.

Se ríe a carcajadas. Cuando lo hace, su cara sale disparada en todas direcciones al mismo tiempo.

—Bueno, gracias por el diagnóstico médico. Se agradece.

Me gusta hacerlo reír. Tiene una risa bonita, fácil y amistosa, encantadora, en realidad, y que conste que no me fijo. Sinceramente, creo que yo también sufro un trastorno de control de impulsos, bueno, lo sufría. Ahora lo controlo todo al milímetro.

—¿Y qué tipo de impulsos te cuesta controlar?

—Todos, me temo —reconoce—. Ése es el problema.

Ése es el problema. Lo han creado adrede para torturarme. Apuesto a que tiene al menos dieciocho años. Apuesto a que, en las fiestas, se recuesta contra la pared con una copa en la mano mientras chicas de piernas largas embutidas en vestiditos rojos se contonean frente a él. Seguro. No asisto a muchas fiestas últimamente, pero he visto un montón de películas y conozco a esa clase de chavo; el típico solitario sin ley con un huracán por corazón que causa estragos allá donde va: en las ciudades, en las chicas, en su propia vida trágica e incomprendida. Un auténtico chico malo, no como los malotes de la Escuela de Arte, con sus tatuajes, sus *piercings*, sus fondos fiduciarios y sus cigarrillos franceses.

Apuesto a que acaba de salir de la cárcel.

Decido averiguar más de su "trastorno" porque pertenece al campo de la investigación médica, no porque me guste ni me haga gracia ni nada parecido. Le digo:

—¿Te cuesta tanto controlarlos que si tuvieras el botón al alcance del dedo, ya sabes, el botón de la bomba nuclear que provocaría el fin del mundo, y no hubiera nadie más, sólo tú y él, hombre y botón, lo apretarías? ¿Así, sin más?

Se parte de risa otra vez con esas carcajadas fáciles y maravillosas que suelta.

—Puf —asiente al tiempo que representa la explosión con las manos.

Justo lo que esperaba oír.

Lo veo atar el casco a la parte trasera de la moto y retirar una funda del manubrio. La cámara. Experimento un reflejo impulsivo al recordar cómo me sentí en la iglesia cuando me miraba a través del objetivo. Bajo la mirada mientras maldigo para mis adentros la facilidad con que se sonroja mi pálida tez.

—¿Y qué te trae a la guarida de la estrella del rock? —me pregunta—. A ver si lo adivino: quieres ser su aprendiz, como todas las estudiantes de Arte de la facultad.

Okey, he captado el sarcasmo. ¿Cree que soy alumna de la facultad? ¿Que voy a la universidad?

—Me aceptó como pupila —declaro en tono victorioso, haciendo caso omiso de la indirecta. Ningún otro estudiante de Arte, femenino o masculino, necesita su ayuda para hacer las paces con su difunta madre. Se trata de una situación sin precedentes.

—¿Lo dices en serio? —está encantado con la noticia—. Bien hecho —vuelvo a ser el foco de su mirada y experimento la misma sensación de vértigo que en la iglesia—. No lo puedo creer. Bien hecho, en serio. Hacía muchísimo tiempo que no aceptaba a ningún alumno.

Eso me pone nerviosa. Igual que él. *Puf, bum, kaputt.* Hora de irse. Lo cual requiere que mueva las piernas. *Mueve las piernas, Jude.*

—Tuve suerte —digo mientras paso junto a él con las manos hundidas en los bolsillos de la sudadera, una aferrando la cebolla, la otra agarrando una bolsa de hierbas supuestamente protectoras, intentando no tropezar. Añado—: Deberías cambiar esa cosa por una bola *skippy.* Son mucho más seguras.

Me abstengo de añadir: *Para el género femenino.*

—¿Qué es una bola *skippy*? —pregunta a mi espalda.

No me fijo en lo adorables que suenan las palabras "bola *skippy*" pronunciadas con ese acento.

Sin darme media vuelta, le explico:

—Una gran bola de goma con forma de animal que sirve para saltar. Te agarras de las orejas.

—Ah, claro, un saltador espacial —se ríe—. En Inglaterra los llamamos saltadores espaciales. Yo tenía uno verde —me grita mientras me alejo—. Un dinosaurio. Lo llamaba Godzilla. Era un niño muy imaginativo —mi caballo lila se llamaba Pony. También era una niña muy imaginativa—. Bueno, me alegro de haberte visto, quienquiera que seas. Esas fotos tuyas son fantásticas. He pasado por la iglesia unas cuantas veces por si te encontraba allí. Pensaba que a lo mejor te gustaría verlas.

¿Me ha estado buscando?

No me giro a mirarlo; estoy roja como un tomate. ¿Unas cuantas veces? *Tranquila. No te emociones.* Inspiro y, todavía de espaldas, levanto la mano a modo de despedida, exactamente igual que hizo él aquel día en la iglesia. Vuelve a reírse. Ay, Clark Gable. Entonces oigo:

—Eh, espera un momento.

No sé si darme o no por aludida, pero no puedo resistir la tentación (¿lo ven?) y me giro a mirarlo.

—Acabo de acordarme de que me sobra una —dice, y se saca una naranja del bolsillo de la chamarra. Me la lanza.

Debe de estar de broma. Esto no puede estar pasando. ¡Una naranja! O sea, el antilimón.

Si un chico le regala una naranja a una chica, su amor por él se multiplicará.

La cazo al vuelo.

—Ah, no, ni hablar —protesto, y se la vuelvo a lanzar.

—Curiosa reacción —responde al tiempo que la caza—. Definitivamente, una reacción curiosísima. Volveré a intentarlo. ¿Quieres una naranja? Me sobra una.

—En realidad, me gustaría dártela yo a ti.

Enarca una ceja.

—Bueno, me parece muy bien, pero es que la naranja no es tuya —me la enseña sonriendo—. Es mi naranja.

¿Será posible que haya dado con las dos únicas personas de todo Lost Cove que se divierten en mi presencia en lugar de sentirse perturbadas?

—Te propongo una cosa —le planteo—. Tú me la regalas y luego yo te la regalo a ti. ¿Te parece bien?

Y sí, estoy coqueteando, pero no hay más remedio. Y vaya, se parece a montar en bicicleta.

—Muy bien, pues.

Camina hacia mí y se queda muy cerca, tanto que podría levantar la mano y seguir el contorno de sus cicatrices con el dedo si quisiera. Son como dos costuras cosidas a toda prisa. Y veo que tiene una salpicadura verde en su ojo marrón, y una marrón en el verde. Como si los hubiera pintado Cézanne. Ojos impresionistas. Y sus pestañas son negras como el hollín, exquisitas. Está tan cerca que podría acariciar la maraña de su pelo castaño, recorrer las telarañas de sus patas de gallo y las sombras de inquietud que adivino detrás. Repasar sus satinados labios rojos. No creo que los demás chicos tengan los labios tan rojos. Y sé que sus caras no son tan vívidas, tan originales, tan sufridas, que carecen de este desequilibrio soberbio, de esta abundancia de música oscura e impredecible.

Y que conste que no me fijo, carajo.

Como tampoco me fijo en que contempla mi rostro con la misma intensidad que yo el suyo. Somos dos cuadros que se miran mutuamente a través de una sala. Y yo ya he visto esta pintura, estoy segura. Ahora bien, ¿dónde? ¿Cuándo? Si hubiera conocido a este chico, me acordaría. ¿Será que se parece a algún actor de cine? ¿A algún cantante? Sí, tiene un cabello muy sexy, como los músicos. Melenita de bajista.

Y, para que conste, la respiración está sobrevalorada. El cerebro puede aguantar seis minutos enteros sin oxígeno. Yo llevo tres sin respirar cuando dice:

—Bueno, a lo que íbamos —levanta la naranja—. ¿Se te antoja una naranja, quienquiera que seas?

—Sí, gracias —respondo al tiempo que la acepto. Luego digo a mi vez—: Ahora me gustaría darte esta naranja, quienquiera que seas.

—No, gracias —contesta, y se mete las manos en los bolsillos—. Tengo otra.

La anarquía se apodera de sus facciones cuando una sonrisa se extiende por su cara y, luego, visto y no visto, enfila hacia la entrada del taller, sube las escaleras y entra.

No tan deprisa, amiguito.

Me acerco a su moto y deslizo la naranja en el interior del casco.

Y luego recurro a todo mi autocontrol para no ponerme a cantar. ¡Ha ido a buscarme a la iglesia! ¡Varias veces! Seguramente para aclararme a qué se refería cuando dijo: *Eres tú*. De camino a casa, me doy de bofetadas por haberme atarantado tanto como para no preguntarle siquiera qué clase de vínculo le une a la estrella del rock. Ni cómo se llama. Ni cuántos años tiene. Ni quién es su fotógrafo favorito. Ni...

Para.

Ya.

Me detengo sobre mis pasos. Tengo que grabármelo bien en la mollera. El boicot no es ningún juego. Es una necesidad. No debo olvidarlo. Sobre todo hoy, el día del aniversario del accidente. Ni nunca.

Si la mala suerte sabe quién eres, conviértete en otra persona.

Lo que de verdad necesito es tallar esa escultura para hacer las paces con mi madre.

Lo que de verdad necesito es desear con las manos.

Lo que debería hacer es comerme hasta el último limón que encuentre en Lost Cove antes de que acabe el día.

Al día siguiente, por la tarde, recorro a toda prisa el mohoso vestíbulo del estudio de Guillermo García porque nadie acudió a recibirme cuando llamé. Estoy nerviosa y empiezo a replantearme los últimos dieciséis años. Bajo el brazo llevo el dosier de la EAC repleto de mazacotes y cuencos rotos. Si tengo un dosier siquiera es porque nos obligan a fotografiar la evolución de todas y cada una de las piezas que modelamos. La evolución de mis piezas no tiene pies ni cabeza, y desde luego no sirve como carta de presentación; más bien parecen las pruebas del desastre causado por un terremoto en una tienda de cerámica.

Justo antes de cruzar la oficina de correos, oigo una voz con acento inglés, y toda una percusión estalla en mi pecho. Me dejo caer contra la pared e intento acallar el estruendo. Albergaba la esperanza de no encontrarlo aquí. Y de encontrarlo. Y de no albergar la esperanza de encontrarlo. Sea como sea, he venido preparada.

> *Para extinguir los sentimientos amorosos que puedan surgir,*
> *lleva encima un cabo de vela.*
> (Bolsillo delantero izquierdo.)

> *Para desviar una atención indeseada, empapa un espejo en vinagre.*
> (Bolsillo trasero.)

> *Para modificar las tendencias del corazón, colócate un*
> *nido de avispas sobre la cabeza.*
> (No estoy tan desesperada. Aún.)

Por desgracia, me parece que no estoy preparada para esto: ruidos de gente practicando sexo. Inconfundibles ruidos de coito. Gemidos, suspiros y murmullos obscenos. ¿Será por eso que nadie acudió a la puerta? Oigo decir, con acento inglés:

—Ay, Dios, pero qué rico. Es para morirse, en serio. Mejor que cualquier droga, y lo digo en serio. Mejor que nada —seguido de un prolongado gemido.

A continuación, un murmullo más grave, que seguramente es de Guillermo. ¡Son amantes! Claro. ¡Pero mira que soy tonta! El inglés es el novio de Guillermo, no su hijo reencontrado. Por otro lado, parecía hetero cuando me fotografió en la iglesia, y también cuando habló conmigo ayer, en la puerta del taller. Fue muy atento. ¿Entendí mal su actitud? O puede que sea bi. ¿Y qué pasa con las obras de arte de Guillermo, tan descaradamente heterosexuales?

Y no es por juzgar a nadie, pero ¿no es Guillermo un poco mayor para el inglés? Se llevarán como mínimo un cuarto de siglo.

¿Debería marcharme? Por lo que oigo, ya han terminado de hacerlo y ahora sólo están charlando. Aguzo los oídos. El inglés intenta convencer a Guillermo de que lo acompañe a una sauna dentro de un rato. Es gay, no cabe duda. Bien. Me alegro de saberlo, la verdad. El boicot va viento en popa, con naranjas o sin ellas.

Hago mucho ruido. Piso con fuerza, carraspeo varias veces, pateo un poco más y doblo el recodo.

Guillermo y el inglés están delante de mí, completamente vestidos, sentados a ambos lados de un tablero de ajedrez. Nada indica que acaben de sucumbir a la pasión. Se están comiendo sendas donas.

—Qué listos somos, ¿verdad? —me dice el inglés en cuanto me ve—. Jamás te habría creído capaz de semejante artimaña, quienquiera que seas —con la mano libre, hurga en el morral que descansa a su lado y saca la naranja, que cruza el aire hasta mi mano. Su rostro se quiebra en cinco millones de fragmentos de felicidad—. Buenos reflejos —añade.

Triunfante, muerde un bocado de su dona y gime con afectación.

Vaya. No es gay. No son amantes. Sencillamente, les gustan más las donas que a un tonto un lápiz. ¿Y ahora qué voy a hacer? Porque, por lo que parece, mi uniforme de invisibilidad no funciona con este chico. Y lo mismo digo del espejo empapado en vinagre y del cabo de vela.

Guardo la naranja junto a la cebolla y me quito el gorro.

Guillermo me mira con extrañeza.

—Ah, así que la señorita ya conoce al gurú oficial. Oscar trata de iluminarme, como de costumbre —Oscar. Tiene nombre, se llama Oscar, y aunque importarme, no me importa, me gusta cómo lo pronuncia Guillermo: *¡Ossscar!* El maestro prosigue—: Cada día me enseña algo nuevo. Hoy le toca Bikram yoga —ah, la sauna—. ¿Conoce usted esa escuela? —me pregunta.

—Sé que en las salas húmedas y atestadas de gente pululan montones de bacterias —le digo a Guillermo.

Él echa la cabeza hacia atrás y se ríe con ganas.

—¡Está obsesionada con los gérmenes, Ossscar! Cree que Frida Kahlo va a matarme.

Su comentario me tranquiliza. Él me tranquiliza. ¿Quién iba a decir que Guillermo García, la estrella del rock del mundillo de la escultura, ejercería en mí un efecto relajante? ¡A lo mejor él es el prado!

Una expresión de sorpresa asoma en el semblante de Oscar cuando estudia a Guillermo y luego a mí.

—¿Y cómo se conocieron? —pregunta.

Deposito el dosier y la bolsa contra un sillón anegado de correo sin abrir.

—Me sorprendió espiándolo en la escalera de incendios.

Oscar abre unos ojos como platos, pero devuelve la atención al tablero de ajedrez. Mueve una ficha.

—¿Y saliste indemne? Increíble.

Se mete el resto de la dona en la boca y cierra los ojos mientras mastica despacio. Veo cómo el éxtasis se apodera de él. Dios. Esa dona debe de estar de muerte. Despego los ojos de Oscar, aunque me cuesta lo mío.

—Me conquistó —declara Guillermo mientras observa la jugada de Oscar—. Igual que usted, Ossscar. Hace mucho tiempo —su rostro se ensombrece—. Ay, cabrón.

Empieza a murmurar en español mientras empuja una ficha hacia delante.

—Guillermo me salvó la vida —me explica Oscar con afecto—. Y jaque mate, colega —se recuesta contra el respaldo de la silla, que se balancea en equilibrio sobre dos patas, y dice—: Me han dicho que en el centro para jubilados imparten clases.

El otro gime, ahora por causas ajenas a la dona, y vuelca el tablero haciendo volar las fichas en todas direcciones.

—Lo mataré cuando menos se lo espere, maldito —exclama.

Oscar se echa a reír. Guillermo coge de la mesa una bolsa blanca de panadería y me la tiende.

Yo rehúso, demasiado nerviosa como para comer.

—"El camino del exceso conduce al palacio de la sabiduría" —me dice Oscar, que sigue columpiándose sobre las patas traseras de su silla—. William Blake.

Guillermo replica:

—Ajá, perfecto, ¿es uno de sus doce pasos, Ossscar?

Miro a Ossscar. ¿Asiste a reuniones de Alcohólicos Anónimos? No sabía que hubiera alcohólicos jóvenes. ¿O quizá de Narcóticos Anónimos? ¿No ha dicho algo así como que la dona era mejor que cualquier droga? ¿Es un adicto? Comentó que sufría un trastorno de control de impulsos.

—En efecto —responde Oscar con una sonrisa—. Es el paso que sólo conocen los que están en la onda.

—¿Y cómo le salvó la vida? —le pregunto a Guillermo, muerta de curiosidad.

Sin embargo, es Oscar el que contesta:

—Me encontró tirado en el parque, hasta atrás de alcohol y de pastillas y, no sé por qué, vio algo en mí. Según él: *Me lo eché al hombro como si fuera un ciervito* —hace una imitación perfecta de Guillermo García, gestos de las manos incluidos—. *Cargué con él por toda la ciudad como Superman y lo descargué en el taller* —vuelve a ser él mismo—. Lo único que sé es que me desperté con la monstruosa cara de G. encima —suelta una de sus alucinantes carcajadas— sin tener ni idea de cómo había llegado allí. Fue de locos. Se puso a darme órdenes al instante. Me dijo que, si me bañaba, podía quedarme. Me ordenó que fuera a *dos reuniones al día, ¿oyó, Osssscar? A la de NA en la mañana y a la de AA en la tarde.* Y luego, quizá porque soy inglés, no lo sé, citó a Winston Churchill: "Si estás atravesando un infierno, sigue andando. ¿Oíste, Osssscar?". Me lo decía mañana, tarde y noche: "Si estás atravesando un infierno, sigue andando". Así que lo hice. Seguí andando sin desfallecer, y ahora voy a la universidad en vez de haber estirado la pata en una cuneta cualquiera. Así me salvó la vida. Resumiendo mucho y obviando las peores partes. Sí que fue un infierno.

Y por eso Oscar lleva varias vidas grabadas en el rostro.

Y va a la universidad.

Me miro los tenis mientras medito la cita de Churchill. ¿Y si yo, en cierto momento, también hubiera atravesado un infierno pero me hubiera faltado el valor necesario para seguir adelante?

Como si me hubiera detenido, como si me hubieran pulsado el botón de pausa. ¿Y si sigo en pausa?

Guillermo concluye:

—Y, desde entonces, como agradecimiento por salvarle la vida, me gana al ajedrez cada día.

Miro a esos dos hombres, sentados en idéntica postura, el uno frente al otro, y me percato: son padre e hijo, sólo que no de sangre. No sabía que fuera posible encontrar a los miembros de tu familia, escogerlos, como han hecho ellos. Me encanta la idea. Me gustaría cambiar a mi padre y a Noah por estos dos.

Guillermo me agita la bolsa en las narices.

—Primera lección: mi estudio no es una democracia. Tome una dona.

Me acerco y me asomo a la bolsa. El aroma que desprende casi me dobla las rodillas. No exageraban.

—Guau —me oigo decir.

Ambos sonríen. Escojo una. No está cubierta de chocolate sino empapada en él. Y sigue caliente.

—Diez dólares a que no te puedes comer esa dona sin gemir —me desafía Oscar—. O sin cerrar los ojos —me lanza una mirada que me provoca una hemorragia cerebral leve—. Mejor veinte. Recuerdo el efecto que te produjo la cámara.

¿Sabe cómo me sentí aquel día en la iglesia?

Tiende la mano para sellar el trato.

Se la estrecho... y puedo jurar que experimento una descarga eléctrica letal. Estoy perdida.

Sin embargo, no es momento de ponerse a cavilar. Guillermo y Oscar prestan plena atención al espectáculo que se despliega ante ellos: yo. ¿Cómo me he metido en este lío? Insegura, me llevo la dona a la boca. Pruebo un bocado pequeño y, por más que me muera por cerrar los ojos y emitir una banda sonora porno, me aguanto.

Ay... ¡Es más difícil de lo que pensaba! Doy un segundo mordisco, esta vez mayor, que inunda de dicha cada célula de mi cuerpo. Estas cosas habría que hacerlas en privado, no mientras Guillermo y Ossscar me observan fijamente, ambos con los brazos cruzados y una descarada expresión de superioridad en el semblante.

Voy a tener que subir la apuesta. O sea, tengo todo un catálogo de enfermedades horrorosas entre las que escoger, ¿no? Enfermedades que puedo imaginar hasta el último detalle, capaces de reprimir cualquier gemido. Las afecciones de la piel son las peores.

—Existe una enfermedad —les digo al tiempo que muerdo la dona— llamada tungiasis, que se produce cuando las pulgas se te meten en la piel y ponen huevos, y tú las ves salir del cascarón y moverse por debajo de todo tu cuerpo.

Me deleito en sus expresiones de incredulidad. ¡Ja! Tres bocados.

—Increíble, a pesar de las pulgas —le comenta Guillermo a Oscar.

—No tiene ninguna posibilidad —replica él.

Saco la artillería pesada.

—Y cierto pescador indonesio —les cuento— fue bautizado como el Hombre Árbol porque padecía un caso de virus de papiloma humano tan grave que tuvieron que retirarle nada menos que trece kilos de verrugas del tamaño de unos cuernos —miro a los ojos a uno de mis interlocutores, luego al otro y repito—: Trece kilos de verrugas.

Les relato cómo las extremidades del pobre Hombre Árbol colgaban como ramas retorcidas y, con la desagradable imagen grabada a fuego en la mente, estoy lanzada, confiada, y tomo un bocado mayor. Por desgracia, he cometido un error. El chocolate, cálido y espeso, me inunda la boca, me borra el pensamiento, me sume en un estado de éxtasis. Con Hombre Árbol o sin él, estoy indefensa y, sin saber cómo ha sucedido, cierro los ojos y exclamo:

—Ay, Dios. Pero ¿qué es esto?

Doy otro mordisco y lanzo un gemido tan obsceno que no puedo creer que lo haya emitido yo.

Oscar se ríe. Guillermo, tan complacido como su amigo, me espeta:

—¿Lo ven? El gobierno debería recurrir a las donas Dwyer para controlarnos la mente.

Desentierro un arrugado billete de veinte dólares del bolsillo de los jeans, pero Oscar me detiene, levantando una mano.

—La primera derrota es a cuenta de la casa.

Guillermo acerca una silla para mí (me siento como si acabara de ser admitida en un club) y tiende la bolsa. Cogemos una dona cada uno y, al momento, nos sentimos en compañía de Clark Gable.

Cuando acabamos de comer, Guillermo se palmea los muslos y dice:

—Muy bien, pues, CJ, ahora vamos a lo importante. Hoy en la mañana le dejé un mensaje a Sandy en el buzón de voz. Le dije que accedo a que usted curse los créditos de taller acá en el semestre de invierno.

Se pone en pie.

—Gracias. Es alucinante —yo también me levanto, hecha un manojo de nervios. Ojalá pudiéramos quedarnos comiendo donas toda la tarde—. Pero ¿cómo...?

Acabo de darme cuenta de que ayer por la noche no le dije mi nombre.

Se percata de mi sorpresa.

—Ah, Sandy me dejó un mensaje en el buzón de voz, muy confuso... Esa pobre máquina recibe tantas patadas... Algo de que una tal CJ quería trabajar con piedra. Hace días, me parece. No lo escuché hasta hoy.

—CJ —repite Oscar como si acabara de experimentar una revelación.

Estoy a punto de decirles cómo me llamo en realidad, pero luego decido no hacerlo. A lo mejor, por una vez, no tengo que ser la pobre hija huérfana de la difunta Dianna Sweetwine.

Frida Kahlo se cuela en la sala y camina sigilosamente hacia Oscar antes de acurrucarse contra su pierna. Él la toma en brazos y la gata le hunde el hocico en el cuello mientras ronronea como una locomotora.

—No hay dama que se me resista —presume él al tiempo que acaricia a Frida por debajo de la barbilla con el dedo índice.

—A mí no me mires —replico—. He declarado un boicot.

Levanta su mirada de Cézanne, verde y marrón. Tiene las pestañas tan negras que parecen mojadas.

—¿Un boicot? —pregunta.

—Un boicot a los chicos.

—¿En serio? —replica con una sonrisa—. Me lo tomaré como un desafío.

Socorro.

—Compórtese, Ossscar —lo regaña Guillermo—. Ya, pues —me dice a continuación—. Ahora veamos de qué pasta está hecha usted. ¿Lista?

Me tiemblan las piernas. Estoy hecha de impostura. Y Guillermo va a averiguarlo dentro de un momento.

Posa una mano en el hombro de Oscar.

—He quedado con Sophia dentro de dos horas —comenta el inglés—. ¿Nos ponemos a trabajar?

¿Sophia? ¿Quién es Sophia?

Y que conste que no me importa. Ni en lo más mínimo.

Pero ¿quién es?

¿Y de qué trabajo habla?

Oscar empieza a desnudarse.

Lo repito: ¡Oscar empieza a desnudarse!

La cabeza me da vueltas, tengo las manos sudorosas, esa camisa violeta tan bonita que llevaba puesta Oscar cuelga ahora del respaldo de una silla y veo su pecho suave y fibroso, los músculos largos, tensos y definidos, la piel suave y bronceada... Aunque fijarme, no me fijo. Lleva un tatuaje de Sagitario en el bíceps izquierdo y lo que parece un caballo azul de Franz Marc en el hombro derecho que le asciende sinuoso hasta el cuello.

Ahora se está desabrochando la bragueta de los jeans.

—¿Qué haces? —pregunto, aterrada. Me imagino el prado. ¡El maldito prado relajante!

—Me preparo —responde como si fuera evidente.

—¿Te preparas para qué? —le pregunto a su trasero desnudo mientras él recorre la sala con sus andares lánguidos y agarra la bata azul que pende de un colgador, junto a los blusones. Se la echa al hombro y se dirige al estudio.

Ay, cómo no. Ya capto.

Guillermo intenta reprimir una sonrisa, sin conseguirlo. Se encoge de hombros.

—Todos los modelos son exhibicionistas —sentencia medio en broma. Yo asiento, ruborizada—. No nos queda más que aguantarlos. Ossscar es muy bueno. Sumamente elegante. Rebosa expresividad —se dibuja el contorno de su propio rostro con la mano—. Dibujaremos juntos, pero primero le echaremos un vistazo a su dosier.

Cuando Guillermo me dijo que llevara el cuaderno, pensé que me sugeriría trabajar en los bocetos de la escultura, no que dibujaría con él. Y delante de Oscar. ¡Voy a dibujar apuntes de Ossscar!

—El dibujo es fundamental —afirma Guillermo—. Muchos escultores lo ignoran.

Genial. Lo sigo por el recibidor, con el dosier en la mano y el estómago al revés.

Veo la chamarra de cuero de Oscar colgada de un perchero..., sí. Le deslizo la naranja en un bolsillo sin que Guillermo se dé cuenta.

El escultor abre una de las puertas que dan al vestíbulo y enciende la luz. Es poco más que una celda infecta con una mesa y un par de sillas. En un rincón, amontonadas en una estantería, hay bolsas de arcilla. En el otro, fragmentos de roca de distintos colores y tamaños. Avisto un estante repleto de herramientas, sólo algunas de las cuales me suenan de vista. Me arrebata la carpeta, abre el cierre y la despliega sobre la mesa.

Al principio hojea el trabajo rápidamente. Fotos de cuencos de diversos tamaños en distintas fases de ejecución hasta llegar a la imagen final de la pieza rota y recompuesta. Su frente se arruga cada vez más a medida que pasa las páginas. No entiende nada de nada. A continuación, llega a las plastas. Más de lo mismo. Las masas aparecen enteras, luego rotas y recompuestas en la foto final.

—¿Por qué? —pregunta.

Opto por la verdad.

—Es mi madre. Rompe todas mis piezas.

Está horrorizado.

—¿Su mamá le rompe el trabajo?

—No, no —rectifico al comprender lo que está pensando—. No es que sea mala ni que esté loca ni nada de eso. Está muerta.

Un terremoto se apodera de su expresión cuando la preocupación por mi seguridad muda en inquietud por mi cordura. Bueno, y qué. No hay otra explicación.

—Entiendo —dice, como si intentara entenderme—. ¿Y por qué su difunta mamá iba a hacer eso?

—Está enojada conmigo.

—Está ennojada con usted —repite—. ¿Eso cree?

—Lo sé —afirmo.

—Los miembros de esa familia suya son muy poderosos. Usted y su hermano se reparten el mundo. Su mamá regresa del más allá para romperle los cuencos.

Me encojo de hombros.

—Esa escultura que quiere hacer, ¿guarda relación con su mamá? —me pregunta—. ¿Es ella la persona que mencionó ayer? ¿Cree que cuando la termine la perdonará y dejará de romperle los cuencos? ¿Por eso se echó a llorar cuando pensó que no la iba a ayudar?

—Sí —respondo.

Se mesa una barba imaginaria al tiempo que me estudia durante un buen rato. Luego devuelve la atención a la *Plasta-Menda Rota Número 6*.

—Está bien, pues. Pero no es ése el problema que yo veo aquí. Su mamá no es el problema. Lo mejor de esto, lo más interesante de esta obra, es la ruptura —acaricia la última foto con el dedo índice—. El problema es que usted no está aquí. Quizá lo hizo otra chica, no sé —sigue mirando las plastas—. ¿Qué me dice? —pregunta.

Alzo la vista para mirarlo. No me había dado cuenta de que esperara una respuesta.

No sé qué decir.

Lucho contra el impulso de retroceder para que sus manos no me aplasten.

—No veo a la chica que trepó por la escalera de incendios, que piensa que derramar azúcar le cambiará la vida, que se cree en peligro mortal por culpa de un gato, que llora cuando piensa que no la ayudaré. No veo a la chica que me dijo que estaba tan triste como yo, que cree que su mamá muerta le rompe los cuencos. ¿Dónde está esa chica? —*¿esa chica?* Sus ojos me lanzan relámpagos. ¿Espera que le responda?—. No es ella la que está haciendo este trabajo. No la veo por ninguna parte, así que ¿por qué pierde usted el tiempo y me hace perder el mío?

Desde luego, no es de los que miden sus palabras.

Inspiro hondo.

—No lo sé.

—Claro que no —cierra la carpeta—. Si va a trabajar conmigo, quiero ver a esa chica, ¿oyó?

—Claro —respondo, aunque no tengo ni la menor idea de cómo hacerlo. ¿Alguna vez he sido capaz? No en la EAC, eso seguro. Pienso en las esculturas de arena. En lo mucho que me esforzaba por conseguir que se asemejasen a lo que yo había imaginado. Sin conseguirlo nunca. Puede que por eso me asustara tanto enseñárselas a mi madre.

Me sonríe.

—Listo. Divirtámonos. Soy colombiano. No me puedo resistir a una buena historia de fantasmas —palmea la carpeta—. No creo que esté preparada para trabajar con piedra aún. La arcilla es amable..., lo da todo, aunque usted aún no lo sepa. La piedra tiende a ser avara, agarrada, como un amor no correspondido.

—A mi madre le costará más romper una escultura de piedra. Se le prende el foco.

—Su mamá no le va a romper esta escultura, da igual el material que emplee. Tendrá que confiar en el maestro en ese aspecto. Le voy a enseñar a tallar con una roquita de prueba. Luego, los dos juntos, decidimos qué material es mejor, en función de los bocetos. ¿Piensa esculpir a su mamá?

—Sí. No suelo hacer obras realistas, pero... —luego, sin saber siquiera cómo voy a continuar, empiezo a decir—: Sandy me preguntó si no había nada que desease con toda mi alma y que sólo mis manos pudieran crear —trago saliva, lo miro a los ojos—. Mi madre era una mujer muy guapa. Mi padre siempre decía que una mirada suya bastaba para que los árboles florecieran —Guillermo sonríe. Yo prosigo—. Cada mañana, se acercaba al muelle a mirar el agua. El viento le revolvía el cabello, su bata ondeaba tras ella. Daba la sensación de estar mirando al timonel de un barco, ¿sabe? Como si nos guiase por el cielo. Sucedía a diario. Yo lo pensaba a diario. Y esa imagen siempre me acompaña, de un modo u otro. Siempre —Guillermo me escucha con tanta atención que empiezo a preguntarme si no será una de esas personas que echa abajo los muros de las personas, aparte de las salas, porque, igual que ayer, quiero contarle más—. Lo he intentado todo para llegar a ella, Guillermo. Absolutamente todo. Tengo una especie de enciclopedia de cosas raras en la que busco ideas sin cesar. Las he puesto todas en práctica. He dormido con sus joyas debajo de la almohada. Me he plantado en la playa a medianoche sosteniendo una foto en la que aparecemos las dos a la luz de una luna azul. Le he escrito cartas, las he guardado en cajas rojas y las he metido en los bolsillos de sus abrigos. He lanzado mensajes a las tormentas. Recito su poema favorito cada noche antes de meterme en la cama. Y lo único que hace es romper todas mis piezas. Así de enojada está —ahora estoy sudando—. Si me rompe esta escultura, me moriré —me tiemblan los labios. Tapándome la boca, añado—: Es lo único que tengo.

Posa una mano en mi hombro. No puedo creer lo mucho que deseo que me abrace.

—No se la va a romper —me asegura con ternura—. Se lo prometo. La va a crear. Tendrá su escultura. Yo la ayudaré. Y, CJ, ésta es la chica que quiero ver en su obra. Asiento.

Se acerca al estante, busca unos carboncillos.

—Ahorita, a dibujar.

Por increíble que parezca, he olvidado que Oscar está desnudo en la habitación contigua.

Nos encaminamos a una esquina del estudio, donde se yergue un estrado con una silla encima. Estoy mareada... No le había contado a nadie lo que le acabo de revelar a Guillermo, ni siquiera a la psicóloga de la EAC. Menos mal que no quería que me tomase por una pobre huerfanita...

Oscar, enfundado en la bata azul, aguarda sentado, leyendo, con los pies apoyados en el estrado. El libro parece de texto, pero lo cierra con demasiada rapidez como para que yo pueda deducir la materia.

Guillermo acerca otra silla y me ordena por gestos que me siente.

—Ossscar es mi modelo favorito —dice—. No sé si se fijó, pero tiene una cara rarísima. Dios andaba tomado el día que lo creó. Un poco de esto, un poco de aquello; un ojo café, otro verde; boca torcida, nariz desviada; sonrisa de lunático, dientes mellados; una cicatriz por aquí, otra por allá... Es un rompecabezas.

Oscar responde a la broma moviendo la cabeza de lado a lado.

—Pensaba que no creías en Dios —arguye.

Por cierto, estoy en pleno ataque de pánico provocado por un pene.

En la clase de Dibujo al Natural de la EAC suelo ser inmune a los penes pero no ahorita, no señor.

—No me entendió bien, pues, parcero —replica Guillermo—. Yo creo en todo.

Oscar se desprende de la bata.

—Yo también. No se pueden ni imaginar las cosas en las que llego a creer —intervengo en tono frenético. Quiero unirme a su plática para no quedarme mirando ya saben qué. Demasiado tarde. Ay, bendito Clark Gable; ¿qué dijo hace un rato sobre un dinosaurio al que llamó Godzilla?

—Di una —me desafía Oscar. ¡Ja! ¡No pienso decirte lo que estoy pensando!—. Dinos una sola cosa en la que creas, CJ, que no nos podamos ni imaginar.

—Bien —accedo mientras intento recuperar un mínimo aire de dignidad y madurez—. Creo que si un chico le da una naranja a una chica, su amor por él se multiplicará —no he podido resistirme.

Se ríe a carcajadas, destrozando así la postura en la que Guillermo acaba de colocarlo.

—Bah, pues claro que me lo imaginaba. Tengo pruebas fehacientes de que crees eso a pie juntillas.

Guillermo golpetea en el suelo con el pie, impaciente. Oscar me guiña un ojo y yo noto un vuelco en el estómago, como si bajara en ascensor a toda prisa.

—Continuará —promete.

Continuará...

Un momento. ¿Quién es Sophia? ¿Su hermana pequeña? ¿Su tía abuela? ¿La fontanera?

—Apuntes rápidos, CJ —me ordena Guillermo, y nuevos haces de fibras nerviosas vibran en mi interior. Luego, a Oscar—: Cambie de posición cada tres minutos.

Se sienta a mi lado en una silla y empieza a dibujar. Soy consciente de cómo su mano vuela por la página; noto una corriente de aire. Inspiro hondo y me dispongo a hacer lo mismo mientras me prometo a mí misma que todo irá bien. Transcurren unos cinco minutos. La nueva pose de Oscar es alucinante. Con la columna arqueada y la cabeza colgando hacia atrás.

—Va usted muy lento —me dice Guillermo en voz baja.

Intento dibujar más deprisa.

El maestro se levanta y se coloca a mi espalda para atisbar mi trabajo, que, visto a través sus ojos, es penoso.

Oigo:

—Más deprisa.

Luego:

—Fíjese en la posición del foco de luz.

A continuación, tocando un detalle de mi dibujo:

—Eso no es una sombra, es una cueva.

Y:

—No apriete tanto el carboncillo.

Y:

—No separe tanto el carboncillo del papel.

Y:

—Los ojos en el modelo, no en el dibujo.

Y:

—Ossscar está en sus ojos, en sus manos, en sus ojos, en sus manos, viaja a través de usted, ¿oyó?

Por fin:

—Mal, muy mal. ¿Qué les enseñan en esa escuela? Nada de nada, está visto.

Se agacha a mi lado y el olor que desprende me abruma; señal, como mínimo, de que tanta mortificación no ha acabado conmigo.

—Mire, no es el carboncillo el que dibuja, sino usted. Su mano, que pertenece a su cuerpo, un cuerpo dotado de un corazón sensible. De acuerdo, pues, aún no está preparada —me arranca el carboncillo de la mano y lo tira al suelo—. Olvídelo, dibuje sólo con la mano. Mire, sienta, dibuje. Es un gesto no más, no tres. Sin apartar los ojos de Ossscar. Mire, sienta, dibuje. Un solo verbo. Dele, pues. No piense. Sobre todo, no piense tanto. Picasso decía: "Ojalá pudiéramos arrancarnos el cerebro y usar sólo los ojos". ¡Arránquese el cerebro, CJ, use los ojos!

Me siento incómoda. Quiero que me trague la Tierra. Por lo menos, gracias a Dios, Oscar observa fijamente la otra esquina de la habitación. No nos ha mirado ni una vez.

Guillermo regresa a su silla.

—Olvídese de Ossscar. No deje que su presencia la abrume —me aconseja. ¿Tendrá telepatía?—. Ahora, dibuje como si en ello le fuera la vida. Como si su dibujo le fuera a salvar la vida. Porque es así, ¿oyó, CJ? Seguro que sí. Entró en mi casa y subió por mi escalera de incendios en mitad de la noche. ¡Le va a ir la vida!

Reanuda sus apuntes, a mi lado. Observo la ferocidad con que embiste el papel, esas líneas recias y seguras, lo deprisa que llena la página como cada diez segundos. En la escuela hacemos apuntes de treinta segundos, pero él es un máquina.

—Dele no más —dice—. Dele.

Y, de repente, estoy remando por la rompiente, contemplando cómo se forma la ola, cómo se acerca hacia mí, consciente de que dentro de un momento me voy a convertir en algo grande y poderoso. Si estuviera en el mar estaría contando hacia atrás y aquí, en el estudio, lo hago también sin saber por qué.

Tres, dos, uno.

Allá voy. Sin carboncillo que valga, allá voy.

—Más deprisa —dice—. Más deprisa.

Paso las páginas cada diez segundos, como él, sin dibujar absolutamente nada, pero me da igual. Noto cómo Oscar cobra vida en mi mano.

—Mejor —dice.

Y luego:

—Mejor.

Mire, sienta, dibuje: un solo verbo.

—Perfecto. Eso es. Al final podrá ver con las manos, se lo prometo. De acuerdo, pues, ahora me voy a contradecir. Picasso también lo hizo. Decía que hay que arrancarse el cerebro, sí, pero también que "pintar es una profesión de ciegos" y "para pintar debes cerrar los ojos y cantar". Y Miguel Ángel aseguraba que él esculpía con el cerebro, pues, no con los ojos. Y todos dicen la verdad. La vida es pura contradicción. Tenemos que aprender de todos ellos, sacar partido de todas las lecciones. Porque son ciertas, no más. Muy bien, ahora tome el carboncillo y dibuje.

Al cabo de unos minutos, se desprende del fular que lleva al cuello y me venda los ojos con él.

—¿Listo?

Listo.

Terminada la clase, estoy en la celda infecta recogiendo mi dosier mientras espero a Guillermo, que ha salido a hacer un mandado, cuando Oscar, vestido y presentable, asoma la cabeza con la cámara en ristre.

Se apoya contra el marco de la puerta. Algunos chicos han nacido para recostarse. Él es uno de ellos, no cabe duda. James Dean era otro.

—Bravo —me dice.

—No te burles —replico, pero la verdad es que me siento despierta, emocionada, electrizada. Nunca me había sentido así en la EAC.

—No me burlo —toca la cámara y un mechón oscuro le cae a la cara. Con gusto se lo retiraría.

Recorro el cierre de la carpeta por hacer algo.

—¿Nos conocemos del algún lado, Oscar? —le pregunto por fin—. Estoy segura de que sí. Tu cara me suena muchísimo.

Levanta la vista.

—Dijo ella después de verme desnudo.

—Ay, Dios... No, no quería decir... Ya sabes lo que quería decir...

Irradio calor por cada poro de mi cuerpo.

—Tú sabrás —responde en tono alegre—. Pero estoy seguro de que no. Nunca olvido una cara, en especial una como la tuya... —oigo el chasquido antes de darme cuenta de que me acaba de fotografiar. No entiendo cómo consigue manejar la cámara sin mirar siquiera por el objetivo—. ¿Alguna vez has regresado a la iglesia después del día que nos conocimos?

Niego con un movimiento de la cabeza.

—No, ¿por qué?

—Te dejé algo. Una foto —¿es una sombra de timidez lo que asoma a su cara?—. Con una nota en el dorso —dejé de respi-

rar—. Ya no está. Volví a comprobarlo. Alguien debió de cogerla. Mejor así. Demasiada información, como dicen ustedes.

—¿Qué clase de información?

No puedo creer que sea posible hablar y estar patitiesa al mismo tiempo.

En vez de responderme, levanta la cámara.

—¿Podrías ladear la cabeza otra vez como acabas de hacer? Sí, eso es —se despega de la pared, dobla las rodillas, sitúa la cámara en el ángulo adecuado—. Sí, perfecto, eres la neta —me está pasando otra vez lo que sucedió en la iglesia. Cuando los glaciares se rompen debido al aumento de la temperatura, se habla de un "desplome". Me estoy desplomando—. Tus ojos son etéreos, toda tu cara lo es. Ayer por la noche me pasé horas mirando tus fotos. Me haces estremecer.

¡Y tú me provocas calentamiento global!

Sin embargo, hay algo más aparte de los estremecimientos, el desplome y el calentamiento global, algo que noté desde aquel primer instante en la iglesia. Este chico me hace sentir que estoy aquí de verdad, presente, manifiesta. Y no sólo se debe a su cámara. No sé cuál es el motivo.

Además, no se parece a los otros chicos que conozco. Estar con él es emocionante. Si tuviera que esculpir su retrato, querría que sugiriese una explosión. En plan, *bum*.

Inspiro hondo y me recuerdo a mí misma lo que pasó la última vez que me gustó un chico.

Va. Mensaje recibido. Y ahora: ¿qué clase de información había en la nota y de qué foto hablamos?

—¿Me dejarás fotografiarte alguna vez? —me pregunta.

—¡Pero si ya me estás fotografiando, Ossscar! —objeto, imitando el tono infinitamente exasperado de Guillermo.

Se echa a reír.

—Aquí no. Así no. En un edificio abandonado que descubrí en la playa. A la puesta de sol. Ya lo tengo pensado —se asoma por un lado de la cámara—. Y sin ropa. Sólo la melena rubia —le brillan los ojos como al diablo—. Di que sí.

—¡No! —exclamo—. ¿Me tomas el pelo? Sólo de oírlo se me han puesto los pelos de punta. Regla número uno para no morir a manos un psicópata asesino: no vayas a edificios abandonados con absolutos desconocidos y por nada del mundo te quites la ropa. Por Dios. ¿Ese truco te suele dar resultado?

—Sí —afirma—. Siempre funciona.

Me río, no puedo evitarlo.

—Eres de miedo.

—No sabes hasta qué punto.

—Me parece que sí. Deberían arrestarte y dejarte encerrado, por el bien de la sociedad.

—Sí, ya lo intentaron —se me borra la sonrisa. Realmente ha estado en la cárcel. Al reparar en mi expresión horrorizada, dice—: Tienes razón. No te conviene relacionarte conmigo.

Sin embargo, yo no tengo esa sensación, en absoluto. Me siento como Ricitos de Oro. Aquí todo está bien, mientras que en casa todo está mal.

—¿Por qué te arrestaron? —pregunto.

—Te lo diré si aceptas mi invitación.

—¿De morir asesinada por un psicópata?

—De vivir un poco más peligrosamente.

Casi me atraganto al oír sus palabras.

—¡Ja! Te equivocas de chica —le digo.

—Permíteme que disienta.

—No sabes de lo que hablas.

Nos compenetramos tan bien... ¿Por qué me cuesta tan poco bromear con él?

La abuela canturrea en mi cabeza la respuesta:

—Porque el amor está en el aire, murciélago mío. Ahora, métele un mechón de pelo en el bolsillo. Ya.

Mientras un hombre lleve encima un mechón de tu pelo,
te llevará en el corazón.
(Gracias, pero no. Lo probé con Zephyr.)

Finjo que tengo una abuela difunta común y corriente; silencio.

En el suelo de cemento resuena un taconeo. Oscar echa un vistazo a la puerta.

—¡Sophia! ¡Aquí!

Está claro que no es la fontanera, a menos que la fontanera lleve zapatos de tacón. Oscar se vuelve a mirarme. Noto que quiere decir algo antes de que nos interrumpan.

—Mira, puede que sea de miedo, como tú dices, pero no soy ningún extraño. Tú misma te has dado cuenta. *Tu cara me suena muchísimo* —me imita, clavando mi tonillo de niña bien californiana. Luego tapa el objetivo de la cámara—. Estoy seguro de que nunca te había visto antes de aquel día en la iglesia, pero también de que estaba destinado a conocerte. Me tomarás por chiflado, pero me lo habían vaticinado.

—¿Te lo habían vaticinado? —repito. ¿Es ésta la famosa información? Debe de serlo—. ¿Quién?

—Mi madre. En su lecho de muerte. Sus últimas palabras se referían a ti.

¿Lo que alguien te diga en su lecho de muerte se hará realidad?

Sophia, que desde luego no es su hermana pequeña ni su tía abuela, y su cola de cometa pelirroja entran a paso vivo en la habitación. Lleva un vestido de vuelo al estilo de los años cincuenta con un escote que se hunde hasta el Ecuador. Unas relucientes alas verdes y doradas se despliegan en torno a sus ojos azul claro.

Brilla como surgida de una pintura de Klimt.

—Hola, querido —saluda a Oscar con un fuerte acento, lo juro, idéntico al del conde Drácula.

Le planta un beso en la mejilla izquierda, luego en la derecha y, por último, en la boca a modo de largo y persistente colofón. Muy largo y muy persistente. Me falta la respiración.

Y sigue...

Los amigos no se saludan así. En ningún caso.

—Hola, preciosa —responde Oscar en tono cariñoso. Lleva restos de lápiz labial color magenta por toda la boca. Me guardo las manos en el bolsillo de la sudadera para reprimir el impulso de limpiárselos.

Retiro toda esa basura que dije antes sobre Ricitos de Oro.

—Sophia, ella es CJ, la nueva discípula de García de la facultad.

Así pues, me cree alumna de la facultad. Piensa que soy de su edad. Y una artista lo bastante buena como para estudiar Bellas Artes.

No lo saco de ninguno de sus errores.

Sophia me tiende la mano.

—Vine a chuparte la sangre —me dice con su acento de Transilvania, aunque puede que la haya oído mal. Es posible que haya dicho—: Debes de ser una gran escultora.

Balbuceo una respuesta cualquiera, sintiéndome un espantajo leproso de dieciséis años.

Y ella, con su melena llameante y su vestido rosa, recuerda a una orquídea exótica. Por supuesto que Oscar la ama. Son un par de orquídeas. Hacen una pareja perfecta. Son perfectos. A Sophia el hombro de la chaqueta se le ha deslizado hacia la espalda y un tatuaje alucinante asoma del vestido, brazo abajo, un dragón que escupe fuego en tonos rojos y anaranjados. Oscar se fija en el hombro caído de la chaqueta y se lo ajusta como habrá hecho cientos de veces. Un oscuro ataque de rabia inunda mi pecho.

¿Y qué pasa con la profecía, sea cual sea?

—Deberíamos irnos yendo —dice ella a la vez que toma a Oscar de la mano. Al cabo de un momento, se han ido.

Cuando estoy segura de que han abandonado el edificio, echo a correr a toda mecha por el pasillo (gracias a Dios, Guillermo aún no ha regresado) hasta los ventanales.

Ya se sentaron en la moto. La veo rodearle la cintura con los brazos y reconozco la sensación, conozco el tacto del cuerpo de Oscar porque llevo todo el día dibujándolo. Me imagino que soy yo la que le desliza los brazos por esos largos músculos oblicuos hasta llegar a los canales del abdomen, la que nota en las manos el calor de su piel.

Aprieto la palma contra el frío cristal. De verdad que lo hago.

Oscar arranca la moto con el pie, hace girar la llave de encendido y, al momento, ambos se alejan calle abajo, con la melena pelirroja de Sophia chisporroteando tras ellos como un incendio. Cuando la moto dobla la esquina a 800 kilómetros por hora en un ángulo kamikaze, Sophia levanta ambos brazos y lanza un grito de placer.

Porque no tiene miedo. Ella vive peligrosamente.

Y eso es lo que más rabia me da.

Cuando vuelvo a pasar por la oficina de correos, deprimida a más no poder, veo entornada una puerta que hace un momento estaba cerrada, o eso juraría. ¿La habrá abierto el viento? ¿Un fantasma? Me asomo a mirar, porque no puedo creer que uno de mis espectros quiera atraerme allí dentro, pero ¿quién sabe? Abrir puertas no es propio de mi abuela.

—¿Mamá? —susurro.

Recito unos cuantos versos del poema con la esperanza de que se una a mí otra vez. No funciona.

Abro la puerta de par en par y me interno en un cuarto que en su día debió de ser un despacho. Antes de que lo azotara un ciclón. Me apresuro a cerrar la puerta por dentro. Hay estanterías volcadas y libros amontonados por todas partes. Y papeles, cuadernos de dibujo y libretas esparcidos por doquier, como si alguien se hubiera dedicado a barrer a manotazos todas las superficies del cuarto. Hay ceniceros repletos de colillas, una botella de tequila vacía, otra rota en un rincón. Y marcas de puñetazos en las paredes y una ventana rota. Y, en mitad del suelo, un gran ángel de piedra tirado boca abajo, con la cabeza quebrada.

La habitación ha sido arrasada por alguien en plena explosión de ira. Tal vez, pienso, fuera esto lo que oí la primera vez que estuve aquí, aquel ataque de rabia que sonaba como un concurso de lanzamiento de muebles. Contemplo los daños colaterales que el problema de Guillermo, sea el que sea, ha provocado, y me invade una mezcla de emoción y miedo. Sé que no debería fisgar, pero la curiosidad se apodera al momento de mi pensamiento, como me pasa a menudo (trastorno de control de impulsos fisgones) y me agacho para leer el contenido de algunos de los papeles que hay tirados por el suelo; casi todos son viejas cartas. Una pertenece a una estudiante de Detroit que quiere trabajar con él. Otra está escrita a mano por una mujer de Nueva York que le promete cualquier cosa (subrayado tres veces) si la acepta como aprendiz; Dios. Veo contratos de depósitos de galerías, una propuesta de encargo de un museo. Reseñas de prensa de antiguas exposiciones. Recojo un bloc de notas parecido al que lleva en el bolsillo y me pongo a hojearlo con aire distraído, preguntándome al mismo tiempo si en esta habitación, en esta libreta, encontraré alguna pista de lo que le pasó. El bloc contiene un montón de apuntes, así como listas y muchas notas en español. ¿Serán listas de material? ¿Apuntes sobre sus esculturas? ¿Ideas? Sintiéndome culpable, vuelvo a tirarla al montón, pero no puedo contenerme, así que cojo otra y la hojeo también. Encuentro más de lo mismo, hasta que llego a una página donde aparecen unas palabras escritas en inglés:

Amor mío:
Enloquecí. No quiero comer ni beber para poder conservar el sabor suyo en la boca, no quiero abrir los ojos si no está para mirarla, no quiero respirar ningún aire si usted no lo respiró antes, si no pasó por su cuerpo, por las profundidades de su hermosa anatomía, debo...

Paso la página, pero la carta se interrumpe ahí. *Debo...* ¿qué? Cuando echo un vistazo al resto del bloc, descubro que todas las páginas están en blanco. Busco más libretas de notas esparcidas por ahí, pero no encuentro nada escrito en inglés, ninguna otra carta dirigida a Amor Mío. Noto un cosquilleo en la piel de los brazos. Amor Mío es ella. Tiene que serlo. La mujer de la pintura. La mujer de barro que surge del pecho del hombre. La giganta. Todas las gigantas.

Vuelvo a leer la nota. Es tan tórrida, tan desesperada, tan romántica...

Si un hombre se guarda las cartas que le escribe a su amada, su amor es sincero.

Eso fue lo que pasó: el amor. Un amor trágico, imposible. Y Guillermo encaja perfectamente en el papel. Ninguna mujer se puede resistir a un hombre que alberga maremotos y terremotos bajo la piel.

Oscar también parece de los que esconden desastres naturales en su interior. Pero no inventes. Los héroes de las historias de amor son tipos nobles, capaces de subir a trenes en marcha, de cruzar continentes, renunciar a tronos y fortunas, desafiar las convenciones, afrontar persecuciones, echar salas abajo y destrozar ángeles, dibujar a sus amadas directamente en el cemento de la pared, tallar esculturas gigantes a modo de homenaje.

No van coqueteando por ahí con chicas como yo cuando tienen novias de Transilvania. ¡Vaya cerdo!

Arranco la página de la nota de amor y, cuando me la estoy guardando en el bolsillo de los jeans, oigo el siniestro chirrido de la puerta principal. Oh, no. Con el corazón desbocado, me acerco de puntitas a la puerta para esconderme detrás, por si acaso a Guillermo se le ocurre entrar. Yo no debería estar aquí dentro; eso lo tengo muy claro. Ésta es la clase de desorden que nadie quiere enseñar, como si el contenido de su mente se hubiera desbordado. Lo oigo arrastrar una silla y me llega olor a tabaco. Genial. Está fumando un cigarrillo al otro lado de la puerta.

Espero. Bajo la vista hacia los libros de Arte amontonados por todas partes. Reconozco muchos títulos, reconozco a mi madre. La mitad de su cara me mira desde uno de los montones. Es la foto de autor que aparece en la contracubierta de *Ángel de mármol*, su biografía de Miguel Ángel. Me sobresalto. Pero bueno, no es de extrañar. Guillermo posee todos los libros de Arte habidos y por haber. Me agacho a cogerlo, con cuidado de no hacer ruido al extraerlo del montón. Abro la primera página, preguntándome si se lo dedicó cuando se conocieron. Lo hizo.

A Guillermo García:
"Vi el ángel en el mármol y esculpí hasta liberarlo." Gracias por la entrevista;
ha sido un honor inmenso.
De tu admiradora,
Dianna Sweetwine

Mi madre. Cierro el libro deprisa, deprisa, y lo mantengo cerrado con las manos, no vaya a ser que se abra solo o se libere algo en mi interior. Mis nudillos palidecen del esfuerzo. Mi madre siempre escribía esa cita de Miguel Ángel en sus dedicatorias. Era su favorita. Abrazo el libro contra mi pecho. Ojalá pudiera meterme dentro.

Luego me lo escondo en la cintura de los pantalones y lo tapo con la sudadera.

—CJ —me llama Guillermo.

Oigo pasos que se alejan. Cuando estoy segura de que se ha ido, salgo de la habitación con sumo sigilo y cierro la puerta tras de mí. Cruzo la oficina de correos a toda prisa, en silencio, y entro en la celda infecta, donde escondo el libro de mi madre en mi carpeta. Consciente, ay, sí, lo soy, de que hoy me estoy comportando como una pirada que va perdiendo tornillos donde vaya. Aunque éste no sea mi primer acto de rapiña: también he robado un montón de ejemplares de los libros de mi madre en la biblioteca de la escuela; cada vez que los remplazan, de hecho. Y en la biblioteca de la ciudad. Y en varias librerías. No sé por qué lo hago. No sé por qué he robado la nota de amor. No sé por qué hago casi nada.

Encuentro a Guillermo en el estudio, agachado, acariciando el vientre de una beatífica Frida Kahlo. Su nota a Amor Mío arde en mi bolsillo. Quiero saber más. ¿Qué les pasó?

Hace un gesto con la cabeza a modo de saludo.

—¿Preparada? —se levanta—. ¿Lista para que cambie su vida?

—Ya lo creo —asiento.

El resto de la lección consiste en escoger un fragmento de prueba (me enamoro de un alabastro color ámbar que parece albergar llamas en su interior) y escuchar a Guillermo, que, convertido en Moisés, recita los diez mandamientos de la escultura:

Serás valiente y osada.

Correrás riesgos.

Te pondrás equipo de protección.

(Porque el polvo contiene amianto.)

No juzgarás de antemano lo que contiene la roca, sino que esperarás a que ella te lo revele.

Después de recitar este último, me toca el plexo solar con la mano extendida y añade:

—Lo que dormita en el corazón dormita en la piedra, ¿oyó?

Para terminar, me recita el último mandamiento:

Reharás el mundo.

Lo cual me encantaría, la verdad, aunque no tengo ni idea de cómo lo voy a conseguir picando piedra.

Cuando llego a casa después de pasarme horas y horas practicando la talla (se me da fatal), con los músculos de la muñeca entumecidos, los pulgares amoratados de tantos golpes fallidos y una asbestosis incipiente en el tejido pulmonar que la mascarilla no ha logrado evitar, abro la bolsa y descubro tres grandes naranjas que me miran desde el interior. Por un instante, me inunda un estúpido amor hacia Oscar, pero enseguida me acuerdo de Sophia.

¡Qué hipócrita! En serio, qué tarado, como decía Noah cuando aún era Noah.

Me juego lo que sea a que a Sophia también le ha dicho que su madre le vaticinó que la conocería.

Me juego cualquier cosa a que su madre ni siquiera ha muerto.

Llevo las naranjas a la cocina y las exprimo.

Cuando regreso a mi dormitorio con la intención de coser un rato, después de *La gran matanza de las naranjas,* encuentro a Noah agachado junto a la carpeta que dejé en el suelo, hojeando el cuaderno de dibujo que hace apenas un momento se encontraba bien guardado en el interior. ¿Castigo instantáneo del universo por haber curioseado entre los papeles de Guillermo?

—¿Noah? ¿Qué haces?

Se incorpora de un salto y exclama:

—¡Ah! ¡Eh! ¡Nada! —pone las manos en la cintura, pero enseguida se mete las manos en los bolsillos y luego se las lleva a la cintura otra vez—. Sólo estaba..., nada. Lo siento —suelta una risa forzada y da una palmada.

—¿Por qué estás fisgoneando entre mis cosas?

—Yo no estaba... —vuelve a reírse, bueno, relincha más bien—. O sea, supongo que sí.

Mira hacia la ventana como si quisiera usarla para escapar.

—Pero ¿por qué? —pregunto, y ahora soy yo la que suelta una risita. Llevaba siglos sin comportarse como el incauto de marca mayor que es.

Me sonríe como si me hubiera leído el pensamiento. Su gesto me provoca una sensación maravillosa en la zona del corazón.

—Sólo quería saber en qué estabas trabajando.

—¿De verdad? —le pregunto, sorprendida.

—Ajá —dice mientras se columpia adelante y atrás sobre sus pies—. Sí.

—Okey —percibo entusiasmo en mi propia voz.

Señala el cuaderno con un gesto.

—He visto los bocetos en los que aparece mamá. ¿Vas a hacer una escultura inspirada en ella?

—Sí —respondo, emocionada de que muestre curiosidad. Me tiene sin cuidado que haya hurgado en mi cuaderno. ¿Cuántas veces he mirado yo sus dibujos sin que lo sepa?—. Pero los bocetos no están terminados, ni de lejos. Empecé a dibujar ayer por la noche.

—¿En barro? —pregunta.

Un abrumador sentimiento de "¿Cómo me atrevo a comentar mi trabajo con él?" me invade, pero hace muchísimo tiempo que no conectamos en nada y sigo hablando.

—En barro no. En piedra —declaro—. Mármol, granito... Aún no lo sé. Estoy trabajando con un escultor súper clavado. Es alucinante, Noah —me acerco a él y recojo el cuaderno del suelo. Sosteniéndolo ante los dos, señalo el boceto más complicado, una perspectiva frontal—. He pensado optar por un estilo realista. No en plan bulboso, como acostumbro. Quiero que sea una escultura elegante, tirando a delicada, pero también salvaje, ¿sabes?, como ella. Quiero que la gente vea el viento en su cabello, en su ropa... Llevará un vestido vaporoso, eso seguro, pero sólo nosotros lo captaremos. Quiero que... Bueno, ¿te acuerdas de cómo se quedaba plantada en la terraza cada...?

Me interrumpo, porque está mirando el teléfono. Debe de haber vibrado.

—Eh, amigo —dice, y empieza a hablar de no se qué carrera y de kilometraje, y de otras palabras del argot de campo traviesa. Me mira con expresión consternada, como si tuviera para rato, y sale de mi cuarto.

Me acerco de puntitas a la puerta para espiar la conversación con su amigo. A veces, cuando Heather y él están charlando en su cuarto, escucho a hurtadillas a través de la puerta y los oigo chismear, reír, hacer el bobo. Alguno que otro fin de semana me siento a leer junto a la puerta principal con la esperanza de que me inviten a acompañarlos al zoológico o a comer tortitas después de correr, pero nunca lo hacen.

Cuando lleva recorrido medio pasillo, Noah enmudece en mitad de una frase y se guarda el teléfono en el bolsillo. Un momento. Entonces, ¿fingió que lo llamaban y simuló la conversación sólo para librarse de mí? ¿Únicamente para que dejara de decir disparates? Me quema la garganta.

Nunca haremos las paces. Nunca volveremos a ser los de antes.

Me acerco a la ventana y subo la persiana para poder ver el mar. Me quedo contemplándolo.

A veces, cuando estás haciendo surf, agarras una ola y de repente una contraola te arranca la base y te precipitas en caída libre.

Así me siento.

Cuando llego al estudio de Guillermo al día siguiente por la tarde, a la hora prevista (por lo que parece, las vacaciones de Navidad le tienen sin cuidado y yo prefiero estar aquí que en ninguna otra parte, así que...), encuentro un trozo de papel clavado con una chincheta en la puerta que dice: "Vuelvo enseguida. GG".

Me he pasado toda la mañana chupando limones antiOscar y aguzando los oídos desde la otra punta de Lost Cove con la esperanza de que la roca de prueba me revelara lo que alberga. De momento, no ha dicho ni pío. Tampoco Noah ha cruzado palabra conmigo desde ayer, y, esta mañana, cuando me levanté, hacía rato que se había marchado. Él y todo el dinero que nos deja mi padre para emergencias. Hay que fastidiarse.

Centrémonos en el peligro más inminente: Oscar. Vine preparada. Aparte de los limones y, previendo un posible encuentro, me dediqué a leer sobre infinidad de enfermedades venéreas particularmente obscenas. Y luego me puse un rato a estudiar la Biblia.

Los tipos que tienen un ojo de cada color son unos canallas hipócritas.
(Sí, yo redacté esa entrada.)

El expediente Oscar está cerrado.

Cruzo el recibidor a toda prisa, encantada de encontrar a la abuela y a nadie más en la oficina de correos. Está espléndida. Falda de tubo a rayas. Suéter floreado *vintage*. Cinturón de cuero rojo. Chal de casimir ahuecado con estilo alrededor del cuello. Todo rematado por una boina de fieltro negro y gafas de sol a lo John Lennon. Justo lo que yo me pondría para ir al taller si no me inclinara por el estilo hortaliza.

—Perfecto —le digo—. Muy *rústico-chic*.

—Con *chic* bastaría. La etiqueta "*rústico*" ofende mi sensibilidad. Buscaba un *look* romance estival con un ramalazo *beatnik*. Todo este arte, tanta confusión y desorden, esos misteriosos extranjeros me hacen sentir muy liberada, muy "a la porra las precauciones", muy osada, muy...

Me río con ganas.

—Ya lo caché.

Te daría el sol

—No, me parece que no lo cachas. Iba a decir muy Jude Sweetwine. ¿Te acuerdas de aquella chica tan intrépida? —me señala el bolsillo. Yo saco el cabo de vela. Hace chasquear la lengua con desaprobación—. No uses mi Biblia para asegurarte el éxito en tus deprimentes planes.

—Tiene novia.

—No lo sabes con seguridad. Es europeo. Sus costumbres son distintas.

—¿No has leído a Jane Austen? Los ingleses son más estirados que nosotros, no menos.

—Para empezar, ese chico no me parece nada estirado —todo su semblante se contrae cuando se esfuerza por guiñarme un ojo. Sus guiños no son nada sutiles. Nada en ella es sutil, de hecho.

—Tiene tricomoniasis —protesto.

—Nadie tiene eso. Nadie, excepto tú, sabe siquiera lo que es.

—Es demasiado mayor.

—Sólo yo soy demasiado mayor.

—Bueno, pues está demasiado bueno. Buenísimo. Demasiado bueno para mi bien. Y lo sabe. ¿Has visto cómo se recuesta?

—¿Cómo qué?

—Se recuesta contra la pared como James Dean. Se recuesta —se lo demuestro apresuradamente, recostándome contra una columna—. Y va por ahí en moto. Y habla con acento, y tiene un ojo de cada color...

—¡David Bowie tiene un ojo de cada color! —levanta los brazos con ademán exasperado. La abuela siente adoración por David Bowie—. Y es una señal de buena suerte que su madre vaticinara que te iba a conocer —su expresión se suaviza—. Dice que lo haces estremecer, cielo.

—Tengo el presentimiento de que su novia también lo hace estremecer.

—¡No se puede juzgar a un hombre hasta haber ido a merendar con él! —abre los brazos como para abarcar el mundo entero—. Prepara una cesta, elige un sitio y ve. Es así de sencillo.

—Qué cursilada —replico al mismo tiempo que descubro uno de los blocs de Guillermo sobre un montón de correo. Lo hojeo rápidamente, buscando notas a Amor Mío. No encuentro ninguna.

—¡Nadie con un mínimo de sensibilidad se burlaría de una merienda campestre! —exclama—. Para que se produzcan milagros, tienes que ser capaz de verlos, Jude.

Decía eso a menudo. Ése fue el primer pasaje que escribió en la Biblia. Yo no soy de las que ven milagros por todas partes. Su última entrada fue: "Un corazón roto es un corazón abierto". De algún modo, sé que lo escribió por mí, para ayudarme cuando muriera, pero no me ayuda.

Arroja un puñado de arroz al aire, y el número de granos que te caigan en la mano te indicará la cantidad de personas que amarás en la vida.
(Cuando me enseñaba a coser, la abuela colgaba en la puerta de la tienda el cartel de "Cerrado". Yo me sentaba en la mesa de la trastienda, en su regazo, y aspiraba su aroma floral mientras aprendía a cortar, hilvanar y coser. "Todo el mundo encuentra el amor de su vida, y tú eres el mío", me decía. "¿Por qué yo? ", le preguntaba siempre, y ella me propinaba un codazo y respondía cualquier tontería, como: "Porque tienes los dedos de los pies muy largos, por qué si no".)

Se me está haciendo un nudo en la garganta. Me acerco al ángel y, cuando he terminado de formular mi segundo deseo (siempre se te conceden tres deseos, ¿no?), me reúno con la abuela delante del cuadro. Con la abuela no; con su fantasma. Hay una diferencia. El fantasma de la abuela no sabe más que yo sobre su propia vida. Las preguntas acerca del abuelo Sweetwine (que se marchó para siempre cuando la abuela estaba embarazada de mi padre) siguen en el aire, igual que cuando estaba viva. Muchas preguntas siguen en el aire. Mi madre siempre decía que, cuando miras una obra de arte, en parte la ves y en parte la sueñas. Puede que con los fantasmas pase lo mismo.

—Sea como sea, este beso es para morirse —comenta.

—Ya lo creo.

Ambas suspiramos, cada cual sumida en sus propios pensamientos; los míos, para mi desgracia, clasificados. Clasificados para Oscar. La verdad es que no quiero pensar en él, pero lo hago.

—¿Qué se siente cuando te besan así? —le pregunto. Aunque he besado a un montón de chicos, jamás he sentido lo que sugiere este cuadro.

Antes de que la abuela pueda decir nada, oigo:

—Me encantaría demostrártelo. Si decides poner fin al boicot, claro está. Como experimento, cuando menos. Aunque estés como una cabra —me aparto la mano de la boca (¿cuándo se ha deslizado hasta mis labios para simular que son los de Oscar?) y, girándome apenas, veo que Oscar ha abandonado mi mente y ahora me mira desde el rellano del altillo en carne y hueso. Apoyado en la barandilla (hacia delante esta vez, en una pose lánguida muy sexy), me enfoca con la cámara—: Menos mal que he intervenido antes de que te propasaras con esa mano tuya.

No.

Hago aspavientos sin moverme del sitio, como si quisiera escapar de mi propia piel.

—¡No sabía que hubiera nadie mirando!

—No me digas —se burla, al tiempo que hace esfuerzos por no echarse a reír—. No me había dado cuenta.

Ay, no. Seguro que parecía una pirada, aquí hablando sola. Noto un cosquilleo en las mejillas. ¿Habrá oído toda la conversación? Bueno, la llamo conversación por llamarla de algún modo. Ay, ay, ay... ¿Y cuánto rato llevo besándome con mi mano? ¿Sabrá que estaba pensando en él? ¿Que lo besaba a él? Prosigue:

—Qué suerte he tenido. Este *zoom*... Lo capta todo. Así que naranjas, ¿eh? Ve a saber. Me podría haber ahorrado un dineral en agua de colonia, cenas a la luz de las velas, etcétera, etcétera.

Lo sabe.

—Das por supuesto que estaba pensando en ti —afirmo.

—Pues sí.

Pongo los ojos en blanco ante semejante ridiculez.

Él apoya ambas manos en la barandilla.

—¿Con quién diablos estabas hablando, CJ?

—Ah, eso —digo. ¿Qué le contesto? No sé por qué pero, igual que hice ayer con Guillermo, opto por decir la verdad—: Con mi abuela, que ha pasado a verme un momento.

Emite un ruido raro, a medio camino entre la tos y el atragantamiento.

No tengo ni idea de la cara que pone, porque no me atrevo a mirarlo.

—Un veintidós por ciento de la población mundial ve fantasmas —arguyo sin apartar la vista de la pared—. Es muy frecuente. Yo soy una entre cuatro. Y no tengo capacidades extrasensoriales ni nada de eso. No veo fantasmas porque sí. Sólo a mi abuela y a mi madre, pero mi madre no me habla ni se me aparece, únicamente me rompe cosas. Excepto el otro día, que me recitó un poema —me detengo a respirar. Me arden las mejillas. Creo que estoy hablando demasiado.

—¿Qué poema? —le oigo decir. No es la respuesta que esperaba.

—Sólo un poema —replico. Revelarle de qué poema se trata me parece entrar en un terreno demasiado personal, aunque acabe de admitir que hablo con parientes muertos.

Se hace un silencio, durante el cual aguzo los oídos por si oigo pitidos que indiquen que está llamando al 911.

—Siento mucho que las hayas perdido a las dos, CJ —manifiesta en un tono de voz serio y sincero. Alzo la vista hacia él, convencida de que me está mirando con esa expresión de "pobre huerfanita" que tan bien conozco, pero no es eso lo que refleja su rostro.

Recuerdo que su madre también ha muerto, al fin y al cabo. Me doy media vuelta.

Por suerte, de momento ha olvidado el asunto del besuqueo. Por desgracia, no dejo de darle vueltas a todo lo que he dicho durante la conversación que tal vez haya oído. Escribirle una carta de amor no me habría puesto más en evidencia. No puedo hacer nada salvo taparme los ojos con las manos. Las situaciones desesperadas requieren la táctica del avestruz.

—¿Qué oíste exactamente, Oscar?

—Eh, no te preocupes por eso —me tranquiliza—. No entendí gran cosa. Estaba durmiendo cuando tu voz se coló en mi sueño.

¿Dice la verdad? ¿O sólo intenta ser amable? Es cierto que estaba hablando en voz baja. Despliego los dedos a tiempo para ver cómo baja las escaleras con parsimonia. ¿Por qué se mueve tan despacio? En serio, es imposible no mirarlo, no estar pendiente de todos y cada uno de sus movimientos, no aguardar su llegada...

Se detiene detrás de mí, pegado como una sombra.

La verdad es que no estoy segura de que el expediente Oscar esté cerrado del todo. No he tenido en cuenta el factor proximidad. Además, ¿no acaba de afirmar que estaría encantado de besarme igual que en el cuadro? Concretamente, dijo: *Como experimento, cuando menos.*

—¿Y qué deseo pediste? —pregunta—. Te vi conversar con el ángel además de con tu abuela.

Habla en un tono grave, aterciopelado e íntimo, y no confío en mí misma lo suficiente como para responderle. Me está mirando de un modo que debería estar prohibido o patentado, y sus ojos me privan de la capacidad de recordar cosas como mi propio nombre o mi especie, o las razones que llevan a una chica a declararse en huelga de chicos. ¿Y qué si me trae mala suerte? Sólo quiero enredarle los dedos en el enmarañado cabello castaño, rodear con la mano el caballo azul de su cuello, posar los labios en los suyos como hizo Sophia.

Sophia.

Me había olvidado completamente de Sophia. Por lo que parece, él también, a juzgar por cómo me sigue mirando. El muy canalla. El muy cerdo canalla. Habrase visto el muy ligón cínico engreído sinvergüenza bribón bellaco desgraciado y zorrón, más que zorrón.

—Hice jugo con las naranjas que me metiste en la bolsa —le digo cuando vuelvo en mí—. Las exprimí hasta reducirlas a pulpa.

—Ay.

—¿A qué viene esto?

—¿Qué?

—No sé, esto, este numerito. La voz. Mirarme como si yo fuera una... una... dona. Pegarte a mí con tanto descaro. O sea, ni siquiera me conoces. Por no hablar de tu novia, ¿te acuerdas de ella?

Estoy hablando a gritos. Vociferando. ¿Qué me pasa?

—Pero si no estoy haciendo nada —levanta las manos en señal de rendición—. No estoy representando ningún numerito. Ésta es mi voz; acabo de levantarme. Y no me recuerdas en ningún sentido o aspecto a una dona, créeme. No intento enredarte. Respeto el boicot.

—Mejor, porque no me interesas.

—Mejor, porque albergo buenas intenciones —se produce un silencio y luego añade—: ¿No has leído a Jane Austen? Los ingleses somos más estirados que ustedes, ¿no es cierto?

Ahogo un grito.

—¡Pensaba que no habías oído nada!

—Sólo intentaba ser educado. Los ingleses somos muy educados, ¿sabes? —esboza una sonrisa lunática, como un descerebrado—. He oído hasta la última palabra, creo.

—No hablaba de ti...

—¿No? ¿Hablabas de ese otro tipo que va en moto, tiene un ojo de cada color y se recuesta como James Dean? Gracias, por cierto. Nadie había elogiado nunca mi pose.

No tengo ni idea de cómo afrontar esta situación, si exceptuamos salir corriendo. Doy media vuelta y corro a la celda infecta.

—Y te diré más —añade con su risa fácil—. Piensas que estoy bueno. Buenísimo, de hecho. Demasiado bueno para tu bien. Si no me equivoco, ésas han sido tus palabras exactas —cierro la puerta, pero oigo a través de la hoja—: Y no tengo novia, CJ.

¿Me está tomando el pelo, maldita sea?

—¿Lo sabe Sophia? —grito como una posesa.

—¡De hecho, sí! —replica en un tono tan maniaco como el mío—. Rompimos.

—¿Cuándo?

Vociferamos a través de la puerta.

—Ah. Hace dos años —¿hace dos años? ¿Y el beso? ¿Acaso no fue tan largo como me pareció? La ansiedad tiende a alterar la percepción de las cosas; eso es verdad—. La conocí en una fiesta y estuvimos cinco días juntos.

—¿Es tu récord?

—Mi récord son nueve días, en realidad. ¡No sabía que pertenecieras a las brigadas morales!

Me tiendo en el frío suelo de cemento y dejo que el polvo contaminado, los microbios y las esporas de moho negro hagan conmigo lo que quieran. Me va a estallar la cabeza. Si no me equivoco, Oscar y yo acabamos de pelearnos. No me había vuelto a pelear con nadie desde que mamá murió. Y no me desagrada del todo.

Su récord son nueve días. Ay, Clark Gable mío. Es de ésos.

Trato de recuperar el autocontrol mientras me pregunto cuándo va a regresar Guillermo, y procuro concentrarme en la razón que me ha traído aquí, en la escultura que necesito crear. Estoy intentando pensar en lo que se oculta en el interior de esa roca de prueba y no en la noticia de que Sophia y Oscar no están juntos... cuando la puerta se abre y entra Oscar agitando una toalla manchada de barro.

Enarca una ceja cuando me ve tumbada en el suelo como un cadáver, pero no hace ningún comentario.

—Bandera blanca —dice al tiempo que levanta esa toalla que en su día debió de ser blanca—. Vengo en son de paz —me incorporo sobre los codos—. Mira, tenías razón —reconoce—. Bueno, en parte. Estaba haciendo un numerito. Soy un cuentero. De la cabeza a los pies. El noventa y ocho por ciento del tiempo, cuando menos. Rara vez albergo buenas intenciones. No es ningún drama que te lo digan a la cara por una vez —se reclina contra la pared—. ¿Lo ves? Damas y caballeros: La Pose —apoya el hombro contra el muro, se cruza de brazos, ladea la cabeza y bizquea una pizca, exactamente igual que James Dean, pero mejor. Me río sin poder evitarlo, tal como él pretendía. Sonríe—. Muy bien, entonces. Pasemos a otra cosa —deshace la pose y empieza a recorrer el cuarto de un lado a otro, al estilo de un abogado en el tribunal—. Quiero hablarte de las naranjas, de la cinta roja que llevas atada a la muñeca y de la enorme cebolla que te acompaña a todas partes desde hace días... —me mira con expresión de "Te caché" antes de extraer del bolsillo una vieja concha marina—. Quería informarte que no voy a ninguna parte sin la concha de la suerte de mamá porque, si lo hiciera, seguramente moriría al cabo de pocos minutos —su confesión me hace reír otra vez. Me asusta lo encantador que llega a ser. Me lanza la concha—. Además, mantengo conversaciones en sueños con mi madre, que falleció hace tres años. A veces —prosigue—, me acuesto en mitad de la tarde, como hice hoy, sólo para tener ocasión de charlar con ella. Eres la única persona a la que se lo he contado, pero te lo debo por haberte espiado —se acerca y me arrebata la concha con su sonrisa infantil y adorable—. Ya sabía que intentarías robarme la concha. No lo permitiré. Es mi bien más preciado.

Se la guarda en el bolsillo otra vez y se planta ante mí con los ojos brillantes y esa sonrisa facilona, anárquica, irresistible a más no poder.

Dios. Ten. Piedad. Del. Boicot. De. Mi. Alma.

Cuando recupero la conciencia, sus ojos están a mi altura. Instantes después, se tiende en el suelo mugriento, a mi lado. Sí. De mi garganta surge un sonido que sólo puedo describir como un chillido de dicha pura. Cruza los brazos sobre el pecho y cierra los ojos igual que yo hice cuando cruzó la puerta.

—No está mal —comenta—. Es como estar en la playa.

Recupero mi posición anterior.

—O en un ataúd.

—Lo que me gusta de ti es que siempre ves el lado bueno de las cosas.

Me río con ganas otra vez.

—Lo que a mí me gusta es que te hayas tumbado en el suelo conmigo —digo, mirando el lado bueno, inmersa en el lado bueno, consciente de que no conozco a nadie capaz de tenderse en el suelo conmigo, así, como él. Ni que lleve una concha en el bolsillo para no morir. Ni que se vaya a dormir para poder hablar con su difunta madre.

Un silencio amistoso se instala entre nosotros. Amistoso de verdad, como si lleváramos varias vidas tumbándonos juntos como cadáveres en suelos mugrientos.

—El poema era de Elizabeth Barrett Browning —le confieso.

—"¿Preguntas cómo te amo?" —recita—. "Déjame que te diga".

—Ése —asiento, pero para mis adentros pienso: "Éste es el hombre de mi vida". Y algunos pensamientos no pueden borrarse una vez formulados—. Sí que se parece a estar en la playa —añado, cada vez más eufórica. Me doy media vuelta, apoyo la cabeza en la mano y miro en secreto el delirante rostro de Oscar. Hasta que abre un ojo de sopetón y me pesca admirándolo. *Estás perdida*, dice su sonrisa. Vuelve a cerrarlo.

—Es una pena que no estés interesada.

—¡No lo estoy! —grito a la vez que me dejo caer en la arena de la playa—. Sólo siento curiosidad artística. Tienes una cara muy peculiar.

—Y la tuya es una preciosidad.

—Pero mira que eres coqueto —replico en estado de efervescencia.

—Eso dicen.

—¿Y qué más dicen?

—Mmm... Bueno, por desgracia, últimamente dicen que me mantenga alejado de ti o me castrarán —se sienta y empieza a gesticular como Guillermo—. *¡Castración, Ossscar!, ¿oyó? Sabe lo que es el hacha circular, ¿verdad, parcero?* —se relaja y vuelve a ser él mismo—. Y por eso he entrado aquí agitando la bandera blanca. Tiendo a estropear las cosas y no quiero estropear esto. Eres la primera persona, aparte de mí, que hace reír a G. desde hace años. Es un milagro que haya aceptado volver a dar clases. Te hablo de la multiplicación de los panes y los peces, CJ. Lo digo en serio —¿un milagro?—. Se diría que lo hechizaste. Cuando está contigo..., no sé..., vuelve a ser el de antes. Llevaba varios años portándose como un energúmeno —¿será posible que yo sea el prado de Guillermo, igual que él es el mío?—. Además, acabo de descubrir que ambos charlan con colegas invisibles —me hace un guiño—. Así que... —une las manos como si rezase—, a petición tuya y suya, así serán las cosas a partir de ahora. Cuando sienta deseos de pedirte que me acompañes a edificios abandonados, de besar esos labios que tienes o de perderme en tus prodigiosos ojos, de imaginar lo que se oculta bajo esos trapos parduzcos tras los que te escondes o de violarte en un suelo mugriento como me muero por hacer ahora mismo, me perderé lejos con mi bola *skippy*. ¿Trato hecho? —me tiende la mano—. Amigos. Sólo amigos.

¿Señales confusas? Oscar es una montaña rusa con patas.

No hay trato, ni hablar.

—Trato hecho —digo, y le estrecho la mano, pero porque me muero por tocarlo.

Oigo pasar los segundos, nuestras manos siguen unidas y una descarga salvaje me sacude el cuerpo. Y ahora me atrae despacio hacia sí, mirándome a los ojos como acaba de jurar que no haría, y un calor radiante me prende el vientre. Noto que mi cuerpo se prepara. ¿Va a besarme? ¿Sí?

—Ay, Dios —se lamenta antes de soltarme la mano—. Debería irme.

—No. Por favor, no te vayas.

Las palabras se me han escapado antes de que pudiera morderme la lengua.

—¿Qué te parece entonces si me siento allí? Será más seguro —propone al tiempo que se aleja un par de metros—. ¿Te he mencionado que sufro un trastorno de control de impulsos? —sonríe—. Ahora mismo estoy experimentando un impulso particularmente difícil de controlar, CJ.

—Limitémonos a charlar —propongo. No hay instrumento capaz de medir el ritmo de mi corazón—. ¿Recuerdas el hacha circular? —su risa rueda por la habitación—. Tu risa es lo máximo —le suelto—. Es como, vamos, es...

—No me estás ayudando. Por favor, guárdate los cumplidos. ¡Ah! —otra vez se está acercando—. ¡Ya sé! Tengo una idea —me baja el gorro hasta taparme la cara y la mitad del cuello—. Ya está —dice—. Perfecto. Ahora podemos charlar.

Podríamos, si no fuera porque me estoy riendo a carcajadas dentro del gorro mientras él se ríe fuera, y los dos salimos flotando muy muy lejos. No creo que me haya sentido nunca tan feliz.

Cuando te partes de risa dentro de un gorro de lana, te mueres de calor, así que al cabo de un rato lo devuelvo a la frente y veo a Oscar delante de mí, con la cara congestionada y los ojos llorosos, en pleno ataque de risa, y siento algo que sólo puedo describir como reconocimiento. No porque me suene su cara, sino porque su alma me resulta familiar.

Conocer a tu alma gemela se parece a entrar en una casa que conoces bien; reconocerás los muebles, los cuadros de la pared, los libros de los estantes, el contenido de los cajones. Podrías encontrar el camino a ciegas, de ser necesario.

—Bueno, y si eres un cuentachoros el noventa y ocho por ciento del tiempo —le digo cuando me recupero—, ¿qué pasa con el otro dos por ciento?

La pregunta parece borrar cualquier vestigio de risa de su rostro y me arrepiento al momento de habérselo preguntado.

—Ya, a ése nadie lo conoce —responde.

—¿Por qué?

Se encoge de hombros.

—A lo mejor no eres la única que se esconde.

—¿De dónde has sacado que yo me escondo?

—Lo sé —hace una pausa antes de proseguir—. Puede que sea porque llevo bastante tiempo observando tus fotos. Hablan por sí solas —me mira con curiosidad—. Pero podrías decirme por qué te escondes.

Sopeso la idea, evalúo a Oscar.

—Ahora que somos amigos y sólo amigos, ¿eres la clase de amigo al que podría recurrir si estuviera en posesión de un cadáver y tuviera además un cuchillo ensangrentado en la mano?

Sonríe.

—Sí. No te delataría. En ningún caso.

—Confío en ti —declaro.

Mi propia respuesta me ha sorprendido y, a juzgar por la expresión de su rostro, a él también. ¿Que cómo se me ocurre confiar en alguien que acaba de confesarme que el noventa y ocho por ciento del tiempo es un cuentero? No lo sé.

—Yo tampoco te delataría —le aseguro—. En ningún caso.

—Pues deberías —replica—. He hecho cosas terribles.

—Yo también —afirmo, y, de repente, quiero confiar en él por encima de todas las cosas.

Escribe tus pecados en las manzanas de un árbol; cuando caigan,
lo mismo sucederá con tu carga.
(No hay manzanos en Lost Cove. Hasta ahora lo intenté con un ciruelo, un árbol de chabacanos y otro árbol de aguacates. Sigo llevando mi carga a cuestas.)

—Bueno —dice, mirándose las manos, que ha colocado en forma de pirámide ante sí—. Si te sirve de consuelo, estoy seguro de que mis errores han sido infinitamente peores que los tuyos —me dispongo a refutarlo, pero su desazón me hace callar—. Cuando mi madre estaba enferma —empieza, despacio—, sólo nos podíamos permitir una enfermera diurna. Mi madre no quería volver al hospital y la Seguridad Social no cubría la ayuda nocturna. De modo que, por las noches, yo me ocupaba de ella. Además de cuidarla, también empecé a tomarme sus pastillas para el dolor, a puñados. En aquella época, estaba siempre perdido, y quiero decir siempre —su voz se ha tornado extraña, tensa, monocorde—. Sólo estábamos ella y yo, todo el tiempo, no teníamos más familia —se interrumpe, inspira hondo—. Una noche, se levantó a toda prisa, seguramente para coger la bacinica, pero se cayó y no pudo levantarse. Estaba muy débil, muy enferma —traga saliva. El sudor le perla la frente—. Se pasó quince horas en el suelo, temblando, hambrienta, muerta de dolor y llamándome mientras yo dormía el pasón en la recámara contigua —exhala el aire despacio—. Y sólo es un ejemplo. Tengo anécdotas suficientes como para llenar un libro.

El ejemplo ha estado a punto de estrangularlo. Y a mí también. Ambos respiramos con dificultad y noto cómo su desesperación se apodera de mí como si me perteneciera.

—Lo siento mucho, Oscar.

Esa prisión de culpa de la que me habló la psicóloga... Él también vive en una.

—Dios —se aprieta la frente con las manos—. No puedo creer que te haya contado esto. Nunca hablo de ello. Con nadie, ni siquiera con G., ni siquiera en las reuniones —su rostro refleja un torbellino distinto al habitual—. ¿Lo ves? Me sienta mejor el papel de irresponsable, ¿verdad?

—No —replico—. Quiero saberlo todo de ti. Absolutamente todo.

Mi respuesta lo agobia aún más. No quiere que lo conozca al cien por ciento, a juzgar por su expresión. ¿Por qué habré dicho eso? Bajo la vista, avergonzada, y, cuando la vuelvo a alzar, advierto que se está levantando. No me mira a los ojos.

—Tengo que trabajar un poco arriba antes de mi turno en La Lune —dice desde la puerta. Le falta tiempo para separarse de mí.

—¿Trabajas en un café? —le pregunto, pero en realidad quiero decirle: *Lo comprendo. No las circunstancias, sino tu malestar. Estoy familiarizada con las arenas movedizas de la vergüenza.* Asiente, y yo le pregunto, sin poder evitarlo—: Aquel día, en la iglesia, dijiste: *Eres tú.*

¿A qué te referías? ¿Y cómo pudo tu madre vaticinarte algo sobre mí?

Él, sin embargo, se limita a hacer un gesto de negación con la cabeza y se marcha.

Recuerdo entonces que aún llevo encima la nota de Guillermo a Amor mío. La enrollé y la até con una cinta roja de la suerte. No tenía ni idea de por qué lo había hecho, hasta ahora.

Para conquistar su corazón, desliza la nota de amor más apasionada jamás escrita en el bolsillo de su chaqueta.
(Escrito al vuelo. ¿Lo hago? ¿Lo pruebo?)

—Espera un momento, Oscar —lo intercepto al otro lado de la puerta y le sacudo el polvo de la chaqueta—. Este suelo está muy sucio —digo mientras le deslizo la tórrida nota en el bolsillo. Y, así, suelto por fin el botón de pausa.

Luego empiezo a caminar de un lado a otro por el cuarto, esperando el regreso de Guillermo para ponerme a tallar, esperando que Oscar lea la nota de amor y se arroje a mis brazos o se aleje de mí. Una válvula se ha aflojado en mi interior, y algo, no sé qué, empieza a escapar. Me siento completamente distinta a la chica del boicot que entró en este estudio con un cabo de vela en el bolsillo para apagar cualquier sentimiento amoroso. Recuerdo lo que me dijo la psicóloga, eso de que yo era la cabaña del bosque sin puertas ni ventanas. En un lugar así no hay posibilidad de entrar ni de salir. Sin embargo, se equivocaba, porque las salas se vienen abajo, los muros caen.

Y, al mismo tiempo, al otro lado del estudio, mi roca de prueba acaba de empuñar un altavoz para revelarme lo que lleva dentro.

Lo que dormita en el corazón dormita en la piedra.

Tengo que esculpir una forma, y no es la de mi madre.

Estoy rodeada de gigantes.

En el centro de la zona de trabajo del patio de Guillermo se yergue una de sus inmensas parejas, inacabada, y contra la verja del fondo asoma otro coloso titulado *Tres hermanos*. Intento no mirarlos a los ojos mientras Guillermo me enseña diversas técnicas de tallado en el fragmento de prueba. Esos gigantes de piedra no son la alegría de la huerta, por decirlo de un modo suave. Llevo encima todos los accesorios de protección que he podido encontrar: impermeable, gafas y mascarilla, porque ayer por la noche investigué los riesgos que la escultura entraña para la salud y me sorprende que algún escultor pase de los treinta. Mientras Guillermo me enseña a no dañar la superficie de la piedra, a usar el escarpelo, a hacer algo llamado plumeado, a escoger el cincel más adecuado para cada tarea y el ángulo apropiado para cada tipo de tallado, yo intento, sin conseguirlo, no obsesionarme con Oscar y la nota de amor robada que le he deslizado en el bolsillo. Me parece que no ha sido la mejor idea del mundo; ni robar la nota ni metérsela en el bolsillo. Trastorno de control de impulsos, claro está.

Disimulando, me las arreglo para intercalar en la conversación con Guillermo unas cuantas preguntas sobre Oscar entre otras sobre la posición del cincel y la creación de un modelo. Descubro lo siguiente: tiene diecinueve años, dejó los estudios en Inglaterra e hizo aquí el bachillerato, y ahora estudia primero en la Universidad de Lost Cove, principalmente Literatura, Historia del Arte y Fotografía. Vive en una habitación alquilada pero, de vez en cuando, duerme en el altillo.

Por desgracia, comprendo que no he disimulado tan bien como creía cuando Guillermo me coloca ambas manos debajo de la barbilla, me empuja la cara para que lo mire a los ojos y aclara:

—¿Ossscar? Lo considero mi... —en lugar de terminar la frase, se lleva la mano al pecho. ¿Su corazón? ¿Su hijo?—. Ese parcerito cayó en mi nido siendo muy joven, muy problemático. No tiene a nadie —su rostro rezuma cariño—. Es rarísimo lo que me pasa con él. Aunque esté harto de todo el mundo, nunca me aburro de él. No sé por qué. Y es un genio del ajedrez —se lleva la mano a la cabeza como si tuviera migraña—. Un verdadero genio, no lo digo por decir. Es para volverse loco —me mira—. Pero preste usted mucha atención. Si tuviera una hija, la enviaría a la otra punta del mundo, lo más lejos posible de donde él se encuentre. ¿Oyó? —¿mmm? Alto y claro—. Cuando Ossscar inspira, las chicas acuden corriendo de todas partes, y cuando suspira... —hace un gesto con la mano como para indicar que las chicas salen despedidas, vuelan por los aires... En otras palabras: estallan en pedazos—. Es muy joven, muy tonto, muy pendejo. Yo también fui así en mis tiempos. No entendí lo que es el amor ni supe querer a las mujeres hasta mucho más tarde. ¿Oyó?

—Oí —asiento mientras intento disimular la decepción que me estruja las entrañas—. Me bañaré en vinagre, me tragaré unos cuantos huevos crudos y me pondré a buscar lo antes posible un nido de avispas para ponérmelo en la cabeza.

—No entiendo nada de nada —me dice.

—Para revertir las tendencias del corazón. Antigua sabiduría familiar.

Se ríe.

—Ah, perfecto. En mi familia tan sólo sufrimos.

Dicho eso, deja caer sobre la mesa una bolsa de arcilla blanca y me ordena que empiece esculpiendo el modelo, ahora que sé lo que esconde la piedra.

La escultura que veo está compuesta de dos cuerpos orondos, hombro contra hombro, dos figuras de miembros esféricos: pechos protuberantes, preñados del mismo aliento, cabezas alzadas, miradas al cielo. Unos treinta por treinta centímetros, la pieza por completo. En cuanto Guillermo se va, empiezo a modelar y, poco después, me olvido de Oscar, el "Soplachicas"; de la conmovedora historia que me contó; de cómo me sentí en la celda infecta a su lado y de la nota que le guardé en el bolsillo hasta que, por fin, sólo estamos NoahyJude y yo.

Ésa es la escultura que debo hacer en primer lugar.

Cuando he concluido el modelo, horas más tarde, Guillermo lo inspecciona y lo usa para marcar distintos puntos de referencia en la piedra de prueba, que indican dónde tallaré los "hombros" y las "cabezas". Decidimos que el hombro exterior del chico será el punto de partida y luego me deja a mi aire.

Sucede al instante.

En cuanto el cincel golpea el martillo con la intención de encontrar a NoahyJude en la piedra, mi pensamiento regresa al día en que Noah estuvo a punto de ahogarse.

Mamá acababa de morir. Yo estaba cosiendo a máquina con la abuela Sweetwine durante una de sus primeras visitas. Trabajaba en la costura de un vestido cuando noté que la habitación temblaba; es el único modo que se me ocurre para describirlo. La abuela dijo: *Ve*, sólo que fue más bien como si un tornado me hubiera soplado la palabra. Me levanté como una exhalación, salí por la ventana, bajé patinando hasta las rocas y pisé la arena justo cuando Noah se sumergía en el agua. No salió. Yo ya me lo esperaba. Nunca antes había tenido tanto miedo, ni siquiera cuando mi madre murió. La sangre me hervía en las venas.

Golpeo el cincel con el martillo y un canto de piedra sale despedido mientras me observo a mí misma internarme en las olas en aquel frío día de invierno. Nadé rauda como un tiburón a pesar de ir vestida y luego me sumergí por la zona donde lo había visto hundirse, apartando litros y litros de agua a mi paso, mientras trataba de recordar cuanto sabía y cuanto mi padre me había enseñado sobre corrientes, resaca y remolinos. Dejé que la corriente me arrastrara y volví a sumergirme, arriba y abajo otra vez, hasta que vi a Noah flotando boca arriba, vivo pero no consciente. Nadando con un solo brazo y hundiéndome a causa del peso, lo arrastré a la orilla mientras ambas vidas, la suya y la mía, latían con desenfreno en mi interior. Le golpeé el esternón con las manos temblorosas y, cuando recuperó el sentido, en el instante en que supe que estaba sano y salvo, lo abofeteé con todas mis fuerzas.

¿Cómo se atrevía a hacerme algo así?

¿Cómo era posible que hubiera decidido dejarme sola?

Me dijo que no pretendía suicidarse, pero no le creí. Aquel primer salto fue distinto a todos los que siguieron. Aquella vez pretendía abandonar la Tierra para siempre. Lo sé. Quería acabar con todo. Había decidido marcharse. Dejarme. Y lo habría conseguido si yo no lo hubiera traído de vuelta.

Me parece que el tapón de la válvula que se me ha aflojado durante la conversación con Oscar ha saltado definitivamente. Aporreo el cincel con tanta fuerza que todo mi cuerpo, el mundo entero vibran.

Noah dejó de respirar. Así que, durante unos instantes, experimenté la vida sin él.

Por primera vez. Jamás habíamos estado separados. Ni siquiera en el útero. Hablar de terror no se acerca siquiera a describir lo que sentí. Furia tampoco. Ni desolación. No hay modo de describirlo.

No estaba. Ya no estaba conmigo.

Empiezo a sudar bajo el overol impermeable mientras martilleo el cincel sin piedad. Olvido buscar los ángulos correctos, me tiene sin cuidado todo lo que Guillermo acaba de enseñarme. Sólo sé que el rencor que sentí hacia mi hermano en aquel momento no me abandonó más. No podía librarme de él y cualquier cosa que hiciera Noah servía para alimentarlo. Acudí a la Biblia de la abuela, desesperada, pero por más escaramujo que añadiera al té, por más lapislázuli que escondiera bajo la almohada, no conseguía deshacerme de aquella rabia.

Y, ahora, vuelvo a sentirla mientras corto la piedra, mientras rescato a Noah en el mar, mientras rompo la roca para que podamos salir de ahí dentro, de esas aguas traicioneras, de esta piedra asfixiante, decidida a que nos liberemos.

—Así que ¿lo hiciste por eso? —dicen mi madre y mi abuela al unísono. ¿Desde cuándo forman equipo? ¿Desde cuándo hablan a coro? Vuelven a preguntarlo, como un dúo de fiscales—: ¿Por eso? Porque sucedió justo después de que Noah estuviera a punto de ahogarse. Te vimos. Pensabas que nadie te miraba, pero estábamos allí.

Sitúo el cincel al otro lado de la piedra e intento acallar sus voces a golpe de martillo, pero no puedo.

—Déjenme en paz —mascullo al tiempo que me arranco el overol, la mascarilla y las gafas—. No son reales —les digo.

Me tambaleo hasta el estudio, con la sensación de haber perdido el norte, rogando que las voces no me sigan, sin saber si me las invento o no. Ya no estoy segura de nada.

En el interior, Guillermo está absorto en otra pieza de barro; un hombre, por lo que alcanzo a ver, acurrucado.

Sin embargo, aquí dentro las cosas tampoco van bien.

Guillermo está encorvado sobre el hombre de barro. Sujetándolo por detrás, le está moldeando la cara mientras parlotea en español con un tono de una hostilidad creciente. Contemplo con incredulidad cómo alza un puño y se lo hunde en el espinazo, un golpe que se clava en mi propia espalda. A partir de ese primero, los puñetazos se suceden con rapidez. *Se portaba como un energúmeno*, ha dicho Oscar. Pienso en las marcas de las paredes, en el tornado del despacho, en la ventana rota, en el ángel hecho pedazos. Se echa a un lado para inspeccionar los daños y, al hacerlo, repara en mi presencia. La violencia de su puño se desplaza a sus ojos y va dirigida contra mí. Levantando una mano, me indica por gestos que me largue de allí.

Con el corazón aporreándome el pecho, vuelvo a la oficina de correos.

No, esto no se parece en nada a la EAC.

Si esto es lo que significa entregarte a tus obras con todo tu ser, si esto es lo que se requiere, no sé, de verdad que no sé si lo aguantaré.

Ni en sueños pienso volver al estudio, donde el energúmeno de Guillermo está apaleando a un pobre hombre de barro, ni al patio, donde las energúmenas de mi madre y de mi abuela quieren apalearme a mí, así que me encamino al altillo. Sé que Oscar se ha ido porque oí la moto alejarse hace más de una hora.

El altillo es más pequeño de lo que imaginaba. Sólo un dormitorio de chico, en realidad. Advierto marcas de clavos y de chinchetas por toda la pared, allá donde fotos y carteles han sido retirados. Las estanterías han sufrido un saqueo y el armario contiene únicamente unas cuantas camisetas. Hay una mesa con una computadora y una especie de impresora, para las fotos, quizá. Un escritorio. Me acerco a la cama deshecha, donde Oscar se ha tendido hace apenas unas horas con la esperanza de soñar con su madre.

Veo una maraña de sábanas marrones, una manta mexicana arremolinada a los pies, una almohada triste y aplastada dentro de una funda desvaída. Es la cama de un solitario. No puedo evitarlo; pese a las advertencias, los fantasmas, mi endeble boicot y los suspiros que provocan cataclismos en el género femenino, me tiendo, apoyo la cabeza en la almohada de Oscar y aspiro su tenue fragancia; especiada, cálida, maravillosa.

Oscar no huele a muerte.

Me tapo hasta los hombros con la manta y cierro los ojos para ver su cara, su expresión desesperada cuando me contó la historia de su madre. Estaba tan solo en ese relato... Lo aspiro, acurrucada en el lugar donde sueña, abrumada por la ternura. Y entiendo por qué se protege como lo hace. Claro que sí.

Cuando abro los ojos, reparo en la foto enmarcada que hay en la mesita de noche: el retrato de una mujer con una larga melena gris y una pamela blanca. Está sentada en una silla de jardín con una bebida en la mano. Su piel parece castigada por el sol, y es idéntica a Oscar. Se está riendo y, por alguna razón, intuyo que tenía la misma risa fácil que él.

—Perdónalo —le digo a su madre a la vez que me incorporo. Le toco el rostro con un dedo—. Necesita que lo perdones de una vez.

A diferencia de mis parientes muertos, no me contesta. Y hablando de eso, ¿qué me pasó ahí afuera? Fue como si empuñara un cincel contra mi propia mente. La psicóloga dijo que los fantasmas (dibujó unas comillas con los dedos alrededor de la palabra) a menudo son expresiones de un sentimiento de culpa. Sí. O también de un anhelo muy profundo. Vaya. Dijo que el corazón derrota a la mente. La esperanza o el miedo derrotan a la razón.

Tras la muerte de un ser querido, tapa todos los espejos de la casa para que el espíritu del difunto pueda marcharse; de no hacerlo así, quedará atado a los vivos por siempre.
(Nunca se lo he contado a nadie pero, cuando mi madre murió, no sólo no cubrí los espejos sino que fui a una perfumería y compré montones de espejitos de bolsillo. Los coloqué por toda la casa, con la esperanza, con la necesidad, de atar su espíritu.)

No sé si me invento los fantasmas o no, sólo sé que no quiero pensar en lo que acaban de decirme, así que me pongo a leer los títulos de los libros que se amontonan junto a la cama de Oscar. Casi todos son de Historia del Arte, algunos de religión, unas cuantas novelas. De uno de los libros asoma un ensayo. Lo extraigo. Se titula: *El impulso extático del artista*, y, en una esquina del papel, leo:

Oscar Ralph
Profesor Hendricks
HA 105
Universidad de Lost Cove

Abrazo la hoja contra mi pecho. Mi madre impartía HA 105. Es una asignatura de introducción a la Historia del Arte para alumnos de primero. De no haber muerto, habría conocido a Oscar, habría leído su trabajo, lo habría calificado, habría charlado con él en sus horas de despacho. Le habría encantado el tema: *El impulso extático del artista*. El título me recuerda a Noah. Él conocía de sobra el impulso extático. No era normal lo que le hacía sentir un color, una ardilla o incluso cepillarse lo dientes. Miro la última página, donde asoma un gran 10 en el interior de un círculo rojo acompañado del comentario: "¡Una reflexión acertadísima, señor Ralph!". En ese momento, tomo conciencia de cuál es el apellido de Oscar. *Ralph*. Apellido, nombre, ¿qué más da? ¡Oscar es Ralph! He encontrado a Ralph. Me río con ganas. Es una señal. Es el destino. ¡Es un milagro, abuela! Un chiste de Clark Gable.

Me levanto, sintiéndome infinitamente mejor (he encontrado a Ralph) y me asomo por la barandilla del altillo para asegurarme de que Guillermo no está en la oficina de correos oyendo cómo me río sola. Luego me acerco al escritorio, porque la chamarra de cuero de Oscar cuelga del respaldo de la silla. Meto la mano en el bolsillo y... la nota no está. Lo que significa que la tiene él. Lo que me desata una tormenta en la barriga.

Me pongo la chamarra; me siento como si me estrechara entre sus brazos y me estoy deleitando en el pesado abrazo, en el aroma, cuando bajo la vista al escritorio y me veo. Por todas partes. Fotografía tras fotografía, todas dispuestas en fila, algunas con un papel amarillo pegado, otras no. El aire empieza a vibrar.

Sobre el conjunto, en una nota adhesiva, Oscar ha escrito: "La profecía".

La primera foto muestra un banco vacío de la iglesia donde nos conocimos. El papelito amarillo reza: "Me dijo que te conocería en una iglesia. Claro, probablemente lo dijo para asegurarse de que fuera a la iglesia. Acudí una y otra vez a ésta en concreto para fotografiar bancos vacíos".

En la segunda foto aparezco yo sentada en el mismo banco de la instantánea anterior. La nota dice: "Y, entonces, un día, no estaban vacíos". Salvo que apenas me reconozco a mí misma. Muestro una expresión, no sé, esperanzada. Y no recuerdo haberle sonreído así, para nada. No recuerdo haberle sonreído así a nadie en toda mi vida.

La foto siguiente también procede de aquel día. En el adhesivo leo: "Dijo que te reconocería al instante porque resplandecerías como un ángel. Sí, estaba colocada hasta las cejas de medicamentos contra el dolor, igual que yo, como ya te confesé, pero resplandeces. Mírate". Miro a la persona que vio a través de la cámara y, de nuevo, me cuesta reconocerla. Veo a una chica pletórica de emoción. No lo entiendo. Acababa de conocerlo.

En la cuarta foto aparezco otra vez. Me la tomó el mismo día, pero antes de que le diera permiso. Debió de fotografiarme a escondidas. Muestra el momento en que me llevé el dedo a los labios para hacerlo callar y mi sonrisa destila tanto peligro como la suya. El adhesivo dice: "Dijo que serías un poco rara". Aquí dibujó una carita sonriente. "Perdona, sin ánimo de ofender, pero eres marciana".

¡Ja! Me ha soltado un *no te ofendas, pero* al estilo inglés.

Se diría que su cámara ha captado a otra chica, a esa que me gustaría ser.

En la siguiente foto estoy en la oficina de correos hablando con la abuela Sweetwine, o sea, con nadie en absoluto. Salta a la vista que no hay nadie allí, que estoy hablando sola. Trago saliva.

El adhesivo, sin embargo, reza: "Dijo que contigo me sentiría como en casa".

Así pues, ¿subió a imprimir las fotos y a escribir estos mensajes en cuanto se separó de mí? Debía de morirse por contármelo todo, aunque haya huido como alma que lleva el diablo.

Si sueñas que te das un baño, te enamorarás.

Si tropiezas al subir una escalera, te enamorarás.

Si entras en un cuarto ajeno y encuentras un montón de fotografías tuyas con encantadoras notitas pegadas, te enamorarás.

Me siento, incapaz de creer nada de lo que estoy viendo. ¿Será posible que le guste tanto como él a mí?

Observo la última foto de la serie. En ella, aparecemos los dos, besándonos. Sí, besándonos. Ha emborronado el fondo y ha añadido un remolino de color a nuestro alrededor, de tal modo que somos... ¡idénticos a la pareja del cuadro! ¿Cómo lo hizo? Debe de haber empleado la foto que me tomó besándome la mano y luego habrá manipulado una suya para incluirse en la imagen.

En el adhesivo de ésta, escribió: "Te preguntaste cómo sería. Sería Será así. Quiero algo más que una amistad".

Yo también.

Conocer a tu alma gemela se parece a entrar en una casa que conoces bien. Lo reconozco todo. Podría orientarme en la oscuridad. Las reglas de la Biblia.

Vuelvo a coger la fotografía del beso. Se la voy a llevar a La Lune y le voy a decir que yo también quiero algo más que una amistad...

En ese momento, oigo pasos en las escaleras, rápidos y ruidosos, mezclados con risas. Oscar dice:

—Me encanta cuando hay exceso de personal. El otro casco está aquí arriba. Y te puedes poner mi chamarra. Da frío en la moto.

—¡Qué bien! Me late mucho que salgamos juntos.

Es una voz de chica. No la de Sophia de Transilvania. Ay, no, por favor. Algo se rompe en mi pecho. Y tengo menos de un segundo para tomar una decisión. Escojo la opción de la película mala y me escondo en el armario antes de que los pisotones de Oscar resuenen por la habitación. No me gusta el tono que ha empleado esa chica al decir lo de "salir juntos". Ni una pizca. Salta a la vista que significa "enrollarse" en clave. Besar sus labios, sus ojos cerrados, sus cicatrices, el tatuaje del precioso caballo azul, en clave.

Oscar: Juraría que había dejado mi chaqueta aquí.

Chica: ¿Quién es? Qué guapa.

Ruido, ruido. ¿Está guardando mis fotos?

Chica (en tono tenso): ¿Es tu novia?

Oscar: No, no. No es nadie, nadie en absoluto. Sólo es un trabajo de la universidad.

Puñalada directa al corazón.

Chica: ¿Seguro? Hay muchas fotos de la misma modelo.

Oscar: Que no es nadie, en serio. Eh, ven aquí. Siéntate en mi regazo.

¿Ven aquí? ¿Siéntate en mi regazo?

¿Dije un puñal? Es un picahielo.

Esta vez estoy segura de que las donas no tienen nada que ver con los gemidos que oigo. Esta vez estoy segura de que no estoy sacando conclusiones precipitadas como hice con Sophia. No lo entiendo. No entiendo nada. ¿Cómo es posible que el chico que me hizo esas fotos y escribió esas notas se lo esté montando con otra al otro lado de esta puerta? Lo oigo decir el nombre de Brooke entre suspiros. Esto es horrible. Debe de ser un castigo kármico por haberme encerrado en aquel otro armario cuando no debía.

No puedo seguir aquí dentro ni un minuto más.

La puerta se abre sin que nadie la empuje. La chica salta del regazo de Oscar como un gato enloquecido. Tiene el cabello largo, castaño y ondulado, y unos ojos almendrados que se le salen de las órbitas cuando me ve. Se abrocha la camisa con movimientos frenéticos.

—¿CJ? —exclama Oscar. Lleva marcas de lápiz labial por la boca y la barbilla. Otra vez—. ¿Qué estás haciendo aquí? ¿Ahí dentro? —sin duda, la pregunta viene al caso. Por desgracia, he perdido la capacidad de hablar. Y creo que también la de moverme. Tengo la sensación de que me hubieran clavado a este espantoso momento como un bicho disecado. Los ojos de Oscar han aterrizado en mi pecho. Me percato de que estoy abrazando la fotografía del beso—. Lo viste —concluye.

—Así que nadie en absoluto, ¿eh? —le espeta la chica llamada Brooke antes de recoger el bolso del suelo y echárselo al hombro para salir de allí rápido y molesta.

—Espera —ruega él, pero sus ojos regresan a mí de inmediato—. ¿La nota de G.? —me pregunta, atando cabos—. ¿Me la metiste tú en el bolsillo?

No me paré a pensar que reconocería la letra de Guillermo, pero claro que sí.

—¿Qué nota? —grazno. Luego le digo a la chica—: Perdona. De verdad. Sólo estaba, ay, no sé lo que hacía ahí dentro, pero no hay nada entre nosotros. Nada en absoluto.

Mis piernas se recuperan lo suficiente como para llevarme escaleras abajo.

Llevo recorrida la mitad de la oficina de correos cuando oigo a Oscar gritar desde arriba:

—Busca en los otros bolsillos.

No me vuelvo a mirarlo. Me limito a cruzar el vestíbulo, a atravesar la puerta, a enfilar por el camino de entrada y a aterrizar en la acera, jadeando, a punto de vomitar. Remonto la calle a duras penas; me tiemblan tanto las piernas que no puedo creer que aún me sostengan. Luego, cuando me he alejado cosa de una manzana, envío a paseo todo vestigio de dignidad y empiezo a hurgar en los bolsillos de su chamarra, que aún llevo puesta. No encuentro nada salvo un carrete, envolturas de chucherías y un bolígrafo. A menos que... Paso las manos por el forro interior y descubro un cierre. Lo abro, introduzco la mano y palpo un trozo de papel plegado con cuidado. Se diría que lleva allí bastante tiempo. Es una copia a color de una de las fotos de la iglesia. La de la sonrisa peligrosa. ¿Me lleva consigo?

Eh, un momento. ¿Acaso eso cambia las cosas? No. No las cambia si es capaz de estar con otra persona a pesar de todo, de besarse con ella al rato de haberme escrito esas notas increíbles, justo después de lo que sucedió entre ambos en el suelo de la celda infecta. Y no, no sé qué ha sido, pero allí ha sucedido algo, algo real, las risas y todo lo demás, ese momento de sobrecogedora intensidad en el que he tenido la sensación de que tal vez hubiera una llave en alguna parte capaz de liberarnos a los dos. No me lo imaginé.

Y entonces: *No es nadie.* Y: *Ven aquí, siéntate en mi regazo.*

Lo visualizo inspirando a Brooke, inspirando a una chica tras otra, como ha dicho Guillermo, como ha hecho conmigo para luego exhalarme y hacerme añicos.

Qué tonta soy.

Por lo visto, sí hay historias de amor para chicas con el corazón negro. Acaban así.

No me he alejado ni una manzana (la foto hecha una bola en
la mano) cuando oigo a alguien caminando por detrás. Me doy
media vuelta, convencida de que se trata de Oscar, maldiciendo
el manantial de esperanza que brota de mi pecho, pero veo a
Noah: con los ojos desorbitados, descompuesto, con los cerrojos
reventados, petrificado, con todo el aspecto de tener algo que decirme.

EL MUSEO INVISIBLE

Noah
Trece años y medio-catorce

Al día siguiente de que Brian regrese al internado, me cuelo en la habitación de Jude mientras se está duchando y veo un chat escrito en la computadora.

Chico espacial: Pensando en ti.

Rapunzel: Yo también.

Chico espacial: Vente para acá ahora mismo.

Rapunzel: Aún no domino el teletransporte.

Chico espacial: Yo me encargo.

Hago estallar por los aires el país entero. Nadie se da ni cuenta.

Están enamorados. Como dos buitres negros. Como dos termitas. Sí, las tórtolas y los cisnes no son los únicos animales que se emparejan de por vida. Las vomitivas termitas y los buitres carroñeros también lo hacen.

¿Cómo se atreve mi hermana a hacerme algo así? ¿Cómo se atreve él?

Es como llevar nitroglicerina encima las veinticuatro horas del día, los siete días de la semana. Así me siento. No puedo creer que las cosas no estallen en pedazos cuando las toco. No puedo creer que haya estado tan ciego.

Creía, no sé, que todo era distinto.

Completamente distinto.

Hago lo que puedo. Convierto cada uno de los cachivaches de Jude que encuentro tirados por casa en la escena de un crimen. Recurro a las muertes más atroces de ese estúpido juego que se inventó, ¿Cómo preferirías morir? La tiro por la ventana, la apuñalo, la ahogo, la entierro viva, la obligo a estrangularse con sus propias manos. No escatimo en detalles.

También le meto babosas en los calcetines.

Sumerjo su cepillo de dientes en el agua del retrete cada mañana.

Vierto vinagre blanco en el vaso de agua que hay junto a su cama.

Y lo peor de todo es que, durante esos breves instantes en que dejo de ser un psicópata, sé que daría los diez dedos de las manos por estar con Brian. Lo daría todo.

(Autorretrato: *Chico desesperado remando hacia atrás en el tiempo*.)

Transcurre una semana. Dos. El tamaño de la casa aumenta hasta tal punto que tardo horas en ir de mi dormitorio a la cocina y regresar, es tan grande que no distingo a Jude al otro lado de la mesa o de una habitación, ni siquiera con ayuda de los binoculares. No creo que nuestros caminos vuelvan a cruzarse. Cuando trata de hablarme por encima de los kilómetros y kilómetros de traición que nos separan, me pongo los auriculares y finjo escuchar música cuando, en realidad, al otro extremo del cable no hay nada más que mi mano metida en el bolsillo.

Nunca volveré a dirigirle la palabra, y se lo dejo muy claro. Su voz sólo es una interferencia. Ella es una interferencia.

No dejo de pensar en que mamá se dará cuenta de que nos hemos declarado la guerra y adoptará el papel de Naciones Unidas como ha hecho otras veces, pero no lo hace.

(Retrato: *Madre desaparecida*.)

Y, entonces, una mañana, oigo voces en el recibidor. Mi padre está hablando con una chica que no es Jude. Enseguida deduzco que se trata de Heather. Apenas le he concedido un milímetro de espacio en mi mente, ni siquiera después de lo que pasó entre nosotros en el vestidor. Aquella horrible mentira que adoptó forma de beso. "Perdona, Heather", le digo mentalmente mientras me acerco a la ventana con sigilo, "lo siento, lo siento muchísimo", mientras levanto la hoja sin hacer el menor ruido. Salto al exterior y aterrizo sano y salvo bajo el alféizar cuando oigo que llaman a mi puerta y papá pronuncia mi nombre. No puedo hacer nada más.

Llevo recorrida la mitad de la colina cuando un coche me adelanta y siento el impulso de sacar el dedo. Debería pedir aventón hasta México o Río de Janeiro, como un artista de verdad. O hasta Connecticut. Sí. Dejarme caer por allí sólo para ver por dónde anda Brian. *En una ducha llena de chicos mojados, desnudos.* La idea surge de la nada y todos los explosivos que llevo encima detonan a la vez. Es peor que imaginarme a Jude y a él encerrados en el vestidor. Y mejor. Y mucho peor.

Cuando emerjo de la explosión nuclear que ha provocado mi último pensamiento convertido en cenizas, estoy en la EAC. No sé cómo, pero mis pies me han llevado hasta allí. Hace más de dos semanas que terminaron las clases de verano y un montón de alumnos internos acaban de aterrizar. Me recuerdan a un grafiti bullicioso. Los veo sacar maletas, cajas y dosieres de las cajuelas, abrazar a sus padres, que se miran mutuamente con cara de "Puede que no sea tan buena idea como pensábamos". Me fijo en todo. Chicas con el pelo azul verde rojo lila que se arrojan gritando a los brazos de sus amigas. Dos chavos larguiruchos que fuman, ríen y se hacen los interesantes recostados contra un muro.

Un grupo variopinto con rastas en el pelo cuyos integrantes caminan como recién salidos de una secadora. Un tipo con medio bigote a un lado y media barba al otro. Es alucinante. No sólo crean obras de arte. Son arte.

Recuerdo la conversación que mantuve con el inglés desnudo durante la fiesta y decido llevar mis calcinados restos a una misión de reconocimiento por la zona industrial de Lost Cove, donde dijo que estaba el taller del escultor pirado.

Poco después, unos segundos, más tarde quizá, porque el esfuerzo de no pensar en Brian me otorga una velocidad sobrehumana, estoy plantado ante el 225 de Day Street. Es un almacén bastante grande con la puerta entreabierta, pero ni en sueños se me ocurriría entrar, ¿verdad? No. Ni siquiera llevo conmigo el cuaderno de dibujo. Quiero hacerlo, pese a todo, quiero hacer algo, necesito hacer algo. *Besar a Brian, por ejemplo.* La idea se apodera de mí y ya no me puedo librar de ella. Tendría que haberlo intentado. Ahora bien, ¿y si me hubiera atizado un puñetazo? ¿Y si me hubiera reventado la cabeza con un meteorito? Ah, pero ¿y si no? ¿Y si me hubiera devuelto el beso? Porque, verán, lo caché mirándome unas cuantas veces cuando me creía despistado. Yo nunca me despistaba en su presencia.

Metí la pata. Ya lo creo que sí. Debería haberlo besado. Un solo beso y habría muerto en paz. Bueno, espera un momento, ni hablar. Si voy a morir, quiero algo más que un beso. Mucho, mucho más. Estoy sudando. A mares. Me siento en la acera e intento respirar, sólo respirar.

Cojo una piedra y la lanzo a la calle, intentando imitar el movimiento biónico de su muñeca. Después de tres patéticas tentativas, todo mi razonamiento se pone patas arriba. Había una cerca electrificada entre nosotros. Él la levantó. Y la dejó ahí. Deseaba a Courtney. Y deseó a Jude desde el momento en que la vio. Yo no quería creerlo. Es el típico fresa idiota por el que suspiran las chicas. Es la Gigante Roja. Yo soy la Enana Amarilla. Punto.

(Autorretrato: *Y todos vivieron felices para siempre excepto la Enana Amarilla.*)

Me sacudo para librarme de toda esa porquería. Sólo me importan los mundos que puedo crear, no este nauseabundo planeta en el que me ha tocado vivir. En los mundos de mi invención, todo es posible. Todo. Y si..., mejor dicho, y cuando entre en la EAC, aprenderé a plasmar en papel algo que se parezca mínimamente a lo que imagino.

Me levanto a toda prisa al darme cuenta de que podría trepar por la escalerilla de incendios del almacén. Conduce a un rellano donde hay un panel acristalado que debe de dar a alguna parte. Bastaría con que saltara la reja exterior sin que nadie me viera. Bueno, ¿y por qué no? Jude y yo siempre estábamos traspasando rejas para ver vacas, cabras o caballos y hasta un árbol junto al que nos casamos cuando teníamos cinco años (Jude también hizo de cura).

Miro a ambos lados de la calle desierta. A lo lejos, veo a una mujer de espaldas con aspecto de anciana, ataviada con un vestido de vivos colores... y juraría que flota. Parpadeo. Sigue flotando y me parece que va descalza, ve a saber por qué. Ahora acaba de entrar en una pequeña iglesia. Da igual. En cuanto la pierdo de vista, cruzo la calle y, ágil como un mono, escalo la reja y salto al otro lado. Recorro el callejón como una flecha y, procurando que el viejo metal no me traicione, me encaramo con cuidado a la escalerilla de incendios. Menos mal que aquí mismo hay una zona de obras que ahogará los ruidos que pueda hacer. Enfilo deprisa por el rellano y, cuando me asomo por la esquina del edificio, me percato de que el escándalo no procede de ninguna obra sino del patio de abajo, donde creo que acaba de estallar el Apocalipsis, porque, vamos, estoy presenciando la típica escena que se despliega después de que hordas alienígenas lanzan un ataque químico sobre la Tierra. Hay personal de rescate por todas partes. Cubiertos con overoles aislantes, máscaras antigás y gafas de protección, y armados con taladradoras y sierras circulares, surgen de nubes blancas y vuelven a entrar en ellas para luchar contra grandes fragmentos de piedra. ¿Estoy en un taller de escultura? ¿Lo que estoy viendo son escultores? ¿Qué pensaría Miguel Ángel? Sigo mirando y, cuando el polvo se posa, veo tres inmensos pares de ojos que me taladran.

Me quedo sin aliento. Desde el otro lado del patio, tres monstruosos hombres de piedra me observan.

Y respiran. Lo juro.

Jude, mi exhermana, alucinaría. Mamá también.

"Tengo que acercarme a ellos", voy pensando, cuando un hombre alto de pelo oscuro sale del edificio por un panel alzado a medias como una puerta de un garaje. Habla por teléfono con mucho acento de alguna parte. Lo veo echar la cabeza hacia atrás con un gesto de suprema felicidad, como si acabaran de comunicarle que de ahora en adelante podrá escoger los colores de cada ocaso o que Brian lo espera desnudo en el dormitorio. Ahora prácticamente bailotea con el teléfono en la mano y lanza una carcajada tan feliz que mil millones de globos estallan a su alrededor. Debe de ser el escultor pirado, en cuyo caso, los terroríficos monstruos de granito que me miran al fondo del patio no son sino sus desquiciadas obras de arte.

—Dese prisa —dice con un vozarrón tan imponente como él—. Dese prisa, amor mío.

Luego se besa dos dedos y toca el teléfono antes de guardárselo en el bolsillo. El gesto de un pito de ballena, ¿verdad? Pues en su caso, no, créanme. Ahora está de espaldas al patio, mirando una columna, con la frente apoyada en la superficie. Sonríe al cemento como un lelo, pero yo soy el único que lo sabe, gracias a mis fantásticas vistas. Por lo que parece, él también daría los diez dedos por Amor Mío. Al cabo de unos minutos, sale de su delirio y, cuando se da la vuelta, alcanzo a verle la cara con claridad por primera vez. Tiene la nariz como un barco volcado, la boca del tamaño de tres, la mandíbula y los pómulos fuertes como una coraza y sus ojos son iridiscentes. Su rostro recuerda a una sala repleta de muebles enormes. Tengo que dibujarlo de inmediato. Lo veo contemplar la apocalíptica escena que se desarrolla ante él, alzar los brazos como un director de orquesta y, al momento, todas las herramientas eléctricas enmudecen.

Al igual que los pájaros. Y los coches que pasan. De hecho, no oigo el susurro del viento ni el vuelo de una mosca ni una sola palabra. No oigo nada. Es como si alguien hubiera silenciado al mundo entero porque ese hombre está a punto de abrir la boca.

¿Será Dios?

—Los machaco una y otra vez con la importancia del coraje —declama—. Les digo y les repito que la talla no es para cobardes. Los cobardes prefieren el barro, no más —todo el personal de rescate se ríe. Hace una pausa, frota un cerillo contra una columna. Surge una llama—. Les digo a diario que, a mi taller, uno viene a arriesgarse —coge el cigarrillo que lleva detrás de la oreja y lo enciende—. Que no hay pena que valga. Deben hacer elecciones, cometer errores, fallos gigantes, terribles, insensatos, meter la pata hasta el fondo. No hay modo de aprender más que ése —se levanta un murmullo de admiración—. Se lo repetí mil veces, pero veo que muchos de ustedes siguen asustados —se mueve despacio, con andares de lobo, que debe de ser su animal totémico—. Conozco muy bien sus trabajos. Ayer, cuando se marcharon, examiné sus piezas, una a una. Se creen ustedes Rambo con todas esas sierras y herramientas. Hacen un poco de ruido y levantan polvo, pero muy pocos de ustedes encontraron ni esto, pues —une los dedos pulgar e índice—, de sus esculturas. Ahorita eso va a cambiar —se acerca a una chica bajita de cabello rubio—. ¿Me permite, Melinda?

—Por favor —responde ella.

A pesar de la distancia, veo que se pone como un tomate. Está perdidamente enamorada de él. Miro los rostros de los demás, que se han reunido a su alrededor, y comprendo que todos lo están, hombres y mujeres por igual.

(Retrato, paisaje: *Un hombre a escala geográfica*.)

Da una intensa calada al cigarro, luego lo tira casi entero y lo pisa. Sonríe a Melinda.

—Busquemos a esa mujer suya, princesa Melinda —observa el modelo de barro que descansa junto a la gran piedra. Cierra los ojos y palpa la superficie. Hace lo mismo con el trozo de roca que se yergue al lado, lo examina con las manos sin abrir los ojos—. Ya, pues —dice al tiempo que alza una taladradora eléctrica de la mesa.

Noto la emoción que embarga a los alumnos cuando el maestro, sin vacilar en lo más mínimo, hunde la broca en la piedra. Poco después, se forma una nube blanca y la escena se nubla. Tengo que acercarme. O sea, mucho. Quiero vivir en el hombro de ese individuo como si fuera un loro.

Cuando el ruido cesa y el polvo se disipa, todos los alumnos aplauden. El pedrusco muestra ahora una espalda femenina encorvada idéntica a la del modelo de barro. Increíble.

—Por favor —sugiere—. Vuelvan al trabajo —le tiende a Melinda el taladro—. Y, ahorita, busque usted el resto de su escultura —va de alumno en alumno, a veces sin decir nada, otras estallando en alabanzas—. ¡Sí! —le grita a uno—. ¡Lo consiguió! Mire ese seno. ¡Es el seno más hermoso que he visto nunca!

El chico sonríe de oreja a oreja y el escultor le da unas palmaditas en la cabeza como haría un padre orgulloso. Se me encoge el corazón.

A otro estudiante, le dice:

—Muy bien. Ahora va usted a olvidar todo lo que dije, parcero. Despacito. Muy despacito. Acaricie la piedra. Le está haciendo el amor, pero suave, suave, suave, ¿oyó? Use el cincel, no más. Un movimiento en falso y lo dañó. Sin prisas.

Le palmea la cabeza también.

Cuando concluye que nadie más lo necesita, vuelve a entrar en el taller. Sigo sus pasos, encaminándome al otro lado del rellano, allí donde se alinean los ventanales, y me sitúo de lado para poder observar sin ser visto. En el interior veo más gigantes. Y, al fondo del estudio, tres mujeres desnudas con los cuerpos enturbiados por sutiles velos rojos posan en un estrado ante un grupo de alumnos de Dibujo.

Ni rastro del inglés desnudo.

Observo al maestro, que avanza de alumno en alumno para evaluar sus trabajos con mirada de acero. Me crispo, como si estuviera mirando mis bocetos. No le gusta lo que ve. De repente, da una palmada y todos dejan de dibujar. A través de la ventana, oigo palabras ininteligibles mientras él, animado por momentos, hace planear las manos como ranas malasias y voladoras. Quiero saber qué les está diciendo. Necesito saberlo.

Por fin, reanudan el trabajo. Tomando un lápiz y una tabla de una mesa, el maestro se une a ellos. Con una voz tan incendiaria que alcanzo a oírla a través de la ventana, les dice:

—Deben dibujar como si les fuera la vida en ello, ¿entienden? Se les acaba el tiempo, pues, no tienen nada que perder. Estamos rehaciendo el mundo.

Es lo mismo que dice mamá. Y, sí, lo entiendo. Se me acelera el corazón. Lo entiendo, ya lo creo que sí.

(Autorretrato: *Chico rehace el mundo antes de que el mundo rehaga al chico*.)

Se sienta y empieza a dibujar con los demás. Jamás he visto nada parecido. Su mano se desplaza como una flecha por la tablilla, sus ojos parecen devorar hasta el último bocado de las modelos que posan ante él. Tengo el corazón en un puño mientras trato de adivinar qué está haciendo, mientras observo cómo sostiene el lápiz, cómo se transforma en lápiz. Ni siquiera necesito ver el boceto para saber que es la obra de un genio.

Hasta hoy, no me había dado cuenta de lo mal que dibujo. De lo mucho que me queda por aprender. Es muy probable que no me admitan en la EAC. La güija tenía razón.

Bajo la escalerilla de incendios a trompicones, aturdido, mareado. En una milésima de segundo he visto todo aquello que podría ser, todo lo que quiero ser. Y todo lo que no soy.

El nivel de la acera empieza a subir y yo me estoy hundiendo. Ni siquiera tengo catorce años, me digo. Dispongo de muchísimo tiempo para mejorar. Sin embargo, seguro que Picasso era un *crack* a mi edad. ¿Qué me creía? Soy un asco. Jamás me van a admitir en la EAC. Estoy tan absorto en esta vomitiva conversación mental que por poco paso por alto un coche rojo idéntico al de mi madre, que está estacionado delante del taller. No, no es posible. Echo un vistazo a la matrícula; es el de mi madre. Doy media vuelta. No sólo es el coche de mi madre, sino que ella está dentro, agachada hacia el asiento del copiloto. ¿Qué hace?

Llamo a la ventanilla.

Se incorpora rápidamente, pero no parece tan sorprendida de verme como yo de encontrarla aquí. De hecho, no parece sorprendida en absoluto.

Baja la ventanilla y dice:

—Me asustaste, cielo.

—¿Qué hacías ahí agachada? —le pregunto en lugar de formular el interrogante más obvio: ¿Qué haces aquí?

—Se me cayó una cosa —está rara. Los ojos le brillan demasiado. Le suda la parte superior del labio. Y va vestida como una pitonisa, con un chal de un morado brillante al cuello y un vestido suelto amarillo sujeto con un fajín rojo. Y pulseras de colores. A no ser que lleve uno de los vestidos vaporosos de la abuela, suele ataviarse como el personaje de una película en blanco y negro, no como un circo.

—¿Qué? —le pregunto.

—¿Qué de qué? —replica, confusa.

—¿Qué se te cayó?

—Ah, un arete.

Lleva un arete en cada oreja. Se percata de que me di cuenta.

—Otro arete. Me los quería cambiar.

Asiento, convencido de que me está mintiendo. Sé que me vio y se estaba escondiendo de mí. Por eso no mostró sorpresa cuando llamé al cristal. Pero ¿por qué se esconde de mí?

—¿Por qué? —la interrogo.

—¿Por qué qué?

—¿Por qué te los querías cambiar?

Necesitamos un intérprete. Es la primera vez que necesito un intérprete para hablar con mamá.

Suspira.

—No sé. Porque sí. Entra, cariño.

Lo dice como si hubiéramos quedado en que iría a buscarme. Qué raro es todo.

De camino a casa, el coche rezuma tensión y no sé por qué. Tardo dos manzanas en preguntarle qué hacía en esa parte de la ciudad. Me dice que hay una tintorería fantástica en Day Street. Y también otras cinco más cerca de nuestra casa, pero me lo callo. Sin embargo, me oye de todos modos, porque empieza a darme explicaciones.

—Llevé uno de los vestidos que me confeccionó la abuela. Mi favorito. Quería asegurarme de que lo dejaba en buenas manos, en las mejores, y esa tintorería es la mejor.

Busco el resguardo rosa, que casi siempre abandona en el tablero. No está. ¿Se lo habrá guardado en el bolso? Podría ser.

Tarda otras dos manzanas en soltarme lo que habría debido comentar de buen comienzo.

—Estabas muy lejos de casa.

Le digo que salí a dar un paseo y acabé allí. Prefiero callarme que salté una reja, subí por una escalera de incendios y aceché a un genio, y que, gracias a eso, tengo muy claro que se equivoca acerca de mí y mi talento.

Se dispone a seguir interrogándome, lo noto, pero en ese momento le vibra el teléfono en el regazo. Mira el número y rechaza la llamada.

—Del trabajo —dice sin apenas mirarme.

Nunca la había visto sudar así. Parece un obrero de la construcción, con esos círculos oscuros en la zona de las axilas.

Me presiona la rodilla con cariño cuando pasamos delante del edificio de la EAC, que tan bien conozco.

—Ya falta poco —me dice.

De repente, lo entiendo todo. Me siguió. Está preocupada por mí porque últimamente parezco un cangrejo ermitaño. Es la explicación más lógica. Y se escondió y me soltó ese embuste de la tintorería porque no quería que la acusara de espiarme e invadir mi intimidad. Me aferro a esa explicación.

Hasta que, al llegar a la colina, toma la segundo desviación en lugar de la tercera y, casi al final de la cuesta, se estaciona en un jardín. Me le quedo viendo cuando baja del vehículo y me dice:

—¿Y bien? ¿No vas a entrar?

Casi llegando a la puerta, con las llaves en la mano, se da cuenta de que está a punto de entrar en casa de alguna familia que no es la nuestra.

(Retrato: *Madre caminando sonámbula hacia otra vida.*)

—¿Dónde tengo la cabeza? —exclama, y vuelve a subir al coche.

Podría tener su gracia, y debería, pero no la tiene. Algo va mal. Lo noto en los huesos, pero no sé qué es. Ella no enciende el motor. Nos quedamos junto al hogar de esta otra familia en silencio, mirando el mar, donde el sol ha iniciado ya su brillante descenso hacia el horizonte. La luz se refleja en el agua como millones de estrellas y siento deseos de echar a andar sobre la superficie. Es un asco que sólo Jesús pudiera caminar sobre las aguas. Estoy a punto de decírselo a mamá cuando me percato de que el coche rezuma una tristeza densa y viscosa que no me pertenece. No tenía ni idea de que mi madre estuviera tan triste. A lo mejor por eso no ha notado que Jude y yo nos divorciamos.

—¿Mamá? —le pregunto, y, de repente, tengo la garganta tan seca que la palabra ha sonado como un graznido.

—Todo saldrá bien —se apresura a responder con voz queda, y arranca el motor—. No te preocupes, cariño.

Pienso en todas las cosas horribles que sucedieron la última vez que me dijeron que no me preocupara, pero asiento de todas formas.

Con la lluvia, llega el fin del mundo.

Septiembre transcurre bajo un aguacero, igual que octubre. Hacia noviembre, ni siquiera mi padre puede mantener el agua a raya; llueve tanto dentro de casa como fuera. Hay ollas, palanganas y cubos por todas partes.

—¿Cómo iba a saber que necesitábamos un tejado nuevo? —musita mi padre para sí una y otra vez, como un mantra.

(Retrato: *Mi padre con la casa en equilibrio sobre la cabeza.*)

El pobre se ha pasado la vida cambiando pilas antes de que las linternas lo dejen a oscuras, focos antes de que se fundan: *Hombre prevenido vale por dos, hijo.*

Sin embargo, tras una atenta observación, he concluido que no llueve sobre mi madre. La encuentro fumando en la terraza (nunca fuma) como protegida por un paraguas invisible, siempre con el teléfono pegado a la oreja, sin decir nada, sólo balanceándose y sonriendo como si estuviera escuchando música. La encuentro tarareando (nunca tararea) y canturreando (nunca canturrea) por toda la casa, por la calle, por las rocas, ataviada con sus nuevas ropas circenses y sus pulseras, envuelta en su rayo de sol privado mientras los demás nos aferramos a las paredes y a los muebles para que la corriente no nos arrastre.

La encuentro en la computadora, en teoría escribiendo un libro, aunque no hace sino mirar el techo como si fuera un cielo tachonado de estrellas.

La veo aquí y allá, pero no la encuentro por ninguna parte.

Tengo que llamarla tres veces antes de que se dé por enterada. Tengo que aporrear la pared con el puño cuando entro en su despacho o mandar volando una silla a la otra punta de la cocina antes de que se percate siquiera de que alguien acaba de entrar.

Comprendo con inquietud creciente que las personas caídas del cielo se pueden ir con la misma facilidad.

El único modo que conozco de sacarla de su ensimismamiento es hablar del dosier que estoy preparando para la EAC, pero habida cuenta de que ella y yo ya hemos escogido los cinco dibujos que voy a pintar al óleo con el señor Grady, no hay mucho que comentar hasta el gran estreno, y aún no estoy listo. No quiero que los vea mientras no estén terminados. Ya falta poco. Llevo trabajando todo el otoño, a mediodía y después de clase, a diario. No te hacen entrevista ni nada; la admisión depende únicamente de la obra que presentas. Sin embargo, después de ver los bocetos de aquel escultor, mis ojos han sufrido otra metamorfosis. Ahora, de vez en cuando, juro que veo los sonidos, el lúgubre viento verde oscuro, el azote rojo de la lluvia; todos esos colores-sonidos se arremolinan en mi cuarto mientras descanso en la cama pensando en Brian. Su nombre, cuando lo pronuncio en voz alta, es azul.

Por lo demás, he crecido más de siete centímetros desde el verano pasado. Si alguien se metiera conmigo ahora, podría enviarlo a la estratósfera de un puntapié como si nada. Y mi voz se ha tornado tan grave que casi ningún ser humano alcanza a oír su registro. Apenas la uso, salvo con Heather de vez en cuando. Volvemos a ser amigos, ella y yo, ahora que le gusta otro chico. Incluso voy a correr con ella y sus colegas del equipo de vez en cuando. No está mal. A nadie le importa que hables poco mientras corres.

Me he convertido en un King Kong muy taciturno.

Hoy, en un King Kong muy taciturno y muy preocupado. Empujo mi cuerpo colina arriba bajo una lluvia torrencial con una idea fija en la mente: ¿qué voy a hacer cuando Brian vuelva para las vacaciones de Navidad y lo vea todo el día con Jude?

(Autorretrato: *Bebiendo la oscuridad del cuenco de mis manos.*)

Cuando llego a casa, no encuentro a nadie por ninguna parte, como de costumbre. Jude apenas anda por aquí últimamente (le ha dado por surfear bajo la lluvia con los surflerdos fundamentalistas) y, cuando está en casa, se pasa el rato chateando con Brian, alias "Chico Espacial". He leído un par de conversaciones más. En una, hablaban de una película, ¡la que estábamos viendo cuando me tomó la mano por debajo del apoyabrazos! Casi vomito allí mismo.

Por las noches, de tanto en tanto, me siento al otro lado de la pared y me entran ganas de arrancarme los oídos para no escuchar el aviso de otro mensaje más por encima del zumbido de la estúpida máquina de coser.

(Retrato: *Hermana en la guillotina.*)

Recorro la casa dejando una estela de agua, como una nube de tormenta, y pateo un cubo al pasar ante la puerta de Jude para que la lluvia sucia empape su alfombra de felpa blanca y, con algo de suerte, la llene de moho. Luego entro en mi dormitorio, donde me aguarda una sorpresa: mi padre sentado en mi cama.

No me asusto ni nada. No sé por qué, pero últimamente no me molesta tanto. A lo mejor ha bebido una poción mágica, o quizá lo haya hecho yo. O puede que sea porque soy más alto. O tal vez porque ambos estamos hechos polvo. Creo que él tampoco encuentra a mamá por ninguna parte.

—¿Te ha agarrado la tormenta? —me pregunta—. Nunca he visto nada igual. Tendrás que empezar a construir el Arca, ¿eh?

Es un chiste recurrente en el colegio también. Me da igual. Me encanta el Noé de la Biblia. Tenía casi novecientos cincuenta años cuando murió. Tuvo que embarcar a todos los animales y empezar el mundo de cero: un lienzo en blanco e incontables tubos de pintura. El condenado amo.

—Ya te digo —respondo al tiempo que alcanzo una toalla de la silla del escritorio.

Empiezo a secarme la cabeza, esperando oír el eterno comentario sobre la longitud de mi pelo, pero se calla.

En cambio, me dice:

—Vas a ser más alto que yo.

—¿Tú crees?

La idea me anima al instante. Voy a ocupar más espacio que mi padre.

(Retrato, autorretrato: *Chico salta de continente en continente con su padre en hombros.*)

Asiente, enarca las cejas.

—Al ritmo que estás creciendo, no me extrañaría —observa la habitación como si hiciera inventario, carteles y más carteles de museos cubren hasta el último centímetro de las paredes y el techo. Luego vuelve a mirarme y se palmea los muslos—. He pensado que podríamos cenar juntos. Pasar un rato en plan padre e hijo.

Debe de haber reparado en la expresión horrorizada de mi cara.

—Nada de —dibuja unas comillas en el aire con los dedos— sermones. Prometido. Sólo para picar algo. Mano a mano.

—¿Conmigo? —pregunto.

—¿Con quién si no? —sonríe, y no veo la menor sombra de un tarado en su expresión—. Eres mi hijo.

Se levanta y se encamina hacia la puerta. Estoy encantado con su manera de decir: *Eres mi hijo.* Hace que me sienta realmente como su hijo.

—Me voy a poner una chaqueta —me informa. Se refiere a un saco, supongo—. ¿Te apuntas?

—Si tú quieres —respondo, estupefacto.

¿Quién iba a pensar que en mi primera cita saldría con mi padre?

Por desgracia, cuando me pongo mi único saco (lo llevé por última vez al funeral de la abuela Sweetwine), reparo en que las mangas terminan más cerca de los codos que de las muñecas. Dios santo, ¡lo de King Kong era en serio! Me acerco al dormitorio de mis padres con la prueba de mi gigantismo puesta.

—Ah —sonríe mi padre. Abre el armario y saca un saco azul oscuro—. Seguro que éste te sienta bien. A mí me queda algo justo —se toca una panza inexistente.

Me desprendo de mi saco y me enfundo el suyo. Me sienta como un guante. No puedo parar de sonreír.

—Lo dicho —comenta—: Ni en broma se me ocurriría ahora jugar a las peleas contigo, machote.

Machote.

De camino a la puerta, le pregunto:

—¿Dónde está mamá?

—Me cachaste.

Mi padre y yo escogemos una mesa junto a la ventana de un restaurante flotante. La lluvia crea riachuelos en el cristal, lo que distorsiona la vista. Mis dedos se mueren por dibujarlo. Comemos filetes. Él pide un whisky, luego otro, y me deja tomar unos sorbos. Pedimos postre. No habla de deporte, de películas malas, de cargar el lavaplatos como Dios manda ni de temas raros de jazz. Habla de mí. Todo el tiempo. Me dice que mamá le enseñó algunos de mis dibujos, espera que no me importe, y aluciné. Dice que está encantado de que vaya a solicitar el ingreso en la EAC y que serían unos idiotas si no me admitieran. Dice que no puede creer que su único hijo tenga tanto talento y que se muere por ver mi dosier final. Que está orgullosísimo de mí.

No me lo invento.

—Tu madre piensa que ya tienen un pie dentro.

Asiento, pero en mi fuero interno me pregunto si habré oído mal. La última vez, Jude no iba a presentarse. Debo de haber oído mal. ¿Por qué iba a intentarlo siquiera?

—Son muy afortunados —prosigue—. A tu madre le apasiona el arte. Es contagioso, ¿verdad? —sonríe, pero veo su cara oculta y ésta no sonríe, para nada—. ¿Cambiamos?

De mala gana, le paso mi pastel de *mousse* de chocolate a cambio de su tiramisú.

—No, déjalo —sugiere—. Pidamos dos más. Un día es un día.

Mientras tomamos el segundo postre, estoy a punto de decirle que los parásitos, bacterias y virus que él estudia gustan tanto como las investigaciones de arte de mi madre, pero enseguida comprendo que sonaría corriente y falso, así que me dedico al pastel. Empiezo a imaginar que la gente de alrededor está pensando: "Mira a ese padre cenando con su hijo. Qué bonito, ¿verdad?". Me hincho de orgullo. Mi padre y yo. Colegas. Cuates. *Brothers*. Ay, me siento de maravilla por una vez (hacía siglos), tan bien que empiezo a hablar como no lo hacía desde que Brian se marchó. Le hablo a mi padre de unos lagartos llamados basiliscos que, por lo que he leído, se desplazan tan deprisa por la superficie del agua que pueden recorrer veinte metros sin hundirse. Así que Jesucristo no es el único, después de todo.

Él me explica que el halcón peregrino alcanza una velocidad de más de trescientos kilómetros por hora cuando se abalanza en picada. Yo enarco las cejas en plan "yaa", por educación más que nada, porque, por favor, ¿quién no lo sabe?

Le cuento que las jirafas devoran treinta y cinco kilos de comida al día, duermen sólo treinta minutos cada veinticuatro horas y no sólo son los animales más altos de la Tierra sino que poseen la cola más larga de todos los mamíferos y una lengua que mide cincuenta centímetros.

Él me habla de los microscópicos osos de agua que planean enviar al espacio porque sobreviven a temperaturas que abarcan un rango de menos ciento sesenta y cinco grados a más ciento cincuenta, soportan mil veces más radiación que el ser humano y son capaces de revivir después de diez años sin agua.

Por un instante, siento deseos de patear la mesa por no poder contarle a Brian lo de los osos de agua espaciales, pero lo supero pidiéndole a mi padre que adivine cuál es el animal más letal del planeta para el ser humano. Consigo dejarlo de piedra cuando me recita la lista de sospechosos habituales: hipopótamos, leones, cocodrilos, y así. Es el mosquito transmisor de la malaria.

Y así seguimos, intercambiando este tipo de información, hasta que llega la cuenta. Nunca nos habíamos divertido tanto juntos.

Mientras paga, le suelto:

—No sabía que te gustaran los documentales de animales.

—¿Lo dices en serio? ¿Y por qué crees que te gustan a ti? Cuando eras pequeño, tú y yo nos pasábamos la vida viendo documentales. ¿No te acuerdas?

No. Me. Acuerdo.

Recuerdo: *En este mundo, o nadas o te hundes, Noah.* Recuerdo: *Hazte el duro y serás duro.* Recuerdo todas y cada una de las aplastantes miradas de decepción, de bochorno, de perplejidad que me ha lanzado en su vida. Recuerdo: *Si tu hermana no fuera mi viva imagen, juraría que has nacido por partenogénesis.* Recuerdo a los Niners de San Francisco, a los Miami Heat, a los Giants, el Mundial de futbol. No recuerdo que viéramos juntos *Animal Planet.*

Cuando entramos en el garaje, noto que mamá aún no ha llegado. Mi padre suspira. Yo suspiro. Como si ya estuviéramos en la misma onda.

—Ayer por la noche tuve un sueño —dice al tiempo que apaga el motor. No hace ademán de salir del coche. Yo me arrellano en el asiento. ¡Ahora somos colegas!—. Tu madre caminaba por la casa y, mientras lo hacía, todo caía de las estanterías y las paredes: los libros, los cuadros, los cachivaches, todo. Yo no podía hacer nada más que seguirla, tratando de devolver las cosas a su lugar.

—¿Lo hiciste? —pregunto. Él me mira, confuso. Especifico—: Si conseguiste devolver las cosas a su sitio.

—No lo sé —responde, encogiéndose de hombros—. Me desperté —desliza un dedo por el volante—. A veces tienes las cosas muy claras y, de repente, te das cuenta de que no sabes nada de nada.

—Entiendo perfectamente lo que quieres decir, papá —afirmo. Estoy pensando en lo que me pasó con Brian.

—¿Sí? ¿Tan pronto?

Asiento.

—Supongo que tenemos mucho de qué hablar.

Noto una opresión en el pecho. ¿Será posible que mi padre y yo lleguemos a estar unidos? ¿Como un padre y un hijo de verdad? ¿Como habríamos estado si me hubiera soltado de su brazo aquel día, cuando Jude saltó al agua? ¿Si hubiera nadado en lugar de hundirme?

—¿Dónde demonios está Ralph? ¿Dónde demonios está Ralph? —oímos, y ambos soltamos una risita. Entonces, mi padre me sorprende diciendo—: ¿Crees que alguna vez averiguaremos dónde demonios está Ralph, hijo?

—Espero que sí —digo.

—Yo también —un silencio amistoso se instala entre los dos, y yo me estoy maravillando de lo súper buena onda que me parece hoy mi padre cuando me dice—: ¿Y qué? ¿Sigues viendo a tu amiga Heather? —me propina un codazo—. Es muy mona —me aprieta el hombro en ademán de aprobación.

Qué asco.

—Más o menos —respondo, y, a continuación, añado con más firmeza, porque no tengo elección—. Sí, es mi novia.

Me mira con esa expresión tan boba de "Ah, pillín".

—Tú y yo tenemos que charlar un poco un día de éstos, ¿verdad, hijo? Catorce años ya, nada menos.

Me da unas palmaditas en la cabeza, igual que el escultor a sus alumnos. Y ese gesto, además de la palabra "hijo" por tercera vez, su forma de repetirla... Sí, no tenía elección respecto a lo de Heather.

Una vez dentro, al llegar a mi cuarto, advierto que Jude ha volcado un cubo de agua en el suelo como venganza. Qué más da. Tiro una toalla sobre el charco y, al hacerlo, echo un vistazo al reloj de mi escritorio, que indica la fecha además de la hora.

Vaya.

Más tarde, encuentro a mi padre tirado en el sofá, viendo un partido de futbol americano universitario. He revisado todos mis bocetos y no he encontrado ni uno en el que no apareciera decapitado, así que agarro mis mejores pasteles y hago un dibujo de los dos en el lomo de un ñu. Debajo del dibujo, escribo: "Feliz cumpleaños".

Me mira a los ojos.

—Gracias.

La palabra brota de sus labios hecha un guiñapo, como si le costara hablar. Nadie se acordó. Ni siquiera mi madre. ¿Qué le pasa? ¿Cómo puede no recordar el cumpleaños de su marido? Es posible que no cayera del cielo, al fin y al cabo.

—También olvidó el pavo en Acción de Gracias —le recuerdo con la intención de que se sienta mejor, pero después de decirlo, me doy cuenta de lo aburrido que es que te comparen con un pavo.

Pese a todo, se ríe. Algo es algo.

—¿Eso es un ñu? —pregunta a la vez que señala el dibujo.

Cuando damos por terminada la conversación más larga del mundo sobre el tema de los ñus, palmea el sofá y yo me siento a su lado. Me pasa un brazo por el hombro, lo deja ahí como si fuera lo más normal del mundo y vemos juntos el resto del partido. Es bastante aburrido, pero los jugadores, bueno, ya saben...

La mentira que le conté sobre Heather me pesa en el estómago como un pedrusco.

Finjo que no está ahí.

Una semana después del cumpleaños olvidado, mientras la lluvia azota la casa con fuerza, mis padres nos piden a Jude y a mí que nos sentemos en esa zona gélida del salón donde nadie se sienta nunca para informarnos de que mi padre se va a mudar durante un tiempo al hotel de Lost Cove. Bueno, en realidad, nos dice mi madre, alquilará un estudio por semanas hasta que hayan solucionado algunos problemillas que tienen.

Aunque llevamos una eternidad sin hablarnos, noto cómo el corazón de mi hermana se encoge y se expande en mi propio pecho.

—¿Qué problemillas? —pregunta, pero no oigo lo que responde nadie, porque el fragor de la lluvia lo impide. Estoy convencido de que la tormenta va a echar la casa abajo. Y, justo entonces, sucede, y yo recuerdo el sueño de mi padre, porque está pasando. Veo cómo el viento lo arranca todo de los estantes: los cachivaches, los libros, un jarrón con flores moradas. Nadie más se da cuenta. Me agarro con fuerza a los reposabrazos del sillón.

(Retrato familiar: *Colóquense en posición de emergencia.*)

Vuelvo a oír la voz de mi madre. Suena serena, demasiado, pájaros amarillos que revolotean ajenos al aguacero.

—Nos seguimos queriendo. Mucho —asegura—. Pero es que necesitamos separarnos un tiempo ahora mismo —mira a mi padre—. ¿Benjamin?

A la mención del nombre paterno, todos los cuadros, espejos, retratos familiares se precipitan de las paredes contra el suelo. Una vez más, sólo yo me percato. Echo una ojeada a Jude. Hay lágrimas colgando de sus pestañas. Mi padre se dispone a decir algo, pero cuando abre la boca no emite ningún sonido. Entierra la cabeza entre las manos, sus minúsculas manos, como patitas de mapache. ¿Desde cuándo son tan pequeñas? Apenas logran ocultar lo que sucede en su rostro, sus facciones fruncidas. Tengo un remolino en el estómago. Oigo las ollas y las sartenes caer al suelo desde los armarios de la cocina. Cierro los ojos un momento, veo cómo el techo sale volando de la casa, rueda por el cielo.

—Me voy con papá —estalla Jude.

—Yo también —digo, sorprendido de mi propia reacción.

Mi padre levanta la cabeza. Cada uno de sus rasgos emana dolor.

—Se quedarán aquí con su madre, chicos. Es temporal.

Habla con un hilo de voz y yo reparo por primera vez en lo mucho que le clarea el pelo cuando se levanta y sale de la habitación.

Jude se pone de pie también y, tras acercarse a ella, mira a mi madre desde arriba como si fuera una cucaracha.

—¿Cómo te atreves? —farfulla entre dientes, y se aleja arrastrando la melena, que salta y se retuerce furiosa tras ella. La oigo llamar a mi padre.

—¿Nos vas a dejar? —digo/pienso al tiempo que me incorporo también. Porque aunque es mi padre el que se va, ella ya se ha ido. Lleva meses ausente. Lo sé y no puedo ni mirarla.

—Nunca —me asegura, agarrándome por los hombros. Me sorprende la fuerza de sus manos—. ¿Me oyes, Noah? Nunca los dejaré a ti y a tu hermana. Esto es entre tu padre y yo. No tiene nada que ver con ustedes.

Me fundo en su abrazo como el traidor que soy.

Me acaricia el pelo. Qué bien me siento.

—Mi niño. Mi cielo. Mi preciosidad. Todo irá bien.

Repite lo bien que va a ir todo una y otra vez como un cántico, pero advierto que no se lo cree. Yo tampoco.

Esa misma noche, más tarde, Jude y yo miramos por la ventana hombro con hombro. Mi padre se encamina a su coche cargado con una maleta. La lluvia que cae sin piedad lo obliga a caminar más encorvado con cada paso.

—No creo que lleve nada dentro —opino cuando lo veo tirar el equipaje al interior de la cajuela como si lo llevara cargado de plumas.

—Sí que lleva —afirma ella—. Lo vi. Una sola cosa. Un dibujo en el que aparecen los dos montados en un animal muy raro. Nada más. Ni siquiera un cepillo de dientes.

Son las primeras palabras que intercambiamos desde hace meses.

No puedo creer que el único objeto que mi padre se haya llevado consigo sea yo.

Esa noche, estoy tumbado en la cama sin poder pegar un ojo cuando Jude abre la puerta, atraviesa el cuarto y se acuesta a mi lado. Le doy la vuelta a la almohada para que no note la humedad. Estamos tendidos de espaldas.

—Lo pedí —susurro. Quiero contarle lo que me recontracome por dentro desde hace horas—. Tres veces. En tres cumpleaños distintos. Deseé que se fuera.

Se gira hacia mí, me toca el brazo y susurra:

—Yo pedí una vez que mamá muriera.

—Retíralo —le digo, volviéndome hacia ella también. Noto su aliento en la cara—. Yo no lo retiré a tiempo.

—¿Cómo?

—No sé.

—La abuela sabría cómo hacerlo —suspira.

—Eso no es de gran ayuda —replico, y, de pronto, sin venir a cuento y en el mismo momento exacto, nos echamos a reír como posesos, y es un ataque tan fuerte que tenemos que taparnos la cara con la almohada para que no nos oiga mamá, no vaya a pensar que nos partimos de risa porque expulsó a mi padre de la familia.

Cuando recuperamos la cordura, todo parece distinto, y tengo la sensación de que si encendiera la luz ahorita, seríamos osos.

De repente oigo un roce de movimiento y noto que Jude está sentada encima de mí. Estoy tan sorprendido que no hago nada. Respira profundamente.

—Bien, ahora que no tienes más remedio que prestarme atención... ¿Preparado? —rebota unas cuantas veces.

—Quítate—le ordeno, pero estoy a su merced.

—No pasó nada. ¿Me oyes? He intentado decírtelo muchas veces, pero no querías escucharme —me lo deletrea—: N-A-D-A. Brian es tu amigo, ya lo sé. En el vestidor, me tiró un rollo sobre algo llamado cúmulo globular, creo. ¡Me estuvo diciendo lo alucinantes que son tus dibujos, por el amor de Dios! Es verdad que yo estaba furiosa contigo por lo de mamá y porque me habías robado a todos mis amigos y porque tiraste a la basura mi nota. Sé que lo hiciste y, ya te vale, Noah, porque era la primera vez que hacía una escultura tan bonita como para atreverme a enseñársela. Así que, es verdad, en la fiesta llevaba un papel en la mano con el nombre de Brian, pero no pasó nada, ¿va? No te robé a tu... —se interrumpe—. A tu mejor amigo, ¿okey?

—Okey —replico—. Ahora, fuera.

No quería que mi respuesta sonara tan brusca. Mi flamante nueva voz tiene la culpa. Jude no se mueve. No puedo expresar el efecto que me produce la noticia. La cabeza me da vueltas a toda velocidad mientras reinterpreto aquella noche, los meses pasados, mientras lo reinterpreto todo. Todas las veces que mi hermana intentó hablar conmigo y yo me alejé, cerré la puerta de un portazo, subí el volumen de la tele, rehusé mirarla. Cómo me negué a escucharla e incluso rompí la tarjeta que me entregó sin leerla, hasta que dejó de intentarlo. No pasó nada. No están enamorados. Cuando Brian regrese dentro de unas semanas no se encerrará con ella en su cuarto como he imaginado una y otra vez. No los encontraré mirando películas en el sofá cuando llegue a casa ni saldrán a buscar aerolitos por el bosque. No pasó nada. ¡No pasó nada!

(Autorretrato: *Chico pide aventón a un cometa que surca el cielo*.)

Un momento.

—Entonces, ¿quién es Chico Espacial?

Estaba seguro de que era Brian. O sea, espacio sideral, por favor.

—¿Eh?

—Chico Espacial, en la computadora.

—¿Me has estado espiando? Dios —suspira—. Es Michael, ya sabes, Zephyr. *Chico Espacial* es el título de una canción que le encanta.

Ah.

¡Ah!

Y supongo que muchas personas, seguramente millones, además de Brian y yo, han visto esa película de alienígenas. O bromearían con Jude sobre el teletransporte. ¡O adoptarían el nombre de Chico Espacial!

Ahora me estoy acordando de la güija.

—¿Zephyr es M.? ¿Te gusta Zephyr?

—Puede —dice, haciéndose la interesante—. Aún no lo sé.

Menudo notición, pero *no pasó nada* lo supera con creces. Me olvido de que está en mi cuarto e incluso de que la tengo encima hasta que la oigo decir:

—Entonces, ¿Brian y tú están enamorados?

—¿Qué? ¡No! —las palabras brotan por sí solas de mis labios—. Por Dios, Jude. ¿Acaso no puedo tener un amigo? Me besé con Heather, por si no te diste cuenta.

No sé por qué estoy diciendo esto. La aparto de un empujón. El pedrusco de mi estómago aumenta de tamaño.

—Okey, está bien. Es que...

—¿Qué?

¿Le habrá contado Zephyr lo que pasó aquel día en el bosque?

—Nada.

Vuelve a tumbarse y volvemos a apretujar los hombros. Dice con voz queda:

—Así que ya puedes dejar de odiarme.

—Nunca te he odiado —replico, lo cual es una tremenda mentira—. De verdad que lo...

—Yo también. Lo siento mucho —me toma la mano.

Empezamos a respirar juntos en la oscuridad.

—Jude, yo...

—Mucho —termina por mí.

Me río. Ya no me acordaba.

—Lo sé, yo también —dice, soltando una risita.

No será capaz, sin embargo, de leer en mi pensamiento lo que me dispongo a decirle.

—Me parece que he visto todas tus esculturas de arena —noto una punzada de culpa. Ojalá no hubiera destruido las fotografías. Se las podría haber enseñado. Le habrían facilitado la entrada en la EAC. Podría guardarlas para siempre. Enseñárselas a mamá. Tendrá que conformarse con esto—. Son alucinantes.

—¿Noah? —la he tomado totalmente por sorpresa—. ¿En serio?

Sé que está sonriendo porque noto una sonrisa en mi rostro. Quiero decirle lo mucho que me asusta la posibilidad de que tenga más talento que yo. Pero, en vez de eso, comento:

—No puedo soportar que las olas las borren.

—Pero si eso es la mejor parte... —escucho las olas azotando la orilla en la playa y pienso en todas esas mujeres de arena tan increíbles, borradas del mapa antes de que nadie pueda admirarlas, y me pregunto cómo puede ser eso la mejor parte. Le doy vueltas y más vueltas en la cabeza a la idea hasta que me dice con voz muy queda—: Gracias.

Y todo mi ser se queda a gusto y en paz.

Respiramos. Nos dejamos llevar. Me imagino que nadamos por la noche estrellada hacia una luna brillante y albergo la esperanza de recordar la imagen por la mañana para poder dibujarla y regalársela. Antes de alejarme del todo, la oigo musitar:

—Te quiero más que a nada.

—Yo también.

Por la mañana, no sabré con seguridad si lo dijimos o sólo lo pensé o lo soñé.

Qué más da.

Las vacaciones de invierno, también conocidas como *El regreso de Brian,* acaban de empezar, y el alucinante aroma procedente de la cocina que flota hasta mí me induce a levantarme de la silla y a recorrer el pasillo por acto reflejo.

—¿Eres tú? —grita Jude desde su dormitorio—. Ven, por favor.

Entro en su cuarto y la encuentro leyendo la Biblia de la abuela en la cama. Está buscando alguna historia que traiga de vuelta a nuestro padre.

Me tiende una pañoleta.

—Toma —dice—. Átame al poste de la cama.

—¿Qué?

—No hay más remedio. Necesito una ayudita para no caer en la tentación de entrar en la cocina. No voy a darle a mamá la satisfacción de probar ni un bocado. ¿A santo de qué se convierte ahora en la chef Julia Child? Y tú tampoco deberías probar nada de lo que prepare. Sé que ayer te pegaste un atracón de empanada de pollo cuando volvimos a casa después de visitar a papá. Te vi —me reprende con la mirada—. Ni un bocado. ¿Me lo prometes? —asiento, pero ni en sueños me pienso perder lo que sea que ha inundado la casa de ese aroma divino—. Lo digo en serio, Noah.

—Va —accedo.

—Sólo una muñeca, para que pueda pasar las páginas —mientras le ato la muñeca al poste de la cama, sigue hablando—. Huele a pastel, de pera o de manzana, o quizá a empanadillas, o a crocante. Dios, me encanta el crocante. No hay derecho. ¿Quién iba a imaginar que sabía siquiera hacer pasteles? —pasa una página de la Biblia de la abuela—. Sé fuerte —me ordena mientras me encamino a la puerta.

La saludo al estilo militar.

—Sí, capitán.

Me he convertido en un agente doble. Es así desde que mi padre se marchó: tras cenar cualquier plato preparado con Jude y con mi padre en el típico hotelucho de película de miedo, en cuanto llego a casa espero a que Jude se encierre a chatear con Chico Espacial (¡que es Zephyr, no Brian!) y me encamino a la cocina para darme un atracón con mamá. Sin embargo, tanto si estoy sentado con mi padre viendo *Animal Planet,* respirando ese aire gris y fingiendo no darme cuenta de que está plegado como una silla, como si me encuentro con el señor Grady en el aula de Arte dando los últimos toques a las pinturas de mi dosier o aprendiendo a bailar salsa en la cocina con mamá mientras esperamos a que suba el suflé o jugando a ¿Cómo preferirías morir? con Jude mientras cose, en realidad sólo estoy haciendo una cosa. Soy un reloj de arena andante: espero, espero, espero a que Brian Connelly vuelva a casa.

Cualquier día, minuto, segundo de éstos.

Jude tiene razón. Esta mañana, un dorado pastel relleno de manzana y una bandeja de empanadillas de fruta se enfrían en la barra de la cocina.

Mi madre, con la cara manchada de harina, amasa en la superficie de mármol.

—Ay, qué bien —dice—. Ráscame la nariz, ¿quieres? Me estaba volviendo loca.

Me acerco y le rasco la nariz.

—Más fuerte —me pide—. Eso es. Gracias.

—Qué raro es esto de rascarle la nariz a otra persona —comento.

—¿Sí? Pues ya verás cuando tengas hijos.

—Es un gesto mucho más sentimental de lo que parece —prosigo. Ella me sonríe y una cálida brisa de verano invade la cocina.

—Estás contenta —le suelto, y, aunque sólo pretendía ser un comentario, mi nueva voz de trombón lo ha convertido en una acusación. Supongo que en el fondo lo es. No sólo se le ve más feliz desde que mi padre se marchó sino que está presente cuando está presente. Ha regresado de la Vía Láctea. El otro día incluso bailó bajo la lluvia con Jude y conmigo.

Deja de amasar.

—¿Y por qué nunca cocinabas cuando papá vivía aquí? —le pregunto, en lugar de lo que quiero saber: *¿Y por qué no lo echas de menos? ¿Y por qué tuvo que irse para que volvieras a ser la de antes?*

Suspira.

—No lo sé.

Dibuja un trazo con el dedo en un montoncito de harina, empieza a escribir su nombre. El vacío asoma a su expresión.

—Huele de maravilla —le acoto para que recupere la alegría, algo que necesito y detesto al mismo tiempo.

Ella esboza una sombra de sonrisa.

—Coge un trozo de pastel y una empanadilla. No se lo diré a tu hermana.

Jandy Nelson

Asiento, busco un cuchillo, corto una porción enorme, casi un cuarto del pastel, y la deposito en un plato. Añado una empanadilla de fruta. Desde que me convertí en King Kong, nunca tengo bastante. Me encamino a la mesa con el plato lleno, a punto de pararme de manos de lo bien que huele, cuando el mal humor de Jude deambula hasta el comedor.

El gesto de exasperación, ojos en blanco incluidos, es un 10.5 en la escala Richter. El Gran Temblor. California ha desaparecido del mapa. Pone las manos en la cintura, indignada.

—¿De qué se trata, Noah?

—Pero ¿cómo te desataste? —le pregunto con la boca llena de empanadilla.

—¿Desataste? —pregunta mi madre.

—La até para que no cayera en la tentación de venir a desayunar.

Mi madre se ríe.

—Jude, ya sé que estás furiosa conmigo, pero eso no impide que te puedas comer unos pastelillos para desayunar.

—¡Ni soñarlo! —cruza la cocina, agarra una caja de cereales y vierte un puñado en un triste cuenco descascarillado.

—Me parece que no queda leche —informa mi madre.

—¡Cómo no! —exclama Jude en un tono que recuerda bastante a un rebuzno. Se sienta a mi lado y empieza a martirizarse con una cucharada tras otra de cereales secos, con los ojos pegados a mi plato. Cuando mi madre está de espaldas, lo empujo en su dirección con el cuchillo y se embute cuanto pastel le cabe en la boca antes de devolvérmelo.

En ese momento, Brian Connelly atraviesa la puerta.

—Llamé —se excusa, nervioso. Está mayor, más alto, no lleva gorro y se cortó el pelo; la hoguera blanca ha desaparecido.

Me levanto de un brinco sin pensar lo que hago, luego me siento y otra vez me pongo de pie, porque eso es lo que hace la gente normal cuando alguien entra en una habitación, ¿verdad? Jude me propina un puntapié por debajo de la mesa, me mira con cara de "No seas tan friki" y luego intenta sonreír a Brian, pero tiene la boca tan llena que se limita a fruncir la cara como un chimpancé. Yo no puedo hablar porque estoy muy ocupado saltando, claro.

Por suerte, ahí está mamá.

—Pero bueno, ¿qué tal? —se limpia las manos en el delantal, se acerca y le estrecha la mano—. Bienvenido a casa.

—Gracias —responde él—. Es agradable estar de vuelta —respira hondo—. El olor de su horno llega hasta mi casa. Se nos caía la baba encima de los cereales.

—Por favor —dice mi madre—. Sírvete. Últimamente me ha dado por hacer pasteles. Y llévale algo a tu madre.

Brian mira la barra de la cocina con deseo.

—Más tarde, quizá —su mirada se desplaza hacia mí. Se humedece el labio inferior y ese gesto tan familiar me provoca un vuelco en el corazón.

Me he quedado petrificado en mitad de un salto: encorvado, con los brazos colgando como un mono. Advierto, por su expresión de perplejidad, que parezco pirado. Decido levantarme. Uf. ¡Es la elección correcta! Estoy de pie, soy una persona plantada sobre sus piernas, que han sido diseñadas para ese propósito. Y está a cinco pasos de mí, ahora a cuatro, tres, dos...

Está delante de mí.

Brian Connelly está delante de mí.

Lo que queda de su cabello es de un color rubio cenizo. Sus ojos, sus ojos, ¡sus increíbles ojos estrábicos!, me van a provocar un desmayo. Ya nada los oculta. Me sorprende que los pasajeros del avión no lo hayan seguido hasta aquí. Puede que estén esperando fuera. Quiero dibujarlo. Ahora. Quiero hacerlo todo. Ahora.

(Retrato, autorretrato: *Dos chicos corren hacia la felicidad*.)

Intento tranquilizarme contándole las pecas para comprobar si le ha salido alguna nueva.

—¿Tengo monos en la cara? —me pregunta con voz tan queda que sólo yo alcanzo a oírlo. Fueron prácticamente las primeras palabras que me dijo, hace meses. Una sonrisa incipiente asoma a sus labios. Atisbo su lengua apoyada contra el precipicio que separa sus dos dientes frontales.

—Estás distinto —observo. Ojalá no lo hubiera dicho en un tono tan extasiado.

—¿Yo? Oye, tú estás altísimo. Seguro que ahora me sacas un buen. ¿Cómo le hiciste?

Miro hacia abajo.

—Sí, ya estoy muy lejos de mis pies.

He pensado mucho en ello últimamente. Mis pies pertenecen a otra zona horaria.

Se parte de risa y yo me uno a él, y el sonido de nuestras carcajadas entremezcladas actúa como una máquina del tiempo, y, al instante, viajamos de vuelta al verano pasado, a los días en los bosques, a las noches en su tejado. Llevamos cinco meses sin vernos y ambos parecemos personas distintas, pero todo sigue siendo igual, igual, igual. Advierto que mi madre nos mira con curiosidad, con intensidad, sin saber cómo interpretar la escena, como si fuéramos una película en lengua extranjera sin subtítulos.

Brian se vuelve a mirar a Jude, que por fin ha conseguido tragarse la comida.

—Qué pasa —dice.

Ella lo saluda y devuelve la atención a los cereales. Es verdad. No hay nada entre Jude y Brian. Seguramente la visita al armario fuera para ellos como compartir un viaje en ascensor con un extraño. Noto una punzada de culpa cuando recuerdo lo que yo hice en aquel vestidor.

—¿Dónde demonios está Ralph? ¿Dónde demonios está Ralph?

—Oh, Dios mío —exclama Brian—. Lo había olvidado. ¡No puedo creer que lleve meses sin pensar en el paradero de Ralph!

—Vaya dilema existencial que nos plantea a todos ese loro —bromea mi madre con una sonrisa.

Él le sonríe a su vez, luego me mira a los ojos.

—¿Listo? —me pregunta, como si hubiéramos quedado de antemano.

Me percato de que no lleva consigo el estuche de aerolitos y, al mirar por la ventana, advierto que está a punto de llover, pero tenemos que salir de aquí. De inmediato.

—Vamos a buscar aerolitos —anuncio, como si fuera lo que hace todo el mundo en las mañanas de invierno. El verano pasado no les conté gran cosa al respecto ni a mi madre ni a mi hermana, lo cual se refleja en sus expresiones de desconcierto, pero ¿a quién carajos le importa?

A nosotros no, desde luego.

En un suspiro atravesamos la puerta, cruzamos la calle y nos internamos en el bosque corriendo porque sí, riendo porque sí, sin aliento y sin pensamiento, cuando Brian me agarra por la camisa, me obliga a dar media vuelta y, con una mano plana y fuerte, me empuja contra un árbol y me besa con tanta pasión que me quedo ciego.

La ceguera dura apenas un segundo. Al momento me inundan los colores: no sólo a través de los ojos sino a través de la piel, hasta remplazar sangre y hueso, músculo y tendón, hasta que soy rojonaranja-azulverdemoradoamarillorojonaranjaazulverdemoradoamarillo.

Brian se separa de mí y me mira.

—Caray —dice—. Hacía tanto tiempo que quería hacer esto... —noto su aliento en la cara—. Tanto. Eres...

Deja la frase en suspenso. En lugar de terminarla, me acaricia la mejilla con el dorso de la mano. El gesto me agarra desprevenido, funde hasta el último de mis átomos, porque es tan inesperado, tan tierno... Al igual que su mirada. Me duele el pecho de pura alegría, como si fuera un caballo que se zambulle en un río.

—Dios mío —susurro—. Esto está pasando.

—Sí, está pasando.

Creo que el corazón de cada uno de los seres vivos que pueblan la Tierra late en mi pecho.

Le enredo los dedos en el cabello, por fin, por fin, empujo su cabeza hacia la mía y lo beso con tanta intensidad que nuestros dientes chocan, los planetas chocan, lo beso por todas esas veces que no lo besé el verano pasado. Y lo sé todo sobre los besos, cómo morderle el labio para que tiemble de pies a cabeza, cómo susurrar su nombre para que gima en mi boca, cómo hacer que eche la cabeza hacia atrás, que arquee la espalda, cómo hacerle gruñir entre dientes. Me siento como si hubiera cursado todas las clases que existen sobre el tema. Y aun mientras lo beso y lo sigo besando, echo de menos sus besos, quiero más, más, más, como si no tuviera bastante, como si nunca fuera a tener bastante.

—Somos ellos —pienso/digo cuando me detengo un momento para tomar aliento, para tomar vida, mi boca a dos centímetros de la suya, las frentes pegadas.

—¿Quiénes?

Su voz ronca produce una revuelta instantánea en mi torrente sanguíneo, así que no puedo hablarle de los chicos que vi besándose en la fiesta. En cambio, introduzco las manos por debajo de su camisa, porque ahora puedo hacerlo, puedo hacer todo aquello con lo que llevo meses fantaseando, fantaseando y fantaseando. Palpo el río de su abdomen, su pecho y sus hombros. Él musita la palabra "sí" sin aliento, lo que me hace estremecer, lo que le hace estremecer, y entonces sus manos viajan por debajo de mi camisa y su tacto urgente y hambriento en la piel me reduce a cenizas.

"Amor", pienso, pienso, pienso, pienso, pero no lo digo. No lo digas.

No lo digas. No le digas que lo quieres.

Pero lo hago. Lo quiero más que a nada.

Cierro los ojos y me ahogo en color, los abro y me ahogo en luz porque alguien vacía sobre nosotros miles de millones de cubos de luz, desde arriba.

Es esto. Éste el misterio de los misterios. El cuadro que se pinta a sí mismo.

Y justo cuando me estoy diciendo todo eso, el asteroide se estrella sobre nosotros.

—Nadie debe saberlo —me dice—. Nunca —retrocedo un paso, lo miro a los ojos. En un suspiro se ha transformado en sirena. El bosque entero enmudece. También quiere mantenerse al margen de lo que acaba de oír. Añade, ahora en un tono más tranquilo—: Estaría acabado. Del todo. Perdería la beca deportiva en Forrester. Soy el ayudante del capitán del equipo y...

Quiero que se calle. Que vuelva conmigo. Que sus ojos me miren otra vez como hace un minuto, cuando palpé su abdomen, su pecho, cuando me acarició la mejilla. Le subo la camisa, la deslizo por encima de su boca parlanchina, me deshago de la mía y me le repego, piernas contra piernas, ingle contra ingle, pecho desnudo contra pecho desnudo. Se le entrecorta la respiración. Encajamos perfectamente. Lo beso despacio, a conciencia, hasta que sólo puede pronunciar mi nombre.

Una vez.

Y otra.

Hasta que somos dos velas fundidas en una.

—Nadie lo descubrirá, no te preocupes —susurro, aunque me tiene sin cuidado que el mundo entero lo sepa, porque no me importa nada salvo él y yo bajo el cielo abierto cuando retumba el trueno y empieza a caer la lluvia.

Estoy recostado en la cama, dibujando a Brian, que se encuentra sentado en mi escritorio a pocos pasos de mí, mirando una lluvia de meteoritos en la página web de Astronomía a la que está enganchado. En mi dibujo, las estrellas y los planetas salen volando de la pantalla de la computadora e inundan la habitación. Es la primera vez que nos vemos desde aquel día del bosque, sin contar los tropecientos millones de veces que me he reunido con él mentalmente a lo largo de los últimos días, incluida la Navidad. Lo sucedido entre nosotros ha colonizado hasta la última de mis neuronas. Apenas soy capaz de atarme los cordones de los tenis. Esta mañana no sabía ni masticar.

Temía que se dedicara a rehuirme el resto de nuestras vidas, pero a primera hora, poco después de que el coche de su madre entrara en el garaje, señal de que acababan de volver de no sé qué centro budista, fue a mi ventana. Escuché un interminable informe sobre la federación intergaláctica y ahora estamos discutiendo acerca de qué vacaciones han sido más equis, si las suyas o las mías. Se comporta como si lo sucedido entre los dos nunca hubiera pasado, así que yo hago lo mismo. Bueno, lo intento. Mi corazón es más grande que el de una ballena azul; necesita su propio lugar de estacionamiento. Por no mencionar los dos metros y medio de cemento que no me dejan salir de la ducha. Estoy limpísimo. Si hay sequía, cúlpenme.

De hecho, ahorita estoy pensando en la ducha. Imagino que estamos los dos allí dentro mientras el agua resbala por nuestros cuerpos desnudos y yo lo empujo contra la pared, deslizo las manos por su piel, oigo los gemidos que escapan de sus labios cuando echa la cabeza hacia atrás y dice "sí" como hizo en el bosque, y al mismo tiempo que pienso todo esto le cuento con voz firme y segura que Jude y yo pasamos la Navidad en el hotel de mi padre comiendo comida china y respirando aire gris. Es increíble que se puedan hacer tantas cosas al mismo tiempo. Es increíble que las cosas que pasan en la cabeza se queden ahí.

(Autorretrato: *No molestar.*)

—Déjalo ya —dice—. No me superas ni en broma. Yo me pasé todo el día meditando con mi madre y luego tuve que dormir en una colchoneta en el suelo, y el día de Navidad me dieron para comer un menjurje asqueroso. El único regalo que me hicieron fue una meditación de los monjes. ¡Una oración por la paz! Te lo repito: todo el día sentado, ¡yo! No podía hablar. Ni hacer nada. Durante ocho horas. ¡Y luego la avena y una oración! —se echa a reír y yo lo imito al instante—. Y tuve que ponerme un hábito. Un puto vestido —se da media vuelta, iluminado como un farolillo—. Y, para acabar de rematarlo, no podía dejar de pensar en...

Lo veo temblar. Ay, Dios.

—Lo pasé fatal, viejo. Menos mal que nos dieron una especie de cojines raros para ponernos sobre el regazo, así que nadie se dio cuenta. Fue un asco —me está mirando la boca—. Y a la vez no lo fue —devuelve la atención a las estrellas.

Veo que él también se estremece.

Se me atonta la mano y dejo caer el lápiz sin querer. Él tampoco puede dejar de pensar en ello.

Se vuelve a mirarme.

—¿Y a quiénes te referías cuando hablaste de "ellos", por cierto?

Tardo un segundo, pero enseguida ato cabos.

—Vi a dos tíos enrollándose en la fiesta.

Frunce el ceño.

—¿La fiesta en la que te enredaste con Heather?

Me he pasado varios meses tan encabronado con él y con Jude por algo que no sucedió que ni se me había ocurrido que él pudiera estar enojado por algo que sí pasó. ¿Aún lo está? ¿Por eso no me llamó ni me envió un correo en todo este tiempo? Necesito contarle lo que pasó en realidad. Tengo que pedirle perdón. Porque lo siento muchísimo. Pero sólo me limito a decir:

—Sí, esa fiesta. Eran...

—¿Qué?

—No sé, alucinantes y así...

—¿Por qué?

Su voz empieza a agitarse. No tengo respuesta. La verdad es que me parecieron alucinantes porque eran dos chicos y se estaban besando.

—Decidí que daría todos mis dedos a cambio de... —confieso.

—¿De qué? —me presiona.

Comprendo que no puedo decirlo en voz alta, pero no hace falta, porque lo dice él.

—De que fuéramos nosotros. Yo también los vi.

Mi temperatura corporal asciende mil grados.

—No sé cómo ibas a dibujar sin dedos —señala.

—Ya me las arreglaría.

Cierro los ojos, incapaz de contener la sensación que me invade, y, cuando vuelvo a abrirlos un instante después, se diría que lo han clavado de un gancho, y que el gancho soy yo. Sigo su mirada hacia mi abdomen expuesto (se me ha levantado la camiseta) y luego la agacho hacia una parte de mí que no sabe disimular lo que estoy sintiendo. Creo que me ha disparado con un arma de electrochoque o algo así, porque no me puedo mover.

Traga saliva, se gira otra vez hacia la computadora y posa la mano sobre el ratón, pero no hace clic para salir del salvapantalla. Lo veo desplazar la otra mano hacia abajo.

Sin despegar los ojos del monitor, me pregunta:

—¿Quieres?

Y soy una inundación en un vaso de papel.

—Totalmente —asiento, sin albergar la menor duda de lo que quiso decir. Al momento, nos llevamos las manos a los cinturones para desabrocharlos. Miro su espalda desde la otra punta del cuarto, incapaz de ver mucho más, pero entonces su cuello se arquea y atisbo su rostro, sus ojos turbios y salvajes que buscan los míos, y me siento como si nos estuviéramos besando otra vez, ahora desde lejos pero con más pasión que en el bosque, donde nuestros pantalones seguían en su sitio. No sabía que fuera posible besarse con los ojos. No sabía nada. Y, entonces, los colores derriban las paredes del cuarto, los muros de mi interior...

Y sucede lo imposible.

Mi madre, y quiero decir *mi madre*, entra de sopetón agitando una revista. Pensaba que había echado el cerrojo. ¡Juraría que lo había echado!

—Es el mejor artículo sobre Picasso que he leído en mi vida, vas a... —su mirada perpleja se posa en mí y luego en Brian. Sus manos, mis manos, suben, colocan, abrochan—. Oh —dice—. Perdón.

La puerta se cierra y ya no está allí, como si nunca hubiera entrado, como si no hubiera visto nada.

No finge que no ha sucedido.

Una hora después de que Brian se aviente por la ventana, llama a la puerta de mi habitación. No digo nada. Me limito a encender la lámpara del escritorio para que no me encuentre sentado en la oscuridad, como llevo haciendo desde que Brian se marchó. Busco un lápiz y me pongo a dibujar, pero mi mano no para de temblar y no puedo trazar ni una línea.

—Noah, voy a entrar.

Toda la sangre de mi cuerpo fluye enloquecida a mi rostro cuando la puerta se abre despacio. Me quiero morir.

—Me gustaría hablar contigo, cariño —me pide con el mismo tono de voz que emplea para hablar con el Loco Charlie, el tonto del pueblo.

"Pasa de largo. Pasa de largo. Pasa de largo", repito mentalmente mientras hundo la punta del lápiz en el papel. Ahora estoy encorvado sobre el cuaderno, casi abrazado a él, para no tener que verla. Bosques enteros son pasto del fuego en mi interior. ¿No se da cuenta de que, después de lo que ha pasado, quiero estar solo durante los próximos cincuenta años?

Me roza el hombro al pasar. Me crispo.

Desde la cama, donde acaba de sentarse, me dice:

—El amor es muy complicado, Noah, ¿verdad? —estoy tenso a más no poder. ¿Por qué ha dicho eso? ¿Por qué emplea la palabra "amor"? Tiro el lápiz—: Está bien sentir lo que sientes. Es natural.

Un gigantesco "no" estalla dentro de mí. ¿Qué sabe ella de cómo me siento? ¿Qué sabe ella de nada? No lo sabe. No puede saberlo. No puede irrumpir en mi mundo más secreto con la intención de hacerse la guía. *Largo*, quiero gritarle. *Sal de mi habitación. Sal de mi vida. Sal de mis pinturas. ¡Lárgate! Esfúmate a tu reino ahora mismo y déjame en paz. ¿No te das cuenta de lo que estás haciendo? ¿De que intentas arrebatarme esta experiencia antes de que la haya vivido siquiera?* Quiero decirle todo eso, pero no puedo pronunciar palabra. Apenas puedo respirar.

Brian tampoco podía. Estaba hiperventilando cuando se fue. Se tapaba la cara con las manos y se retorcía mientras repetía una y otra vez:

—¡Ay, Dios! ¡Ay, Dios! ¡Ay, Dios!

Yo deseaba con todas mis fuerzas que dijera algo que no fuera ¡ay, Dios!, pero cuando empezó a hablar, cambié de idea.

Nunca he visto a nadie comportarse así. Sudaba, caminaba de un lado a otro y se mesaba el pelo como si se lo fuera a arrancar. Pensaba que iba a derribar las paredes, o que me iba a tirar a mí contra la pared. Temí por mi vida, en serio.

—En mi otro colegio —me explica— había un chico que formaba parte del equipo de beisbol. La gente pensaba... no sé. Vieron que visitaba una página web o algo así —su cara oculta ha asomado un momento y estaba horriblemente fruncida—. Lo acosaron hasta tal punto que no pudo seguir jugando. Cada día ideaban una forma nueva de torturarlo. Al final, un viernes después de clase, lo encerraron en el armario de los trastos —hace una mueca de dolor, como si visualizase la escena, y entonces lo comprendo. Lo comprendí todo—. Durante toda la noche y todo el día siguiente. En un armario minúsculo, asqueroso y sin aire. Sus padres pensaron que había ido al partido con los demás, fuera de la ciudad, y alguien le dijo al entrenador que estaba enfermo, así que nadie lo buscó. Nadie sabía que estaba atrapado ahí dentro —respiraba agitadamente, y yo me acuerdo de que un día me confesó que antes no sufría claustrofobia, pero ahora sí—. Además, era muy bueno, el mejor jugador del equipo seguramente, o al menos habría podido serlo. Y ni siquiera había hecho nada. Lo único que hacía era visitar aquellas páginas y alguien lo vio. ¿Captas? ¿Entiendes lo que supondría para mí? ¿Para el ayudante del capitán? Quiero ser capitán el próximo año y, si lo consigo, quizá pueda graduarme antes de tiempo. Me quedaría sin beca. Me quedaría sin nada. Esos tipos no son tan... —traza unas comillas en el aire con los dedos— maduros como ustedes. No viven al norte de California. No meditan ni pintan cuadros —la daga ha dado en el blanco—. Es horrible que te encierren en un armario.

—Nadie lo descubrirá —le aseguré.

—No lo sabes. ¿Te acuerdas de aquel primo idiota de Fry al que estuve a punto de decapitar el verano pasado, ése con pinta de mono? Su hermano pequeño va a mi colegio. Creí que sufría alucinaciones. Es idéntico a él —se ha humedecido el labio inferior—. El otro día nos podría haber visto cualquiera, Noah. Cualquiera. Nos podría haber visto Fry y, entonces... En aquel momento, no lo pensé. Estaba tan... —hace un gesto de negación con la cabeza—. No puedo permitirme que me echen del equipo. No puedo perder la beca deportiva. No tenemos dinero. Y la escuela... El profesor de Física es un astrofísico... No puedo. Tengo que conseguir una beca de beisbol para matricularme en la universidad. Es necesario —se ha acercado al lugar donde yo seguía plantado, mirándolo fijamente. Vi su cara roja como un tomate, los ojos en llamas, sus repentinos tres metros de altura, y yo no sabía si me iba a besar o a atizarme un puñetazo. Me agarró otra vez por la camiseta, pero en esta ocasión la estrujó con el puño y me dijo—: Lo nuestro ha terminado. No hay más remedio. ¿Estamos?

Asentí, y algo enorme y brillante en mi interior ha quedado reducido a polvo. Estoy seguro de que fue mi alma.

—¡Y tú tienes la culpa! —le escupo a mi madre.

—¿De qué, cariño? —me pregunta, asustada.

—¡De todo! ¿No te das cuenta? Has destrozado a papá. Lo has desterrado como si fuera un leproso. ¡Te quiere! ¿Cómo crees que se siente a solas en ese cuartucho de mala muerte respirando aire gris, comiendo pizza rancia y viendo documentales de osos hormigueros mientras tú preparas banquetes, te vistes con ropa circense, tarareas todo el tiempo y te las ingenias para que el sol te caliente incluso en pleno aguacero? ¿Cómo crees que le hace sentir todo eso? —me mira, dolida, pero me da igual—. ¡Puede que ya ni siquiera tenga alma, y todo gracias a ti!

—¿A qué te refieres? No te entiendo.

—Pues que se la pisoteaste y es muy probable que ahora esté hueco y vacío por dentro, como un caparazón sin tortuga.

Se hace un silencio.

—¿Por qué dices eso? ¿Es así como te sientes a veces?

—No hablo de mí. ¿Y sabes qué? No eres especial. Eres común y corriente. ¡No flotas ni atraviesas paredes y nunca lo harás!

—¿Noah?

—Siempre había pensado que eras un ser caído del cielo, pero eres común y corriente. Y ya no haces feliz a nadie, como antes. Haces desgraciado a todo el mundo.

—Noah, ¿ya terminaste?

—Mamá —digo como si la palabra estuviera infestada de insectos—. Sí.

—Pues escúchame —la súbita severidad de su voz me sobresalta—. No he venido aquí a hablar de mí, ni de mi relación con tu padre. Podemos hablar de eso si quieres, te lo prometo, pero no ahora.

Si no la miro, me dejará en paz, desaparecerá, y lo que nos ha visto haciendo a Brian y a mí desaparecerá con ella.

—No has visto nada —le grito, fuera de mis casillas—. Los chicos hacen esas cosas. Las hacen. Equipos de beisbol enteros las hacen. Chaquetas en grupo, lo llaman, ¿sabes?

Entierro la cara en las manos, que se llenan de lágrimas.

Se levanta, se acerca a mí, me toma el rostro por la barbilla y me obliga a levantar la cabeza para que soporte el peso de su mirada.

—Escúchame bien. Se requiere mucho coraje para ser sincero con uno mismo, para ser fiel a lo que te dicta el corazón. Siempre has sido muy valiente en ese sentido y espero que lo sigas siendo. Es tu responsabilidad, Noah. Recuérdalo.

Al día siguiente, me despierto al alba, presa de un ataque de pánico. Porque no quiero que se lo diga a mi padre. Tiene que prometérmelo. Después de catorce años, por fin tengo un padre, y me gusta. No, me encanta. Por fin piensa que soy un paraguas con todas las varillas en su sitio.

Merodeo por la casa a oscuras como un ladrón. La cocina está vacía. Me acerco de puntitas al dormitorio de mi madre y pego la oreja a la puerta, a la espera de oír algún movimiento. Es posible que ya se lo haya contado a mi padre, aunque era tarde cuando se fue de mi cuarto ayer por la noche. ¿Será capaz de arruinar mi vida más aún de lo que ya está? Primero estropea lo mío con Brian y ahora me quiere fastidiar la relación con mi padre.

Me estoy quedando dormido con los labios de Brian pegados a los míos, sus manos sobre mi pecho, por toda mi piel, cuando el sonido de la voz de mamá me sobresalta. Me sacudo de encima el abrazo fantasma. Debe de estar hablando por teléfono. Con las manos abocinadas alrededor de la oreja. Pego el oído a la puerta; ¿ese truco funciona? Pues sí. Ahora oigo mejor sus palabras. Su voz suena tensa, como cuando habla con mi padre últimamente.

—Tengo que verte —advierte—. No puede esperar. Llevo despierta toda la noche pensando en ello. Ayer me sucedió una cosa relacionada con Noah —¡se lo va a decir! ¡Lo sabía! Mi padre debe de estar hablando ahora, porque se hace un silencio hasta que la oigo responder—: Bien, pero en el estudio no, en el Pájaro de Madera. Sí, dentro de una hora me queda bien.

Ni siquiera creo que haya estado nunca en el estudio. Le da igual que se pudra en un hotel.

Llamo a la puerta y la abro en cuanto me da permiso de entrar. Lleva una bata color melocotón y sostiene el teléfono contra el pecho. La máscara de pestañas se le ha emborronado, como si llevara toda la noche llorando. ¿Por mi culpa? Se me hace un nudo en el estómago. ¿Porque no quiere tener un hijo gay? En el fondo, nadie quiere, ni siquiera alguien de mentalidad tan abierta como ella. Se la ve desmejorada, como si hubiera envejecido cien años en el transcurso de la noche. Mira lo que le he hecho. La decepcionada piel le cuelga de los decepcionados huesos. En ese caso, ¿a qué vino el discursito de ayer por la noche? ¿Me lo soltó sólo para que me sintiera mejor?

—Buenos días, cielo —me saluda en un tono falso. Tira el teléfono a la cama y se acerca a la ventana para descorrer las cortinas. El cielo apenas ha despertado. Hoy ha amanecido un día triste y gris. Pienso en romperme los dedos, no sé por qué. Uno por uno. Delante de ella.

—¿Adónde vas? —balbuceo.

—Tengo cita con el médico —¡qué mentirosa! Y, además, suelta las cosas como si nada. ¿Llevará mintiéndome toda la vida?—. ¿Cómo sabes que voy a salir?

Piensa, Noah, rápido.

—Lo supongo porque no hay ningún pastel en el horno.

Funcionó. Sonríe, se acerca a su tocador y se sienta delante del espejo. La biografía de Kandinsky que está leyendo yace boca abajo junto a su cepillo de plata. Empieza a aplicarse crema alrededor de los ojos, luego se retira las sombras con un trozo de algodón.

(Retrato: *Madre remplazando su rostro por otro.*)

Cuando acaba de maquillarse, procede a recogerse el pelo con una pinza. Cambia de idea, sacude la melena, coge el cepillo.

—Más tarde haré un pastel de Navidad...

Desconecto. Tengo que decirlo. Además, soy experto en soltar cosas a bocajarro. ¿Por qué no me salen las palabras?

—Pareces muy disgustado, Noah —me está mirando a través del espejo.

(Retrato, autorretrato: *Atrapado en un espejo con mi madre.*)

Se lo diré a la madre del otro lado del espejo. Será más fácil.

—No quiero que le menciones a papá lo que viste. Aunque en realidad no vieras nada, porque no había nada que ver. Y, de todos modos, no tiene importancia...

SOS, SOS.

Deja el cepillo sobre la superficie del tocador.

—Va.

—¿Va?

—Claro. Es asunto tuyo y de nadie más. Si quieres contarle tú mismo lo que no vi, hazlo. Si lo que no vi significa algo, te animo a que lo hagas. Tu padre no es tan intransigente como parece a veces. Lo subestimas. Siempre lo has hecho.

—¿Que yo lo subestimo? ¿Hablas en serio? Él me subestima a mí.

—No, no te subestima —sostiene mi mirada en el espejo—. Es que lo asustas un poco, sólo eso.

—¿Que lo asusto? Sí, claro. Papá me tiene miedo.

¿De qué habla?

—Cree que no te cae bien.

—¡Soy yo el que no le caigo bien a él! Bueno, no le caía. Últimamente sí, no sé por qué, y quiero que siga siendo así.

Menea la cabeza con cansancio.

—Lo resolverán. Sé que lo harán —puede que sí, puede que ya lo hayamos hecho, pero sólo si no se lo cuenta, eso está claro—. Se parecen mucho. Ambos se toman las cosas muy a pecho, demasiado, en ocasiones —¿qué?—. Jude y yo nos protegemos tras una coraza —prosigue—. Cuesta mucho penetrarla. Papá y tú no son así.

Primera noticia. Jamás se me había ocurrido que me pareciera a mi padre en nada. Sin embargo, lo que está diciendo en realidad es que somos un par de llorones. Eso mismo piensa Brian. Sólo soy un tipo que "pinta". Y me arde el pecho al pensar que mi madre considera a Jude más parecida a ella que yo. ¿Cómo es posible que tenga que cuestionarme una y otra vez todo cuanto doy por sentado sobre nuestra familia? ¿Por qué los equipos siempre están cambiando? ¿Acaso todas las familias son así? Y, lo más importante, ¿cómo sé que no me está mintiendo sobre lo de guardarme el secreto? Acaba de mentir acerca de la cita con el médico. Si no piensa decirle nada, ¿por qué quedó con él? Y, ¿perdón? Dijo: *Ayer por la noche me pasó una cosa relacionada con Noah.*

Se lo va a contar, está claro. Por eso quedaron en el Pájaro de Madera. Ya no puedo confiar en ella.

Se encamina a su armario.

—Podemos seguir hablando de esto más tarde, si quieres, pero ahora debo vestirme. Tengo menos de una hora para llegar al médico. —¡nariz de Pinocho! ¡Embustera, te quemarás en la hoguera! Cuando me dispongo a salir, me dice—: Todo saldrá bien, Noah. No te preocupes.

—¿Sabes qué? —replico, cerrando los puños—. Te agradecería que dejaras de decir eso, mamá.

Voy a seguirla, claro que sí. Cuando oigo alejarse el coche, echo a correr. Por los caminos, puedo llegar al Pájaro de Madera tan deprisa como ella.

Nadie sabe quién talló el Pájaro de Madera. El artista lo esculpió en un gigantesco tocón de secuoya, pluma a pluma. Debió de tardar años, diez o incluso veinte. Es inmenso, y cada una de las plumas constituye una obra de arte. Ahora, desde la carretera hasta el pájaro discurre un camino, y le han colocado un banco al lado con vistas al mar, pero cuando el artista lo talló no había nada de todo eso. Lo hizo por amor al arte, como Jude, sin preocuparse de si alguien lo vería o no. O quizá sí le importara y le divertía la idea de que la gente se topara con él y se preguntara de dónde había salido.

Estoy escondido entre la maleza, a cientos de metros de mi madre, que se ha sentado en el banco de cara al mar. El sol se ha abierto paso entre la niebla y los rayos se cuelan en el bosque. Hoy hará calor; vamos a tener un Veranillo de San Miguel. Mi padre aún no ha llegado. Cierro lo ojos, busco a Brian; ahora está en todas partes, siempre nadando dentro de mí. ¿Cómo puede haber renunciado a lo nuestro? ¿Cambiará de idea? Estoy rebuscando la piedra en el bolsillo cuando oigo pasos.

Abro los ojos, convencido de que voy a ver a mi padre; en vez de eso, un hombre muy raro avanza a grandes zancadas por el camino. Se detiene en el lindero del bosque y mira a mi madre, que no se ha percatado de su presencia. Agarro un palo. ¿Será un psicópata? Entonces, gira la cabeza una pizca y lo reconozco: ese rostro, esa escala geográfica. Se trata del escultor de Day Street. ¡Aquí! Dejo caer la espada, aliviado. Seguramente está tallando mentalmente a mi madre, igual que yo pinto. "¿Habrá salido a dar un paseo?", me pregunto, cuando, de repente, el cielo se rompe en mil pedazos porque mi madre se levanta de un salto, corre hacia él y se arroja a sus brazos. Entro en combustión.

Sacudo la cabeza. Ah, no es, claro que no, me confundí. El escultor pirado está casado con una mujer que se parece a mi madre.

Sin embargo, es ella la que está entre sus brazos. Conozco a mi propia madre.

¿De... qué... trata... esto?

¿De... qué... demonios... se trata... esto?

Las piezas empiezan a encajar. A toda velocidad. El motivo de que mi madre estuviera delante de su estudio aquel día, el hecho de que le diera la patada a mi padre, sus conversaciones telefónicas (¡y las de él!: *Dese prisa, amor mío*), la felicidad de mi madre, su infelicidad, su aire ausente, la cocina, los pasteles y su coche parado con el semáforo en verde, las clases de salsa en la cocina, las pulseras y la ropa circense. El rompecabezas se arma de un plumazo. Los dos ahí delante, tan descaradamente juntos.

En mi mente suena un aullido tan agudo que no puedo creer que no lo oigan.

Mi madre tiene una aventura. Está engañando a mi padre. Es una esposa infiel. Una cochina mentirosa. ¡Mi propia madre! ¿Cómo es posible que no se me haya ocurrido? Claro, no se me había ocurrido precisamente porque se trata de mi madre. Ella nunca haría algo así. Le lleva donas (las mejores donas que he probado nunca) a los cobradores del peaje. No tiene aventuras.

¿Lo sabrá mi padre?

Una aventura. Les susurro la palabra a los árboles, pero se han escapado. Sé que está engañando a mi padre, pero tengo la sensación de que me está traicionando a mí también. Cada día de mi vida.

(Retrato familiar: *Y entonces todos volamos en pedazos.*)

Ahora se están besando, y yo estoy aquí, sin dejar de mirarlos. No puedo apartar los ojos. Nunca la he visto besar a mi padre con tanta pasión. ¡Los padres tienen prohibido besarse así! Ahora mi madre le toma la mano y lo arrastra al borde del precipicio. Parece tan feliz que verla me hace trizas. No tengo ni idea de quién es la mujer que baila en brazos de ese extraño, que gira y gira como en una película mala hasta que ambos se marean y caen.

(Retrato: *Madre de un color cegador.*)

¿Qué dijo esta mañana? Que cuesta mucho romper su coraza. Este hombre lo ha conseguido.

Empuño el palo. Tengo que defender el honor de mi padre. Debo enfrentarme a este artista miserable. Debería tirarle un meteorito a la cabeza. Debería empujarlo por el precipicio. Porque el pobre limón de mi padre no tiene la menor posibilidad. Y lo sabe. Ahora entiendo qué lo consume, qué tiñe el aire a su alrededor de ese horrible tono gris: es la derrota.

Es un paraguas destartalado. ¿Lo habrá sido siempre? Ambos lo somos. De tal palo, tal astilla.

Porque yo también lo sé. Tampoco tengo la menor posibilidad. *Lo nuestro ha terminado. No hay más remedio. ¿Va?*

Pues no, no va. ¡Ni hablar! Ahora vuelven a besarse. Creo que los ojos se me salen de las órbitas, las manos de los brazos, los pies de las piernas. No sé qué hacer. No sé qué hacer. Tengo que hacer algo.

Así que echo a correr.

Corro y corro y corro y corro y sigo corriendo, y cuando alcanzo una de las últimas curvas antes de que el camino desemboque en mi calle, veo a Brian paseando con Courtney.

Él lleva el estuche de los aerolitos colgado al hombro y caminan con los brazos entrecruzados a la espalda, la mano de Brian en el bolsillo trasero de Courtney, la de ella en los jeans de él. Como si estuvieran juntos. Atisbo una mancha brillante en los labios de Brian, lo que me confunde un instante hasta que comprendo que es lápiz labial. Porque la ha besado.

La ha besado.

Comienza como un temblor en lo más profundo de mi ser que muda rápidamente en un terremoto, y entonces todo entra en erupción a la vez, lo que ha pasado hace un rato en el Pájaro de Madera, lo sucedido en mi dormitorio la noche de ayer, lo que está ocurriendo ahora mismo, toda la rabia y la confusión, el dolor y la impotencia, la traición, todo estalla como un volcán en mi interior y sale por mi boca en forma de:

—¡Es gay, Courtney! ¡Brian Connelly es gay!

Las palabras rebotan en el aire. Las veo alejarse y quiero recuperarlas.

Las facciones de Brian se descomponen en una expresión de puro odio. Courtney abre la boca de par en par. Me cree, lo leo en sus ojos. Se aparta de él.

—¿Lo eres, Brian? Pensaba que...

Courtney no termina la frase, porque la cara de él lo dice todo.

La misma expresión que se debió de apoderar de él cuando lo encerraron en aquel trastero horas y horas, completamente solo. La misma expresión que muestra un rostro cuando le arrebatan los sueños.

Y esta vez yo he sido el causante. Yo.

Cuando cruzo la calle corriendo, sigo viendo la expresión de odio en los ojos de Brian. Daría cualquier cosa por poder retirar mis palabras, por volver a guardarlas en mi caja fuerte interior, donde deben estar. Cualquier cosa. Me duele la barriga como si hubiera comido clavos. ¿Cómo he podido hacerle algo así, después de lo que me dijo?

También daría cualquier cosa por no haber visto la escena del Pájaro de Madera.

Una vez en casa, me encamino directo a mi habitación, abro un cuaderno y empiezo a dibujar. Lo primero es lo primero. Necesito que mi madre ponga fin a esto y sólo conozco un modo de conseguirlo. Tardo mucho en rematar el dibujo, pero lo logro por fin.

Cuando termino, lo dejo sobre su cama y voy en busca de Jude. Necesito a Jude.

Fry me dice que se fue con Zephyr, pero no los encuentro por ninguna parte.

Tampoco encuentro a Brian.

Profeta es el único que sigue aquí, preguntando a gritos por Ralph, como de costumbre.

Yo chillo a pleno pulmón:

—No hay ningún Ralph, pajarraco estúpido. ¡Ralph no existe!

Cuando regreso a casa, encuentro a mamá esperándome en mi cuarto, con el dibujo sobre el regazo. En la imagen, en primer plano, aparecen el escultor y ella besándose junto al Pájaro de Madera. De fondo, muy difuminados, estamos papá, mi hermana y yo.

La máscara de pestañas tiñe sus lágrimas de negro.

—Me seguiste —se lamenta—. Ojalá no lo hubieras hecho, Noah. Lo siento muchísimo. No deberías haber visto eso.

—Y tú no deberías haberlo hecho.

Baja la vista.

—Lo sé, y por eso...

—Pensaba que le ibas a hablar a papá de mí —le explico—. Por eso te seguí.

—Pero si te había prometido que no lo haría...

—Te oí decirle por teléfono: *Ayer por la noche pasó una cosa relacionada con Noah*. Pensaba que hablabas con papá, no con tu novio.

Su rostro se endurece al oír esa palabra.

—Te mencioné porque, cuando me escuché decirte que tenías el deber de ser fiel a ti mismo, comprendí que me estaba comportando como una hipócrita y que debía aplicarme mi propio consejo. Tenía que ser valiente, como mi hijo —eh, un momento, ¿de verdad acaba de utilizarme para justificar sus tejemanejes? Se levanta, me tiende el dibujo—. Noah, le voy a pedir el divorcio a tu padre. Se lo diré hoy mismo. Y quiero comunicárselo a tu hermana en persona.

El divorcio. Hoy. Ahora.

—¡No! —esto es culpa mía. Si no la hubiera seguido. Si no lo hubiera visto. Si no hubiera dibujado ese apunte—. ¿Acaso no nos quieres? —pretendía decirle: *Acaso no quieres a papá*, pero me salió así.

—No hay nada en este mundo que me inspire más amor que tú y tu hermana. Nada. Y tu padre es un hombre maravilloso...

Sin embargo, no puedo concentrarme en lo que está diciendo porque una idea se ha apoderado de mi mente.

—¿Va a vivir aquí? —le pregunto, interrumpiendo lo que sea que está diciendo—. ¿Ese hombre? ¿Con nosotros? ¿Va a dormir en el lado de la cama de papá? ¿Beberá en su taza de café? ¿Se afeitará en su espejo? ¿Te vas a casar con él? ¿Por eso quieres el divorcio?

—Cariño... —me acaricia el hombro como si quisiera consolarme. Yo me aparto y, por primera vez en mi vida, la detesto con un odio visceral, de esos que te oscurecen la voz.

—Lo vas a hacer —la acuso. No doy crédito—. Te vas a casar con él, ¿verdad? Eso es lo que quieres.

No lo niega. Sus ojos dicen que sí. No lo puedo creer.

—¿Y te vas a olvidar de papá? Vas a fingir que no hubo nada entre ustedes —igual que Brian pretende hacer conmigo—. No lo superará, mamá. No lo has visto en ese hotel. Es una sombra del que era. Está hundido.

Y yo también. ¿Y si yo, a mi vez, hundí a Brian? ¿Cómo puede el amor causar tantos estragos?

—Tu padre y yo lo hemos intentado —me asegura—. Llevamos mucho tiempo intentándolo con todas nuestras fuerzas. Siempre he querido proporcionarles la estabilidad que yo no tuve de niña. No lo busqué —vuelve a sentarse—. Pero estoy enamorada de otro hombre —se le cae la cara que tiene a la vista (por lo que parece, hoy nadie consigue mantenerla en su sitio) y la que se atisba debajo muestra desesperación—. Lo estoy. Ojalá las cosas fueran distintas, pero no lo son. No está bien sostener una mentira. Nunca, en ningún caso, Noah —su voz rezuma súplica—. Uno no escoge de quién se enamora, ¿verdad?

Esta última frase silencia mi alboroto interior durante un instante. Yo tampoco puedo evitarlo, eso seguro, y de repente quiero contárselo todo. Quiero contarle que yo también estoy enamorado, que tampoco lo escogí y que acabo de hundir a ese chico en la miseria, que no sé cómo he sido capaz de algo así y que ojalá pudiera retroceder en el tiempo.

Sin embargo, me limito a salir de la habitación.

HISTORIA DE LA SUERTE

Jude
16 años

Estoy tendida en la cama, sin pegar un ojo, evocando a Oscar y a esa tal Brooke con su melenita castaña besándose en el desván mientras yo purgaba mi karma en el armario. Pensando en los fantasmas de la abuela y de mamá aliados contra mí. Pensando, sobre todo, en Noah. ¿Qué hacía hoy junto al estudio de Guillermo? ¿Y por qué parecía tan asustado, tan preocupado? Me dijo que había salido a correr, que estaba bien, que sólo habíamos coincidido en Day Street por casualidad. Sin embargo, no me lo trago, igual que no le creí cuando me dijo que no sabía cómo se habían borrado los archivos que marqué sobre Guillermo. Debe de haberme seguido hasta allí. Ahora bien, ¿por qué? Tuve la sensación de que quería decirme algo, pero parecía muy asustado.

¿Me está ocultando algo?

¿Y por qué husmeó entre mis cosas el otro día? A lo mejor por curiosidad. Además, eso de que se quedara el dinero para emergencias..., ¿para qué lo quería? Miré en su habitación mientras estaba fuera, pero no vi nada nuevo.

Me incorporo al oír un ruido sospechoso. Asesinos psicópatas. Siempre intentan entrar en casa cuando papá se ausenta a uno de sus congresos. Aparto el edredón, me levanto, agarro el bate de beisbol que guardo debajo de la cama para estas ocasiones y echo un vistazo rápido por la casa para asegurarme de que Noah y yo sobreviviremos hasta la salida del sol. Concluyo la ronda ante el dormitorio de mis padres pensando lo que pienso siempre cuando estoy allí: que la habitación sigue esperando el regreso de mamá.

Sobre la mesa del tocador aguardan aún sus antiguos vaporizadores, los frascos de perfume francés, los cuencos en forma de concha repletos de sombras de ojos, lápices labiales, delineadores. Sus cabellos negros siguen enredados en el cepillo de plata. La biografía de Wassily Kandinsky todavía reposa boca abajo allí mismo, como esperando a que la tome y reanude la lectura donde la dejó.

Sin embargo, es la fotografía la que atrae mi atención esta noche. Mi padre la colocó en la mesita de noche, supongo, para que sea su primera imagen al despertar. Ni Noah ni yo habíamos visto esta foto antes de la muerte de mamá. Ahora nunca me canso de admirarla, de contemplar a mis padres tal como eran. Ella lleva un vestido hippie de color naranja y la alborotada melena negra le azota la cara. Luce un maquillaje dramático, al estilo de Cleopatra. Se está riendo de mi padre, por lo que parece, que posa a su lado sobre un monociclo con los brazos en cruz para mantener el equilibrio. Él sonríe de oreja a oreja. Parece un Sombrerero Loco con ese sombrero negro sobre una pelambrera rubia, casi blanca, que le llega a media espalda. (La conversación silenciosa que mantuvieron mi padre y Noah cuando mi hermano vio el sombrero: Ay, Clark Gable mío.) Mi padre lleva un morral cruzado con un montón de vinilos. Dos alianzas idénticas brillan en sus bronceadas manos. Mi madre es la de siempre, pero mi padre parece una persona totalmente distinta, el tipo de chico que habría criado la abuela Sweetwine. Al parecer, ese súper pirado del monociclo le pidió a mamá que se casara con él a los tres días de conocerla. Ambos cursaban un posgrado en la universidad, aunque él era once años mayor que ella. Dijo que no podía arriesgarse a que se le escapara. Ninguna otra mujer le había hecho sentir tan condenadamente feliz de estar vivo.

Ella afirmó que ningún otro hombre la había ayudado nunca a sentirse tan segura. ¡Aquel súper pirado le proporcionaba seguridad!

Devuelvo la fotografía a su sitio mientras me pregunto qué habría pasado si mamá no hubiera muerto y papá hubiera vuelto a casa tal como ella había decidido. La madre que yo conocí no parecía muy preocupada por la seguridad. La madre que yo conocí guardaba un montón de multas por exceso de velocidad en la guantera del coche. Hipnotizaba a salas enteras de estudiantes con sus dotes teatrales y su pasión vital, con ideas que los críticos calificaban de arriesgadas e innovadoras. ¡Llevaba capa! ¡Se tiró en paracaídas cuando cumplió cuarenta años! Y fíjense bien: en secreto, reservaba billetes de avión individuales para viajes a distintas ciudades del mundo (una vez la oí hacerlo), que dejaba expirar al día siguiente..., ¿por qué? Y, desde que me alcanza la memoria, cuando pensaba que nadie la veía, jugaba a comprobar cuánto rato podía aguantar con la mano sobre el fuego de la cocina.

Noah me dijo una vez que oía caballos galopando en su interior. Lo entendí.

Sin embargo, apenas sé nada de su vida anterior a esta familia. Sólo que era, según sus propias palabras, "un demonio al que mandaban de un horrible albergue a otro igual de horrible". Nos dijo que los libros de Arte de la biblioteca le salvaron la vida; le enseñaron a soñar y despertaron su deseo de ir a la universidad. Nada más, la verdad. Siempre me prometía que me lo contaría todo cuando tuviera unos años más.

Ahora tengo unos años más y necesito saberlo.

Me siento en su tocador, ante el espejo oval enmarcado en madera. Mi padre y yo guardamos toda su ropa en cajas cuando murió, pero ninguno de los dos se sintió con fuerzas de tocar su mesa. Nos parecía un sacrilegio. Aquél era su altar.

Cuando hablas con alguien a través de un espejo, su alma y a tuya intercambian los cuerpos.

Me echo unas gotas de su perfume en el cuello y las muñecas, y, entonces, recuerdo haberme sentado aquí mismo antes de clase, con trece años, y haberme aplicado metódicamente todo el maquillaje que no me dejaban llevar al colegio: su lápiz labial rojo oscuro, al que llamaba Abrazo Secreto, su delineador negro, sus sombras azules y verdes, sus polvos iluminadores. Por aquel entonces, mi madre y yo éramos enemigas acérrimas. Hacía poco que yo había dejado de acompañar a mi hermano y a ella a los museos. Se me acercó por detrás y, en lugar de enfadarse, alcanzó el cepillo de plata labrada y empezó a cepillarme la melena como hacía cuando yo era pequeña. El cristal nos enmarcaba a ambas. Advertí que mis cabellos se enredaban con los suyos en el cepillo, claros y oscuros, oscuros y claros. La miré a través del cristal, y ella a mí:

—Nos entenderíamos mejor, y yo me preocuparía menos —me dijo con dulzura— si no me recordaras tanto a mí misma, Jude.

Con el mismo cepillo que ella usó aquel día, hace tres años, me peino la cabellera hasta desenredar todos los nudos, hasta que la cantidad de mis cabellos enmarañados en el cepillo iguala la de los suyos.

Si tu cabello se enreda en un cepillo con el de otra persona, sus vidas quedarán por siempre entrelazadas.

Nadie te dice cuánto pesa la ausencia, ni cuánto tiempo dura.

De nuevo en mi dormitorio, tengo que dominarme para no ponerme a batear a diestra y siniestra. Hasta ese punto la extraño. Ojalá la Biblia incluyera alguna entrada que de verdad nos ayudara. Ojalá hubiera algún modo de invertir las vueltas de campana (cinco, según los testigos), de devolver el parabrisas a su lugar, de aplanar la barrera de contención, de invertir el sentido de rotación de las ruedas, de cambiar aquella carretera mojada por una seca. Algo capaz de recolocar los veintidós huesos de su cuerpo, incluidos los siete del cuello, de revertir el colapso de sus pulmones, la hemorragia de su brillante cerebro.

Pero no lo hay.

No lo hay.

Quiero tirarle esta Biblia estúpida e inútil al estúpido e inútil de Clark Gable.

Sin embargo, pego la oreja a la pared que separa nuestros cuartos para comprobar si oigo a Noah. Durante meses, tras la muerte de mamá, mi hermano lloraba en sueños. Yo me levantaba en cuanto lo oía, acudía a su habitación y me sentaba en su cama hasta que el llanto amainaba. Jamás se despertó. Nunca me encontró allí, sentada en la oscuridad, haciéndole compañía.

Apoyo las manos contra la pared. Me gustaría derribarla.

En ese momento, se me prende el foco. Es una idea tan obvia que no puedo creer que haya tardado tanto para que se me ocurriera. Instantes después, estoy sentada en mi escritorio encendiendo la laptop.

Voy directa a ContactosPerdidos.com.

Allí está el mensaje de Noah a Brian, su súplica, como siempre.

Daría diez dedos, los dos brazos. Lo daría todo. Lo siento. Lo siento muchísimo. Reúnete conmigo a las 5 de la tarde. El jueves. Ya sabes dónde. Acudiré cada semana a esa hora durante el resto de mi vida.

Las respuestas brillan por su ausencia.

Ahora bien, ¿y si recibiera una respuesta? Se me acelera el pulso. ¿Cómo es posible que no se me haya ocurrido antes? Le digo al oráculo: *Quiero contactar con Brian Connelly.*

Sorprendida, compruebo que la consulta ha dado fruto.

Enlaces y más enlaces referentes a Brian aparecen ante mis ojos: "Cazatalentos se asoman por la Academia Forrester atraídos por el pítcher gay, 'El Hacha', en una tercera ronda de selección de candidatos", "Connelly se salta la selección de candidatos y ficha directamente por Stanford como pítcher del Cardinal".

Y sobre el que acabo haciendo clic: "El hombre más valiente del mundo del beisbol tiene diecisiete años".

Los otros enlaces son más antiguos, de la revista del colegio, *La gaceta del Forrester,* o del periódico de la zona, *El semanario Westwood,* pero el que yo elijo aparece en todas partes.

Leo el artículo tres veces. Describe cómo Brian salió del clóset delante de todo el colegio durante una charla motivadora en la primavera del penúltimo año de bachillerato. El equipo de beisbol estaba enrachado. Brian había logrado dos juegos sin *hit* y su bola no bajaba de los ciento cuarenta kilómetros por hora. En el campo, todo iba viento en popa, pero fuera de él corrían rumores sobre la orientación sexual de Brian, y los vestidores se habían convertido en zona de guerra. Por lo visto, Brian comprendió que sólo tenía dos opciones: o dejaba el equipo, como ya había hecho en circunstancias parecidas siendo más joven, o agarraba el toro por los cuernos. Durante la charla motivadora, delante de todo el cuerpo estudiantil de Forrester, se levantó y soltó un discurso sobre todos aquellos que, en el pasado y en el presente, se habían visto forzados a abandonar el campo de juego por culpa de los prejuicios. Recibió una gran ovación. Unos cuantos jugadores clave se unieron para prestarle apoyo y por fin el acoso cesó. Los Tigers ganaron el campeonato de liga aquella primavera. Lo nombraron capitán del equipo y, hacia finales de curso, le ofrecieron un contrato para una liga no profesional, que rechazó porque Stanford le había concedido una beca deportiva. El artículo concluye diciendo que el hecho de que las grandes ligas estén fichando a jugadores abiertamente gays es todo un hito en la historia deportiva.

¡Madre de Clark Gable! Aunque nada de todo eso me sorprende, sólo confirma lo que ya sabía: Brian es una buena persona y mi hermano y él estaban enamorados.

Lo más alucinante de todo el artículo, sin embargo, junto con el hecho de que Brian esté haciendo historia y todo eso, es saber que está en Stanford. Ahora mismo. ¡A menos de dos horas de aquí! Esto significa que se saltó el último año de bachillerato, lo que no me extraña en absoluto, habida cuenta de las parrafadas científicas que te soltaba a la menor provocación. Entro en el periódico digital de la Universidad de Stanford y hago una búsqueda de su nombre, pero no aparece nada. Busco por 'El Hacha'. Nada. Vuelvo al artículo. ¿Será que leí mal y en realidad no se saltó un curso sino que empezará en otoño? No, no he leí mal. Entonces recuerdo que las ligas de beisbol se celebran en primavera. La temporada aún no ha empezado. Por eso no aparece su nombre en el periódico. Entro en la página web de Stanford, busco un directorio de alumnos de primero y encuentro su correo en un santiamén. ¿Es buena idea? ¿Lo haré? ¿Estará mal entrometerse?

No. Tengo que hacerlo. Por Noah.

Sin pensármelo dos veces, copio la URL del correo de Noah de ContactosPerdidos y se la envío a Brian Connelly desde una cuenta de correo anónima que he creado.

Ahora depende de él. Si quiere responder a Noah, puede hacerlo. Cuando menos, verá su mensaje... ¿Quién sabe? Sé que las cosas no acabaron bien entre ellos, aunque yo no tuve nada que ver en ello. En el funeral de mamá, Brian ni siquiera podía mirar a Noah a los ojos. Y después no pasó por la casa. Ni una vez. Y, pese a todo, es Noah el que lleva años disculpándose en esa página web. El artículo dice que Brian salió del clóset durante aquella charla motivadora de la primavera de su penúltimo año de preparatoria, justo después de las vacaciones de Navidad que pasó en Lost Cove. Tras eso, su madre se mudó más al norte y él nunca regresó. Sin embargo, la cronología me escama. ¿Hubo rumores de que había algo entre Noah y él en aquel entonces? ¿Por eso terminó la relación? ¿Extendió Noah el rumor? Puede que por eso se esté disculpando. Ay, ¿quién sabe?

Vuelvo a la cama, pensando en lo feliz que se sentiría Noah si Brian se contactara con él. Por primera vez en mucho tiempo, noto el corazón distendido. Me duermo al momento.

Y sueño con pájaros.

Si sueñas con pájaros, un gran cambio está a punto de acontecer en tu vida.

Al día siguiente, cuando me levanto, compruebo si Brian ya respondió al mensaje de Noah (no), miro si mi hermano ya se fue igual que ayer (sí), y luego, pese a la hondísima decepción que me llevé con Oscar, el "Soplachicas" y la intranquilidad que me inspiran tanto el energúmeno de Guillermo como la patrulla fantasma, cruzo la puerta principal.

Tengo que sacar a NoahyJude de esa piedra.

Llevo recorridos unos pasos del recibidor cuando oigo a alguien bramar en la oficina de correos. Guillermo y Oscar discuten acaloradamente. Oigo decir a Oscar:

—¡Pues claro que no lo entiendes! ¿Cómo lo vas a entender?

Guillermo, con una rudeza poco habitual en él, replica:

—Lo entiendo perfectamente. Usted se juega la vida en esa moto, parcero, pero, a la hora de la verdad, no toma ningún riesgo. Es un cobarde, pues, con chompa de cuero, Ossscar. Desde que su mamá murió, no deja entrar a nadie. Lastima antes de que lo puedan lastimar. Siente temor de la sombra.

Doy media vuelta en redondo y casi he llegado a la puerta para largarme pitando cuando oigo decir a Oscar:

—No me he cerrado contigo, G. Eres... como un padre... el único que he tenido.

Por alguna razón, su tono de voz me detiene, me quema por dentro.

Ahora sus voces suenan más quedas, ininteligibles, y yo apoyo la frente contra la fría pared, sin entender cómo es posible que, después de lo sucedido ayer con Brooke, esté deseando consolar a ese chico huérfano de la habitación contigua que siente temor de la sombra.

Yo no le tengo miedo.

Opto por ir a la iglesia. Y, cuando regreso al estudio, alrededor de una hora después, reina el silencio. Pasé un rato con el señor Gable, suplicándole que me ayude a ser menos compasiva. Intentando no pensar en un chico asustado y doliente enfundado en una chamarra de cuero. No me costó demasiado. Me senté en un banco, el mismo que ocupaba cuando Oscar y yo nos conocimos, y repetí el mantra "ven aquí, siéntate en mi regazo" hasta el infinito.

Guillermo me recibe en la oficina de correos con las gafas de seguridad en la frente. A juzgar por su expresión, nadie diría que acaba de atacar a Oscar con un hacha circular. Sin embargo, le noto algo distinto. Lleva ese pelo tan negro salpicado de polvo blanco, como Benjamin Franklin. Y luce una larga bufanda de casimir, también salpicada de polvo blanco, con varias vueltas al cuello. ¿Ha estado esculpiendo? Echo un vistazo al desván; ni rastro de Oscar. Debe de haberse marchado. No me extraña. Por lo visto, Guillermo no le hace ascos a la mano dura. Ni me acuerdo de la última vez que papá nos echó bronca a Noah o a mí. Tampoco me acuerdo de la última vez que mi padre se portó como un padre.

—Temía que la hubiéramos asustado —me dice Guillermo mientras me estudia detenidamente. Tanto el examen como el plural me inducen a preguntarme qué le habrá contado Oscar. Y eso me induce a preguntarme si lo que oí hace un rato guardaba relación conmigo—. Ossscar dice que ayer se fue muy disgustada.

Me encojo de hombros, ruborizada.

—Estaba avisada.

Asiente.

—El corazón tiene razones que la razón no entiende, ¿verdad? —me rodea los hombros con el brazo—. Dele, no más, los pesares del corazón son buenos para el arte. Es la terrible paradoja de la vida de nosotros los artistas.

Nosotros los artistas. Le sonrío y él me aprieta el hombro con el mismo gesto cariñoso que emplea con Oscar. Me animo al momento. ¿De dónde ha salido este hombre? ¿Cómo es posible que haya tenido tanta suerte?

Cuando paso junto al ángel de piedra, tiendo la mano y le toco la suya.

—Las rocas me llaman —declara Guillermo al tiempo que se sacude el polvo de la bata—. Hoy voy a salir con usted.

Reparo en lo zarrapastrosa que está su bata, al igual que todas las demás, que penden de colgadores por todo el estudio. Debería hacerle una más bonita, una de colores, que le quede bien. Una bata vaporosa.

Cuando pasamos junto al hombre de arcilla, advierto que al final sobrevivió a la paliza de ayer. Y no sólo sobrevivió. Ya no está encorvado y hundido, sino que se abre como un helecho. Acabado, húmedo y hermoso.

—Ayer en la noche eché un vistazo a la piedrita de prueba y al modelo de usted —me informa Guillermo—. Creo que ya está lista para usar la electricidad. Tendrá que quitar kilos y kilos de piedra antes de empezar a vislumbrar a su pareja de hermanos, ¿oyó? Hoy en la tarde le voy a enseñar a usar las herramientas eléctricas. Debe llevar mucho, mucho cuidado. El cincel, como la vida, concede segundas oportunidades. Con las sierras y los taladros, casi nunca las hay.

Me detengo sobre mis pasos.

—¿Usted cree en eso? ¿En las segundas oportunidades? En la vida, me refiero —sé que mis palabras suenan como un programa de testimonios, pero quiero saberlo. Porque, para mí, la vida se parece a darte cuenta de que vas a toda marcha en el tren equivocado, en el sentido equivocado, sin que puedas hacer nada por remediarlo.

—Claro, ¿por qué no? Hasta el mismo Dios tuvo que crear el mundo dos veces, pues —sus manos palpan el aire—. Creó el mundo, descubrió que la regó y lo destruyó con un diluvio. Y luego volvió a empezar, con la ayuda de...

—De Noé —concluyo.

—Así es. Y si Dios tuvo dos intentos, ¿por qué nosotros íbamos a ser menos? O tres o trescientos —se ríe entre dientes—. Ya verá cómo sólo la sierra circular con hoja de diamante nos concede una sola oportunidad —se acaricia la barbilla—. Y no siempre. A veces uno cree que metió la pata hasta el fondo y se quiere suicidar no más porque la echó a perder, y al final, se acaba creando algo mucho más especial. Por eso amo las rocas. Cuando modelo barro, me siento un farsante. Es demasiado fácil. La arcilla no tiene voluntad propia. Las rocas sí. Las rocas son formidables; se enfrentan. Es una lucha entre iguales. Unas veces ganas tú, otras veces ganan ellas y otras aun ganan ellas y ganas tú.

En el exterior, el sol acude desde todos los rincones de la Tierra. Hace un día precioso.

Veo a Guillermo trepar por la escala hasta la cabeza de la giganta. Se detiene un momento para apoyar la frente sobre el rostro inmenso antes de seguir subiendo. Entonces se coloca las gafas de seguridad, se tapa la boca con el pañuelo (ah, ya veo, es demasiado divino como para usar mascarilla) empuña la sierra circular que descansa en lo alto de la escala y se enrolla el cordón al hombro. Un ruido tan ensordecedor como el de un martillo neumático, seguido rápidamente del chirrido del granito, satura el aire cuando Guillermo, sin vacilar, aprovecha su única oportunidad y hunde la hoja de diamante en la cabeza de Amor Mío antes de desaparecer en una nube de polvo.

Hoy el patio está atestado. Además de Guillermo y mi pareja inacabada, los *Tres* (espeluznantes) *hermanos* y yo, está la moto de Oscar, por alguna razón que no entiendo. Ah, y la abuela y mamá están a punto de llegar, lo presiento. Y tengo la sensación de que alguien me mira desde la escalerilla de incendios, pero cada vez que alzo la vista sólo veo a Frida Kahlo holgazaneando al sol.

Me olvido de todo y me concentro en liberar a NoahyJude.

Despacio, pico, pico, pico la piedra. Y, mientras lo hago, igual que ayer, el tiempo discurre hacia atrás. Empiezo a pensar y no puedo parar de recordar cosas que, por lo general, no me permito evocar, como el hecho de que estaba ausente cuando mamá salió de casa aquella última tarde para reconciliarse con papá. Yo no estaba allí para oírla decir que muy pronto la familia se volvería a reunir.

Me había escapado con Zephyr.

Pienso en que murió creyendo que la odiaba, porque se lo había dicho una y mil veces desde que echó de casa a papá. Desde antes de eso.

Hundo el cincel en un hueco, lo martilleo con fuerza, arranco un gran trozo de piedra y otro más. Si aquella tarde hubiera estado en casa y no con Zephyr, empapándome de mala suerte, todo habría sido distinto, lo sé.

Extraigo un nuevo fragmento, toda una esquina, y la fuerza del martillazo me rocía las gafas y las mejillas de gravilla. Repito el gesto al otro lado, golpe tras golpe, con dedos ensangrentados como consecuencia de los fallos, atino y yerro, me abro camino entre la piedra, entre mis dedos, y, entonces, recuerdo el momento en que mi padre me contó lo del accidente y cómo le tapé los oídos a Noah para protegerlo de lo que yo estaba oyendo. Fue mi primera reacción. No me tapé mis propios oídos, sino los de Noah. Lo había olvidado. ¿Cómo puedo olvidar algo así?

¿Qué ha sido de aquel instinto de protección? ¿Adónde ha ido a parar?

Agarro el martillo y lo estampo contra el cincel.

Tengo que sacar a Noah de ahí.

Tengo que a sacar los dos, a Noah y a mí, de esta puta piedra.

Sigo machacando la roca mientras recuerdo cómo la pena de Noah inundó la casa entera, cada rincón, cada grieta. Mares y mares de pena, tanta que ya no quedaba sitio para el dolor de mi padre ni el mío. Puede que por eso papá se aficionara a caminar, para encontrar algún lugar vacío de la pena de mi hermano. Se quedaba acurrucado en su cuarto y, cuando intentaba consolarlo, me decía que yo no lo entendía. Que yo no conocía a mamá como él. Que era imposible que yo comprendiese cómo se sentía. Como si yo no hubiera perdido a mi madre también. ¿A cuento de qué me decía esas cosas? Ahora machaco la piedra, arrancando más y más roca. Porque no puedo creer que quisiera acapararla en la muerte igual que había hecho en vida. Que insinuara que yo no tenía derecho a llorarla, a extrañarla, a amarla como él. Y lo curioso del caso es que le creí. Quizá por eso no llegué a llorar nunca. Estaba convencida de que no tenía derecho.

Y, entonces, Noah saltó al mar desde lo alto de la peña del Diablo y estuvo a punto de ahogarse, de morir, y el rencor que sentía hacia él se tornó salvaje y demoledor, monstruoso y peligroso.

Bien, es posible que tengan razón, les grito a mi madre y a la abuela mentalmente. *Puede que sí, que lo hiciera por eso.*

Estoy aporreando la piedra con toda mi alma, rajándola, abriéndola. Sacándolo todo.

La solicitud de ingreso de Noah a la EAC descansaba rezumando talento en la barra de la cocina desde una semana antes de que mamá muriera. Noah y ella habían cerrado el sobre juntos para atraer la buena suerte. No sabían que yo los observaba desde la puerta.

Jandy Nelson

A las tres semanas del accidente, y una después de que Noah saltara del acantilado, la noche antes de que se abriera el plazo de inscripción en la EAC, escribí las redacciones que pedían, les engrapé un par de diseños y añadí dos vestidos de muestra. ¿Qué otra cosa podía presentar? A mis mujeres de arena se las había llevado el mar.

Mi padre nos acompañó a los dos a la oficina de correos. No encontrábamos en el estacionamiento, así que mi padre y Noah aguardaron en el coche mientras yo me ocupaba del envío. Fue entonces cuando lo hice. Sencillamente, lo hice.

Sólo envié la mía.

Le arrebaté a mi hermano el sueño de su vida. ¿Qué clase de persona hace algo así?

No es que importe demasiado, pero, al día siguiente, regresé corriendo a la oficina de correos. Ya habían vaciado las papeleras. Los sueños de mi hermano acabaron en la basura. Los míos viajaron directos a la EAC.

Cada día, me prometía a mí misma que les contaría a mi padre y a mi hermano la verdad. Se las confesaría durante el desayuno, después de clase, a la hora de la cena, al día siguiente, el miércoles. Se lo diría a Noah con el tiempo suficiente para que preparase una nueva solicitud, pero no lo hice. Me moría de vergüenza (de esa clase de vergüenza que te impide respirar) y, cuanto más lo posponía, más avergonzada me sentía y más me costaba reconocer mi mala acción. El sentimiento de culpa se apoderó de mí como una enfermedad, como todas las enfermedades habidas y por haber. La biblioteca de mi padre entera no bastaba para abarcarlo. Pasaron los días, luego las semanas y, por fin, el plazo expiró. Y yo, demasiado cobarde para afrontar lo que había hecho, para reparar mi error, sentía un miedo atroz a confesar, porque pensaba que, si lo hacía, perdería a mi padre y a Noah para siempre.

Por eso mamá destruye todo lo que hago. Por eso no me concede el perdón.

Cuando la EAC público en su página web la lista de alumnos admitidos, su nombre no apareció. El mío sí. Y cuando llegó mi carta de admisión, aguardé a que él preguntara por su rechazo, pero no lo hizo. A esas alturas, ya había destruido todos sus dibujos. Y, en algún momento antes de aquello, debió de enviar las fotos de mis esculturas de arena, lo que me facilitó el ingreso.

El mundo se oscurece. Plantado delante de mí, Guillermo tapa el sol. Me quita el martillo y el cincel de las manos, que deben de haberse detenido hace rato. Se arranca el pañuelo, lo sacude y me enjuga la poca frente que asoma entre el gorro y las gafas.

—Me parece que no se siente muy bien, usted —observa—. A veces trabajamos la piedra. Otras, la piedra nos trabaja a nosotros. Hoy la piedra ganó la partida.

Me retiro la mascarilla y digo:

—Así que a esto se refería cuando dijo que lo que dormita aquí —me toco el pecho— dormita también ahí —poso la mano en la roca.

—A eso me refería —asiente—. ¿Qué tal si tomamos un cafecito?

—No —me apresuro a decir—. O sea, gracias, pero tengo que seguir trabajando.

Y eso es lo que hago. Trabajo durante horas, obsesiva, frenéticamente, sin parar ni un momento a descansar. Con cada martillazo, la abuela y mi madre entonan la misma cantinela: *Destruiste sus sueños. Destruiste sus sueños. Destruiste sus sueños.* Hasta que, por primera vez desde que murió, mi madre se materializa ante mí. Su pelo es una llamarada negra. Sus ojos me condenan.

—¡Y tú destruiste los míos! —le grito mentalmente antes de que se esfume en el aire como si nunca hubiera estado ahí.

Porque ¿acaso no tengo razón yo también? Una y otra vez, día tras día, me esforcé cuanto pude por ser vista. Sólo quería que me prestara atención, no que me dejara tirada en el museo como si yo no existiera y se fuera a casa sin mí. No que cancelara un concurso porque estaba convencida de mi fracaso antes siquiera de mirar mis dibujos. No que hurgara en mi interior para apagar mi luz mientras le tendía la mano a Noah para ayudarlo a brillar en todo su esplendor. No que me tratara como si yo no fuera nada más que una putita, "una de esas chicas". Invisible a sus ojos en todos los sentidos excepto en ése.

Ahora bien, ¿y si no necesito su permiso, su aprobación, sus elogios para ser quien quiero ser y hacer lo que me encanta? ¿Y si soy yo la que controla el maldito interruptor?

Dejo las herramientas, me quito las gafas, la mascarilla, el overol impermeable. Me arranco el gorro y lo tiro a la mesa. Estoy hasta las narices de ser invisible. Los dedos del sol juguetean codiciosos con mi cabello. Me libro de la sudadera y vuelvo a tener brazos. La brisa les da la bienvenida patinando sobre la superficie de mi piel, despertando un vello tras otro, haciéndoles cosquillas, despabilando hasta el último centímetro expuesto de mi ser. ¿Y si la razón de que no enviara la solicitud de Noah no fuera la rivalidad con mi hermano? ¿Y si la causa fuera mi madre?

Para despertar tu espíritu, tira una piedra a tu propio reflejo en un estanque.
(Nunca me creí eso de que Noah y yo compartiéramos una misma alma, que la mía fuera medio árbol con las hojas en llamas, como él afirmaba. Yo nunca he tenido la sensación de que mi alma fuera visible. A mí me sugería más bien un movi-

miento; despegar, nadar hacia el horizonte, saltar de lo alto de un acantilado o crear mujeres voladoras de arena, de nada.)

Cierro los ojos un instante y me siento como si acabara de despertar del más profundo sueño, como si alguien me hubiera sacado a rastras de entre el granito. Porque, ahora lo comprendo, no importa que Noah me odie o que jamás me perdone. No importa que pierda a mi hermano y a mi padre para siempre. No importa en lo más mínimo. Tengo que recomponer su sueño. Es lo único que importa.

Me encamino al taller y subo al estudio de Oscar, donde hay una computadora. La enciendo, abro mi cuenta de correo y escribo a Sandy, de la EAC, preguntándole si podemos vernos el miércoles antes de las clases, el primer día de curso después de las vacaciones. Le digo que es muy urgente y que mi hermano acudirá a la reunión también con un dosier de pinturas que lo dejarán patidifuso.

Voy a renunciar a mi plaza. Es lo que debería haber hecho cada día durante los últimos dos años.

Hago clic en "enviar" y me invade un sentimiento inconfundible: soy libre.

Soy yo.

Le mando un mensaje de texto a Noah: "Tenemos que hablar. ¡Es importante!". Porque debe ponerse a pintar cuanto antes. Tiene cuatro días para reunir un dosier. Me acomodo en la silla, con la misma sensación que si acabara de salir de la negrura de una cueva a la cegadora luz de un día radiante. Sólo entonces echo un vistazo a mi alrededor. A la cama de Oscar, a sus libros, a sus camisas. La decepción se apodera de mí, pero qué le voy a hacer. El cobarde de la chamarra de cuero ha dejado bien claro lo que siente por la cobarde del uniforme de invisibilidad.

Cuando me levanto para irme, veo en la mesita de noche la nota de Guillermo, junto a la foto de la madre de Oscar. La recupero y, una vez devuelta al bloc de notas del despacho arrasado, donde debe estar, salgo al patio y le pido a Guillermo que me enseñe a usar la sierra circular con la hoja de diamante. Lo hace.

Es la hora de las segundas oportunidades. Es la hora de rehacer el mundo.

Consciente de que con la sierra circular sólo tengo este intento, me enrollo el cordón al hombro, coloco la sierra entre la espalda de Noah y la mía y la enchufo. La sierra cobra vida. La electricidad vibra por todo mi cuerpo cuando corto la piedra en dos.

Y así, NoahyJude se convierte en Noah y Jude.

—¿Los mató? —me pregunta Guillermo con incredulidad.

—No, los salvé.

Por fin.

Echo a andar a la luz de la luna. Me siento de maravilla, como si estuviera en mitad de un claro, en un río, calzada con unos zapatos alucinantes, a lo mejor de tacón. Sé que aún tengo que confesarme ante Noah y papá, pero no importa porque, pase lo que pase, Noah volverá a pintar. Sé que lo hará. Noah volverá a ser Noah. Y yo, por mi parte, volveré a ser capaz de mirarme en un espejo, de trabajar en un taller, de llevar un vestido vaporoso, de gozar de buena salud, de protagonizar una historia de amor, de participar del mundo. Me extraña, sin embargo, que Noah no haya respondido a mis mensajes. Le envié varios ya, cada cual más urgente y con más signos de exclamación. Por lo general, me contesta al momento. Si cuando llegue a casa aún no ha regresado, lo esperaré levantada.

Estiro los brazos hacia la brillante luna llena y estoy pensando en que llevo horas sin padecer una enfermedad terminal, en que la patrulla fantasma se ha tranquilizado también y en lo aliviada que me siento en general cuando me llega un mensaje de Heather: "En el Quiosco. Noah borracho, hasta atrás. S l va la onda. Kiere saltr dl Hombre Muerto! Tengo q irm en 5. X favor, ven! No s q le pasa. Preocupada".

Estoy al borde del mundo buscando a mi hermano.

El viento me vapulea, la espuma salada araña mi rostro enfebrecido, las olas del fondo del precipicio resuenan dentro de mi cabeza con tanta rabia como afuera. Empapada en sudor como consecuencia de la carrera y bañada por una luna tan brillante que podría ser el sol, alzo la vista a la peña del Diablo, luego al salto del Hombre Muerto y compruebo que ambas cornisas están desiertas. Doy mil gracias a Clark Gable, recupero el aliento y, a continuación, aunque dijo que tenía que irse, le mando un mensaje a Heather y otro más a Noah mientras intento convencerme a mí misma de que mi hermano ha recuperado la cordura. No puedo.

Tengo un mal presentimiento.

Llegué tarde.

Me doy media vuelta y me encamino hacia la multitud. Por todas partes, ruidosas pandillas de amigos de escuelas públicas y colegios privados, algunos de la Universidad de Lost Cove, se congregan en torno a barriles de cerveza, mesas de *picnic,* tipos tocando el tambor, coches, montones de coches, cada uno de un modelo, todos anunciando sus grupos favoritos a los cuatro vientos.

Bienvenidos al Quiosco una noche de luna turbo de un sábado cualquiera.

No reconozco a nadie hasta que regreso al borde del estacionamiento y diviso a Franklyn Fry, también conocido como el

"Imbécil de Marca Mayor", con algunos surfistas de Hideaway, todos los cuales debieron de terminar el bachillerato hace, por lo menos, un año. La pandilla de Zephyr. Están sentados en la plataforma de la camioneta de Franklyn, iluminados por el resplandor fantasmal de unos faros que parecen calabazas de Halloween.

Menos mal que no veo por ninguna parte las famosas greñas blancas de Zephyr.

Quiero sacar de la mochila la sudadera y el gorro de invisibilidad para cubrirme con ellos. Pero no lo hago. Quiero creer que la cinta roja que llevo atada a la muñeca me protegerá por siempre. Pero no lo creo. Quiero jugar a ¿Cómo preferirías morir? en lugar de averiguar cómo vivir. Pero no me lo puedo permitir. Se acabó eso de ser una cobarde. Estoy harta de vivir en pausa, de enterrarme y esconderme, de vivir petrificada en ambos sentidos de la palabra.

No quiero imaginar prados, sino correr por ellos.

Me acerco al enemigo. Franklyn Fry y yo no tenemos buen rollo.

Mi estrategia consiste en no saludarlo y pasar directamente a preguntarle en tono tranquilo y educado si ha visto a Noah.

Su estrategia consiste en cantar los primeros versos de "Hey Jude" (¿por qué mis padres no lo tuvieron en cuenta cuando me pusieron el nombre?) y luego darme un repaso de arriba abajo y de abajo arriba, sin dejarse ni un centímetro, antes de clavarme los ojos en los pechos. Que nadie se equivoque, el uniforme de invisibilidad tiene sus ventajas.

—¿De visita por los barrios bajos? —les pregunta a mis tetas. Bebe un trago de cerveza y se enjuga la boca toscamente con el dorso de la mano. Noah tenía razón: es idéntico a un hipopótamo—. ¿Has venido a disculparte? Ya te estabas tardando.

¿A disculparme? Debe de estar bromeando.

—¿Has visto a mi hermano? —repito en voz más alta esta vez y recalcando cada sílaba, como si fuera extranjero.

—Se fue —dice una voz a mi espalda, que silencia al instante la música, las charlas, el viento y el mar. Es la misma voz seca y una pizca cascada por la que un día me derretía en mi tabla de surf. Michael Ravens, alias "Zephyr", está plantado detrás de mí.

Por lo menos Noah ha renunciado a la idea de saltar, me digo antes de darme la vuelta.

Ha pasado mucho tiempo. Los faros traseros de la camioneta de Franklyn se reflejan en los ojos de Zephyr, que se protege de la luz con la mano a modo de visera. Bien. No quiero ver sus ojillos verdes de halcón, ya los he contemplado de sobra en mi mente.

He aquí lo que pasó justo después de perder mi virginidad con Zephyr hace dos años: me senté, me abracé las rodillas contra el pecho e hice esfuerzos por respirar aquel aire salado sin hacer demasiado ruido. Pensé en mi madre. Su decepción se desplegó en mi interior como una flor negra. Se me saltaban las lágrimas. Les prohibí que cayeran y no lo hicieron. Estaba cubierta de arena. Zephyr me tendió el calzoncito del bikini. Tuve ganas de hacérsela tragar. Vi el condón con puntitos de sangre que yacía usado sobre una piedra. "Ésa soy yo", pensé. "Asquerosa". Ni siquiera sabía que se lo había puesto. ¡Ni siquiera me había acordado de los condones! Tenía el estómago revuelto a más no poder, pero me prohibí vomitar también. Tratando de disimular el temblor de mis manos, me puse el bikini. Zephyr me sonrió como si todo fuera bien. Como si todo lo que acababa de pasar estuviera ¡bien! Yo le sonreí a mi vez, como dándole la razón. "¿Sabe cuántos años tengo?", recuerdo haber pensado. Recuerdo haber pensado que debía de haberlo olvidado.

Franklyn nos vio a Zephyr y a mí caminando por la playa poco después. Había empezado a lloviznar. Eché en falta el traje de neopreno, mil trajes de neopreno. El brazo de Zephyr se me clavaba en los hombros como un lastre que me hundía en la arena. El día anterior, en la fiesta a la que me había llevado, se dedicó a decirle a todo el mundo que yo era una surfista alucinante y que había saltado varias veces desde la peña del Diablo no de pie, sino de cabeza. No paraba de decir: *Es increíble*, y así me sentía yo.

De algún modo que desconozco, Franklyn supo lo que acababa de pasar. Cuando llegamos a su altura, me agarró del brazo y me susurró al oído, para que Zephyr no pudiera oírlo:

—Ahora me toca a mí. Luego a Buzzy, después a Mike y por último a Ryder, ¿va? Esto funciona así, para que lo sepas. No habrás pensado que a Zephyr le gustas de verdad, ¿eh?

Pues sí, lo había pensado. Tuve que enjugarme las palabras de Franklyn de la oreja porque me las escupió. Tras eso, me aparté de un salto gritando ¡no!, porque por fin había encontrado la condenada palabra, demasiado tarde, y allí, delante de todo el mundo, le propiné a Franklyn Fry un rodillazo en las pelotas, como mi padre me había enseñado a hacer en caso de emergencia.

Luego, la huida a ciegas, con ardientes lágrimas en las mejillas, la piel de gallina, el estómago revuelto, directamente a los brazos de mamá. Había cometido el mayor error de mi vida.

Necesitaba a mi madre.

Necesitaba a mi madre.

Tu madre ha sufrido un accidente. Eso fue lo que me dijo mi padre cuando entré corriendo a casa.

Tu madre ha sufrido un accidente.

Fue entonces cuando le tapé los oídos a Noah.

Mi padre me tomó las manos y las retuvo entre las suyas.

Así que, mientras el policía nos relataba aquellos inauditos, demoledores acontecimientos, yo seguía arrastrándome por el fango de lo que acababa de hacer. El nauseabundo olor de la escena seguía prendido a mi pelo, a mi piel, a mis fosas nasales, y con cada respiración lo arrastraba más adentro. Durante las semanas siguientes, por más veces que me bañara, por más que restregara y usara el jabón que usara (probé de lavanda, toronja, madreselva y rosa) no podía quitármelo de encima, no podía quitarme a Zephyr de encima. Una vez fui a la sección de perfumería de una tienda y probé hasta la última muestra expuesta en el mostrador, pero seguía ahí. Siempre está ahí. Sigue ahí. El olor de aquella tarde con Zephyr, el olor de la muerte de mamá, que son uno y el mismo.

Zephyr abandona el resplandor de los faros. He aquí cómo me lo imagino: a imagen y semejanza de su apellido, el cuervo, augurio de muerte y fatalidad. Es el mal de ojo personificado, una columna alta y rubia de oscuridad. Zephyr Ravens es un eclipse.

—Entonces, ¿Noah se fue a casa? —pregunto—. ¿Hace mucho?

Hace un gesto negativo con la cabeza.

—No. No se fue a casa. Subió allá arriba, Jude —señala a lo más alto del acantilado, en dirección a una cornisa que ni siquiera tiene nombre porque ¿a quién se le ocurriría saltar desde allí? La gente que vuela en ala delta lo usa de vez en cuando, pero nadie más. Está demasiado alto como para saltar, tal vez el doble que el salto del Hombre Muerto, y debajo asoma un saliente, de modo que, si no saltas con el impulso suficiente como para rebasarlo, te estrellarás contra él antes siquiera de llegar al agua. Sólo sé de un chico que intentó saltar desde allí. No lo consiguió.

Mis órganos internos entran en colapso, uno a uno.

—Me enviaron un mensaje —dice Zephyr—. Están jugando a un juego de beber. El que pierde, salta y, por lo que parece, tu hermano está perdiendo a propósito. Ahorita iba hacia allí para detenerlo.

Al cabo de un segundo, me estoy abriendo paso entre la muchedumbre, volcando bebidas, empujando a la gente, sin preocuparme por nada salvo por llegar cuanto antes al camino de las rocas, la ruta más rápida al acantilado. Oigo la voz de mi abuela, que aúlla como el viento a mi espalda. Las ramas se rompen, sus fuertes pisotones impactan casi al mismo tiempo que los míos, pero entonces recuerdo que mi abuela no toca el suelo. Me detengo y Zephyr choca conmigo; me agarra por los hombros para impedir que caiga de bruces al suelo.

—Por Dios —le espeto a la vez que doy un salto hacia atrás para apartarme de sus manos, de ese olor que me inunda otra vez.

—Ay, perdón.

—Deja de seguirme, Zephyr. Vuelve, por favor —mi voz refleja toda la desesperación que siento. Él es lo último que necesito en este momento.

—Tomo este camino a diario. Lo conozco como la palma de mi mano, así que...

—Y yo no, ¿verdad?

—Necesitarás ayuda.

Tiene razón. Sin embargo, no la suya. De cualquiera menos la de él. No obstante, es demasiado tarde, porque ya me ha empujado a un lado y escala a toda prisa hacia la oscuridad bañada por la luna.

Tras la muerte de mi madre, pasó por casa unas cuantas veces y trató de convencerme de que volviera a surfear con él pero, en lo que a mí concernía, el mar se había secado. También intentó estar conmigo con la excusa de consolarme. En tres palabras: *Lo tienes claro.* Y no sólo él. También Fry, Ryder, Buzzy y los demás, éstos sin fingir nada salvo lo que era: acoso puro y duro. Constante. Todos se convirtieron en unos tarados de la noche a la mañana, sobre todo Franklyn, que estaba furioso como una mona. Colgaba notas obscenas sobre mí en el periódico mural de la preparatoria Hideaway, escribía "Putón Sweetwine" en los baños de la playa y volvía a escribirlo cada vez que alguien (¿Noah?) lo tachaba.

¿De verdad quieres ser una de esas chicas?, me preguntó mi madre una y otra vez a lo largo de aquel verano y luego del otoño, mientras mis faldas se acortaban, mis tacones se alargaban, mi lápiz labial se oscurecía, mi corazón se enfurecía cada vez más con ella. ¿De verdad quieres ser una de esas chicas?, me preguntó la noche antes de morir (fueron las últimas palabras que me dirigió) cuando vio el vestido que había elegido para ir a la fiesta con Zephyr (aunque no le dije que iba a una fiesta con Zephyr, claro).

Luego se murió y yo me convertí de verdad en una de "esas chicas".

Zephyr marca un paso rápido. El aire me cae a plomo en el pecho mientras trepamos, trepamos, trepamos en silencio.

Hasta que dice:

—Todavía le guardo las espaldas, tal como te prometí.

Una vez, mucho antes de que hiciéramos lo que hicimos, le pedí a Zephyr que cuidara de Noah. El ambiente de Hideaway Hill recuerda bastante al del libro *El señor de las moscas* y, en mi lógica infantil, Zephyr era lo más parecido a un *sheriff* que conocía, así que le pedí ayuda.

—También te las guardo a ti.

Hago caso omiso del comentario, luego estallo. Las palabras cortan el aire, chillonas y acusadoras, agudas como dardos.

—¡Era demasiado joven!

Me ha parecido oírlo contener una exclamación, pero es difícil afirmarlo a causa de las olas, ruidosas e incansables, que se estrellan contra las rocas y muerden el continente.

Igual que yo, que estoy pateando la tierra, que muelo el continente a puntapiés y pisoteo el suelo con cada paso. Yo iba en segundo de secundaria; él, en primero de bachillerato. Era un año mayor de lo que yo soy ahora. Y no lo digo porque me parezca bien tratar así a ninguna chica, tenga la edad que tenga, como un trapo. Y, entonces, en un arranque de inspiración iluminado, se me pasa por la cabeza que Zephyr Ravens no es un augurio de nada. No es el mal de ojo personificado; es el colmo del infeliz cabrón tarugo fracasado, con ánimo de ofender.

Y lo que hicimos no nos trajo mala suerte... Provocó un infinito puaj y arrepentimiento y rabia y...

Lo escupo. No metafóricamente. Le acierto en la chamarra, en el trasero y luego le asesto un escupitajo a la parte trasera de su cabeza de gato. Ése lo nota, pero lo toma por algún insecto que puede ahuyentar con la mano. Le clavo otro. Voltea a mirarme.

—¿Pero que...? ¿Me estás escupiendo? —me pregunta con incredulidad, palpándose el pelo.

—No vuelvas a hacerlo —le ordeno—. A nadie.

—Jude, siempre he creído que tú...

—Me da igual lo que pensaras entonces o lo que pienses ahora —lo interrumpo—. No vuelvas a hacerlo y punto.

Lo adelanto y duplico el ritmo del ascenso. Ahora me siento bien, muchas gracias.

Puede que mi madre se equivocase con "esa chica" al fin y al cabo. Porque esa chica escupe a los tipos que la tratan mal. Quizá sea esa chica la que pugnaba por salir. Puede que sea esa chica la que se esté abriendo paso entre la piedra de Guillermo. A lo mejor es esa chica la que comprende por fin que ella no tuvo la culpa de que el coche de su madre se saliera de la autopista dando vueltas de campana, sea lo que sea lo que hubiera hecho antes con este mamón. Yo no traje a casa la mala suerte, por más que así lo creyera. Se trajo sola. Las cosas pasan.

Y quizá sea esa chica la que ahora tendrá el valor de admitir ante su hermano lo que hizo.

Eso si Noah no muere antes.

A medida que nos acercamos a la cornisa, empiezo a oír algo raro. Al principio lo tomo por el viento que gime entre los árboles, pero enseguida comprendo que son voces humanas. ¿Cantando? ¿Declamando, quizá? Instantes después, me percato de que entonan mi apellido y mi corazón vuela catapultado. Creo que Zephyr ata cabos al mismo tiempo que yo porque los dos echamos a correr.

Sweetwine, Sweetwine, Sweetwine.

"Por favor, por favor", por favor, pienso cuando rematamos la última cresta y llegamos al llano de arena, donde veo a un grupo de gente plantada en semicírculo como si estuviera presenciando un espectáculo deportivo. Zephyr y yo nos abrimos paso a codazos para apartar la cortina de cuerpos hasta agenciarnos un puesto en la primera fila de la función suicida que se está celebrando. Junto a una tremenda hoguera hay un chico larguirucho que se balancea adelante y atrás como un junco. Se encuentra a unos seis metros del borde del precipicio. Al otro lado del fuego está Noah, a tres metros del borde, la distancia a la que suele tomar vuelo. Una botella medio vacía yace a sus pies. Con los brazos abiertos en cruz igual que si fueran alas, las ropas ondeando al viento y el resplandor del fuego en la piel como un fénix que renace, da vueltas y más vueltas sobre sí mismo.

Noto su deseo de saltar en mi propio cuerpo.

Un chico sentado sobre una roca cercana grita:

—¡Muy bien, quinta ronda! ¡Allá vamos!

Es el maestro de ceremonias y, por lo que parece, está tan ebrio como los participantes.

—Tú agarra a Noah —me ordena Zephyr en un tono muy profesional. Al menos sirve para algo—. Yo sujetaré a Jared. Están tan borrachos que no nos costará nada.

—A la de tres —digo.

Nos abalanzamos hacia delante y aparecemos en el centro del círculo. Desde lo alto del peñasco, el presentador farfulla:

—Eh, parece ser que alguien se dispone a interrumpir el espectáculo del Cerillo Mortal.

Me enciendo como un meteorito.

—Perdona por estropear el número —le grito—, pero tengo una idea genial. La próxima vez, ¿por qué no emborrachas a tu puto hermano para que salte del precipicio en vez de al mío?

Ándale. Esa chica tiene muchos recursos. Creo que la había infravalorado. No volveré a cometer ese error.

Agarro a Noah del brazo, con fuerza, convencida de que va a oponer resistencia, pero él sólo se apoya en mí, diciendo:

—Eh, no llores. No iba a saltar.

¿Estoy llorando?

—No te creo —le digo mientras admiro el rostro en flor del viejo Noah. Mi pecho rebosa tanto amor que podría estallar.

—Y haces bien —se ríe. Luego suelta un hipido—. Ya lo creo que voy a saltar. Lo siento, Jude.

Con un raudo movimiento, inaudito en alguien tan borracho, se zafa de mis brazos empujándome hacia atrás. Yo caigo como en cámara lenta.

—¡No!

Intento agarrarme a Noah, pero él ya corre hacia el borde con los brazos en cruz.

Es la última imagen que veo antes de que mi cabeza se estampe contra el suelo y el público por completo ahogue un grito.

La cornisa está desierta, pero no veo a nadie bajando por el camino de las rocas, la ruta más rápida hacia la playa. Tampoco hay gente asomada al borde del acantilado para comprobar si Noah sobrevivió. La multitud se aleja en éxodo hacia la calle.

Y yo tengo que dejar de alucinar.

Debo de haber sufrido algún tipo de conmoción cerebral, porque, por más que parpadee y sacuda la cabeza, sigue allí.

De bruces sobre mi hermano, a medio metro de mí, está Oscar.

Oscar, que ha aparecido de la nada para agarrar a Noah justo antes de que saltara.

—Ah, eres tú —se extraña Noah cuando el inglés rueda a un lado para tenderse de espaldas.

Oscar jadea como si acabara de escalar el Everest corriendo (y con sus botas para moto, advierto). Descansa con los brazos abiertos, el pelo empapado de sudor. Gracias a la luna y al fuego, estoy alucinando en alta definición. Ahora Noah está sentado, mirando con gran atención a su salvador.

—¿Picasso? —oigo decir a Oscar, que aún no ha recuperado el aliento. Hacía siglos que no oía a nadie llamar así a mi hermano—. Y muy crecido, por lo que veo, y con una buena borrachera.

Chocan los puños. Sí, Noah y Oscar. Las últimas personas en el mundo a las que esperaba ver chocando el puño. Deben de ser imaginaciones mías. Oscar está sentado ahora, rodeando los hombros de Noah con el brazo.

—¿De qué la giras, colega? —¿le está leyendo la cartilla a Noah?—. ¿Ahora te ha dado por la peda? ¿Qué quieres? ¿Seguir mis pasos? Eso no es propio de ti, Picasso.

¿Desde cuándo Oscar conoce a Noah como para saber lo que es o no es propio de él?

—No es propio de mí —murmura Noah—. Pero es que yo ya no soy yo.

—Conozco la sensación —responde Oscar. Sin levantarse, me tiende una mano. Me pregunta—: ¿Y qué haces tú...?

Noah, sin embargo, lo interrumpe, balbuceando en mi dirección:

—No parabas de enviarme mensajes, así que empecé a tomar porque pensaba que sabías...

—¿Que sabía qué? —le pregunto—. ¿Todo esto ha sido a causa de mis mensajes? —intento recordar lo que le escribí, pero sólo le decía que tenía que hablar con él y que era urgente. ¿De qué creía que quería hablarle? ¿Qué pensaba que sabía? Salta a la vista que me está ocultando algo—. ¿Que sabía qué? —vuelvo a preguntarle.

Esboza una sonrisa bobalicona y agita la mano en el aire.

—¿Que sabía qué? —repite como un idiota. Caray, está hasta atrás. No creo que nunca hasta ahora haya pasado de un par de cervezas—. Mi hermana —le dice a Oscar—. Antes, su melena nos seguía a todas partes como un río de luz, ¿te acuerdas?

Bueno, eso creo entender yo. Está hablando en swahili.

—¡Tu hermana! —exclama Oscar. Vuelve a dejarse caer de espaldas. Noah se desploma contento a su lado, sonriendo como un lelo—. Asombroso —prosigue—. ¿Y quién es su padre? ¿El arcángel Gabriel? Y su melena los seguía como un río de luz, ¿eh? —levanta la cabeza para mirarme—. ¿Seguro que te encuentras

Te daría el sol

bien? Pareces algo aturdida. Y estás muy guapa sin el gorro y sin esa sudadera gigante rellena de hortalizas. Genial, pero a ver si no te resfrías. ¿Sabes qué? Te ofrecería mi chamarra de cuero, pero me la robaron.

Se ha recuperado de lo sucedido esta mañana, advierto, y vuelve a atacar con toda la artillería. Salvo que ahora me siento como si hubiera leído su diario. Y qué.

—No coquetees conmigo —le advierto—. Soy inmune a tus encantos. Me inyectaron una dosis extra de *no es mi novia*.

Y que conste que "esa chica" rifa.

Me espero una réplica ingeniosa pero, en lugar de soltarme una provocación, me mira de un modo que me desarma y se disculpa.

—Lamento muchísimo lo de ayer. No puedo expresar cuánto lo siento.

Me quedo de una pieza, sin saber qué responder. Tampoco estoy segura de por qué se disculpa. ¿Lamenta que viera lo que vi o haber hecho lo que hizo?

—Gracias por salvarle la vida a mi hermano —respondo, ignorando su disculpa por el momento. La verdad es que me embarga la gratitud, porque: ¡qué fuerte!—. No tengo ni idea de dónde saliste, así en plan superhéroe, ni de qué se conocen...

Oscar se incorpora sobre los codos:

—Me enorgullece decir que me he desnudado ante los dos.

Qué raro. ¿Cuándo habrá posado Oscar para Noah? Mi hermano se incorpora sobre los codos también, porque, por lo que parece, está jugando a imitar a Oscar. Se ruboriza.

—Recuerdo tus ojos —le dice a Oscar—, pero las cicatrices no. Son nuevas.

—Ya, bueno, deberías haber visto al otro tipo, como se suele decir. O, en este caso, el asfalto de la A5.

Están charlando tan campantes, tumbados boca arriba otra vez, pasándose palabras el uno al otro como si fueran pelotas, el uno en swahili y el otro en inglés, con la mirada fija en la luminosa noche estrellada. La estampa me hace sonreír; no puedo evitarlo. Me recuerda al día que Oscar y yo nos tendimos en el suelo de la celda infecta. Me acuerdo de la nota adhesiva: "Dijo que te sentirías como en casa". ¿Y por qué se siente así? ¿Y a qué ha venido esa disculpa? ¿Qué significa? Parecía sincero, no un irresponsable.

Noto un tufo a hierba y me doy media vuelta. Zephyr y el chico larguirucho llamado Jared, junto con unos cuantos colegas, se alejan fumando hacia la calle, seguramente de vuelta al Quiosco. Vaya ayuda la que me prestó. Si Oscar no hubiera caído del cielo, a estas alturas Noah estaría muerto. Una ola explosiva rompe contra la orilla del fondo del precipicio como para confirmarlo. "Ha sido un milagro", pienso, seguro que sí. A lo mejor la abuela tiene razón: *Para que se produzcan milagros, tienes que ser capaz de verlos.* Puede que yo haya vivido aquí, en el mundo, demasiado inmersa en mi propia cobardía como para ver gran cosa.

—¿Te das cuenta de que Oscar te salvó la vida? —regaño a Noah—. ¿Tienes idea de lo alto que es este acantilado?

—Oscar —repite Noah, y luego se sienta como puede. Señalándome, dice—: No me salvó la vida y da igual lo alto que sea —su borrachera aumenta por momentos. Ahora habla como si tuviera dos lenguas—: Es mamá la que impide que me haga daño. Como si llevara paracaídas. Como si pudiera volar —surca el aire con la mano, despacio—. Planeo muy lentamente hasta llegar abajo. Siempre.

Abro la boca de par en par. Sí, lo hace. Lo he visto.

¿Por eso salta una y otra vez, para que nuestra madre detenga la caída? ¿No es eso lo que siento cada vez que alguien me mira con cara de "pobre huerfanita"? ¿Como si me hubieran empujado de un avión sin paracaídas, porque las madres son los paracaídas? Recuerdo la última vez que lo vi saltar de lo alto de la peña del Diablo. La sensación que tuve de que tardaba una eternidad en llegar abajo. Podría haberse hecho el manicure por el camino.

Oscar se incorpora.

—Qué tontería —le suelta a Noah en tono consternado—. ¿Estás loco? Si hubieras llegado a saltar desde este acantilado en tu estado, te habrías matado. Me da igual el enchufe que tengas con el más allá —se pasa la mano por el cabello—. ¿Sabes, Picasso? Te apuesto lo que quieras a que tu madre prefiere que vivas la vida a ver cómo la pones en peligro.

Me sorprende oír esas palabras en labios de Oscar y me pregunto si las habrá pronunciado Guillermo esta mañana.

Noah mira al suelo y musita:

—Sólo en esos momentos me perdona.

¿Lo perdona?

—¿Por qué? —pregunto.

Su expresión se torna solemne.

—Todo es una gran mentira —confiesa.

—¿A qué te refieres? —insisto.

¿Habla de que no le gusten la chicas? ¿O de haber abandonado la pintura? ¿O de haberse impregnado de pirorretardante? ¿O de otra cosa? ¿Algo tan grave como para empujarlo a saltar borracho de lo alto de un acantilado, en plena noche, porque mis mensajes lo han llevado a pensar que sé de lo que se trata?

Alza la vista, aturdido, como si acabara de percatarse de que estaba hablando en lugar de pensando. Ojalá pudiera decirle la verdad sobre la EAC ahora mismo, pero no puedo. Para mantener esa conversación, tiene que estar sobrio.

—Todo irá bien —le aseguro—. Te lo prometo. Todo está a punto de arreglarse.

Niega con un movimiento de la cabeza.

—No, todo está a punto de empeorar. Tú aún no lo sabes.

Me estremezco de pies a cabeza. ¿A qué se refiere? Me dispongo a presionarlo cuando se levanta y vuelve a caer al instante.

—Te llevaremos a casa —decide Oscar mientras le pasa un brazo por la cintura para sostenerlo—. ¿Dónde está su casa? Me ofrecería a llevarlo en moto, pero voy a pie. Guillermo me la confiscó por si esta noche pasaba algo parecido a esto. Hoy tuvimos una buena bronca.

Ah, por eso la moto estaba en el patio. Me gustaría decirle que oí parte de esa bronca, pero no es el momento.

—¿Guillermo? —pregunta Noah, pero al instante se olvida de lo que acaba de preguntar.

—Está muy cerca —le digo a Oscar—. Gracias —añado—. De verdad, muchas gracias.

Él sonríe.

—Soy esa clase de amigo, ¿recuerdas? Cadáver, cuchillo ensangrentado.

—Dijo que tendrías la sensación de estar en casa —cito a mi vez, y enseguida comprendo, demasiado tarde, que debería haber cerrado el pico. Qué cursi.

Sin embargo, otra vez reacciona de manera inesperada. En su rostro se extiende la sonrisa más genuina que le he visto esbozar jamás, una sonrisa que empieza en los ojos y le desborda la cara.

—Lo dijo, y es así.

Mientras Oscar y Noah avanzan a trompicones, como en una carrera a tres patas, intento apagar la tormenta eléctrica que ha estallado en mi pensamiento. *Lo dijo, y es así.* Acabo de recordar que llevaba una foto mía en el bolsillo de la chaqueta. Y que se estaba enrollando con Brooke, Jude, por favor. Sí, okey, pero le salvó la vida a Noah. ¿Y qué pasa con su manera de decir: *No puedo expresar cuánto lo siento*? Y su conversación de esta mañana con Guillermo. Además, no se puede decir que estemos juntos. Ay, no. Ya empezamos otra vez.

Cuando llegamos a la carretera, Noah se zafa del brazo de Oscar y nos toma la delantera. No le quito el ojo mientras él se tambalea por su cuenta.

Oscar y yo caminamos codo con codo. De tanto en tanto, nuestras manos se rozan. Me pregunto si lo hace adrede, si yo lo hago adrede.

Cuando estamos como a medio camino de mi casa, dice:

—Pues bien, te voy a contar qué hago aquí. Esta noche fui al Quiosco. Estaba muy disgustado. Por la mañana, Guillermo me dijo unas cuantas cosas que me afectaron mucho. Fue como si me hubiera puesto un espejo delante, y la imagen que vi me horrorizó. Sólo quería ponerme ciego, ponerme una buena peda. Estaba considerando la idea de tomar la primera copa en 234 días y 10 horas..., mi última recaída. Y, mientras calculaba los minutos exactos, con los ojos fijos en el reloj, un derviche enloquecido que se parecía muchísimo a ti salió disparado de la nada y me volcó el vaso de ginebra. Fue increíble. Una señal, ¿no? ¿De mamá? ¿O un milagro? Ve a saber. El caso es que no llegué a plantearme la naturaleza sublime o incluso divina del acontecimiento, porque me invadió la súbita, horrible y errada convicción de que un enorme vikingo se disponía a atacarte en el bosque. Así que, ya ves, ¿quién salvó la vida de quién esta noche?

Alzo la vista hacia la brillante moneda de plata que recorre el cielo y pienso que debo de estar empezando a ver milagros.

Oscar se saca algo del bolsillo y me lo enseña. La luz de la luna me basta para distinguir que engastó la concha marina de su mamá y la insertó en una cinta roja muy parecida a la que usé para envolver la nota de Guillermo a Amor Mío. De sopetón, todas y cada una de las partes de su cuerpo están pegadas al mío, porque me la está atando al cuello.

—Pero te morirás a los pocos minutos sin ella —susurro.

—Quiero que la tengas.

Estoy demasiado conmovida como para decir nada más.

Seguimos andando. La siguiente vez que nuestras manos se rozan, tomo la suya y la retengo.

Sentada en mi escritorio, remato los bocetos de la escultura de mamá, decidida a clavar el parecido. Mañana se los enseñaré a Guillermo. Noah está durmiendo la mona. Oscar hace rato que se fue. Estoy segura de que la concha mágica (¡su posesión más preciada, me dijo!) que rodea mi cuello irradia alegría. He pensado en llamar a Fish, la chica de la escuela, a alguien de entre los vivos, para variar, y contarle lo de la concha, lo de las fotografías y las notas adhesivas, todo lo que está pasando, pero entonces me acuerdo de que estamos de vacaciones y las residencias están cerradas (soy de las pocas alumnas que duermen en casa), de que son las tantas de la noche y de que en realidad no somos amigas. Aunque quizá deberíamos serlo, me digo. A lo mejor necesito desesperadamente una amiga viva. Perdona, abuela. Alguien a quien explicarle que, cuando Oscar y yo estábamos en la puerta de mi casa, respirando y latiendo a pocos milímetros el uno del otro, di por sentado que iba a besarme, pero no lo hizo, y no sé por qué. Ni siquiera entró, lo cual debería alegrarme, porque de haber sido el caso seguro que se habría dado cuenta de que aún voy a la preparatoria. Se sorprendió al saber que vivía con papá.

—Ah —dijo—, pensaba que vivías en el campus. ¿Te quedaste para cuidar de tu hermano pequeño cuando tu madre murió?

Cambié de tema. No obstante, sé que tengo que decírselo, y lo haré. También le confesaré que oí parte de su discusión con Guillermo. Muy pronto, me convertiré en una chica sin secretos.

Cuando doy el visto bueno a los bocetos, cierro el cuaderno y me siento ante la máquina de coser. Sé que no voy a poder dormir, no después de todo lo que ha pasado a lo largo de este día, de esta noche, con Oscar, con Noah, con Zephyr, con los fantasmas, y, de todos modos, quiero empezar el blusón que le voy a confeccionar a Guillermo con retazos vaporosos. Hurgo en mi mochila, buscando la vieja bata que le he birlado para sacar el patrón. Empiezo a fijarla a la mesa y, al hacerlo, noto algo en un bolsillo delantero. Introduzco la mano y extraigo un par de blocs. Hojeo el primero. Sólo contiene notas y listas en español, apuntes, lo habitual. Nada en inglés, nada para Amor Mío. Echo un vistazo al segundo, donde encuentro más de lo mismo, salvo por tres borradores de la misma nota, en inglés y sin duda dirigidas a Amor Mío, cada cual con alguno que otro cambio, como si hubiera querido asegurarse de que su mensaje no se prestaría a malentendidos. ¿Pensaba enviar la nota por correo electrónico? ¿Por carta? ¿O en una cajita de terciopelo negro con una sortija dentro?

La que muestra menos tachaduras dice:

Ya no puedo seguir así. Necesito saber una respuesta. No puedo vivir sin usted. Soy medio hombre con medio cuerpo, medio corazón, media mente, media alma. Sólo hay una salida y lo sabe. A estas alturas ya debe de saberlo. ¿Cómo iba a ignorarlo? Cásese conmigo, amor mío. Diga que sí.

Me caigo de sopetón en la silla. Amor Mío dijo que no. O puede que nunca llegara a pedírselo. En cualquier caso, pobre Guillermo. ¿Qué dijo hoy? *Los pesares del corazón son buenos para el arte.* Salta a la vista que esto le destrozó el corazón, pero a su arte le sentó de maravilla. Bueno, pues le voy a hacer un blusón precioso para que su arte esté en la onda. Hurgo en la bolsa de retazos buscando telas rojas, naranjas, moradas, colores del corazón.

Empiezo a unir las piezas entre sí.

No tengo ni idea de cuánto tiempo llevan sonando los golpes cuando por fin me percato de que el ruido que estoy oyendo no se debe a las protestas de la máquina de coser, sino a la presencia de alguien al otro lado de la ventana. ¿Oscar? ¿Se habrá arriesgado a probar con la única ventana iluminada de la casa? Tiene que ser él. Al cabo de un segundo, me planto ante el espejo y sacudo la cabeza ligeramente para revolver mi cabello, luego la agito con fuerza para darle una apariencia salvaje. Busco en el primer cajón de mi tocador y saco el lápiz labial más rojo que tengo. Sí, quiero hacerlo. También quiero descolgar uno de los alucinantes vestidos de la pared y probármelo. ¿El terrenal, quizá? Al cabo de un instante, eso es exactamente lo que hago.

—Un segundo —grito en dirección a la ventana.

Oigo decir a Oscar:

—Dabuten.

¡Dabuten!

Estoy plantada ante el espejo de cuerpo entero, enfundada en el vestido terrenal, mi réplica del vestido vaporoso. Es de color coral, tipo sirena, ajustado al cuerpo pero acampanado y ondulado hacia el borde. Nadie me ha visto nunca vestida con ninguna de las prendas que he diseñado a lo largo de los dos últimos años. Ni siquiera yo. Las confecciono a partir de mis medidas pero las visualizo en otra chica. Siempre pienso que si alguien abriera mi armario, pensaría que dos personas comparten esta habitación y querría trabar amistad con la que no soy yo.

"Ahí está", pienso, y se me prende el foco. Así que llevo todo este tiempo diseñando para ella sin darme cuenta. Incluso tengo mi propia línea de moda, como la abuela. Se llama "Esa Chica."

Cruzo la habitación, separo las cortinas y empujo hacia arriba la hoja de la ventana.

Oscar me mira fijamente:

—Ay, qué bruto —exclama—. Pero mírate. Pero mírate, maldita sea. Estás despampanante. ¿Es así como te vistes a solas en plena noche? ¿Y te pones sacos de papas para salir a la calle? —esboza su caótica sonrisa—. Me atrevería a afirmar que eres la persona más excéntrica que he conocido jamás —se apoya en el alféizar—. Aunque no he venido por eso. De camino hacia la casa recordé algo muy importante que había olvidado decirte.

Me pide que me acerque con un gesto del dedo índice. Yo me inclino para asomarme a la noche. Noto la suave brisa en el cabello.

Ya no sonríe.

—¿Y qué es? —pregunto.

—Esto.

Súbitamente, me sujeta la cara entre las manos y me besa.

Me separo un instante, dudando de si confiar en él, porque estaría loca si lo hiciera. Por otro lado, ¿y si lo hago? ¿Y si confío en él sin más? Y, mira, si me manda de un soplo hasta donde el viento se devuelve, pues qué le voy a hacer...

Y, entonces, sucede. Tal vez sea la luz de la luna, que ilumina sus facciones desde arriba, o quizá el fulgor de mi lámpara de noche en su rostro; o puede que ya esté lista para comprender lo que llevo obviando desde el instante en que nos conocimos.

Posó para Noah.

Oscar es el chico del retrato.

Es él.

Y esta escena es tal y como siempre la he imaginado.

Vuelvo a asomarme a la noche.

—Prácticamente renuncié al mundo por ti —le digo, y, al hacerlo, estoy cruzando el umbral de mi propia historia de amor—. Al sol, a las estrellas, al mar, a todo. Lo di todo por ti.

La perplejidad que asoma a su rostro al momento se transforma en alegría. Y, un instante después, mis manos lo buscan, lo atraen hacia mí, porque es él, y todos estos años que llevo sin ver, sin hacer y sin vivir rompen el dique de este instante hasta que lo beso con ansia, hasta que anhelo tocarlo y busco su cuerpo, y él el mío, hasta que sus dedos se enredan en mi cabello y, sin saber cómo pasa, salto por la ventana y lo tiro al suelo.

—Hombre al agua —musita mientras me rodea con sus brazos. Ahora nos estamos riendo, y luego la risa se extingue porque... ¿quién iba a decir que un beso pudiera ser así, capaz de alterar el paisaje interior hasta tal punto, de desbordar los mares, de empujar los ríos montaña arriba, de devolver la lluvia a las nubes?

Rueda hasta cubrirme con su cuerpo y noto su peso, el peso de aquel otro día, y Zephyr empieza a abrirse paso a codazos entre los dos. Mis músculos se crispan. Abro los ojos, con miedo de volver a encontrarme con los ojos ofuscados de un desconocido, pero no veo a ningún extraño. Es Oscar, presente, consciente, que me mira con amor. Y, en ese momento, empiezo a confiar en él. El amor tiene rostro. Éstas son sus facciones. Para mí, la apariencia del amor siempre ha sido la de este absurdo semblante desigual.

Me acaricia la mejilla con el pulgar y dice:

—No pasa nada.

Como si se hubiera percatado de que algo acabara de pasar.

—¿Seguro?

A nuestro alrededor, los árboles se agitan levemente.

—Totalmente —estira con suavidad el cordón de la concha—. Te lo prometo.

La noche es cálida, tímida; apenas roza nuestra piel. Nos envuelve, se enrosca en nuestros cuerpos. Él me besa despacio, con ternura, tanta que rompe la coraza de mi corazón, y todos los instantes de aquel espantoso día en la playa se esfuman. Así, sin más, el boicot llega a su fin.

Me cuesta muchísimo asimilar el hecho de que Oscar esté aquí, en mi habitación. O sea, ¡Oscar está en mi habitación! ¡Oscar, el chico del retrato!

Alucinó al saber que los vestidos expuestos en las paredes y también el que llevo puesto los confeccioné yo y ahora está mirando una fotografía enmarcada en la que se me ve surfeando. Rebusca en mi interior, sólo que sin martillo y cincel.

—Esto, para un inglés, es casi pornografía —dice mientras me agita la foto en las narices.

—Llevo años sin hacer surf —confieso.

—Lástima —levanta el *Vademécum de especialidades farmacéuticas*—. Vaya, esto sí que me lo esperaba —otra fotografía le llama la atención. Es un salto desde la peña del Diablo. La observa—. ¿Así que eras una cabeza loca?

—Supongo. No me lo planteaba. En esa época, me encantaba hacer cosas así —me mira como si me invitase a seguir hablando—. Cuando mi madre murió..., no sé, me entró miedo. De casi todo.

Asiente como si entendiera de qué hablo, dice:

—Es como tener la espada de Damocles sobre la cabeza, ¿verdad? Ya no puedes dar nada por sentado. Ni el siguiente latido de tu corazón, nada —lo entiende aún mejor que yo. Se sienta ante la máquina de coser y vuelve a mirar la foto—. Aunque yo reaccioné al revés. Utilicé ese miedo como si fuera un saco de boxeo. Me jugaba la vida a diario —frunce el ceño, devuelve la foto a su sitio—. Por eso discutimos hoy Guillermo y yo, en parte. Dice que me dedico a jugarme la vida en la moto como un tonto igual que hacía con las drogas en el pasado, pero que no... —se detiene al reparar en mi expresión—. ¿Qué pasa?

—Oscar, esta mañana los oí discutir. En cuanto me di cuenta de que estaban en plena bronca me fui, pero... —me muerdo la lengua porque temo que sus órganos se estén incendiando.

No sé muy bien lo que está pasando, salvo que se levanta de sopetón y se precipita hacia mí con una rapidez inaudita en él.

—Entonces ya lo sabes —dice—. Tienes que saberlo, CJ.

—¿Saber qué?

Me agarra por los brazos.

—Que me das un miedo que te cagas. Que a ti no te puedo poner barreras como a todo el mundo. Que me aterra la posibilidad de que me hagas pedazos.

Nuestras respiraciones son fuertes, rápidas, simultáneas.

—No lo sabía —susurro, y apenas he pronunciado las palabras cuando su boca se cierne urgente e impetuosa sobre la mía. La emoción fluye a borbotones de sus labios, siento que algo emerge y se libera en mí, algo temerario, resuelto y alado.

Zasca.

—Estoy perdido —musita contra mi cabello—, perdido —repite en mi cuello. Se separa. Le brillan los ojos—. Vas a machacarme, ¿verdad? Lo sé —se ríe con una carcajada aún más tempestuosa que de costumbre y veo algo nuevo en su rostro, una especie de claridad, de libertad quizá—. Ya lo hiciste. Mírame. ¿Quién es este tipo? Te aseguro que nadie me ha visto tan atormentado. No me reconozco. ¡Y lo que acabo de decirte ni siquiera ha salido a relucir en la discusión con Guillermo, por el amor de Dios! Es que tenía que decírtelo. Tienes que saber que yo nunca... —agita la mano en el aire— había perdido la chaveta por nadie. Ni siquiera un poco. No soy de ésos.

¿Quiere decir que nunca se ha enamorado? Recuerdo que Guillermo le dijo que él lastima antes de que lo lastimen, que no deja entrar a nadie. ¿Me está diciendo que a mí no me puede dejar fuera?

—Oscar —lo interrumpo.

Me sostiene la cara entre las manos.

—No pasó nada con Brooke cuando te fuiste. Nada. Después de contarte todo eso sobre mi madre, me entró miedo y me porté como un idiota. Soy un cobarde... Seguro que oíste ese bonito elogio en los labios de Guillermo esta mañana. Creo que quería estropear esto antes de... —sigo la dirección de su mirada hasta la ventana, al negro mundo que acecha al otro lado de mi cuarto—. Pensaba que cuando conocieras mis puntos flacos, cuando empezaras a adivinar quién soy en realidad, tú...

—No —lo interrumpo al comprender lo que me está diciendo—. Todo lo contrario. Me sentí más cerca de ti. Pero te entiendo, porque a mí me pasa lo mismo. Tengo la sensación de que si la gente me conociera de verdad, nunca...

—Yo sí —afirma.

Pierdo el aliento de sopetón, se hace la luz dentro de mí.

Al mismo tiempo, nos abalanzamos uno hacia el otro, y ahora estamos abrazados, juntos, pegados, pero esta vez no nos besamos, no nos movemos, sólo nos estrechamos con fuerza. Oigo pasar los instantes, alargarse hasta el infinito, y nosotros seguimos abrazados, como si nos fuera la vida en ello o quizá como si nos aferráramos a la vida. Desesperadamente.

—Ahora que la concha está en tu poder —confiesa—, no podré despegarme de ti ni un momento.

—¡Ah! ¡Por eso me la regalaste!

—Ése era el maléfico plan.

No lo hubiera creído posible, pero me atrae aún más hacia sí.

—Somos *El beso* de Brancusi —susurro. Una de las esculturas más románticas jamás creadas. Un hombre y una mujer fundidos en uno.

—Sí —afirma—. Exactamente eso.

Retrocede un paso, me retira un mechón de la cara.

—Una unión perfecta como dos partes perdidas.

—¿Dos partes perdidas?

Su rostro se anima.

—Platón decía que, al principio de los tiempos, existían unos seres dotados de cuatro piernas, cuatro brazos y dos cabezas. Se sentían completos, pletóricos y poderosos. Tan poderosos que Zeus los cortó en dos y esparció las mitades por el mundo, condenando así a los seres humanos a buscar por siempre la mitad que compartía su misma alma. Sólo los más afortunados encuentran a su parte perdida, ya ves.

Pienso en la última nota a Amor Mío. Aquélla en la que Guillermo decía que se sentía como medio hombre con media alma y media mente...

—Encontré otra nota escrita por Guillermo. Estaba en uno de esos blocs que tiene por todas partes, una petición de matrimonio...

—Ya, tendré que acogerme a la Quinta Enmienda, ¿no es eso lo que dicen los yanquis? Un día de éstos te lo contará, estoy seguro. Le prometí...

Asiento.

—Lo entiendo.

—Ahora bien, esos dos también eran mitades perdidas, no me cabe la menor duda —afirma. Sus manos buscan mi cintura—. Tengo una idea brillante —dice con el rostro vibrando de la emoción. Ya no queda ni rastro del irresponsable, cero por ciento—. ¿Por qué no lo hacemos? Perdamos la cabeza. Allá va, lo que aún no te he dicho: cuando fui al Quiosco, estaba hecho polvo porque pensaba que había metido la pata hasta el fondo contigo. Me da igual que Guillermo haya añadido la decapitación a la lista de torturas con que me amenaza si me acerco a ti. Creo que la profecía de mi madre era cierta. Yo siempre me fijo en todo. Busco rostros entre las multitudes. Hago fotos sin parar. A pesar de todo, te reconocí a ti y sólo a ti. Tras todos estos años —la sonrisa más absurda del mundo ha invadido sus facciones—. Así que, ¿qué me dices? Saltaríamos por ahí con nuestras bolas *skippy*. Hablaríamos con fantasmas. Pensaríamos que estamos enfermos de ébola y no de una gripe común. Y llevaríamos cebollas en el bolsillo hasta que les brotasen raíces. Y añoraríamos a nuestras mamás. Y haríamos cosas hermosas...

Completamente anonadada, le tomo la palabra:

—E iríamos en moto. Nos colaríamos en edificios abandonados y nos desnudaríamos. Y quizá podría enseñarle a cierto inglés a surfear. Aunque no sé quién acaba de decir todo eso.

—Yo sí —responde.

—Qué contenta estoy —reconozco, abrumada—. Tengo que enseñarte una cosa —me separo de él y busco la bolsa de plástico que guardo debajo de la cama—. Verás, Noah te dibujó una vez. No sé muy bien cómo ni cuando...

—¿No lo sabes? Se escondía junto a la ventana de la Escuela de Arte y dibujaba apuntes de los modelos.

Me tapo la boca con la mano.

—¿Qué pasa? —me pregunta Oscar—. ¿Metí la pata?

Hago un gesto negativo con la cabeza mientras intento ahuyentar de mi mente la imagen de Noah asomado a la ventana de la EAC. Estaba loco por entrar allí. Enseguida inspiro hondo y me digo a mí misma que todo va bien, porque la semana que viene lo habrán admitido. Eso me tranquiliza lo suficiente como para sacar la bolsa de plástico. Instantes después, me siento junto a Oscar con su retrato en el regazo.

—Bueno. Pues verás: una vez, hace mucho tiempo, mi hermano dibujó un retrato tuyo de estilo cubista. En cuanto lo vi, comprendí que debía ser mío —lo miro—. A toda costa. Fue amor a primera vista —Oscar sonríe—. Noah y yo siempre jugábamos a intercambiarnos distintas partes del mundo. Ganaría quien llegara a dominar el universo. Yo iba perdiendo. Éramos... competitivos, por decirlo de un modo suave. Da igual, él no quería regalarme el dibujo. Tuve que renunciar a casi todo. Pero valió la pena. Colgué el dibujo aquí —le muestro el lugar donde coloqué el dibujo en su día, junto a mi cama—. Te miraba constantemente, soñaba con que fueras real y me imaginaba que entrabas por la ventana como lo hiciste esta noche.

Estalla en carcajadas.

—Es increíble. Está claro que somos mitades perdidas.

—No sé si quiero ser una mitad perdida —objeto con franqueza—. Me parece que necesito mi propia alma.

—Es justo. Podríamos ser mitades perdidas de vez en cuando. En ocasiones como ésta, por ejemplo —me acaricia con el dedo un costado del cuello, avanza hasta la clavícula y sigue hacia abajo, más abajo. ¿Quién me mandaría a mí ponerme este escote tan pronunciado? Si me ofrecieran un diván, no diría que no. No diría que no a nada—. Pero ¿por qué me rompiste en pedazos y me guardaste en una bolsa? —se extraña.

—Ah, fue mi hermano. Se enfadó conmigo. Intenté recomponerte muchas veces.

—Gracias —musita, pero entonces algo capta su atención al otro lado del cuarto y, de sopetón, se levanta para dirigirse al tocador. Coge un retrato familiar y lo observa detenidamente. Veo su rostro en el espejo. Está blanco como el papel. ¿Qué le pasa? Se da media vuelta, me mira sin verme—. No eres su hermana mayor —dice más para sí mismo que para mí—. Son mellizos.

Veo girar los engranajes en su cabeza. Debe de conocer la edad de Noah y acaba de deducir la mía.

—Iba a decírtelo —le aseguro—. Es que yo también estaba asustada. Me daba miedo que tú...

—Por todos los diablos —se dispone a escapar por la ventana—. Guillermo no lo sabe —está saltando al exterior.

No entiendo nada de nada.

—Espera —le ruego—. Espera. Oscar. Pues claro que lo sabe. ¿Por qué le iba a importar? ¿A qué vienen tantos aspavientos? —corro a la ventana y le grito—: ¡Mi padre tenía once años más que mi madre! ¡No tiene importancia!

Se ha marchado.

Me acerco al tocador y miro la fotografía. Se trata de mi retrato familiar favorito. Noah y yo, de ocho años entonces, parecemos un par de bobos con nuestros trajes de marinero a juego. Sin embargo, lo que me encanta de esa foto es la expresión de mis padres.

Se miran como si compartieran un secreto maravilloso.

EL MUSEO INVISIBLE

Noah
14 años

Vacío todos los tubos de pintura en el fregadero, uno a uno.

Necesito color, untuoso, brillante, un color que alucines, que te cagues, un color que le de a todo, montones de color. Necesito el esplendor de la pintura nueva, hundir los dedos y las manos enteras en *chartreuse,* magenta, turquesa, amarillo cadmio. Ojalá me la pudiera comer. Ojalá pudiera empaparme en ella. Eso es lo que quiero, pienso mientras mezclo y remuevo, con las manos sumergidas en un remolino verde, morado y marrón, con los brazos hundidos en esa pasta viscosa y brillante hasta que me bailan los ojos.

Alrededor de una hora después, vi por la ventana cómo mamá subía al coche.

En cuanto arrancó el motor, corrí tras ella. Había empezado a lloviznar.

Fue entonces cuando le grité:

—Te odio. Te odio con toda mi alma.

Ella me miró, consternada, con unos ojos como platos y las lágrimas surcando sus mejillas. Articuló con los labios:

—Te quiero —se llevó una mano al corazón y me señaló como si yo fuera sordomudo.

Instantes después, dio marcha atrás y se alejó para decirle a mi padre que quería el divorcio porque amaba otro hombre.

—Me da igual —digo en voz alta, sin dirigirme a nadie. Me tienen sin cuidado ella y papá. Me valen Brian y Courtney. Me importa un bledo la EAC. No me importa nada salvo el color, más color, más luz. Añado un tubo de azul pálido a la montaña en aumento...

En ese momento, suena el teléfono.

Y suena.

Y suena. Mi madre debe de haberse olvidado de conectar la contestadora. Sigue sonando. Encuentro el aparato en la sala. Me seco las manos con la camisa pero, de todos modos, lo mancho de pintura.

Un hombre con la voz ronca pregunta:

—¿Es el domicilio de Dianna Sweetwine?

—Es mi madre.

—¿Está tu padre en casa, hijo?

—No, ahora no vive aquí —una descarga eléctrica me recorre el cuerpo; algo va mal. Lo noto en su voz—. ¿Quién pregunta por ellos? —digo, aunque sé que estoy hablando con un policía antes incluso de que me lo confirme. No sé por qué, pero lo adivino todo en ese mismo instante.

(Autorretrato: *El chico dentro del chico deja de respirar*.)

No me dice que se ha producido un accidente. Que un coche se salió de la A1 dando vueltas de campana. No me dice nada, pero yo, de algún modo, lo sé.

—¿Mi madre está bien? —le pregunto mientras corro a la ventana. Oigo el chisporroteo de la radio del policía de fondo. Veo a varios surfistas internándose en el agua, pero ninguno es Jude. ¿Dónde está? Fry dijo que se había ido con Zephyr. ¿Adónde han ido?—. ¿Pasó algo? —le pregunto al hombre, y el mar desaparece ante mí, luego el horizonte—. Por favor, dígamelo —mi madre estaba muy disgustada cuando se fue. Por mi culpa. Porque le dije que la odiaba. Porque la seguí al Pájaro de Madera. Porque la dibujé con ese hombre. El infinito amor que siento por ella asciende, asciende, asciende como el surtidor de una fuente—. ¿Está bien? —vuelvo a preguntar—. Por favor, dígame que está bien.

—¿Me puedes dar el número del celular de tu padre, hijo?

Quiero que deje de llamarme "hijo". Quiero que me diga que mi madre está bien. Quiero que vuelva mi hermana.

Le doy el número de mi padre.

—¿Cuántos años tienes? —me pregunta—. ¿Hay alguien contigo?

—Estoy solo —contesto, casi doblado del pánico—. Tengo catorce años. ¿Mi madre está bien? Puede decirme lo que ha pasado.

Sin embargo, apenas acabo de pronunciar las palabras, comprendo que no deseo que me lo cuente. Prefiero no saberlo. Nunca. Advierto que hay salpicaduras de pintura en el suelo, como sangre multicolor. He dejado mi rastro por toda la casa. Veo huellas de manos en el cristal de la ventana, en la parte trasera del sofá, en las cortinas, en las lámparas.

—Llamaré a tu padre ahora mismo —dice a modo de despedida, y cuelga.

Estoy demasiado asustado como para llamar al celular de mi madre. Telefoneo a mi padre. Entra directamente la contestadora. Seguro que está hablando con el poli, que le estará contando todo lo que no me ha contado a mí. Agarro los binoculares y subo al tejado. Sigue lloviznando. Y hace demasiado calor. Todo es raro. No veo a Jude en la playa, ni en la calle ni por los acantilados. ¿Dónde se habrán metido Zephyr y ella? Le pido por telepatía que vuelva a casa.

Miro la vivienda de Brian. Ojalá estuviera allí, en el tejado. Ojalá supiera lo mucho que lamento lo que le hice y viniera a charlar conmigo sobre órbitas planetarias y llamaradas solares. Busco la piedra con la mano. Entonces oigo el frenazo de un coche que se detiene a la entrada de mi casa. Corro a la otra parte del tejado. Es mi padre, que nunca pega frenazos. Lleva detrás un coche de la policía. Se me desprende la piel del cuerpo. Yo me desprendo.

(Autorretrato: *Chico se baja del mundo.*)

Bajo por la escalera de mano, cruzo las puertas correderas que dan a la sala. Soy una estatua en el pasillo cuando mi padre hace girar la llave de la puerta principal.

No tiene que decir ni una palabra. Corremos el uno hacia el otro, caemos al suelo, de rodillas. Estrecha mi cabeza contra su pecho.

—Oh, Noah. Cuánto lo siento. Dios mío, Noah. Tenemos que llamar a tu hermana. Esto no puede estar pasando. No puede estar pasando. Ay, Dios mío.

No lo he planeado. El pánico que exuda su cuerpo invade el mío, luego abandona el mío y entra en el suyo, y las palabras surgen por sí solas:

—Mamá iba a pedirte que regresaras a casa para que volviéramos a vivir todos juntos. Iba de camino hacia allí para decírtelo.

Se aparta, escudriña mi ardiente rostro.

—¿De verdad?

Asiento.

—Antes de salir me dijo que eras el amor de su vida.

Debo hacer algo. La casa está atestada de parientes y amigos, tristeza y comida, montones de comida que se pudren en todas las mesas y superficies. Ayer celebramos el funeral. Echo a andar entre todos esos ojos enrojecidos, dejando atrás las paredes combadas, los muebles en ruinas, las ventanas oscuras, el aire apolillado. Me veo a mí mismo llorando al pasar ante un espejo. No sé cómo dejar de hacerlo. El llanto se ha convertido en una segunda respiración. Me acompañará siempre. Le digo a mi padre que volveré enseguida. Jude, con el pelo tan corto que apenas la reconozco, intenta seguirme, pero le pido que me deje solo. No quiere perderme de vista. Piensa que yo también me voy a morir. Ayer por la noche encontré una raíz de no sé qué cubierta de tierra en mi cama. Y cuando sufrí un ataque de tos en el coche a la vuelta del cementerio, se puso histérica y le gritó a mi padre que me llevara a urgencias por si sufría pertussis, sea lo que sea eso. Mi padre, siendo como es experto en el tema, consiguió tranquilizarla.

Sin apenas darme cuenta, me planto en el taller del escultor. Me siento en la acera a esperarlo. Para entretenerme, lanzo piedras a la calle mientras aguardo. Tendrá que salir en un momento u otro. Al menos tuvo la decencia de no acudir al funeral. Estuve atento todo el rato por si aparecía.

Brian sí que asistió. Se sentó en la última fila con su madre, Courtney y Heather. No vino a darme el pésame cuando terminó.

¿Y qué? El color ha desaparecido. Los cubos del cielo sólo contienen oscuridad, que derraman sobre todas las cosas, sobre todas las personas.

Al cabo de varios siglos, el escultor cruza el umbral dando tumbos y se acerca al buzón. Abre la puertecilla, saca un fajo de cartas. Llora a lágrima viva.

Y me ve.

Me observa fijamente un buen rato, y advierto lo mucho que la ama en su manera de mirarme, en el *tsunami* de sentimientos que proyecta hacia mí. Me da igual.

—Idéntico a ella —susurra—. El cabello.

Una sola idea ocupa mi pensamiento, la misma que me ha ob-sesionado a lo largo de estos días: *De no ser por él, mi madre seguiría viva.*

Me levanto, pero llevo tanto rato allí sentado que me fallan las piernas.

—Eh —dice. Me agarra y me ayuda a sentarme otra vez en la acera, a su lado. Su piel emana calor y también un tufo abruma-dor. Oigo un lamento, como los que lanzan los chacales, pero el que aúlla soy yo. Al momento me estrecha entre sus brazos y noto que está temblando, los dos tiritamos, como si nos encon-tráramos en un entorno subártico. Me atrae hacia sí hasta sentar-me en su regazo y me acuna. Ahora sus sollozos se estrellan con-tra mi cuello, los míos en sus brazos. Quiero deslizarme por su garganta. Quiero vivir en el bolsillo de su blusón. Quiero que me siga arrullando por siempre, como si fuera un niño pequeño, el niño más pequeño que ha existido jamás. Sabe cómo hacerlo. Como si mi madre le indicara desde dentro cómo consolarme. ¿Será posible que sólo él sepa hacerlo? ¿Será posible que sólo él la lleve dentro?

No.

Los pájaros chillan en los árboles.

Esto no iba así.

No he venido a esto. Me proponía justo lo contrario. No pue-de abrazarme como si me acompañara en el sentimiento. No quiero que entienda cómo me siento. No es mi padre. No es mi amigo.

De no ser por él, mi madre seguiría viva.

Y, entonces, me retuerzo para zafarme de sus brazos, recu-pero mi tamaño adulto, recobro la conciencia, la repulsión y el odio. Me planto ante él y le espeto lo que he venido a decirle:

—Ha muerto por tu culpa —su rostro se hace trizas. Yo no me detengo—. Tú tienes la culpa —soy una bola de demolición—. No te quería. Me lo dijo —lo estoy destrozando, y me da igual—. No se iba a casar contigo —ahora hablo despacio, para que mis palabras hagan mella en él—. No pensaba pedirle el divorcio a mi padre. Iba a rogarle que volviera a casa.

Dicho eso, me escondo en la cámara más profunda de mi ser y cierro el candado. Porque no voy a volver a salir. Nunca.

(Autorretrato: *Sin título*.)

HISTORIA DE LA SUERTE

Jude
16 años

Cuando me levanto, Noah ya se ha marchado, como tiene por costumbre últimamente, así que no puedo decirle lo que necesito confesar ni hacerle todas las preguntas que le quiero formular. No se me escapa lo irónico de la situación; ahora que me muero por revelarle lo de la EAC, no hay manera. Compruebo ContactosPerdidos.com, donde sigue sin haber respuesta de Brian. Luego me echo encima la chamarra de cuero de Oscar, agarro mi cuaderno y emprendo el camino hacia Lost Cove.

Poco después de llegar, golpeteo el suelo con el pie hecha un manojo de nervios mientras Guillermo abre el cuaderno sobre la gran mesa de dibujo que se alza en el centro del estudio. Espero que le gusten los bocetos de la escultura y que esté de acuerdo con mi idea de esculpir la pieza en piedra, de preferencia en mármol o granito. Pasa las primeras hojas rápidamente, vistas traseras. Lo estoy observando y no sé qué está pensando, pero de repente se detiene ante la primera vista frontal y ahoga una exclamación al tiempo que se lleva la mano a la boca. ¿Tan mala es? Ahora está repasando la cara de mi madre con el dedo. Ah, sí, claro. Había olvidado que se conocieron. Supongo que he acertado en el parecido. Se vuelve a mirarme. Al ver su expresión, doy un salto de sorpresa.

—Dianna es su mamá —más que pronunciar las palabras, se transforma en ellas.

—Sí —confieso.

Empieza a respirar como un volcán. No sé a qué viene esto. Devuelve la vista a los bocetos. Ahora los palpa como si quisiera arrancarlos de la página.

—Bueno —dice. Le tiembla la piel por debajo del ojo derecho.

—¿Bueno? —pregunto, confusa y cada vez más asustada.

Cierra el cuaderno.

—Creo que no podré ayudarla, después de todo. Llamaré a Sandy y le recomendaré otra persona.

—¿Qué?

Con una voz fría y distante que nunca le había oído emplear, me suelta:

—Lo lamento. Estoy muy ocupado. Me equivoqué. No puedo trabajar tranquilo si anda usted por aquí todo el tiempo —no me mira.

—¿Guillermo?

Me tirita el corazón en el pecho.

—No, por favor, váyase. Ahora mismo. Márchese. Tengo cosas que hacer —estoy tan pasmada que ni siquiera pongo objeciones. Recojo el cuaderno y echo a andar hacia la puerta. Oigo—: Y no vuelva nunca a mi taller.

Me giro a mirarlo, pero ya me ha dado la espalda. No sé por qué, pero en ese momento alzo la vista hacia los ventanales de la escalerilla de incendios, quizá porque tengo otra vez la sensación de que me están observando, igual que ayer. Y tengo razón: hay alguien allí.

Mirando hacia el taller, con una mano apoyada en el cristal, está Noah.

Guillermo voltea para saber por qué no me marcho, y en el lapso que transcurre mientras mi hermano y yo nos miramos, Oscar atraviesa la puerta del estudio sudando de puro pánico.

Instantes después, Noah irrumpe en el taller como un cartucho de dinamita a punto de estallar, pero se detiene de golpe para mirar a su alrededor. Guillermo exhibe una expresión irreconocible; tiene miedo, pienso. ¡Guillermo tiene miedo! Todos están aterrados, advierto. Somos los cuatro vértices de un rectángulo y tres de ellos me miran con ojos asustados. Nadie dice ni mu. Saben algo que yo ignoro, está claro y, a juzgar por sus expresiones, no estoy segura de querer averiguarlo. Paso los ojos de rostro en rostro y luego vuelta a empezar, sin entender nada de nada, porque es obvio que eso que tanto los asusta soy yo.

—¿Qué? —pregunto por fin—. ¿Qué pasa aquí? Que alguien me lo diga, por favor. ¿Noah? ¿Todo esto tiene algo que ver con mamá?

Estalla el caos.

—Él la mató —el dedo de Noah acusa a Guillermo, la voz le tiembla de rabia—. De no ser por él, aún estaría con nosotros.

El estudio empieza a latir, a balancearse bajo mis pies, a torcerse a un lado.

Oscar se vuelve a mirar a Noah.

—¿Que él la mató? ¿Estás loco o qué? Mira a tu alrededor. Ningún hombre ha amado tanto a una mujer como él quería a tu madre.

Guillermo interviene con voz queda.

—Oscar, cállese.

La habitación oscila ahora de lado a lado, así que busco el punto de apoyo que tengo más cerca y me reclino contra la pierna de un gigante, pero me aparto al momento porque juro que se ha estremecido, se ha movido realmente, y entonces lo veo todo claro. Entre rugidos y pisotones, los gigantes han cobrado vida y se abalanzan los unos sobre los otros, hartos de su inmovilidad eterna, siempre a un suspiro del deseo de su corazón. Mitades perdidas todos ellos, que ahora se reúnen con ansia feroz. Unidas por los brazos, las parejas dan vueltas y más vueltas provocando un terremoto tras otro en mi corazón, porque acabo de sumar dos y dos. No fue mi edad lo que asustó a Oscar ayer por la noche. Claro que no. Se quedó blanco al ver el retrato familiar. Y lo que transformó a Guillermo en el borracho Igor no fue otra cosa que el aniversario de la muerte de mi madre.

Ella es Amor Mío.

Me giro hacia Noah y empiezo a balbucear.

—Pero tú dijiste... —no consigo seguir hablando porque me he tragado mi propia voz. Vuelvo a intentarlo—. Nos dijiste... —no hay modo de acabar la frase y al final me limito balbucear—. ¿Noah?

Eso era lo que me estaba ocultando.

—Perdóname, Jude —grita. Y tengo la sensación de que Noah de verdad se abre paso a golpes entre la piedra, de que su espíritu asoma cuando se yergue y declara—: Iba de camino al hotel de papá para pedirle el divorcio porque quería casarse... —se vuelve hacia Guillermo y lo mira a los ojos— contigo.

La boca de Guillermo se abre de par en par. Y son mis propias palabras las que salen de sus labios.

—Pero Noah, tú dijiste —el fuego de su mirada podría perforar el granito—. Me dijiste...

Noah, no. ¿Qué has hecho? Noto que Guillermo hace esfuerzos por contener la emoción que desborda su rostro, por ocultarnos la marea que le sube desde el corazón y que ya lo ha inundado igualmente: alegría, por muy tarde que llegue.

Amor Mío dijo "sí".

Tengo que salir de aquí, alejarme de todos ellos. Esto me supera. Me supera infinitamente. Mi madre era Amor Mío. Es la mujer de barro que escapa del pecho del hombre. La dama de piedra que él esculpe una y otra y otra vez. La mujer de cara desvaída que aparece en la pintura del beso. Su cuerpo gira, se enrosca, se tuerce y se retuerce en cada centímetro de las paredes del taller. Estaban enamorados. ¡Eran mitades perdidas! Ella no pensaba pedirle a papá que volviera a casa. No íbamos a vivir juntos otra vez. Y Noah lo sabía. ¡Y papá no! Por fin, la expresión de eterna perplejidad de mi padre cobra sentido. Pues claro que no entiende nada. Lleva años intentando resolver una ecuación que no cuadra. No me extraña que se haya quemado el cerebro tratando de dilucidarla.

Trastabillo por la acera, cegada por el sol, chocando con coches y postes de teléfono en un vano intento por alejarme de la verdad, del torbellino de emociones que quiere apresarme. ¿Cómo pudo hacerle algo así a mi padre? ¿A nosotros? Es una adúltera. Ella es "esa chica". Y no en el buen sentido; ella no es lo máximo. Y justo entonces ato cabos. Por eso, tras su muerte, Noah no paraba de decirme que yo no entendía cómo se sentía, que yo no conocía a mamá como él. Ahora lo comprendo. Tenía razón. Ignoraba completamente quién era mi madre. Mi hermano no lo decía con ánimo de hacerme daño. No pretendía acapararla para sí. La estaba protegiendo. Y a mi padre y a mí. Estaba protegiendo a nuestra familia.

Oigo unos pasos rápidos que caminan en mi dirección. Me giro de un salto, segura de que es él.

—¿Querías protegernos? ¿Por eso mentiste?

Tiende los brazos hacia mí, pero no me toca. Sus manos se mueven como pájaros trastornados.

—No sé por qué lo hice, quizá para protegerlos a ti y a papá o a lo mejor porque prefería creerlo así. Me negaba a aceptar que mamá hubiera sido capaz de hacer eso —tiene el rostro congestionado, los ojos oscuros y tormentosos—. Sabía que no deseaba mentir sobre su vida. Ella habría querido que dijera la verdad, pero yo no podía. No podía contar la verdad acerca de nada —me mira con consternación infinita—. Por eso yo no soportaba estar cerca de ti, Jude —¿cómo hemos acabado cada uno en su propia cárcel de secretos y mentiras?—. Me costaba menos camuflarme que ser yo mismo, que afrontar... —se ha interrumpido, pero salta a la vista que hay más y que está reuniendo fuerzas para confesarlo. Y vuelvo a tener la misma sensación que sentí antes en el taller de estar viendo una figura que se abre paso entre la piedra. Una evasión por la fuerza—. Creo que mentí porque no quería que fuera culpa mía —confiesa—. Los vi juntos aquel día. La seguí y los vi. Por eso decidió hablar con papá. Por eso —se ha echado a llorar—. García no tiene la culpa. Quiero culparlo a él para que la responsabilidad no sea mía, pero sé que yo soy el culpable —se aferra la cabeza como para impedir que le estalle—. Le dije que la odiaba justo antes de que se fuera, Jude, justo antes de que se subiera al coche. Estaba llorando. No debería haber conducido en ese estado. Estaba tan enojado con ella...

Lo agarro por los hombros.

—Noah —he recuperado la voz—. Tú no tuviste la culpa. No la tuviste —repito las palabras hasta estar segura de que las ha oído, de que las cree—. Nadie tuvo la culpa. Sencillamente pasó. Le sucedió algo terrible. Nos sucedió algo terrible a todos.

Me toca. Noto cómo tiran de mí, cómo me arrancan de mi propia piel cuando revivo... La desgarradora pérdida de mi madre justo cuando más la necesitaba, el refugio del amor infinito e incondicional que me brindaba destruido para siempre. Me sumerjo en el devastador sentimiento, lo acepto por fin en lugar de salir huyendo, de decirme a mí misma que todo le pertenece a Noah y no a mí, en lugar de erigir una lista de miedos y supersticiones entre mis emociones y yo, de momificarme bajo capas y capas de tela para protegerme de ellas, y caigo hacia delante con la fuerza de dos años de pena reprimida, con el dolor de diez mil mares desatados por fin en mi interior.

Consiento. Dejo que mi corazón se rompa en pedazos.

Y Noah está aquí, sólido y fuerte, para recogerme, para ayudarme a atravesar el océano, para asegurarse de que llego al otro lado sana y salva.

Regresamos a casa dando un gran rodeo por el bosque, yo en un mar de lágrimas, él en un mar de palabras. La abuela tenía razón: un corazón roto es un corazón abierto.

—Estaban pasando tantas cosas al mismo tiempo... —dice ahora Noah—. Y no sólo... —agita la mano en dirección al taller de Guillermo—. También cosas relacionadas conmigo.

—¿Y con Brian? —le pregunto.

Me mira.

—Sí —es la primera vez que lo reconoce—. Mamá nos sorprendió...

¿Cómo es posible que nos sucedieran tantas cosas a los dos en una sola semana, en un solo día?

—Pero a mamá le parecía bien, ¿no? —le pregunto.

—Precisamente. Mamá me apoyó. Una de las últimas cosas que me dijo fue que no debía vivir una mentira. Que tenía la responsabilidad de ser fiel a mí mismo. Y luego voy yo y convierto su vida en una gran mentira —se interrumpe—. Y la mía también —recoge un palo del suelo y lo parte por la mitad—. Y, ya puestos, destrozo la de Brian.

Rompe el palo en trocitos cada vez más pequeños. Su rostro refleja angustia, vergüenza.

—No, no lo hiciste.

—¿A qué te refieres?

—¿Alguna vez has oído hablar de Google?

—Lo busqué una vez, dos en realidad.

—¿Cuándo?

Dos veces. Ay, por Dios. Seguro que no se ha unido a una red social en toda su vida.

Se encoge de hombros.

—No había nada.

—Bueno, pues ahora sí.

Sus ojos se agrandan, pero no me pregunta qué he descubierto exactamente, así que no se lo digo. Supongo que prefiere averiguarlo por sí mismo. Sin embargo, apura el paso. Camina a toda velocidad para llegar cuanto antes a la presencia del oráculo.

Me detengo.

—Noah, yo también tengo que confesarte una cosa —se da media vuelta y empieza a hablar; no hay otro modo de hacerlo—. Tengo el presentimiento de que, cuando te haya contado esto, no volverás a dirigirme la palabra, así que deja que te diga primero lo mucho que lo siento. Debería habértelo confesado hace siglos, pero tenía miedo de perderte para siempre si lo hacía —bajo los ojos—. Aún te quiero más que a nada. Siempre será así.

—¿De qué se trata? —me azuza.

Soy la guardiana de mi hermano, me digo, y se lo confieso sin más.

—No es verdad que no te admitieran en la EAC. O sea, nunca solicitaste el ingreso. ¿Te acuerdas de aquel día que fuimos a la oficina de correos? —inspiro hondo y arranco las palabras de lo más oscuro de mi ser—. No envié tu solicitud.

Parpadea una vez. Otra más. Y sigue parpadeando. Su rostro es una cáscara vacía y me pregunto qué estará pasando en su interior cuando de repente levanta los brazos, salta hacia arriba y su rostro se inunda de pura alegría; no, éxtasis. Es éxtasis.

—¿Has oído lo que te he dicho?

—¡Sí! —exclama. Ahora se ríe como un loco y estoy segura de que ha perdido todos los tornillos hasta que las palabras salen volando de sus labios—. ¡Pensaba que mis dibujos no valían nada! ¡Que yo no valía nada! Desde hace mucho tiempo. Creía que sólo me parecían buenos porque le gustaban a mamá —arquea el cuello hacia atrás—. Y, entonces..., comprendí que daba igual.

—¿Que daba igual?

Busco rabia o rencor en sus facciones, pero no los encuentro por ninguna parte. Como si no hubiera reparado en la traición. Está pletórico.

—Ven conmigo —me pide.

Quince minutos después, estamos en una obra abandonada mirando una destartalada pared de cemento. En la superficie, en una explosión de color en aerosol, está... todo.

NoahyJude vistos por detrás, hombro con hombro, con las cabelleras entrelazadas como un río de luz y oscuridad que envuelve todo el mural. Brian en mitad del cielo abriendo una maleta llena de estrellas. Mamá y Guillermo besándose en el centro de un torbellino de colores junto al Pájaro de Madera. Papá emergiendo del océano como un dios solar que se está metamorfoseando en un cuerpo de ceniza. Yo enfundada en mi disfraz de invisibilidad, integrada en una pared. Noah acurrucado en un diminuto espacio de su propio cuerpo. El coche de mamá ardiendo por el cielo. Noah y Heather montados en una jirafa. Noah y Brian trepando por una escalerilla que se pierde en el infinito. Cubos y más cubos derramando luz desde el cielo sobre dos chicos descamisados que comparten un beso. Noah partiendo a Brian en mil pedazos con un bate de beisbol. Noah y mi padre refugiados de una tormenta bajo un paraguas rojo brillante. Noah y yo caminando por la estela que el sol dibuja en el mar, pero en direcciones opuestas. Noah plantado en la palma de la mano de un gigante que es nuestra madre. Incluso yo rodeada de los gigantes pétreos de Guillermo, trabajando en la escultura de NoahyJude.

El mundo entero está ante mis ojos, rehecho.

Busco el celular y empiezo a tomar fotos.

—Es precioso, Noah, maravilloso. Y te va a abrir de par en par las puertas de la EAC. Te voy a ceder mi plaza. Ya le envié un correo a Sandy al respecto. Tenemos una reunión los tres el miércoles por la mañana. Va a caer muerto cuando vea todo esto. Ni siquiera parece pintura en aerosol. No sé lo que parece, sólo sé que es increíble, alucinante...

—No —me arrebata el teléfono para que no pueda seguir tomando fotos—. No quiero tu plaza. No quiero entrar en la EAC.

—¿Cómo que no?

Niega con un movimiento de la cabeza.

—¿Desde cuándo?

—Desde ahorita, supongo.

—¿Noah?

Le atiza un puntapié al suelo.

—Tengo la sensación de haber olvidado lo mucho que disfrutaba pintando antes de empezar a preocuparme de que tuviera o no el suficiente talento para ser admitido en una estúpida Escuela de Arte. O sea, en el fondo, ¿qué más da? —un rayo de sol ilumina su rostro. Exhibe una expresión lúcida, serena, madura, y, sin saber por qué, pienso: "Todo va a ir bien"—. Pintar... no consiste en demostrar nada —prosigue—. Es pura magia —vuelve a mover la cabeza de lado a lado, perplejo—. ¿Cómo puedo haberlo olvidado? —esboza una sonrisa tan relajada como la de ayer por la noche, cuando estaba borracho. No puedo creer que esté sonriendo como si nada. ¿Por qué no está furioso conmigo? Sigue hablando—: Cuando descubrí que frecuentabas el taller de García —¿por eso lo caché hurgando en mis dibujos aquel día?—, supe que todo estaba a punto de estallarme en las narices, todas mis mentiras. Y toqué fondo. Por fin. Ya no me bastaba con pintar mentalmente —¡ajá!—. Tenía que contar la verdad, en alguna parte, de algún modo. Debía hacerle saber a mamá que sus palabras habían hecho mella en mí. Debía disculparme con ella, con Brian, contigo y con papá, incluso con García. Cogí el dinero para emergencias que papá nos había dejado, compré un montón de pintura en aerosol y me acordé de esta pared, que había visto cuando salía a correr. Creo que miré todos los videos habidos y por haber sobre grafitis. Mis primeros intentos están cubiertos por capas y capas y... eh... —me tira de la manga—. No estoy enfadado contigo, Jude. Y no lo voy a estar.

No lo puedo creer.

—¿Por qué? Deberías estarlo. ¿Cómo es posible que no estés enfadado?

Se encoge de hombros.

—No sé. No lo estoy.

Me toma las manos, las retiene entre las suyas. Nuestros ojos se encuentran y se quedan ahí, y el mundo empieza a esfumarse, al igual que el tiempo, los años se enrollan como alfombras, hasta que todo lo sucedido acontece a la inversa y, por un instante, somos los que éramos otra vez, más unidad que pareja.

—Ándale —susurra Noah—. Jude en vena.

—Sí —asiento al notar cómo su hechizo inunda mis propias células. Y una sonrisa se despliega en mi cara cuando empiezo a recordar los baños de luz y de oscuridad, los cientos de piedras, los miles de planetas en órbita, días con bolsillos y más bolsillos atiborrados de instantes que caen como manzanas, de verjas que dan al infinito.

—Se me había olvidado —musito, y el recuerdo prácticamente me eleva por los aires, nos eleva a los dos.

Estamos.

Flotando.

Alzo la vista. El aire resplandece. El mundo entero lo hace.

¿O serán imaginaciones mías? Claro que sí.

—¿Lo notas? —me pregunta Noah.

Las madres son paracaídas.

No son imaginaciones.

Por cierto, ¡yuju! No sólo el arte, sino la vida es... magia.

—Vamos —dice Noah, y echamos a correr por el bosque igual que antes, y veo cómo dibujará después este momento, las secuoyas reclinadas a nuestro paso, las flores desplegadas como casas con las puertas abiertas de par en par, el arroyo a nuestra espalda como una serpiente de colores, nuestros pies a varios centímetros del suelo.

O quizá lo pinte de otro modo: un borrón verde en lo alto a modo de bosque mientras nosotros, tendidos de espaldas, jugamos a piedra, papel o tijera.

Él escoge piedra. Yo escojo tijera.

Él escoge papel. Yo escojo tijera.

Él escoge piedra. Yo escojo papel.

Encantados, lo dejamos correr. Una nueva era acaba de empezar. Noah mira el firmamento.

—No estoy enfadado, porque yo te podría haber hecho lo mismo —reconoce—. De hecho lo hice. A menor escala. Una y otra vez. Sabía lo mal que lo pasabas esos fines de semana en que íbamos los tres a visitar museos. Era consciente de lo excluida que te sentías. Y no quería que mamá viera tus esculturas por nada del mundo. Me aseguré de que no lo hiciera. Tenía muchísimo miedo de que tuvieras más talento que yo y ella se diera cuenta —suspira—. Lo estropeamos todo. Los dos.

—Aun así, la EAC era tu...

Me interrumpe.

—A veces tenía la sensación de que, por más mamá que hubiese, nunca me bastaría.

Esta idea me llega al alma, y guardamos silencio durante un buen rato, aspirando el aroma de los eucaliptos y viendo agitarse las hojas a nuestro alrededor. Pienso en lo que mamá le dijo a Noah, eso de que tenía la responsabilidad de ser sincero consigo mismo. Ni él ni yo lo hemos sido. ¿Por qué es tan difícil? ¿Por qué cuesta tanto saber cuál es la verdad?

—¿Sabe Heather que eres gay? —le pregunto.

—Sí, pero nadie más.

Ruedo a un lado para mirarlo de frente.

—¿No es curioso que yo me haya vuelto tan rara y tú tan normal?

—Alucinante —responde, y nos partimos de risa—. Sólo que, la mayor parte del tiempo —añade—, tengo la sensación de estar representando un papel.

—Yo también —alcanzo un palo y empiezo a hurgar la tierra con él—. O puede que las personas estén hechas de muchas personalidades distintas —sugiero—. A lo mejor estamos siempre acumulando nuevos yoes.

Sumando personalidades a medida que tomamos decisiones, buenas y malas, que metemos la pata o progresamos, que perdemos la cabeza y recuperamos el sentido, que nos hundimos, nos enamoramos, lloramos a un ser querido, crecemos, nos apartamos del mundo o lo agarramos por los cuernos, a medida que creamos cosas y las destruimos.

Sonríe.

—Y cada nuevo yo se encarama a los hombros del anterior, hasta que acabamos convertidos en una inestable torre humana.

Qué imagen tan deliciosa.

—¡Sí, exacto! ¡No somos más que inestables torres humanas!

El sol empieza a ponerse y nubes rosas deshilachadas inundan el cielo. Deberíamos ponernos en camino. Mi padre regresa esta noche. Estoy a punto de decirlo cuando Noah sale con otra cosa.

—Ese cuadro del taller, el que está en el recibidor... El del beso. Lo he visto sólo un momento, pero creo que lo pintó mamá.

—¿En serio? No sabía que mamá pintara.

—Yo tampoco.

¿Lo mantenía en secreto? ¿Otro más?

—Igual que tú —le digo, y algo encaja en su lugar como dos piezas de un rompecabezas. Noah era la musa de mamá. Estoy segura y, sin sentir ni una pizca de celos, por raro que parezca, lo entiendo.

Me desplomo de espaldas otra vez, hundo los dedos en la tierra húmeda y me imagino a mamá pintando esa obra increíble, deseando con las manos, enamorada a morir. ¿Cómo voy a enojarme con ella por algo así? ¿Cómo voy a enojarme con ella por haber encontrado a su mitad perdida y querer estar con ella? Como bien dijo Guillermo, el corazón no atiende a razones. No obedece a leyes ni a convenciones, ni se doblega a las expectativas de los demás. Por lo menos, murió con el corazón lleno. Por lo menos, encontró su camino, rompió las costuras, dejó galopar a los caballos antes de morir.

Un momento. No.

Perdón.

¿Cómo va a estar bien que le rompiera el corazón a mi padre como lo hizo? ¿Que faltara a todas sus promesas? Y, por otro lado, ¿quién le puede reprochar que fuera fiel a sí misma? *Uf.* Se comportó bien y mal al mismo tiempo. El amor hace y deshace. Atrae la dicha y la desdicha con igual tenacidad.

La felicidad de mi madre supuso la infelicidad de mi padre. Así de injustas son las cosas.

Sin embargo, él aún está vivo y tiene tiempo de sobra que llenar con más felicidad.

—Noah, tienes que decírselo a papá. Cuanto antes.

—¿Decirle qué? —nuestro sigiloso padre nos está mirando desde arriba—. Esto es justo lo que necesitaban mis pobres ojos cansados después de un largo viaje. Los vi correr hacia el bosque de la mano cuando el taxi me dejó en casa. Fue como viajar en el tiempo.

Se sienta con nosotros en la tierra. Aprieto la mano de Noah.

—¿Qué es, hijo? ¿Qué tienes que contarme? —pregunta mi padre, y el amor desborda mi corazón.

Esa misma noche, más tarde, estoy mirando cómo Noah y mi padre se mueven de un lado a otro por la cocina para preparar la cena. No quieren que los ayude, aunque he prometido abandonar la Biblia. Noah y yo hemos hecho un trato. Él no volverá a saltar desde ningún acantilado y yo dejaré de hojear la Biblia y renunciaré a cualquier tipo de investigación médica con carácter inmediato. Voy a confeccionar a una mujer voladora de papel, tamaño gigante, con todos y cada uno de los pasajes de la Biblia. A la abuela le encantará. Ha sido la primera idea que he anotado en el bloc de notas en blanco que llevo conmigo desde que empecé a asistir a la EAC. La pieza se llamará *Historia de la suerte*.

Cuando Noah, allá en el bosque, le contó a papá la verdad sobre mi madre y Guillermo, él se limitó a decir:

—Claro. Eso tiene más lógica.

No se abrió paso a golpes por un bloque de granito como Noah ni tuvo que soportar la embestida de los siete mares como yo, pero veo que su tormenta interior ha amainado. Es un hombre de ciencia, y el problema irresoluble se ha resuelto por fin. Las cosas han cobrado sentido. Y, para mi padre, el sentido lo es todo.

O eso creía yo.

—Chicos, le he estado dando vueltas a una idea —aparta la vista del tomate que está troceando—. ¿Qué les parecería si nos mudáramos? Seguiríamos viviendo en Lost Cove, pero nos trasladaríamos a otra casa. Bueno, no a una casa cualquiera... —esboza una sonrisa absurda. No tengo ni idea de lo que va a decir—. A una casa flotante —no sé qué es más alucinante, si las palabras que acaba de pronunciar o la expresión de su rostro. Parece el súper pirado del monociclo—. Creo que necesitamos una aventura. Los tres juntos.

—¿Quieres que vivamos en un barco? —pregunto.

—Quiere que vivamos en un arca —responde Noah con asombro.

—¡Sí! —mi padre se ríe—. Exactamente eso. Siempre he querido hacerlo —¿en serio? Primera noticia. Mmm, ¿quién es este hombre?—. He investigado un poco y no van a creer lo que hay en venta allí abajo, en el puerto deportivo.

Se acerca a su maletín para extraer unas fotos que debe de haber impreso de Internet.

—¡Guau! —exclamo. No es un barco. Realmente es un arca.

—Pertenece a una arquitecta —nos informa mi padre—. La reformó por completo. Colocó la tarima y las vidrieras ella misma. Espectacular, ¿eh? Dos pisos, tres dormitorios, dos baños, una gran cocina, claraboyas y cubiertas alrededor en ambas plantas. Es un paraíso flotante.

Noah y yo debemos de haber leído el nombre de ese paraíso flotante en la foto al mismo tiempo, porque ambos le soltamos en el mismo tono que habría usado nuestra madre:

—Abraza el misterio, profesor.

La casa flotante se llama *El Misterio*.

—Lo sé. Esperaba que no se percataran del detalle. Y sí, si yo no fuera yo, si fuera tú, por ejemplo, Jude, lo consideraría una señal.

—Es una señal —afirmo—. Me apunto, y ni siquiera voy a mencionar uno de los mil peligros de vivir en una casa flotante que se me acaban de pasar por la cabeza.

—¿Qué clase de Noé sería si dijera que no? —bromea Noah con mi padre.

—Ya iba siendo hora —dice, y remarca el comentario con un asentimiento.

Y, entonces, por increíble que parezca, pone un poco de jazz. Se palpa la alegría en la cocina mientras Noah y mi padre siguen cortando y troceando. Advierto que el hijo está pintando mentalmente mientras el padre se deleita pensando en lo increíble que será darse un chapuzón desde la cubierta y en lo inspiradora que resultaría esa casa si, por azares de la vida, algún miembro de esta familia mostrase inclinaciones artísticas.

De algún modo volvemos a ser los de siempre, con alguna que otra incorporación a nuestras inestables torres humanas, pero los mismos. Los impostores han abandonado las instalaciones.

Cuando regresamos del bosque, entré en el despacho de papá y le conté el asunto de la solicitud de Noah a la EAC. Por no extenderme demasiado, digamos que preferiría pasar el resto de mi vida en una cámara de tortura medieval arrastrándome del aplastacabezas al quebrantarrodillas pasando por el potro que volver a ver esa expresión en la cara de mi padre. Pensaba que jamás me perdonaría pero, cosa de una hora más tarde, después de haber hablado con Noah, me preguntó si quería ir a nadar con él por primera vez en años. En cierto momento, mientras surcábamos la brillante estela del sol poniente, noté que me apretaba el hombro y, superada la primera impresión de que se proponía ahogarme, comprendí que me estaba pidiendo que me detuviera.

Allí, flotando en medio del mar, me dijo:

—No he estado lo que se dice pendiente de...

—Papá, no —repliqué, porque no quiero que se disculpe por nada.

—Por favor, déjame decirte esto, cariño. Siento no haber estado a la altura. Creo que llevo un tiempo algo distraído. Como diez años —se ríe y, al hacerlo, traga un montón de agua salada. Después prosigue—: A veces uno se desconecta de su propia vida y, cuando lo hace, cuesta bastante encontrar el camino de vuelta —esboza una sombra de sonrisa—. Sé lo mal que lo has pasado. Y respecto al asunto de Noah y la EAC... bueno, a veces una buena persona puede tomar una mala decisión.

Ha sido como música celestial.

Ha sido como encontrar el camino de vuelta a casa.

Porque, por más cursi que suene, quiero ser una inestable torre humana que haga del mundo un lugar más feliz, no más desgraciado.

Flotando como un par de boyas, papá y yo hablamos de un montón de cosas, algunas muy dolorosas, y luego nos alejamos aún más, en dirección al horizonte.

—Me gustaría ayudarlos —les digo ahora a los chefs—. Prometo no añadir nada bíblico.

Mi padre mira a Noah.

—¿Qué opinas?

Noah me pasa un pimentero.

Sin embargo, éste será el principio y el fin de mi contribución culinaria, porque Oscar acaba de entrar en la cocina con su chaqueta de cuero negro y el cabello aún más alborotado que de costumbre.

—Lamento interrumpir —se disculpa—. Llamé, pero nadie acudió a la puerta. Y como estaba abierta...

Me asalta una sensación de *déjà vu* que me transporta a aquel día que Brian entró en la cocina mientras mi madre preparaba un pastel. Miro a Noah y reparo en que él también la ha experimentado. Brian sigue sin contestar. Pese a todo, mi hermano se ha pasado la tarde consultando el oráculo. Sabe que Brian está en Stanford. Noto cómo las noticias, las posibilidades, circulan por su interior.

—No pasa nada. Nunca oímos el timbre —le digo a Oscar mientras camino hacia él. Cuando llego a su altura, lo cojo por el brazo y noto cómo se crispa al contacto de mi mano. ¿O me lo habré imaginado?—. Papá, él es Oscar.

Mi padre le lanza una mirada que no es sutil ni generosa.

—Hola, doctor Sweetwine —lo saluda Oscar, que ha recuperado sus maneras de mayordomo inglés—. Oscar Ralph.

Mi padre estrecha la mano que Oscar le tiende a la vez que le palmea la espalda con la otra.

—Qué tal, jovencito —dice mi padre como si hablara con un niño—. Y que conste que lo digo con toda intención.

Noah se ríe disimuladamente, pero intenta hacer pasar la risilla por tos. Ay, Dios. Mi padre ha vuelto. En plena forma.

—Acerca de eso —Oscar me mira—. ¿Podemos hablar un momento?

No me había imaginado: realmente se crispó cuando lo toqué.

Cuando llegamos al umbral, me doy media vuelta porque estoy oyendo unos ruidos ahogados. Mi padre y Noah están doblados de la risa detrás de la isla de la cocina, en pleno ataque de histeria.

—¿Qué pasa? —pregunto.

—¡Has encontrado a Ralph! —grazna Noah antes de volver a atacarse de risa. Mi padre se está riendo tanto que se ha caído al suelo.

Preferiría mil veces unirme a mis compañeros de arca que oír lo que mi visitante se dispone a decirme.

Sigo a Oscar hasta la entrada. Esa expresión lúgubre tan impropia de él no augura nada bueno.

Quiero abrazarlo, pero no me atrevo. Ha venido a despedirse. Lo lleva escrito en la cara. Se sienta en el peldaño y apoya la mano en el espacio libre de su lado para que yo haga lo mismo. No deseo sentarme a su lado, no deseo oír lo que me va a decir.

—Vamos a las rocas —propongo, porque no quiero que papá y Noah nos espíen.

Rodeamos la casa hacia la parte trasera. Nos sentamos, pero nuestras piernas no se tocan.

El mar está en calma, las olas se arrastran hasta la orilla sin convicción.

—Y bien —dice con una sonrisa prudente que no le queda nada—. No sé si te parecerá bien que te hable de esto, así que hazme callar si no es así —asiento, no muy segura de lo que me espera—. Conocí bien a tu madre. Me sentía como si Guillermo y ella... —deja la frase en suspenso, me mira.

—No pasa nada, Oscar —le aseguro—. Quiero saberlo.

—Tu madre anduvo por allí en mis peores momentos, cuando estaba en mis peores momentos, dándome de cabezazos contra las paredes y sin atreverme a salir porque estaba seguro de que me acabaría metiendo si lo hacía. Sin el alcohol y las drogas que usaba para paliar la angustia, me sentía tan mal que me quería morir. El taller era distinto en aquel entonces. G. tenía montones de alumnos. Tu madre acudía a dibujar y yo posaba para ella a cambio de conversación.

Entonces Noah tenía razón; mi madre pintaba en secreto.

—¿Era alumna de Guillermo?

Exhala el aire despacio.

—No, nunca fue su alumna.

—¿Se conocieron cuando lo entrevistó? —pregunto. Oscar asiente. Guarda silencio—. Continúa.

—¿Seguro?

—Sí, por favor.

Esboza su maniaca sonrisa.

—Yo la quería. Fue ella más que Guillermo quien despertó mi interés por la fotografía. Lo curioso del caso es que nos sentábamos a charlar en la misma iglesia donde nos conocimos tú y yo.

Por eso acudía allí tan a menudo, porque me recordaba a ella —oír eso me pone la piel de gallina—. Nos sentábamos en la banca y ella hablaba sin parar de sus mellizos —se ríe—. O sea, como una cotorra. Sobre todo de ti.

—¿De verdad?

—Ya lo creo que sí. Me contó tantas cosas... Ni te lo imaginas. Me ha costado asimilar que ambas fueran la misma persona: la Jude de la que hablaba tu madre y la CJ de la que me estaba enamorando —el tiempo pasado se me clava en el corazón—. Siempre bromeaba diciendo que no dejaría que nos conociéramos hasta que llevara sobrio por lo menos tres años y tú hubieras cumplido los veinticinco, porque estaba seguro de que enloqueceríamos el uno por el otro y ya no habría nada que hacer. Pensaba que éramos almas gemelas —me toma la mano y me planta un beso en el dorso antes de llevársela a su regazo—. Me parece que tenía razón.

—¿Pero? Porque hay un pero y me está matando, Oscar.

Aparta los ojos de mí.

—Pero no es el momento. Aún no.

—Eh —protesto—. Sí que es nuestro momento. Por supuesto que es nuestro momento. Y sé que tú lo sabes. Guillermo te obliga a hacer esto.

—No. Tu madre me obliga a hacer esto.

—No me llevas tantos años.

—Te llevo tres años, lo cual es mucho ahorita, pero no siempre será así.

Pienso que esos tres años que nos separan no me parecen tan distantes como los casi cuatro que me llevaba Zephyr cuando yo tenía catorce. Tengo la sensación de que Oscar y yo somos de la misma edad.

—Pero te enamorarás de otra persona —objeto.

—Es mucho más probable que lo hagas tú.

—Imposible. Eres el chico del retrato.

—Y tú la chica de la profecía.

—También de la profecía de mi madre, por lo que parece —suspiro, asiéndolo por el brazo, y pienso que es muy curioso que aquel día le diera a Oscar una nota de Guillermo dirigida a mi madre, como si las palabras hubieran viajado en el tiempo hasta caer en nuestras manos. Como una bendición.

—Aún vas en preparatoria —está diciendo Oscar—. Ni siquiera eres mayor de edad, maldita sea, algo en lo que no había reparado hasta que Guillermo me lo señaló unas tropecientas veces ayer por la noche. Podemos ser grandes amigos. Podemos botar por ahí en nuestras bolas *skippy* o jugar al ajedrez o yo qué sé —su voz emana incertidumbre, frustración, pero entonces sonríe—. Te esperaré. Viviré en una cueva. O me haré monje durante unos cuantos años, llevaré hábito, me afeitaré la cabeza y toda la parafernalia. No sé, es que quiero hacer las cosas bien.

Esto no puede estar pasando. Nunca ha sido tan urgente como ahora quitar la pausa y dejar que suene la música.

Empiezo a hablar a borbotones.

—¿Y hacer las cosas bien significa dar la espalda a lo que podría ser el gran amor de nuestras vidas? ¿Lo correcto es negar la fuerza del destino, negar todas las energías que han conspirado para que acabáramos juntos, las mismas que llevan años y años actuando? Ni hablar —noto cómo el espíritu de las mujeres Sweetwine se alza en mi interior. Oigo los cascos de los caballos que galopan a través de varias generaciones. Vuelvo a la carga—. Mi madre, que estaba a punto de poner su vida patas arriba por amor, y mi abuela, que llama Clark Gable al mismísimo Dios, no quieren que huyamos con el rabo entre las piernas, quieren que agarremos al toro por los cuernos —gracias a la influencia de Guillermo, mis manos han decidido participar en el soliloquio—. Prácticamente renuncié al mundo entero por ti. Y, para que conste, no hay diferencia entre una chica de dieciséis años y un chico de diecinueve en términos de madurez. Además, Oscar, *no te ofendas, pero* eres la persona más inmadura del planeta.

Se ríe y, en eso, lo empujo hacia atrás, me subo a horcajadas encima de él y le sujeto ambas manos para tenerlo a mi merced.

—Jude.

—Así que sabes cómo me llamo, ¿eh? —le digo sonriendo.

—San Judas Tadeo es mi santo favorito —me espeta—. Patrono de las causas perdidas. El santo al que recurres cuando has perdido toda esperanza. El encargado de los milagros.

—Me tomas el pelo —protesto, y le libero las manos.

—Va en serio.

Mucho mejor que ese traidor de Judas Iscariote.

—Será mi modelo a seguir a partir de ahora, pues.

Me sube la camiseta para verme el vientre. La luz que llega de casa le basta para atisbar los querubines. Repasa los contornos con los dedos, sosteniéndome la mirada mientras tanto para comprobar cómo reacciono a su contacto, cómo caigo al vacío. Mi respiración se acelera y su mirada se obnubila.

—Pensaba que sufrías un trastorno de control de impulsos —susurro.

—Lo tengo todo bajo control.

—¿Ah, sí?

Introduzco las manos por debajo de su camiseta, las dejo deambular por ahí, noto que tiembla. Cierra los ojos.

—Al cuerno. Lo intenté.

Me agarra por la espalda y, de un solo movimiento, me tiende y se inclina sobre mí. Ahora me está besando, y siento una dicha y siento un amor y siento y siento y siento...

—Estoy loco por ti —me dice sin aliento, la anarquía de su rostro en su máximo apogeo.

—Yo también —contesto.

—Y voy a seguir estándolo mucho tiempo.

—Yo también.

—Te voy a contar cosas que no le he contado a nadie más.

—Yo también.

Se echa hacia atrás, sonríe, me toca la nariz.

—Opino que Oscar es el tipo más brillante que he conocido nunca, además de estar buenísimo y, damas y caballeros, vaya cuerpazo que tiene.

—Yo también.

—¿Dónde demonios está Ralph? —grazna Profeta.

Aquí mismo, maldita sea.

Noah y yo estamos a punto de entrar en el taller de Guillermo. Había querido acompañarme, pero ahora se está echando atrás.

—Me siento como si estuviéramos traicionando a papá.

—Le pedimos permiso.

—Ya lo sé. Pero, de todas formas, tengo la sensación de que deberíamos retar a García a un duelo para salvaguardar el honor de papá.

—Tendría gracia.

Noah sonríe y me propina un toque con el hombro.

—Sí, sí que la tendría.

Pese a todo, entiendo lo que quiere decir. Los sentimientos que me inspira Guillermo ahora mismo son un caleidoscopio que va del odio por haber destruido a nuestra familia, por haber roto el corazón de mi padre, por un futuro que nunca será (por cierto, ¿qué habría pasado?, ¿se habría venido a vivir con nosotros?, ¿me habría mudado yo con mi padre?), a la adoración pura y dura, la misma que vengo sintiendo desde que posé los ojos en el borracho Igor y él me dijo que no se sentía bien. No dejo de pensar en lo raro que resulta saber que habría conocido a Guillermo y a Oscar aunque mi madre no hubiera muerto. El choque frontal era inevitable, pasara lo que pasara. Puede que algunas personas estén destinadas a formar parte de la misma historia.

Guillermo no acude a la puerta, así que entramos y cruzamos el recibidor. Me fijo en que algo ha cambiado, pero no sé qué exactamente hasta que llegamos a la oficina de correos. Han fregado los suelos y, por increíble que parezca, ya no hay correo tirado por ahí. La puerta de la habitación arrasada está abierta y al otro lado asoma un despacho de verdad. Me acerco al umbral. En el centro de la estancia se yergue el ángel roto con una enorme grieta en zigzag en la espalda, entre las alas. Recuerdo que Guillermo me dijo que las grietas y las rupturas eran lo mejor y más interesante de mi dosier. Quizá se pueda decir lo mismo de las personas, de sus grietas y sus rupturas.

Miro la sala sin correo y sin polvo y me pregunto si Guillermo se propone volver a abrir el taller a los estudiantes. Noah está plantado ante la pintura del beso.

—Fue aquí donde los vi aquel día —dice. Roza con la mano una sombra oscura—. Esto es el Pájaro de Madera, ¿lo ves? Puede que quedaran allí a menudo.

—Lo hacíamos —reconoce Guillermo, que está bajando las escaleras con una escoba y un recogedor en las manos.

—Mi madre pintó ese cuadro.

Noah lo afirma, su voz no contiene una pregunta.

—Sí —responde el maestro.

—Tenía talento —dice Noah, sin apartar los ojos del cuadro. Guillermo deja en el suelo la escoba y el recogedor.

—Sí.

—¿Quería ser pintora?

—Sí. En el fondo, creo que sí.

—¿Y por qué no nos lo dijo? —Noah se da media vuelta. Se le saltan las lágrimas—. ¿Por qué no nos enseñó nada?

—Seguro que iba a hacerlo —responde Guillermo—. Nada de lo que pintaba la dejaba satisfecha. Ella quería enseñarles algo que fuera... perfecto, pues —me estudia, se cruza de brazos—. Quizá por la misma razón por la que usted no le habló de sus mujercitas de arena.

—¿Mis mujercitas de arena?

—Las traje de casa para mostrárselas.

Se acerca a la mesa de la computadora. Mueve el ratón y un despliegue de fotos aparece en la pantalla.

Me acerco. Ahí están. Mis damas voladoras devueltas a la orilla tras años a la deriva en el mar. ¿Cómo es posible? Me vuelvo a mirar a Guillermo cuando comprendo algo alucinante.

—Fuiste tú. ¿Tú enviaste las fotos a la EAC?

Asiente.

—Lo hice, de manera anónima. Tenía la sensación de que su mamá lo habría querido así. Le preocupaba mucho que al final usted decidiera no presentar la solicitud. Me dijo que pensaba enviarlas ella misma. Así que lo hice yo —señala la computadora—. Las amó, con esa libertad y esa onda que transmiten. Yo también las amé.

—¿Tomó ella las fotos?

—No, las tomé yo —interviene Noah—. Debió de encontrarlas en la cámara de papá y las descargó antes de que yo las borrara —me mira—. La noche de la fiesta de Courtney.

Intento asimilar todo esto. Sobre todo el hecho de que mamá conociera esa parte de mí sin que yo lo supiera. Vuelve a asaltarme la sensación de ingravidez. Bajo la vista. Mis pies siguen tocando el suelo. Las personas mueren, pero nuestras relaciones con ellas no. Perviven y se transforman por siempre.

Me percato de que Guillermo está hablando.

—Su mamá estaba muy orgullosa de ustedes dos. Nunca conocí una madre tan orgullosa.

Echo un vistazo a mi alrededor. Noto su presencia y estoy segura de que era esto lo que quería. Sabía que cada uno de nosotros estaba en posesión de una parte de la historia que debíamos compartir. Quería que supiese que había visto las esculturas y sólo Guillermo me lo podía decir. Deseaba que Guillermo y mi padre descubriesen la verdad por boca de Noah. Quería que le contase a Noah lo de la EAC y puede que nunca hubiera reunido el valor necesario de no haber acudido a Guillermo, de no haber empuñado un cincel y un martillo. Sabía que debíamos formar parte de la vida de Guillermo, y él de las nuestras, porque somos, cada cual para algún otro, la llave de una puerta que en otro caso habría permanecido cerrada por siempre.

Recuerdo la imagen que me trajo aquí de buen comienzo: mi madre guiándonos por el cielo como un timonel para que no perdiéramos el rumbo. De algún modo, lo consiguió.

—¿Y yo qué soy, picadillo de hígado?

¡Es la abuela!

—Pues claro que no —le digo sin mover los labios. Cuánto me alegro de volver a verla, y en su salsa—. Tú eres lo más de lo más.

—Bien dicho. Y, para que conste, como tú dices, señorita, no soy un producto de tu imaginación. Serás impertinente... A saber de quién habrás heredado esa manía tan molesta.

—No tengo ni idea, abuela.

Más tarde, después de dejar a Noah instalado con pinturas y algunos lienzos (no pudo resistirse cuando el maestro se lo ofreció), Guillermo se reúne conmigo en el patio, donde he empezado el modelo en barro para la escultura de mi madre.

—Nunca vi a nadie pintar como él —afirma—. Es olímpico. No lo puedo creer. Picasso pintó una vez cuarenta cuadros en un mes. Seguro que Noah podría hacerlo en un día. Es como si ya los tuviera terminados y sólo tuviera que entregarlos.

—Mi hermano está en posesión del impulso extático —le digo al recordar el ensayo de Oscar.

—Su hermano es el impulso extático —se apoya contra la mesa—. Vi unas cuantas fotos de ustedes dos cuando eran así de chicos —coloca la mano cerca del suelo—. Y Dianna siempre hablaba de Jude y de su cabello. Nunca se me ocurrió, quién iba a pensar que usted... —niega con un gesto de la cabeza—. Ahora, en cambio, no sé cómo no me di cuenta. Noah es igual a ella, tanto que duele mirarlo, pero usted... Usted no se parece en nada por fuera, pero por dentro es igualita. Todo el mundo siente temor del maestro escultor, pero su mamá no. Y usted tampoco. Y ambas van directas al grano —se toca el pecho—. Usted me hizo sentir mejor desde el momento en que la sorprendí en la escalerilla de incendios y me habló del ladrillo volante —se lleva la mano a la frente y, cuando la retira, parece a punto de echarse a llorar—. De todas formas, lo entendería si... —le falla la voz. La emoción empaña su rostro—. Deseo con toda mi alma que siga trabajando conmigo, Jude, pero si usted no quiere o si su padre se opone, lo voy a entender.

—Ibas a ser mi padrastro, Guillermo —le suelto a modo de respuesta—. Y tu vida habría sido un in-fier-no.

Echa la cabeza hacia atrás y se ríe a carcajadas.

—Sí, ya sé. Es usted el mismísimo demonio.

Sonrío. Seguimos conectando con suma facilidad aunque ahora, en mi caso, un sentimiento de culpa empaña la relación a causa de mi padre. Devuelvo la atención al modelo de arcilla y empiezo a acariciar el hombro de mamá para darle forma, luego el brazo superior.

—Una parte de mí ya lo sabía —le digo mientras modelo el codo—. No sé qué sabía exactamente, pero tenía la sensación de que éste era mi sitio. Tú también haces que me sienta mejor. Muchísimo mejor. Me ayudaste a salir de mi caparazón.

—Le voy a decir lo que creo —me confiesa—. Creo que Dianna le rompía los cuencos adrede para que fuera en busca de un tallador.

Lo miro.

—Sí —asiento, y noto un cosquilleo en la nuca—. Yo también.

Porque ¿quién sabe? ¿Qué sabe nadie de nada? ¿Sabe alguien quién mueve los hilos? ¿O qué? ¿O cómo? ¿O si el destino no es más que una forma de narrar la propia vida? Otro hijo no se habría tomado las últimas palabras de su madre como una profecía sino como un delirio inducido por los medicamentos y las habría olvidado poco después. Otra chica no se habría inventado una historia de amor a partir de un dibujo de su hermano. ¿Quién sabe si la abuela de verdad creía que los primeros narcisos de la primavera traían buena suerte o si sólo lo decía para llevarme de paseo por el bosque? ¿Quién sabe si creía siquiera en su Biblia o sencillamente prefería habitar en un mundo en el que la esperanza, la creatividad y la fe se impusieran a la razón? ¿Quién sabe si existen los fantasmas (perdona, abuela) o si sólo son recuerdos palpitantes de los seres queridos que perviven en nuestro interior, que nos hablan, que intentan captar nuestra atención por todos los medios? ¿O quién demonios es Ralph? (Perdona, Oscar.) Nadie. Nadie lo sabe.

Así que bregamos con el misterio, cada cual a su manera.

Y algunos acabamos flotando en uno que consideramos nuestro hogar. Esta mañana hemos ido a ver *El Misterio* y mi padre ha hecho buenas migas con la propietaria, Melanie. O sea, muy buenas migas. Han quedado esta noche para tomar una copa en la cubierta del arca. *Para rematar la venta,* nos dijo él mientras intentaba disimular su sonrisa de súper pirado.

Me limpio las manos con una toalla que hay por aquí cerca, rebusco en mi mochila y saco el ejemplar de Guillermo del libro que mi madre escribió sobre Miguel Ángel.

—Te lo robé. No sé por qué. Lo siento.

Me lo arranca de las manos, mira la foto de mi madre.

—Aquel día me llamó desde el auto. Parecía enojada, muy enojada. Me dijo que tenía que hablar conmigo. Y cuando Noah se presentó aquí... No dudé de que eso era, pues, lo que Dianna quería decirme aquel día: que había cambiado de idea.

Al salir del taller, me acerco al ángel un momento y formulo mi último deseo. En relación con Noah y con Brian.

Es mejor apostar a todos los caballos, querida.

El jueves, dos semanas más tarde, mi padre y yo nos estamos quitando los trajes de neopreno en el rellano de la entrada de casa. Él ha estado nadando, yo surfeando o, más exactamente, soportando el machaque de las olas; alucinante. Mientras me seco, mantengo los ojos pegados al camino que nace al otro lado de la calle porque estoy bastante segura de que la cita de esta tarde a las cinco tendrá lugar en el bosque, donde Noah y Brian pasaron tanto tiempo aquel verano.

Mi hermano me dijo que encontró la dirección de Brian en Internet y le envió una serie de dibujos (hechos a contrarreloj, dibujando como un poseso) llamada *El museo invisible*. Unos días después, recibió respuesta a su mensaje de ContactosPerdidos. Decía:

—Allí estaré.

La semana pasada, Noah recibió una invitación de la EAC a matricularse en la escuela, gracias a las fotos que le tomé a su mural. Le dije a Sandy que le cedería mi plaza de ser necesario. No lo era. Pese a todo, Noah aún no ha tomado una decisión al respecto.

El ocaso ha transformado el cielo en un carnaval de color cuando Noah y Brian salen andando del bosque, de la mano. Brian es el primero en avistarnos a mi padre y a mí, y escurre la mano a toda prisa, pero Noah se la atrapa al momento. Ante ese gesto, Brian entorna los ojos mientras la sonrisa más conmovedora del mundo se extiende por su cara. Noah, como siempre que Brian anda cerca, apenas es capaz de mantener la cabeza en su sitio, de tan contento que está.

—Ah —dice mi padre—. Ah, ya entiendo. No me había dado cuenta. Pensaba que Heather..., ya sabes. Pero esto tiene más lógica.

—Ya lo creo que sí —recalco, y en ese preciso instante advierto que una catarina se ha posado en mi mano.

Deprisa, pide un deseo.

Aprovecha la (segunda o tercera o cuarta) oportunidad.

Vuelve a crear el mundo.

AGRADECIMIENTOS

Tardé mucho tiempo en escribir esta novela, demasiado, habida cuenta de que lo pasé alejada de las personas que tanto adoro. Mi más profundo agradecimiento es para ellos, cuyos nombres cité la última vez. Como siguen siendo los mismos, me limitaré a decir: mis amigos, mi familia, mi queridísima hija. Gracias a todos por inclinar la balanza del lado de la alegría a lo largo de días, semanas y años, por hacerme un sitio debajo del paraguas durante las tormentas, por prestarme su comprensión cuando me encierro a escribir y por festejarlo conmigo cuando no. Como dice Jude: algunas personas están destinadas a formar parte de la misma historia. Me hace muy feliz compartir esta historia con ustedes. Son maravillosos.

Por la lectura de los primeros borradores, cuando aún asistía a la facultad de Bellas Artes y este relato no era más que un incipiente caos de hojas en un paquete, gracias a mis fantásticos mentores: Julie Larios y Tim Wynne Jones. Por sus apasionados, cálidos y estimulantes sermones durante el semestre del posgrado acerca de mi trabajo y de mí, infinitas gracias, Louise Hawes. Por las lecturas de los primeros borradores, que debió de ser algo así como desbrozar maleza, muchísimas gracias, Brent Hartinger, Margaret Bechard, Patricia Nelson, Emily Rubin, mi increíble madre, Edie Block, que es mi amor y mi cruz, y por las últimas lecturas, muchas gracias también a Larry Dwyer y Marianna Baer. Por todas las llamadas y correos tanto por necesidad como por diversión, otra vez gracias, Marianna, hasta la luna. Por enseñarme cómo tallar la piedra, gracias al sensacional maestro Barry Baldwin. Por ayudarme con todo lo relacionado con el surf, gracias, Melanie Sliwka. Por las cuestiones científicas, muchas gracias a mi hermano, Bruce, el científico loco. Por París, *merci beaucoup*, Monica. Por su apoyo y sus llamadas diarias mientras escribía este original, mi agradecimiento especial es para... mi hermano, Bobby, mi madre, Annie, y muy especialmente para mi querido Paul. Casi todos los "pasajes de la Biblia" de Jude son inventados, pero unos cuantos han sido reciclados a partir de la fantástica *Enciclopedia de supersticiones, folclore y ciencias ocultas del mundo*, editada en 1903 por Cora Linn Daniels y C. M. Stevens.

Soy muy afortunada de tener a Holly McGhee de Pippin Properties como agente literaria. Doy gracias a diario por su talento, su sabiduría, su apoyo, su sentido del humor, su devoción por el arte y la escritura. Por su alegría. A lo largo de todo el proceso, me brindó las profundas y perspicaces impresiones que le inspiraba esta obra con ferviente entusiasmo. De verdad, a menudo tengo la sensación de estar flotando de la emoción cuando hablo con ella. Infinitas gracias también a los demás Pippin: Elena Giovinazzo (por tantas cosas) y Courtney Stevenson (que también leyó y añadió excelentes notas al manuscrito, aparte de muchas otras cosas). Estaré en deuda por siempre con mi editora, Jessica Garrison, de Dial, cuyo instinto, agudo y certero, ha sido clave para esta obra y cuyos maravillosos comentarios han sido fundamentales, reveladores e inestimables. Además, tiene paciencia, es divertida y encantadora a rabiar: una delicia. Mi más profundo agradecimiento a todo el equipo de Dial y de Penguin Young Readers Group también, sobre todo a Lauri Hornik, Heather Alexander, a la correctora de estilo Regina Castillo, a la diseñadora Jenny Kelly y a Theresa Evangelista, que diseñó esta sensacional portada que tanto adoro. Además, muchas gracias a mi editora inglesa de Walker Books, Annalie Grainger, por asegurarse de que Oscar hablara como un inglés y muchas otras cosas. Por fin, doy las gracias a los agentes que gestionan mis derechos en el extranjero, Alex Webb, Allison Hellegers, Alexandra Devlin, Harim Yim y Rachel Richardson de Rights People en Gran Bretaña así como a mi agente cinematográfico, Jason Dravis de Monteiro Rose Dravis Agency. ¡Hace falta una tribu y la mía es extraordinaria!

Mi querida amiga, la apasionada, encantadora, hermosa, inteligente a rabiar y brillante poeta Stacy Doris murió mientras yo escribía este libro. Esta historia sobre pasión y placer artísticos, sobre el impulso extático, sobre mitades perdidas también está dedicada a ella.